Chris Fritzschner

Assistenza

Autorin
Chris Fritzschner, Jahrgang 1960, hat viele Hobbys, aber ihre wahre Passion gehört dem Schreiben. Darüber sagt sie: „Schreiben ist wie Urlaub vom Alltag, ohne die Koffer packen zu müssen!"

Von Chris Fritzschner sind bereits erschienen:
Deckname Chamäleon
Frankfurt Ambika
Mysterium
Spiel der Schatten

Chris Fritzschner

Assistenza

wenn Drohnen den Tod tragen

Thriller

Bibliografische Information der Deutschen Nationalbibliothek:
Die Deutsche Nationalbibliothek verzeichnet diese Publikation in der
Deutschen Nationalbibliografie; detaillierte bibliografische Daten sind
im Internet über dnb.dnb.de abrufbar.

© 2022 Chris Fritzschner
Herstellung und Verlag: BoD – Books on Demand, Norderstedt
Umschlaggestaltung, Satz und Layout: Chris Fritzschner
ISBN: 978-3-7568-5752-4

Für

alle im Herzen jung Gebliebenen

Danksagung

Mein Dank gilt Lektorin Marketa Görgen,
die es so wunderbar versteht, mein Fehlerteufelchen zu killen.

Kapitel 1

Sonntag, 1. Januar, 08:03 Uhr

Es war ein Jahreswechsel, an dem man nur ungern vor die Tür trat - zumindest wenn man in Dreieich wohnte. Denn die Kälte hatte die Stadt am Hengstbach seit dem frühen Wintereinbruch fest im Griff und ließ sie nicht mehr los. Die Minustemperaturen waren in der Silvesternacht sogar noch weiter abgestürzt. Viele hofften, dass es mit dem neuen Jahr auch bei den Temperaturen einen Wechsel geben und so etwas wie Wetternormalität eintreten würde. Das letzte Jahr hatte ganz im Zeichen von Wetterkapriolen gestanden: Nach einem Sommer, der erst gar nicht in Fahrt gekommen war und dann zum Ende hin einen Hitzerekord nach dem anderen gebrochen hatte, waren die Temperaturen Ende Herbst schnell in die andere Richtung gestürzt.

Zu Beginn des Neujahrstages herrschte nun einer dieser kalten Wintermorgen wie aus dem Bilderbuch. Der wolkenlose Himmel zeigte sich in Pastelltönen von zartem Rosa hin zu blassem Hellblau, in welches die aus Schornsteinen kerzengerade aufsteigenden Rauch-säulen ihre Spuren zeichneten. Eine leichte Schneedecke hatte das Land überzogen und dämpfte die Geräusche, obwohl es an diesem Morgen nach Silvester nicht viel zu hören gab. Es lag eine friedliche Stille über den Häusern, abgesehen von den Triebwerksgeräuschen, die manch startende Maschine vom Flughafen Frankfurt herüber-schickte.

Vor etwas mehr als acht Stunden hatte das hier noch ganz anders ausgesehen. Das neue Jahr war von den Kälteunempfindlichen, die den Weg ins Freie nicht gescheut hatten, lautstark eingeläutet worden. Böller und Heuler hatten die Nachtruhe zerrissen, feurige Kugeln waren durch den Nachthimmel gesurrt. Goldglänzende Feuerregen hatten sich über die Häuserdächer ergossen und bunte Fontänen aus den Straßen erhoben.

Die Feinstaubkonzentration in der Luft war im wahrsten Sinne des Wortes explosionsartig in die Höhe geschossen. Und als Folge von alledem hatte sich ein beißender Geruch von Schwarzpulver verbreitet.

Da seit Tagen schon Windstille herrschte, schlich sich auch jetzt - am Morgen danach - noch eine leichte Note der schwefligen

Silvesternacht-Hinterlassenschaften in die Nasen derer, die so früh schon unterwegs waren. Wer ein feines Näschen hatte, konnte aber auch noch etwas anderes wittern. Die vorauseilenden Anzeichen eines weiteren Schneeschauers lagen in der Luft.

Zu den „aus dem Bett Gefallenen" zählten die Jungen Luca, Jonas und Elias. Normalerweise waren die Zehnjährigen nur schwer so früh am Morgen aus dem Bett zu bekommen - besonders wenn sie in der Nacht zuvor erst spät ins Bett gekommen waren - doch für heute hatten sie sich selbst die Uhren gestellt, und als der Weckruf die Jungen ereilte, gab es kein sonst übliches Gemurre beim Aufstehen. Das, was sich die drei für heute erhofften, hatte eine geradezu belebende Wirkung auf sie und scheuchte sie - mit der Energie der jungen Jahre - aus den Federn.

Obwohl die Eltern es ihnen mehrfach und eindringlich verboten hatten, wollten sie dem gefährlichen Spiel der Suche nach nicht gezündeten Knallern der Silvesternacht nachgehen, um diese doch noch zur Explosion zu bringen. Zumindest waren die Jungen vor einer halben Stunde mit diesem Vorhaben aufgebrochen, doch alles was sie bisher hoffnungsvoll gefunden hatten, war nicht mehr zu gebrauchen gewesen.

Die Nachbarsjungen hatten sich vor dem Haus getroffen, wo alle drei wohnten. Jonas war sofort aufgefallen, dass Elias eine ganz besondere neue Mütze auf dem Kopf trug. Neidvoll erkannte er den roten Adler im weißen Kreis und den dazugehörigen Schriftzug unter dem schwarzen Bommel - Eintracht Frankfurt.

Elias' Eltern hatten sich scheiden lassen. Sein Vater übte sein 14-tägiges Besuchsrecht meist mit dem Schenken von Luxusartikeln - wie dieser Mütze - aus. Währenddessen brachte Elias' Mutter ihre überschwängliche Liebe zum Ausdruck, indem sie den Jungen mit mehr Essen verwöhnte, als ihm guttat, was sich in der Leibesfülle des Jungen zeigte.

Jonas' Eltern hingegen würden für einen Fanartikel wie diese Mütze niemals Geld ausgeben, auch wenn ihr Sprössling Fan des Fußballclubs war und gern so eine Bommelmütze gehabt hätte. Jonas' Kopf zierte das neueste Modell aus den Stricknadeln seiner Mutter. Und wie es oft in solchen Fällen war, fand wahrscheinlich nur Jonas' Mutter das Produkt wirklich gelungen. Aber jetzt war für Jonas keine Zeit, mit seinem Schicksal zu hadern, denn er und die beiden anderen hatten eine Aufgabe zu erfüllen. Eine selbst gestellte Aufgabe, die so schön aufregend und zugleich verwerflich war.

Für diese streunten die Jungen nun über den Kerbplatz an der Mittelstraße im Stadtteil Sprendlingen, wo sie auf Ausbeute hofften, da sich hier an Silvester viele Feierlaunige trafen, um ihre Böller und Raketen in Aktion zu sehen. Doch diesmal war der Platz wie leer gefegt.

Jonas maulte: „Das gibt's doch gar nicht! Wo haben die denn gefeiert?", fragte er in leicht vorwurfsvollem Ton.

„Hier war doch letztes Mal alles voll", erinnerte sich Luca verwundert.

Im letzten Jahr hatte die Silvesternacht den Platz in ein Chaos gestürzt, das am nächsten Morgen immer noch Bestand hatte. Leere Flaschen und abgebrannte Feuerwerkskörper waren achtlos stehen oder liegen gelassen worden und hatten kein schönes Bild abgegeben. Schön war im Auge der Betrachter im letzten Jahr gewesen, dass man am Morgen danach den einen oder anderen nicht gezündeten Feuerwerkskörper gefunden hatte. Diese Fundgrube war den Jungen noch im Sinn, deswegen hatten sie diese zu ihrer ersten Anlaufstelle an diesem Morgen erkoren.

Noch einmal durchsuchten sie die hier stehenden Büsche - erneut ergebnislos.

Jonas setzte dem Suchen ein Ende, indem er mit dem Kopf in Richtung Innenstadt wies. „Versuchen wir es am Bach", raunte er.

Die Jungen setzten ihren Weg über die Poststraße bis zum Hengstbach fort, um dessen Lauf Richtung Innenstadt zu folgen, denn das Bachbett bot sich als weitere Bezugsquelle an.

Unterwegs hörten sie aus der Ferne das Knallen eines Böllers, woraus die drei sofort schlossen, dass da wohl jemand anderes fündig geworden war. Der Lautstärke nach musste es ein ziemlich großes Exemplar von Böller gewesen sein - genauso eines, wie sie es suchten.

„Boah!", kommentierte Jonas. Und in diesem einen Laut steckte alles, was er im Moment empfand: Anerkennung für das gelungene Zünden eines vermeintlichen Blindgängers und der Frust, dass ihm selbst dieses Glück heute noch nicht zuteilgeworden war. Der bei diesem Seufzer ausgestoßene Atem manifestierte sich in einer weißen Kondenswolke, die in der Luft stehen blieb, bis sich Jonas wieder in Bewegung setzte und sie verwirbelte.

Auch auf den Gesichtern von Luca und Elias zeichnete sich frustrierter Eifer ab. Drei Augenpaare suchten nun umso intensiver nach diesem meist roten länglichen Objekt der Begierde. Aber das Einzige, was hier inzwischen rot war, waren die Nasen und Wangen der drei, denn die Temperatur an diesem Morgen bewegte sich deutlich unter null. Es schien, als würde selbst die Luft erstarren.

Der kalte Wintermorgen hatte die strenge Herrschaft über Landschaft, Gebäude, Mensch und Tier am Hengstbach übernommen. Das Flüsschen versteckte sich unter einer schneebedeckten Eisschicht, man hörte es leise in seinem von Betonwänden gesäumten Bett gluckern. Um diese Jahreszeit führte der Bach nicht viel Wasser. Dass der Hengstbach sich manchmal wie ein wilder Strom gebärden konnte, ließ dieses Rinnsal heute nicht vermuten.

An einer Stelle in den Tiefen des Bachbetts hatte sich besonders viel Schnee aufgetürmt. Einer der Anrainer des Hengstbaches hatte seinen Gehweg vom Schnee befreit, indem er ihn einfach über die Straße hinweg in das Bachbett geschoben hatte.

Und genau dort entdeckte Jonas ihn - diesen mit roter Farbe seine Gefährlichkeit anzeigenden Böller, der halb im Schnee steckte. „Da ist einer!", brüllte er voller Eifer die ganze angestaute Anspannung heraus und wies mit dem Zeigefinger auf das, was seinen Blick wie magisch anzog.

Da lag es nun, das Objekt der Begierde, so nah und doch so fern, denn in das betonierte Bachbett konnten die Jungen von hier aus nicht einfach hinunterspringen.

„Da vorn ist eine Treppe." Jonas setzte sich augenblicklich in Bewegung. Er war als Fußballer im Verein des SC Hessen Dreieich der sportlichste der drei und entsprechend durchtrainiert. Er rannte zu der Stelle, wo der Fußweg auf die Auestraße traf. Dort führten neben einem alten Ahornbaum fünf in die Jahre gekommene steinerne Stufen hinunter ins Bachbett. Flugs schlüpfte Jonas unter dem Geländer hindurch und gelangte so nach unten. Er tat dies ebenso wie schon Generationen vor ihm, auch wenn es verboten war, im Bachbett zu spielen.

Luca war durch die Sport-AG seiner Schule ebenfalls gut in Form und folgte Jonas ohne Schwierigkeiten.

Während die beiden schon im Bachbett zurückliefen, gelangte der kräftige Elias als Letzter japsend zu den Stufen und trat den Weg nach unten an. Von dem kurzen Sprint war er sichtlich außer Atem.

Jonas und Luca waren zu der Stelle gelaufen, an der sie den Böller gesichtet hatten. Er lag von ihnen aus gesehen auf der anderen Seite des Bachlaufs. Jonas überlegte nicht lang. Mit einem beherzten Sprung wechselte er hinüber auf die andere Seite, ohne darauf zu achten, ob er trockenen Fußes drüben ankäme. Denn so genau ließ sich unter der schneebedeckten Eisschicht nicht ausmachen, wo das Wasser aufhörte und der sichere Beton anfing.

Luca folgte Jonas, so wie er ihm immer folgte.

Als Elias endlich auf Höhe seiner Kumpel anlangte - inzwischen mit vor Anstrengung rotem Gesicht - hatte Jonas den Böller schon aus dem Schnee gezogen und reckte seine Trophäe strahlend mit ausgestrecktem Arm in die Luft.

Für richtige Jungs wie die drei gab es nichts Aufregenderes, als einen solchen Böller zum Krachen zu bringen. Was Jonas da in der Hand hatte, war genau das, was sie gesucht hatten: der ultimative Kracher. Wenn der losginge, würde man das weit und breit hören. Trotz der eisigen Kälte verspürten die Jungen eine wohlige Wärme ums Herz, denn ihr Ziel schien greifbar.

„Zeig mal", forderte Luca und griff nach dem Böller in Jonas' Hand.

Doch Jonas zog ihn an sich. „Ich hab ihn gefunden!", fauchte er.

„Ich will ihn mir doch nur mal ansehen", jammerte Luca.

Jonas hob den Böller an und die beiden nahmen ihn in Augenschein. SUPER-BÖLLER, war da auf dem roten Papier zu lesen. Das klang vielversprechend.

Ein Reststummel der Zündschnur war noch vorhanden. Anscheinend hatte der ursprüngliche Besitzer den Böller nach der Zündung schlecht geworfen und er war im Schnee des Bachbetts gelandet, der die Lunte gelöscht hatte.

Fachmännisch beäugte Luca von allen Seiten den Rest der Zündschnur. „Das geht!", stieß er freudig hervor, die Gefahren ausblendend, die diese kurze Zündschnur mit sich brachte.

Auch Jonas' professionell prüfender Blick erbrachte dieses Ergebnis, worauf er zufrieden zustimmend nickte.

Während im Osten die aufgehende Sonne ihr Bestes tat, den Tag in ein schönes Licht zu tauchen, schob sich aus Richtung Westen eine dunkle Wetterfront auf die Jungen zu. Doch die hatten nur Augen für ihre Eroberung.

Elias stand unterdessen auf der anderen Seite des Bachlaufs. Drüben bei seinen Kumpeln spielte die Musik. Auch er wollte dort rüber. Dabei halfen dem Einserschüler seine guten Noten jedoch nichts, hier war Courage gefragt. Also packte er allen Mut in seine Beine und katapultierte sein Gewicht hinüber auf die andere Seite des Bachbetts. Bei der Landung gab das Eis unter seinen Füßen einen kläglichen Laut von sich, aber da er den Beton getroffen hatte, brach er nicht ins Wasser ein. Zufrieden mit sich, schloss er zu den anderen auf.

„Wo wollen wir's krachen lassen?", fragte Jonas und schaute sich um. Ziel war es, den Böller irgendwo zu zünden, wo er besonders spektakulär in die Luft flog.

Offenbar angelockt von dem Treiben der Jungen, war eine Krähe auf einem Ast des alten Ahornbaums gelandet, der hier schon viele Jahre in der Nähe der fünf alten Steinstufen stand. Neugierig den Kopf bewegend, beäugte der Vogel, was sich unten im Bachbett tat. Der Baum hatte alle Blätter abgeworfen, die knorrige Rinde seines Stammes ließ sein Alter vermuten. Er hatte schon das ein oder andere Schauspiel hier erlebt, heute würde ein weiteres Spektakel hinzukommen.

Das Bachbett des Hengstbaches war in den letzten Jahren in Teilstrecken saniert worden. Vom Sprendlinger Stadtrand her hatte man die Wände neu betoniert. Von der Eisenbahnstraße bis zur Auestraße hatte man das Flüsschen eingehaust, um den Fußgängern mehr Komfort beim Schlendern zu bieten. Und das war auch dringend nötig gewesen, denn auf dem ehemaligen schmalen Fußweg war es mit einem Fahrrad oder Kinderwagen kaum möglich gewesen, aneinander vorbeizukommen. Jetzt konnte man dort flanieren.

Hier jedoch, wo die Jungen sich befanden, zeigten die Wände noch herausgebrochene Stellen und lose Putzschichten. Die Jungen hofften darauf, so eine Schicht spektakulär abzusprengen.

Schnell hatte Jonas eine geeignete Stelle ausgemacht, wo sich die Putzschicht von der Wand gelöst hatte und ein Teil bereits eingebrochen war. Behutsam schob er den Böller zwischen Putz und Wand. Damit der nicht hinter dem losen Putz hinunterrutschte, womit er nicht mehr zu zünden wäre, fixierte er ihn vorsichtig. Er packte etwas Schnee auf den Böller und drückte ihn dort so vorsichtig fest, als würde er mit Nitroglyzerin arbeiten.

Nachdem Jonas seine Hände behutsam entfernt hatte, sagte er: „Fertig zur Zündung." Er gab diesen Befehl mit einem geradezu militärischen Zungenschlag von sich, einem Ton, wie er ihn aus den Filmen kannte, die er eigentlich noch nicht schauen durfte.

Luca jauchzte und klatschte vor begeisterter Vorfreude in die Hände.

Elias blickte unterdessen unbehaglich auf die umliegenden Fenster. Auf der einen Seite des Bachbetts folgten nach dem Geländer die Straße und dann die Häuserreihe, auf der anderen kamen erst die Gärten und dann die Häuser. Überall waren die Rollläden geschlossen. Noch immer herrschte die für einen Silvestermorgen typische Stille, doch dieser Böller würde sie gewiss zerreißen und Elias sah in der Folge schon die Rollläden nach oben fliegen. Die Gefahr, dass ihn jemand erkannte und seine Mutter so eventuell erfahren würde, was er heute Morgen angestellt hatte, ließ Unbehagen in ihm erwachsen. Elias schwitzte und der Grund dafür war nicht nur der kurze Sprint.

Jonas fingerte unterdessen nach dem Feuerzeug, das er vorhin aus der Küchenschublade gemopst hatte. Während Luca und Elias einen Schritt rückwärts machten, schritt Jonas beherzt einen nach vorn und brachte das Reibrad in Bewegung.

Doch kein Funke entstand, um das Benzin zu zünden.

Jonas' Daumen wiederholte seine Bewegung und mit jedem weiteren Versuch steigerte sich seine Hektik. Doch das erwünschte Ergebnis blieb aus.

Das laute Schnaufen von Elias wies darauf hin, dass er seinen Kumpel für unfähig hielt, ein Feuerzeug zu entzünden.

Jonas schaute auf den durchsichtigen Feuerzeugtank aus Hartplastik - genug Benzin war vorhanden. Offenbar war der Zündstein defekt oder gar nicht mehr vorhanden. Mit dem aufsteigenden Frust des Jungen steigerten sich nochmals Geschwindigkeit und Häufigkeit, mit der sein Daumen das Zündrad bediente.

Umsonst.

Auch in Luca keimte enttäuschter Ärger, als er ein ums andere Mal beobachten musste, wie kein Funken und damit keine Flamme entstand. „Ey!", entfuhr es ihm. „Das ist voll blöd."

„So ein Mist!", murrte Jonas. Wo er sonst gern den Redner gab, waren ihm anscheinend sämtliche Worte abhandengekommen. Wie ein Wilder versuchte er immer und immer wieder, dem Feuerzeug einen Funken zu entlocken. Vergebens.

So wie die gute Stimmung der Jungen sich in Luft auflöste, so verschwand auch die Sonne hinter der Wolkenfront. Es wurde schlagartig noch kühler.

Schließlich ließ Jonas entmutigt die Hand sinken und fragte Luca:

„Hast du vielleicht ein Feuerzeug dabei?"

Doch der schüttelte bedröppelt den Kopf.

Elias hatte alles genau beobachtet. Nun war sein großer Moment gekommen. Er wusste genau, dass er von den beiden Nachbarsjungen nur deshalb immer mal wieder zu deren Exkursionen mitgenommen wurde, weil die Mütter sich gut kannten und verstanden, was stets darin endete, dass der Satz „und nehmt Elias mit" fiel. Der sonst so zurückhaltende Junge machte jetzt auf sich aufmerksam: „Ich …!"

Luca und Jonas blickten in seine Richtung und Jonas fuhr ihn an: „Was?"

„Ich hab Streichhölzer", sagte er leise.

Verdutzt wanderten Jonas' Augenbrauen nach oben. Elias war ein ausgesprochen braver Junge, ein wahrer Sonnenschein für seine Mutter. Streichhölzer bei ihm, das kam fast einer Revolution gleich. Daher dauerte es einen Moment, bis Jonas verwundert die Hand ausstreckte und Elias anherrschte: „Gib her!"

Elias holte die Packung aus seiner Hosentasche, zögerte aber, sie weiterzureichen.

„Was ist?", fauchte Jonas ihn an. „Gib schon her!", befahl er.

Elias überlegte, ob er ausspielen sollte, dass die ganze Aktion ohne ihn an dieser Stelle beendet wäre, aber wie immer fehlte ihm der Mumm dazu. So ließ er sich die Streichhölzer von Jonas aus der Hand reißen.

Jonas schüttelte die Schachtel. Das Geräusch der sich darin bewegenden Hölzchen ließ ein zufriedenes Grinsen auf seinem Gesicht erscheinen.

Ein vorfreudig glucksender Laut drang aus Lucas Kehle. Ihre morgendliche Exkursion hatte sich doch noch gelohnt und jetzt kam der Höhepunkt.

Jonas entzündete eines der Hölzchen. In der Windstille brannte es ruhig, bis er es Richtung Böller bewegte. Die Zündschnur war etwas feucht, aber sie entzündete sich doch. Die drei Jungen schritten hurtig rückwärts, um sich in Sicherheit zu bringen.

Es folgte eine bange Wartesekunde.

Und dann erfolgte der ersehnte Knall, und der SUPER-BÖLLER machte seinem Namen alle Ehre. Nicht nur der Knall war laut, auch das, was er mit dem bereits lockeren Verputz der Wand veranstaltete, konnte sich sehen lassen.

Die Krähe, die immer noch im alten Ahorn saß, erhob sich unter lautem Gekrächze erschrocken in die Luft, flog dann aber lautlos davon. Während der Vogel das Weite suchte, suchten die Jungen die Nähe zum Ort des Geschehens, wohin sie sich unter Gejohle begaben, um ihr Loch in der Wand zu begutachten.

Das ausgelassene Lachen der Jungen erwärmte das Herz, aber nicht die kalte Luft, die immer noch in die Nasen biss.

Im maroden Mauerwerk hatte der Böller das bestehende Loch um einiges erweitert. Der Oberputz war durch die Druckwelle noch ein ganzes Stück weiter von der Wand abgerückt, Teile davon waren abgesprengt worden. Als Jonas jetzt mit der Hand auf die lose Schicht drückte, stürzten weitere Brocken herab.

In diesem Moment wurde hörbar ein Rollladen an einem der Häuser der Straßenseite hochgerissen und Elias stellte beunruhigt fest, dass auch ein Fenster aufgerissen wurde.

Die Stimmen und das Lachen der Jungen erstickten sofort. Die drei drückten sich mucksmäuschenstill mit dem Rücken an die Wand des Bachbetts und versteckten sich.

Von oben hörten sie, wie jemand verschlafen hustete.

Dann Stille.

Die Krähe hatte indessen ihre Stimme wiedergefunden. Sie war auf dem Giebel eines Hausdachs gelandet und krächzte von dort anklagend zu den Jungen herunter.

Jonas wagte als Erster einen vorsichtigen Blick nach oben. Alle Rollläden der Häuserfront waren wieder geschlossen. Er atmete durch. „Die Luft ist rein!", meinte er, allerdings noch immer flüsternd.

Die Jungen wandten sich wieder dem Loch in der Wand zu.

„Stark!", kommentierte Luca, der nun auch mit einer wesentlich leiseren Stimme sprach. Vorsichtig drückte er mit einem Finger gegen die Wand. Der lose Putz gab ein weiteres Stück nach und brach nach innen weg.

Jonas fuhr beherzt mit der ganzen Hand hinter den losen Wandputz und zog, worauf weiterer Putz abbröckelte. „Geil!"

„Suchen wir weiter", meinte Elias, obwohl er am liebsten das Weite gesucht hätte.

Jonas nickte nur, er wollte definitiv mehr. So begann er den Boden zu erforschen, während er sich im Bachbett in Richtung Eisenbahnstraße auf den Weg machte.

Auch die beiden anderen setzten sich in Bewegung, bis das Gitter der Einhausung ein Weitersuchen im Bachbett unterband. Jonas wechselte hinüber auf die andere Seite, wo sich die Treppe befand, über die sie hierhergelangt waren. Luca sprang ihm hinterher.

Hier war das Bett des Hengstbaches etwas breiter und etwas tiefer, so war der auszuführende Sprung auch weiter. Für den ungelenken Elias erschien es fast zu weit, aber mit einem couragierten Satz erreichte auch er das rettende Ufer, was seinem Selbstbewusstsein guttat. Anerkennung hatte er von den beiden anderen aber nicht zu erwarten. Im Gegenteil - Elias entnahm Jonas' Mine, dass dieser sich gefreut hätte, wenn ihm der Sprung nicht gelungen und er im Wasser gelandet wäre.

Voller Übermut setzte Jonas nun einen Fuß auf die Eisfläche, unter welcher der Bach gluckerte. Sie hielt seinem Druck stand. Ein erneuter fester Tritt schien ihm dies zu bestätigen, und so setzte er beide Füße auf das Eis.

Doch das war der Eisfläche eindeutig zu viel des Guten und sie gab nach. Jonas brach ein. Zwar stand er nur kurz im eiskalten Wasser, doch dieser Moment reichte, um Schuhe und Hose bis zur Wade mit Wasser in Berührung und ihn aus dem Gleichgewicht zu bringen. Mit wild rudernden Armen rettete Jonas sich zu den beiden anderen auf den mit Eis überzogenen Beton, doch dort fanden seine nun nassen Schuhe keinen Halt. Er rutschte aus, klatschte auf seinen Hintern und gab dabei eine erbärmliche Figur ab.

Nach der ersten stillen Schrecksekunde - in der man nur durch das Loch im Eis den Bach gluckern hörte - konnten Elias und Luca nicht anders: Sie prusteten los. Und als Jonas sich hochrappelte und erneut ins Straucheln kam, kannte Elias' Schadenfreude keine Grenzen mehr.

Endlich gab auch Jonas mal eine schlechte Figur ab, war nicht Elias der Loser, dem etwas misslang, oder der aufgrund seiner körperlichen Statur ein Problem hatte.

Luca reichte Jonas schließlich eine helfende Hand, während Elias sich vor Lachen bog und den Bauch hielt.

Für Jonas war das eine ganz neue Erfahrung. Abgesehen von der Schmach, dass er als Sportler hier herumeierte wie der letzte Depp, wurde ihm auch noch der Hohn von jemandem zu teil, der ihm nicht im Geringsten das Wasser reichen konnte und dem er sonst gern mal einen mitgab. Und als Elias, nachdem er Atem geholt hatte, auch noch ein schadenfreudiges „Hoppala" über die Lippen brachte, platzte Jonas der Kragen.

„Das ist nicht lustig!", warnte er.

Elias erlaubte sich doch tatsächlich ein schneidiges: „Find ich schon!" als Antwort.

Das Wasser war von oben in Jonas' Schuhe gelaufen und die Kälte drang zu ihm vor und die Beine hoch. Doch der Ärger über sein Missgeschick und das ihm geltende Gelächter loderte heiß in seinem Körper. Er musste seinen Frust irgendwo auslassen und so griff er nach der schwarzen Bommel und riss Elias wütend seine neue Mütze vom Kopf. Diese war schon den ganzen Vormittag wie ein rotes Tuch für ihn gewesen.

„Hey!", rief der Beraubte, als Jonas mit seiner Trophäe in der Hand wedelte. Doch Elias' Griff ging ins Leere.

Mit dem Gitter im Rücken, das die Einhausung vor unbefugtem Zutritt bewahren sollte, blieb Jonas keine Rückzugsmöglichkeit, und so ließ er die Mütze feixend von einer Hand in die andere wandern. Schließlich warf er Luca die Mütze zu und nun hatte Elias keine Chance mehr, an seine Kopfbedeckung zu gelangen. Jedes Mal, wenn er bei seiner Mütze ankam, wechselte diese den Besitzer. Das ging eine ganze Zeit so, bis Elias außer Atem aufgab.

Doch die Mütze so einfach zurückzugeben, fiel Jonas nicht ein. Zu tief saß der Frust über das, was ihm passiert war, und Elias' Gelächter. Das bedurfte einer Quittung, und so feuerte er die Bommelmütze wie eine Frisbeewurfscheibe kurzerhand durch das Absperrgitter in die Einhausung hinein.

Elias' voller Verachtung geplärrtes „Du Arsch!" störte ihn wenig bei seinem Tun. Feixend kletterte Jonas mit Luca die Treppe nach oben. Sie schlupften unter dem Geländer hindurch und überließen Mütze und beraubten Besitzer ihrem Schicksal.

Wütend griff Elias in den Schnee, formte einen Schneeball und schleuderte ihn in Richtung Jonas, traf jedoch nur den mächtigen Stamm des alten Ahornbaumes.

Jonas wandte sich noch einmal Elias zu und zeigte ihm hämisch den Stinkefinger, bevor er sich mit seinem Kumpel lachend davontrollte.

Elias schaute den beiden hinterher. Der Blick des Jungen verklärte sich, als Tränen in seinen Augen aufstiegen. Schließlich wandte er sich dem Gitter zu. Mit beiden Händen umfasste er die Stäbe und lugte in die Finsternis der Einhausung mit ihrem langen Tunnel. Elias wirkte mit seinem durch die Gitterstäbe geschobenen tränennassen Gesicht wie ein Gefangener, der verzweifelt seinem Kerker zu entkommen sucht. Doch es war ganz anders. Elias musste da rein, auch wenn er es eigentlich nicht wollte.

Dort drin war es dunkel, es roch muffig und das Rauschen des Baches wurde von den Wänden zurückgeworfen. Eine unheimliche Kulisse für einen Jungen seines Alters. Auch wenn der Hengstbach eigentlich eher als beschauliches Bächlein zu bezeichnen war, so wirkte er für Elias im Moment geradezu wie ein reißender Strom und die Eiszapfen, die von der Decke der Einhausung herabhingen, wie die scharfen Zähne eines Drachen, der sein Maul aufriss, um ihn zu verschlingen. An den Wänden glitzerten Eiskristalle.

Mit zusammengekniffenen Augen suchte Elias nach der geliebten Mütze. Seine Nase lief und das, was da herauskam, begann zu gefrieren. Elias war kalt, vor allem an den benetzten Wangen. Er wollte sich die Tränen fortwischen und die Hand heben, doch sein Strickhandschuh war am Gitterstab festgefroren. Er riss ihn los, wobei er Faserspuren hinterließ und Jonas leise verfluchte.

Die alte Glocke vom Türmchen des Rathauses schickte neun müde Schläge zu Elias herüber. Er war seit einer Stunde im Schnee unterwegs und so war es nicht verwunderlich, dass seine Augen eine Zeit lang benötigten, um sich an die Dunkelheit innerhalb der Einhausung zu gewöhnen.

Dort drin lag kein Schnee. Auch das Eis, das sich draußen über das Wasser zog, wurde drinnen immer weniger. Elias erblickte vor allem eins: Dunkelheit. Doch dann meinte er seine Mütze mit dem roten Adler in ein paar Meter Entfernung ausmachen zu können. Der Groll auf Jonas keimte wieder auf. Wie konnte der nur so weit werfen!

Schließlich hatten sich seine Augen vollends an die Dunkelheit angepasst und er war sich sicher, dass seine Mütze dort vorn lag, zumindest erblickte er etwas Schwarz-Weiß-Rotes, das nicht in diese graue Farblosigkeit passte. Doch wie dort hingelangen? So lange Arme hatte niemand. Elias rüttelte verzweifelt an den Gitterstäben, dabei geriet das Vorhängeschloss in seinen Fokus. Mit Verwunderung stellte er fest, dass der Bügel, der Rahmen und Tür zusammenhielt, nicht geschlossen war. Bei genauerem Hinsehen fiel auf, dass er durchtrennt worden war und seiner Aufgabe, die Tür zu sichern, so nicht mehr nachkam.

Elias konnte sein Glück kaum fassen. Aufgelöst fingerte er an dem Schloss, bis er es in Händen hielt. Mit kindlicher Verbissenheit zog er die in ihren Scharnieren unangenehm quietschende, schwere Gittertüre zu sich heran, bis der Spalt so weit geöffnet war, dass er gerade so durchschlüpfen konnte, und hängte das Schloss wieder ein.

Nun war der Weg zu seiner Mütze frei, doch Elias zögerte. Irgendwie hatte diese finstere dröhnende Höhle, die da vor ihm lag, etwas Unheimliches. Elias bemerkte, dass dem Drachenmaul zwei Zähne ausgebrochen waren, das heißt, dort, wo er die Tür aufgezogen hatte, waren zwei Eiszapfen abgebrochen. Anscheinend war schon jemand vor ihm hier durchgelaufen, was Elias nicht gerade mutiger in seinem Vorhaben werden ließ.

Doch schließlich gab das Verlangen nach seiner geliebten Mütze ihm den nötigen Ruck. Vorsichtig, aber zielstrebig begab sich Elias in Richtung seiner Mütze. Alles ausblendend, was es hier zu sehen gab, den Fokus auf seine Kopfbedeckung gerichtet, schob er sich vorwärts. Allerdings befand sich Elias auf der falschen Seite des Bachlaufs, seine Mütze lag auf der anderen. Und hier an dieser Stelle schien es ihm auch nicht möglich, den Bachlauf mit einem Sprung zu überwinden, ohne ins Wasser zu treten.

Erst mal da vor, sagte er sich.

Es roch unangenehm hier drin, aber noch unangenehmer empfand Elias das Rauschen, das alle anderen Geräusche zu verschlucken schien und ihn nichts hören ließ, was er vielleicht besser hören sollte.

Doch dort vorn lag das, was ihn dies alles auf sich nehmen ließ – seine Mütze.

Schritt für Schritt schob Elias sich vorwärts, bedacht darauf, nicht auf dem glitschigen Grund auszurutschen. Und endlich erreichte er die Stelle, wo seine Mütze lag. Auch hier war der Bachlauf zu breit, um ihn trockenen Fußes zu überwinden, so schaute Elias weiter in Richtung Einhausung hinein, ob sich dort eine bessere Stelle zum Überspringen anbot. Auf den ersten Blick war die nicht zu erkennen, so begab er sich weiter in den Schlund der Hölle. Und dann erspähte er eine Stelle, deren Überquerung er sich trockenen Fußes zutraute.

Dabei geriet etwas ganz anderes in seinen Fokus. Ein Stück weiter vorn schimmerte etwas. Irgendetwas lag dort, das offenkundig genauso wenig hierhergehörte wie seine Mütze. Alles hier drin war düster und grau oder mit glitschigen Algen überzogen. Dort vorn im Bachbett schien jedoch etwas metallisch zu glänzen. Dieses Glänzen zog Elias' Augen magisch in den Bann, doch so sehr der Junge es auch fokussierte, er konnte nicht ausmachen, worum es sich handelte.

Elias überlegte, ob er die paar Schritte noch weiter vordringen sollte. Schließlich setzte er zögerlich einen Fuß in Richtung des Objektes, als ihn eine Lichtveränderung hinter ihm zusammenfahren ließ. Das Adrenalin rauschte durch seine Adern, bis er gewahr wurde, dass die neugierige Krähe wiedergekommen war und nun auf der geöffneten Gittertür saß und zu ihm hereinspähte.

So verhasst ihm dieser Vogel im Moment auch war, vermittelte er Elias doch das Gefühl, nicht ganz allein zu sein. Er zögerte erneut, bevor die Neugier die Oberhand gewann. Langsam schob er sich zu dem Ort vor, von dem das Glänzen ausgegangen war. In Elias' kindlichen Kopf spielte sich der Film eines verborgenen Schatzes ab.

Noch einmal blickte Elias zurück zu der frechen Krähe. Er sah ihrem aufgerissenen Schnabel an, dass sie einen Laut von sich gab, der jedoch im Rauschen des Baches nicht zu vernehmen war. Elias war nun schon über zehn Meter vorgedrungen. Irgendwie gab ihm dieser Vogel die Kraft dazu. Er fühlte sich stark mit ihm im Rücken und so machte er noch zwei weitere Schritte.

Der Adrenalinspiegel des Jungen war durch die Aufregung der letzten Minuten schon hoch gewesen und Elias hätte nicht gedacht, dass ihn etwas noch viel höher treiben könnte. Wie angewurzelt blieb Elias stehen. Er versuchte das, was er sah, zu verarbeiten und einzuordnen.

Als die Erkenntnis und das Grauen wie ein Tsunami über ihn hereinbrachen, löste sich Elias aus der fassungslose Starre. Mit einer Geschwindigkeit, mit der er selbst Jonas locker abgehängt hätte, floh er aus der Einhausung. Dabei formten seine Lippen lautlos ein Wort: *Mama!*

Kapitel 2

Sonntag, 1. Januar, 10:17 Uhr

Thomas Christ, Leiter der SoKo S, saß - wie immer mit Anzug und Krawatte - seit kurz vor sechs Uhr in seinem Büro in der fünften Etage der SoKo-Zentrale und genoss die Ruhe des Neujahrsmorgens. Vielen Kollegen seiner Truppe hatte er für heute Urlaub bewilligt. Es gab keinen aktuell dringenden Fall. Christ selbst beschäftigte sich mit dem Ordnen seines Schreibtisches. Die Aktenstapel waren hoch angewachsen und bedurften dringend der Ablage. Der Beginn des neuen Jahres weckte im SoKo-Chef die Muse, dies zu tun. Er hatte sogar den Windsorknoten seiner Krawatte gelockert und war eifrig ans Werk gegangen.

An die Ordnung auf seinem Schreibtisch ließ Christ niemanden ran, nicht mal seine Sekretärin, der er für heute ebenfalls freigegeben hatte. Und da Anke Diepolder nicht da war, erhob sich Christ vom Bürostuhl, um sich selbst in der Büroküche einen Darjeeling mit Milch zuzubereiten.

Mit der Tasse in der Hand kehrte er kurz darauf in sein Büro zurück, als vom Flur her das Klingeln eines Handys an sein Ohr drang. Es war nicht der offizielle Klingelton der SoKo-Diensthandys, aber es war schließlich Neujahrsmorgen, und so drückte der SoKo-Chef heute beide Augen zu, was private Telefonate seiner Untergebenen während der Dienstzeit anbelangte.

Das verspätete Knallen eines Böllers war das nächste Geräusch, das an Christs Ohr drang, und so hielt er kurz inne, lugte für einen Moment aus dem Fenster und nahm einen Schluck aus der Tasse.

Christ konnte dieser Knallerei nichts abgewinnen. Wenn sich an Silvester langsam die Feiergesellschaft bereit machte, um vor die Tür zu treten, wo die Nachbarn schon Weinflaschen in Position brachten, dann ging das Jahr in einem taumelnden Rausch, einer dionysischen Unordnung zu Ende, der Christ sich gern entzog. Es gab so viele sinnvollere Investitionen für das Leben als dieses Geknalle mit ein paar Funken, Rauchschwaden und schließlich nichts als Feinstaub und Gestank.

Christs Vater hatte das Ganze schon immer als „Geld aus dem Fenster werfen" bezeichnet - für einen kurzen Moment der Ekstase, der oft genug die Pforte ins Chaos mit Verletzten aufstieß.

21

Thomas Christ ließ sich durchaus einreden, dass diese kollektive Erfahrung zum Ende eines Jahres eine gute Portion Aggression und Destruktivität, die der Mensch mit sich herumtrug, kanalisieren konnte. Doch für ihn war es nichts.

Er war froh, dass seine Frau Anita ebenso dachte. Und so hatten sie und er den Silvesterabend ein weiteres Mal damit verbracht, sich genüsslich die verschiedenen Versionen von *Dinner for one* in den Dritten Programmen anzuschauen, hatten traditionell Rippchen mit Sauerkraut gegessen und um Mitternacht mit einem Glas Sekt auf das neue Jahr angestoßen, um danach zufrieden ins Bett zu gehen. Und für beide war das der perfekte Übergang ins neue Jahr gewesen.

Jetzt erinnerte der Blick nach draußen Christ an das, was er an diesem Morgen auf der Fahrt in die SoKo-Zentrale von den Überbleibseln der Silvesternacht zu sehen bekommen hatte. Es war zwar noch dunkel gewesen, als er sich aufgemacht hatte, aber die Hinterlassenschaften der Feiergesellschaften, die so manche Straßenecke einem Schlachtfeld gleichen ließen, waren nicht zu übersehen gewesen.

Dagegen war das geordnete Chaos auf Thomas Christs Schreibtisch inzwischen einer aufgeräumten Ordnung gewichen. So nahm er zufrieden an seinem Schreibtisch Platz und stellte die Tasse auf dem Untersetzer ab.

Im Augenwinkel bemerkte Christ eine Bewegung und schon klopfte es zaghaft an den Türrahmen seiner Tür. Wie immer stand seine Bürotür offen.

„Meisner", begrüßte er den Klopfenden.

„Morgen, Chef", sagte dieser. Darauf folgte eine längere Pause. „Chef, lachen Sie mich jetzt bitte nicht aus", druckste Meisner dann herum.

Aufgrund der ungewöhnlichen Ansage des jungen SoKo-Beamten zogen sich Christs Augenbrauen zusammen. „Raus mit der Sprache!"

„Mich hat eben meine Freundin angerufen ..."

Deswegen also der Klingelton vorhin ...

Meisner zögerte immer noch, weiterzusprechen.

In einem der wenigen Momente, in denen Christ einen väterlichen Ton anschlug, fragte er: „Meisner, was ist los?"

„Sie behauptet, ihr Sohn hätte einen toten Cyborg gefunden."

Jetzt zogen sich Christs Augenbrauen noch ein ganzes Stück mehr zusammen und es bildeten sich zwei ausgeprägte senkrechte Furchen über der Nasenwurzel. „Einen Cyborg?"

„Also, Elias - der Junge - ist eigentlich kein Fantast", versuchte Meisner sein Auftauchen bei Christ zu rechtfertigen.

„Wie alt ist der Junge?"

„Zehn."

Christ überlegte, was man auf das Gerede eines Zehnjährigen geben konnte.

Meisner berichtete weiter: „Ich habe auch mit ihm selbst kurz gesprochen, er ist vollkommen aus dem Häuschen."

Meisner unterließ es tunlichst, Christ zu berichten, dass Elias auch deswegen aus dem Häuschen war, weil seine Mutter ihm im ersten Moment der Wut ein Fernsehverbot erteilt hatte, weil sie der Meinung war, ihr Sohn hätte irgendwelche Filme geschaut, die er eigentlich nicht schauen durfte, weil sie für sein Alter nicht freigegeben waren.

Ich habe am Herd gestanden und etwas fürs Mittagessen vorbereitet, als Elias völlig aufgelöst nach Hause kam, hatte seine Freundin berichtet. *Er war total durch den Wind! Und ich wähnte mich wie in einem Gruselfilm, als er von dem Cyborg berichtete. Woher weiß er überhaupt, was ein Cyborg ist?",* hatte Meisners Freundin vorwurfsvoll gefragt. Doch Meisner wusste, dass dies der Aufgewühltheit seiner Freundin zuzurechnen war, denn im Grund war sie sehr glücklich darüber, dass er - ihr neuer Freund - sich mit ihrem Sohn so gut verstand und ihm ein fürsorglicher Freund war.

Dem SoKo-Chef war eine Vaterschaft selbst nie zuteilgeworden - jedenfalls nicht wissentlich - und das Thema Kinder und deren Entwicklung kannte er nur vom Hörensagen. Irgendwie erschien ihm das Alter von zehn Jahren sehr früh, um schon zu wissen, was eine technisch veränderte biologische Lebensform war. Daher fragte er: „Und er weiß, was ein Cyborg ist?"

„Ich denke schon, er hat nicht von einem Roboter oder Androiden gesprochen. Er sagte wortwörtlich Cyborg."

„Hört sich schon ein bisschen nach Science-Fiction an", meinte Christ und versuchte eine Erklärung, ohne das Ganze ins Lächerliche ziehen zu wollen: „Vielleicht hat er schlecht geträumt oder eine Silvesterrakete mit einem Raumschiff verwechselt?"

Meisner wirkte nachdenklich. Dann schüttelte er den Kopf. „Nein! Das glaube ich nicht", sagte er bestimmt. „Elias ist kein Träumer."

„Wo will er den Cyborg gefunden haben?"

„Innerhalb der Einhausung vom Hengstbach an der Eisenbahnstraße."

„Innerhalb der Einhausung?"

„Ja."

„Ist die denn frei zugänglich?", hakte Christ nach.

„Eben nicht, aber Elias hat berichtet, dass das Vorhängeschloss des Gitters aufgeschnitten war."

„Aufgeschnitten."

„Ja."

„Und da war er neugierig und ist reingegangen?", wollte Christ wissen und nahm einen Schluck seines Tees.

„Nein, er wollte seine Mütze holen."

„Seine Mütze? Wieso war seine Mütze dort drin?"

„Das ist eine lange Geschichte. Jedenfalls sagt seine Mutter, Elias zittert am ganzen Leib und will auf keinen Fall wieder dorthin, um mit ihr die Mütze zu holen."

„Hm."

„Aber er hängt an seiner Mütze", gab Meisner bekannt.

Christ wusste, dass auch der junge Meisner nicht zu den Träumern zählte, und seine Worte zeigten ihm, dass er sich sein Anklopfen reiflich überlegt hatte. Der SoKo-Chef wusste aber auch, dass der Mann vor Kurzem mit einer geschiedenen Frau angebandelt hatte. Wollte er vielleicht den romantischen Retter geben? Doch so schätzte er ihn nicht ein. „Sie wollen der Sache nachgehen?"

„Ja", antwortete Meisner ohne Zögern. „Meine Nase sagt mir, dass da irgendetwas im Hengstbach liegt, was da ganz und gar nicht hingehört!"

Es entstand eine kurze Pause, in der Christ einen Blick auf seinen Schreibtisch warf, dann entschied er: „Ich komme mit."

Meisners Augen wurden groß, er schien überrascht. „O-okay", stotterte er verunsichert.

Christ brachte den gelockerten Windsorknoten seiner Krawatte wieder in Ordnung, erhob sich von seinem Stuhl und befahl Meisner: „Sie fahren!"

Kapitel 3

Sonntag, 1. Januar, 10:58 Uhr

Keine fünf Minuten, nachdem Christs Krawatte wieder wie bei einem Gentleman saß, fuhr Christ mit Meisner in einem Dienstwagen vom Hof der Zentrale. Meisner schaltete das Abblendlicht am Fahrzeug ein, denn es schneite.

Wie Meisner wusste, war der SoKo-Chef nicht gerade ein gesprächiger Zeitgenosse, und so suchte er auf der Fahrt zu dem Ort, der dem Jungen Elias einen solch gehörigen Schrecken eingejagt hatte, nach einem Konversationsthema, auf das sein Chef vielleicht anspringen würde. Als der Wagen an einer Stelle vorbeiholperte, an der noch sämtliche Hinterlassenschaften der vergangenen Nacht herumlagen, hatte Meisner ein Thema gefunden. „War ganz schön was los letzte Nacht."

„Man sieht's", bemerkte Christ zustimmend.

„Und nicht nur hier", meinte Meisner, da ihm noch die Zahlen und Fakten im Kopf herumspukten, die er heute Morgen beim Frühstück im Radio gehört hatte. Er ließ Christ an seinem Wissen teilhaben. „An diesem ersten Tag des neuen Jahres ist die Feinstaubkonzentration vielerorts so hoch wie sonst im ganzen Jahr nicht. Etwa 150 Millionen Euro haben die Deutschen zum Jahreswechsel diesmal in die Luft gejagt. Dabei wurden rund 4.500 Tonnen Feinstaub freigesetzt, was einer Menge von rund 16 Prozent der jährlich im Straßenverkehr abgegebenen Feinstaubmenge entspricht."

Und da regt man sich über Dieselskandale auf, dachte Christ, unterließ es aber, laut auf das Thema einzugehen.

„Eine Mehrheit der Bundesbürger wünscht sich einer Umfrage zufolge Feuerwerksverbote in deutschen Innenstädten. Fast 60 Prozent der mehr als fünftausend Befragten sprachen sich für einen solchen Böller-Bann aus", glänzte Meisner weiter mit seinem Wissen.

Wie vernünftig, dachte Christ. „Böllern ist ein banaler Zeitvertreib. Mal kurz den vernünftigen Stimmen im Kopf entkommen und etwas Unsinniges tun", raunte er.

„Privates Feuerwerk", dozierte Meisner wieder, während er von der Hauptstraße in eine Seitenstraße abbog, „gehört der Mehrheitsmeinung nach verboten, wegen der abgesprengten Finger, dem Müll und noch dazu dem Feinstaub."

Dabei liegt genau darin der Reiz, dachte Christ. *Böllern ist Verschwendung, Gefahr und ganz und gar unvernünftig. Aber Gesellschaften brauchen solche Rationalitätslöcher.* „Es wird noch lange dauern, bis da jemand einen Riegel vorschiebt", ging er auf Meisners Ausführung ein.

Meisner blickte zu Christ, nickte kurz und richtete seinen Blick wieder nach vorn auf die Straße. Hier in der Seitenstraße war der Schnee nicht geräumt worden. Meisner konzentrierte sich darauf, den Wagen in den beiden Spuren zu halten, die andere Autofahrer vor ihm in den Schnee gezogen hatten. Da, wo deren Reifen den Schnee zu Eis zusammengedrückt hatten, war es spiegelglatt.

Die Winter der letzten Jahre waren harmlos gewesen. Dieses Jahr wartete die kalte Jahreszeit mit allem auf, was sie zu bieten hatte - Frost und Schnee in Hülle und Fülle. Und durch diesen Schnee kämpfte sich Meisner nun, bis sie ihr Ziel erreichten und er in holpriger Fahrt an den Straßenrand fuhr, um den Wagen zu parken.

Etwas über zwei Stunden nachdem Elias den Ort des Grauens fluchtartig verlassen hatte, wurde die Ruhe am Hengstbach erneut gestört. Diesmal aber nicht von drei munteren Jungen auf der Jagd nach Abenteuern, sondern von zwei ermittelnden SoKo-Beamten, die aus dem Auto stiegen und die Türen zuschlugen.

Von der Windstille, welche die Jungen noch am Morgen begleitet hatte, war nicht mehr viel übrig. Die Wetterfront hatte ein Lüftchen mitgebracht, das Schneeflocken umherwirbelte.

Meisner holte eine Taschenlampe aus dem Kofferraum und sie begaben sich zur Einhausung des Flüsschens.

Der Hengstbach entsprang in der Nähe des Dreieicher Stadtteils Götzenhain und floss von da durch die Stadtteile Dreieichenhain, Sprendlingen und Buchschlag, bevor er Dreieich Richtung Zeppelinheim wieder verließ, um irgendwann über den Schwarzbach und den Rhein in die Nordsee zu gelangen. Zumeist wies das Flüsschen ein natürliches Bett auf, in Sprendlingen war es jedoch weitestgehend in Beton gefasst.

Auf diesen Beton blickten Meisner und Christ, als sie zu der von Elias beschriebenen Stelle gelangten. Sie sahen das frisch abgesprengte Stück Verputz und das in der Wand klaffende Loch. Sie sahen die Fußabdrücke, die zu der Stelle führten und wieder von ihr weg. Und sie sahen die Spur, die zum Tor der Einhausung, hinein und wieder hinaus führte.

Das Nächste, was Christ auffiel, war das Vorhängeschloss, das normalerweise den Zugang sicherte, aber mit brachialer Gewalt aufgebrochen worden war, so wie der Junge es beschrieben hatte.

Christ und Meisner wechselten einen kurzen Blick. „So weit also schon mal keine Fantasie", bemerkte Meisner, dessen Lippen bei jedem Ausatmen eine kleine Hauchwolke entließen.

Christ nickte flüchtig.

Die Gittertür stand nach Elias' überstürzter Flucht immer noch offen.

Meisner griff beherzt zu und zog die Gittertür ein Stück weiter auf. Sie quietschte erbärmlich in ihren Scharnieren, was der SoKo-Mann mit „Könnte ein Tröpfchen Öl vertragen", kommentierte. Dann schlüpfte er durch den Spalt und folgte mit Christ im Schlepptau auf der rechten Seite dem Bachlauf - genau wie Elias es getan hatte, nur mit dem Unterschied, dass die beiden Männer nur in gebückter Haltung vorankamen, während der wesentlich kleinere Elias sich hatte aufrecht in der Einhausung bewegen können.

Meisner leuchtete mit der Taschenlampe den Weg. Nach kurzer Zeit geriet in deren Leuchtkegel etwas aus Wolle in Schwarz-Weiß-Rot.

„Da ist die Mütze", erkannte Meisner.

„Hm", bestätigte Christ, der sie auch erspäht hatte. Er beobachtete, wie Meisner auf die andere Seite des Bachlaufs wechselte, sich die Bommelmütze schnappte und sie in seine Jackentasche steckte.

Der SoKo-Chef war unterdessen weiter vorgedrungen und richtete den Blick nun wieder nach vorn. Dort konnte er etwas erkennen, was zur Szenerie eines Bachbetts, in dem ungehindert Wasser floss, nicht passen wollte. Er zückte sein Handy und benutzte die Lampenfunktion. Je näher er kam, desto mehr Einzelheiten konnte er ausmachen. Schließlich erkannte er einen Schuh - braunes Leder, flache Sohle - und ein Stückchen weiter erblickte er den zweiten. Noch ein Stück weiter bewegte sich etwas im Wasser, besser gesagt, die Strömung bewegte ein zerfetztes Kleidungsstück, aus welchem der metallische Gegenstand herausragte, der Elias hierhergelockt hatte und der jetzt im Lichtstrahl aufblitzte.

Elias' ominöser Hinweis hatte Christ zwar im Stillen Vermutungen anstellen lassen, was sie hier erwartete, aber das, was er nun erblickte, ließ selbst ihn einen Moment innehalten. Christ realisierte, dass es sich um ein Hosenbein handelte, das am Knie aufgerissen war und den

Blick auf ein Metallknie freigab, und dass in dem Hemd, das der Hose folgte, eine menschliche Gestalt steckte. Nun verstand er den Schrecken, der Elias immer noch in den Gliedern zu stecken schien.

Unterstützt von Meisners leuchtstarker Taschenlampe, die nun ebenfalls die Szene beleuchtete, waren mehr Einzelheiten erkennen. So sah man auch, dass um den Toten herum noch Leben herrschte – vierbeinig, grau, mit nacktem Schwanz und anscheinend Menschenfleisch gegenüber nicht abgeneigt.

Meisner versuchte, die Tiere zu verscheuchen. „Tsch!", tschischelte er und fuchtelte mit den Händen.

Während die meisten Ratten davonstoben, blieb eine davon zurück und richtete sich auf den Hinterbeinen auf, als wollte sie ihre Beute nicht kampflos aufgeben. Man sah ihr an, dass sie gut genährt war. Auch Meisners Händeklatschen und sein lautes Rufen: „Hey, weg da!", bewirkten nichts.

Christ griff pragmatisch nach einer leeren Büchse, die wohl der Wasserlauf hierhergeführt hatte, und warf sie in die Nähe der renitenten Ratte, die sich nun doch lieber trollte.

Christ und Meisner traten noch näher an den Toten heran.

Vom Gesicht des Menschen, der da vor ihnen lag, konnte man nichts erkennen. Was das Flüsschen an Unrat mit sich geführt hatte, hatte sich um den Körper herum und teilweise auf ihm abgelagert. Da, wo die Haut des Mannes zugänglich war, waren die Ratten zu Werke gegangen. Selbst für die hartgesottenen SoKo-Männer stellte dieser Anblick eine Herausforderung dar. Was musste der erst bei dem jungen Elias bewirkt haben!

Das linke Bein war angestellt und das Knie, besser gesagt das Knie einer Beinprothese, ragte aus diesem Schuttberg wie ein Grabmal auf.

Christ starrte das Teil an, verstand, wie Elias zu dem Schluss gekommen war, dass er einen Cyborg gesehen hatte. Dann blickte er Meisner an und sagte: „Guten Riecher gehabt!"

Meisner nickte. „Schöne Scheiße!"

Christ wechselte von der Lampenfunktion seines Handys in die Sprechfunktion, um die örtliche Polizeidienststelle zu informieren. Sobald er dies erledigt hatte, flogen seine Finger erneut über das Display seines Diensthandys.

Meisner wusste genau, wem das Tippen auf Christs Handy galt. Meisner hatte mit dem SoKo-Chef an diesem Neujahrsmorgen die Stellung gehalten, weil die anderen des SoKo-Teams frei hatten – bis jetzt. Meisner war sich sicher, dass die Meldung, die die Kolleginnen und Kollegen jetzt erreichte, nicht gerade Freude auslösen würde.

Man sollte immer das Kleingedruckte in seinem Vertrag lesen. Meisner seufzte im Stillen.

Kapitel 4

Sonntag, 1. Januar, 11:34 Uhr

Christ und Meisner hatten das Bachbett inzwischen wieder verlassen und warteten oberhalb der fünf Steinstufen auf die Ankunft der Herbeigerufenen.

Als Meisner das Martinshorn eines Polizeiwagens vernahm, meinte er trocken: „Die Melodie kenn ich doch!"

Kurz darauf blinkte ein Blaulicht am Hengstbach und brachte die herabtaumelnden Schneeflocken zum Glitzern, als wären sie eine riesige Discokugel.

SoKo-Mann Antonio Brucati kam fast zeitgleich mit dem Streifenwagen an, dessen verstummendes Martinshorn den Startschuss für eine ganze Reihe von sich bewegenden Fensterflügeln setzte.

Brucati, der bei seiner Kleidung die Farbe Schwarz bevorzugte, blieb auch heute seinem Stil treu. Er trug schwarze Jeans und eine schwarze Lederjacke, aus welcher der schwarze Rollkragen eines Pullovers herauslugte. Zu dem ihm umgebenden Weiß der Landschaft bildete der SoKo-Mann heute einen krassen Kontrast, als er - zur Begrüßung kurz nickend - auf seine Kollegen zulief. Dabei fiel ihm sogleich eine schwarze Bommel auf, die aus Meisners Jackentasche herausragte. Er fingerte nach dem Teil und hielt es kurz darauf in seiner Hand.

„Cool!", kam es dem bekennenden Eintracht-Fan über die Lippen. „Wusste gar nicht, dass du auch Fan bist."

Meisner eroberte sich die Bommelmütze zurück. „Das verhält sich ein bisschen anders", raunte er und berichtete, was es mit der Kopfbedeckung auf sich hatte.

Einen ähnlichen Bericht erhielten die Polizisten des eingetroffenen Streifenwagens von Christ und kurz darauf auch die herbeigeeilten SoKo-Kollegen, der Rechtsmediziner Doc Wenright und sein Assistent, Forensiker Pfeiffer.

Nachdem er schweigend Christs Worten gelauscht hatte, meinte Doc Wenright: „Nach dem, was du uns berichtet hast, glaube ich nicht, dass das da unten der Tatort ist." Er rieb sich das Kinn und stierte in Richtung Einhausung. „Faserspuren von einem möglichen Täter werden sich schwerlich nachweisen lassen, geschweige denn DNA-Spuren."

„Die dürften alle im wahrsten Sinne des Wortes den Bach runtergegangen sein", seufzte Pfeiffer.

Christ sagte nichts dazu.

Wenright blickte zu Pfeiffer. „Schmeißen wir uns trotzdem in unser Zeug", riet er, auch wenn Wenright nicht glaubte, dass es jetzt noch auf eine möglicherweise in den Auffindeort eingebrachte Verunreinigung ankam.

Tyvekanzüge, Handschuhe und Mundschutz waren schnell angelegt. Auf Anraten von Christ verzichteten sie aber auf die Überzieher für die Schuhe. Im Bachbett war es einfach zu glatt dafür, was Wenright sofort feststellte, als er die paar Stufen nach unten stieg. Er schaute zurück und rief zu Christ hinauf: „Pretty smooth!"

Christ quittierte dies mit einem Nicken.

„Wir sichern erste Spuren!", bekundete Wenright in Richtung des SoKo-Chefs. „Und dann bringen wir ihn in die SoKo?", fragte er, wobei sein Blick kurz die Streifenwagenbesatzung streifte.

Christ nickte erneut bestätigend, er würde die Frage der Zuständigkeit mit den beiden Polizisten klären.

Bevor er sich diesen zuwenden konnte, fragte Wenright noch: „Kümmerst du dich auch um den Staatsanwalt, damit wir gleich mit der Sofortobduktion anfangen können?" Dann duckte er sich und tauchte in die Einhausung ab, ohne auf Christs Bestätigung zu warten.

Auch dem SoKo-Chef lag daran, so schnell wie möglich herauszufinden, wer das Opfer war und warum es zu einem geworden war. So rief er Wenright hinterher: „Schau, ob du irgendwas in seinen Taschen findest - Ausweis, Handy, Autoschlüssel!"

Wenright war schon in der Einhausung verschwunden, aber Christ war sich sicher, dass er seine Worte noch gehört hatte.

Inzwischen versammelten sich die ersten interessierten Schaulustigen, die es nicht mehr hinter ihren Fenstern gehalten hatte, am Ort des Geschehens. Sie wurden von der Streifenwagenbesatzung und Meisner auf Abstand gehalten, wobei Meisner die ersten Befragungen vornahm.

Das Bächlein hatte noch nie so viel Aufmerksamkeit geschenkt bekommen wie an diesem Tag. Unter die Schaulustigen mischten sich auch teils genervte, teils uninteressierte Gesichter, welche sich über die rot-weißen Flatterbänder beschwerten, um dann weiterzuhetzen.

Brucati wollte sich die Auffindesituation aus der Nähe ansehen. Um keine Spuren zu verwischen, machte er aber am Gitter der Einhausung

Halt und schaute hinein. Aufgrund der spärlichen Beleuchtung, die von Wenrights und Pfeiffers Lampen ausging, erkannte er nicht sehr viel.

Gerade als die Glockenuhr vom alten Rathaus zwölf Schläge zum Bach herüberschickte, traf als Letzter der Herbeigerufenen ein recht zerknautschter Daniel Dosske ein. Jeder Schlag dröhnte im Kopf des SoKo-Mannes, als käme er von einer gewaltigen Glocke, während sich für Brucati diese Schläge aufgrund der Situation eher nach Totenglocken anhörten.

Dosske war alles andere als ein Zwerg, doch in seiner momentanen Verfassung war er weit davon entfernt, seine Größe von über einem Meter neunzig mit gestrafften Schultern darzustellen. Unrasiert schleppte er sich am telefonierenden Christ vorbei die Stufen zu seinem Kollegen hinunter und kam dort mit eingezogenem Genick, gesenkten Schultern und in den Jackentaschen steckenden Händen wie ein Häuflein Elend an.

Er hatte heute Morgen die Scheiben seines Autos gleich mehrfach freikratzen müssen, und das nach durchzechter Nacht und viel zu wenig Schlaf. Er war erst kurz bevor sein Diensthandy ihn mit der Titelmelodie des Films Spiderman aus dem Anfangsschlaf geholt hatte, von einer Silvesterparty nach Hause gekommen. Die Zeitspanne zwischen dem Abstellen seines Autos und des erneuten Losfahrens war jedoch lang genug gewesen, um die Scheiben erneut mit einem leichten Eisbelag und Schnee zu überziehen, sodass Dosske an diesem Morgen gleich zwei Mal mit dem Eiskratzer in der Hand zu Werke gehen musste. Das wirkte sich nicht gerade positiv auf seine Laune aus.

Als Brucati seinen Kollegen mit schlurfendem Gang ankommen sah, auf der Nase eine dicke Sonnenbrille mit dunklen Gläsern, die ihn vor dem schneeweißen Tageslicht schützen sollte, wusste er Bescheid.

„Na …", begann Brucati süffisant, wurde aber sofort von seinem Kollegen mit Halt gebietender, nach oben gerissener Hand unterbrochen.

„Sag jetzt bloß nix Falsches", warnte Dosske prophylaktisch, wobei er fasziniert seiner in der eisigen Kälte manifestierten Atemluft hinterhersah, die von Schneeflocken durchtrudelt wurde.

Ein Schmunzeln legte sich auf Brucatis Miene und er beließ es bei einem „Guten Morgen".

„Was ist denn an dem Morgen gut", brummte Dosske in seine Bartstoppeln. „Nicht nur, dass sie uns den Feiertag geklaut haben, dann hast du auch noch diese scheiß Eiskratzerei! Das Jahr fängt ja …" - er holte auch noch die zweite Hand aus der Jackentasche, um Anführungszeichen in das Grau des Morgens zu malen - „… gut an!"

Brucati bemerkte, wie Dosske auffällig seine Nase kräuselte. Schließlich drückte er sie und schnaubte: „Ich hasse es, wenn mir die Nasenhaare gefrieren!" Wieder rümpfte er die Nase. „Als hätte man Kaktusstacheln in der Nase", grummelte er.

„Du bist doch mit dem Auto gekommen."

„Ja, aber ich stehe ein ganzes Stück weg", murrte Dosske.

„Bist du mit dem eigenen Auto gefahren?"

„Mit was denn sonst?"

Brucati musterte seinen Kollegen. „Bist du dir sicher, dass du nicht über 0,5 Promille hast?"

Dosske gab ihm mimisch zu verstehen, dass er sich sicher war. Als SoKo-Mann mit Rufbereitschaft wusste er genau, wie viel er trinken durfte, und auch wenn er vielleicht an die Grenze gegangen war, so doch nicht darüber hinaus. Sein momentaner Zustand war vor allem seiner Übermüdung geschuldet.

„Was ist denn hier los?", fragte er und zog den Reißverschluss seiner dicken Daunenjacke ein Stück weiter nach oben. Nun zeichnete sich sein Bäuchlein selbst unter der gepolsterten Winterjacke deutlich ab, während man Brucatis durchtrainierten Körper nur erahnen konnte.

Brucati brachte Dosske auf den Stand der Ermittlungen, obwohl es noch nicht viel zu berichten gab.

Dosske blickte zur Einhausung, dann den Bach entlang, dann wieder zur Einhausung. Nach der anstrengenden Silvesternacht befand sich seine Gedankenzentrale noch nicht im Vollmodus, er brauchte heute länger als gewöhnlich zum Hochfahren. Schließlich trat er an das Gitter heran, lugte hindurch und vermied es tunlichst, den standsicheren Bereich des Bachbetts zu verlassen. Mit einem Seufzer steckte er seine frierenden Hände in die Jackentaschen. In seiner vollen Breite stand er nun seinem Kollegen im Weg, der auch noch mal einen Blick ins Innere werfen wollte, das nun durch aufgestellte Lampen ausgeleuchtet wurde.

„Kannst du mal bitte ein Stückchen zur Seite gehen?", forderte Brucati.

Dosske wandte den Kopf zu ihm um. „Warum? Ich sehe doch!",

fauchte Dosske.

„Du stehst im Weg", beklagte sich Brucati, jetzt unfreundlicher.

„Ich stehe genauso da, wie unser Ausbilder es immer gesagt hat: Augen auf, Mund zu und Hände in die Taschen!"

„Damit meinte er aber, erst mal nur schauen, und nicht, die anderen am Schauen hindern!"

Dosskes Blick war weiterhin ins Innere der Einhausung gerichtet. „Ich muss jetzt aber nicht da rein, oder?", stieß er genervt hervor.

„Nee", beruhigte Brucati, „Pfeiffer bringt gleich die Spheron zum Einsatz, du kannst dir also die Bilder auch später im warmen Büro sitzend anschauen."

Wie zum Beweis flackerte in diesem Moment das leistungsstarke Scanlight für die hochauflösende Kamera aus der Einhausung in das Morgengrau und stach Dosske in den Augen. Wie von einem Boxschlag getroffen, taumelte er zurück. „Mann, ey, muss das sein", haderte er, obwohl er genau wusste, dass es sein musste.

Doc Wenright hatte mit seinem Kollegen Pfeiffer die Spheron-Tatortkamera innerhalb der Einhausung auf ihrem dreibeinigen Stativ aufgestellt. Die Kamera drehte sich einmal komplett um die eigene Achse, um ein vollständiges Bild der Situation zu erstellen, dabei wurde sie begleitet von einem Blitzlichtgewitter, das jedes reale Gewitter vor Neid erblassen ließ.

Dosske, und nicht nur er, würde das Computerprogramm später im Büro bequem auf seinem Bildschirm aufrufen können, um den Tatort digital zu betreten. Doch jetzt hob Dosske fröstelnd die Schultern und maulte: „Mir hätte es gereicht, wenn die Spheron den Tatort einfriert. Ich wollte mich heute eigentlich nicht einfrieren lassen." Gegen die Kälte kämpfend, zog er den Reißverschluss seiner Daunenjacke vollends zu. Er bereute, heute Morgen keine Stiefel angezogen zu haben. Er hatte eiskalte Füße und begann damit, sie abwechselnd zu heben.

Brucati schaute sich um. „Warum hat man ihn gerade hier abgelegt?", überlegte er.

Pfeiffer, der gerade aus der Einhausung kam, antwortete: „Ratten sind gute Spurenvernichter", bevor er an den beiden vorbeischlüpfte und nach oben stieg. Als er keine drei Minuten später oben am Geländer erschien, fragte er nach unten zu Dosske: „Kannst du mir das mal abnehmen?" und reichte ihm einen Leichensack, um einfacher nach unten klettern zu können.

Dosske nahm die ihm entgegengestreckte weiße Bergungshülle in die Hände. Doch während Pfeiffer wieder nach unten stieg, klingelte Dosskes Telefon. Den Leichensack mit nur noch einer Hand balancierend, fischte er ungelenk nach seinem Handy, das in der Hosentasche steckte. Und - wie hätte es anders sein können - er bekam es nicht richtig zu fassen, sodass es im Schnee des Bachbetts landete. „Mann!", schnellte sein Zorn nach oben wie eine zu spät gezündete Silvesterrakete.

„Hast du den Flugmodus eingestellt?", feixte Brucati, der ihm hilfreich zur Seite sprang und den Leichensack abnahm. Trotzdem kassierte er von Dosske einen kräftigen Schlag mit der Faust. Es wirkte spielerisch, zeigte Brucati aber, dass er es mit seinen Scherzen heute nicht zu toll treiben sollte.

„Aua", bemerkte Brucati und reichte den Leichensack an den inzwischen heruntergestiegenen Pfeiffer zurück.

Dosske schaute auf sein Handy, brummte: „Jetzt nicht!", drückte den Anruf weg und steckte sein Handy wieder in die Hosentasche.

Doc Wenright tauchte aus der Einhausung auf.

Als Dosske ihn erblickte, dachte er daran, dass der Doc bei Außeneinsätzen doch immer eine Thermoskanne mit Tee mit sich führte. Heute lockte die Vorstellung, sich an einer heißen Tasse Tee zu wärmen - selbst den Nichtteetrinker Dosske, den die Kälte inzwischen durch die Kleidung stach.

„Und, habt ihr schon was gefunden?", wollte Brucati wissen. „Wir freuen uns über jede verwertbare Spur!"

Wenright schnaubte abfällig und deutete mit dem Kopf Richtung Einhausung. „Da drin?"

„Ich hasse dieses *Identität am Auffindeort nicht feststellbar*!", raunte Dosske missmutig.

Doc Wenright konnte Dosskes Gemütsregung gut nachvollziehen. „Ich bring ihn erst mal zu uns und mach ihn sauber", sagte er daher verständnisvoll.

„Braucht er das noch, der ist doch mit allen Abwassern gewaschen", juxte Dosske.

Wenright verzog das Gesicht, er hielt den Scherz offenbar für unangebracht. Dann rief er mit deutlich englischem Akzent nach oben: „Thomas!"

Als der Gerufene über das Geländer schaute, brachte Wenright seine Hände kreuzweise übereinander und wieder auseinander, was so viel bedeutete wie: *Nichts da, was auf seine Identität schließen lässt.*

Christ wandte sich darauf an Brucati und Dosske. „Beginnen Sie mit der Befragung der Nachbarn."

Damit löste sich Dosskes Vorstellung, die klammen Finger um eine wärmende Tasse Tee zu schmiegen, in Luft auf.

Als Wenright wieder in die Einhausung wollte, entdeckte er eine Spur am Gitter und trat näher heran. Sein geschulter Blick entdeckte frische Spuren. „Hiervon werden wir auch 'ne Probe nehmen", sagte er mehr zu sich selbst, als er die Hinterlassenschaften der Strickhandschuhe bemerkte, nicht ahnend, dass sie von Elias stammten.

Beim Zurückkehren auf das Bodenniveau schlug Dosske sich den Kopf am Geländer an, als er darunter durchschlüpfen wollte, und ließ sich zu einer theatralischen Schmerzlautäußerung hinreißen.

Brucati grinste nur. Er kannte die Wehleidigkeit seines Kollegen. Obwohl er durchaus glaubte, dass Dosske heute, nach der Silvesterfeier, einen empfindlicheren Kopf hatte als sonst.

Als Dosske das Grinsen im Gesicht seines Kollegen entdeckte, maulte er: „Du könntest mir wenigstens ein bisschen Mitleid schenken!"

Brucati zog abgeklärt die Augenbrauen hoch. „Eins der zehn Gebote lautet: Du sollst nicht lügen."

Dosske schaute in die Runde. „Wo ist eigentlich Stein? Sie hätte mir Mitleid geschenkt!", fragte er mit Blick auf den telefonierenden SoKo-Chef, der zu solchen Einsätzen gern ein Team aus Brucati, Dosske und Stein zusammenstellte. „Warum ist sie nicht aus dem Bett geschmissen worden?", murrte er.

„Meinst du wirklich, dass man sie um diese Uhrzeit hätte aus dem Bett schmeißen müssen?", entgegnete Brucati spitz. „Du weißt doch, dass Stein mit 'ner Freundin auf dem Wasser Silvester gefeiert hat, und zwar nicht hier um die Ecke."

Dosske kramte in seinen langsam in Fahrt kommenden Gehirnwindungen. Er erinnerte sich, dass Stein mit Freundin Pfitz und deren Freund zu Silvester auf einem Schiff feiern und dort auch übernachten wollte. „Auf dem Rhein", sprach er aus, was ihm wieder dämmerte.

„Ja. Und wenn sie da schippert, dann dauert das einen Moment, bis sie hier ist."

„Hm", grunzte Dosske wieder. Er beobachtete, wie Christ mit dem Handy am Ohr den Bachlauf entlanglief, aber nicht sprach, sondern die Gegend genauestens studierte. *Wahrscheinlich tut er mal wieder nur so, als würde er telefonieren, damit er nicht den Schaulustigen*

Rede und Antwort stehen muss, dachte er, bevor er sich Brucati zuwandte, der seine Rede beendete.

„Und das Schiffchen muss ja auch erst mal anlegen."

„Apropos Anleger", hakte Dosske ein, „wir sollten jetzt die Anlieger befragen."

Brucati ließ seinen Blick in die Umgebung schweifen. Er sah geöffnete Fenster mit einer oder einer zwei Personen, die sich herauslehnten und schauten, was hier los war, und geschlossene Fenster, an denen die Gardinen wackelten. Dazu ein paar Schaulustige, die es nicht hinter ihren Fenstern gehalten hatte, die sich herangewagt hatten und hinter dem von einem Polizeibeamten aufgespannten rot-weißen Flatterband standen, wo sich ihr Atem deutlich in der Kälte manifestierte. Das übliche Spektrum von Neugierigen an einem frostigen Neujahrsmorgen wie diesem, wo man alles andere als gern vor die Tür trat.

„Bin mal gespannt, wie viele Türen sich uns öffnen", überlegte Brucati.

„Na, alle", sagte Dosske. „Ich lasse einfach meinen Charme spielen!"

„Da hättest du den aber mitbringen müssen", gab Brucati trocken zurück. „Welche Seite nimmst du?"

Dosske zuckte unschlüssig mit den Schultern.

„Da Meisner die Schaulustigen hier macht, fange ich da an", entschied Brucati und wies mit der Hand in die ausgesuchte Richtung.

„Die wollte ich nehmen", beschwerte sich nun Dosske.

Brucati atmete tief ein und schickte eine einladende, großzügig überlassende Geste in Richtung seines Kollegen.

Der Geste mit den Augen folgend, erspähte Dosske im geöffneten Hoftor eines der Häuser einen Mann mit einem Hund, der das Geschehen interessiert beäugte.

„Da ist ein Nachbar für dich", brummte Dosske. „Den kannst du befragen."

„Wieso ich?"

„Du kannst besser mit Hunden", raunte Dosske, den Blick auf den Deutschen Schäferhund gerichtet, der sie mit den Augen verfolgte. Diese Aussage stimmte durchaus, sein Kollege hatte sich mehrfach als wahrer Hundeflüsterer bewiesen.

Brucati ergab sich in sein Schicksal und trottete los.

„Sei vorsichtig, es ist glatt", warnte ihn Dosske fürsorglich.

Brucati tat diese Fürsorge mit einer abwertenden Handbewegung ab, doch tatsächlich strauchelte er in diesem Moment kurz, fing sich jedoch sogleich wieder.

Was für eine willkommene Breitseite für Dosske, dessen Kopf immer noch vom Kontakt mit dem Geländer brummte. „Tja, und das elfte Gebot lautet: Du sollst auf Dosske hören", rief er Brucati hinterher.

Der hatte es sehr wohl gehört, reagierte aber nicht darauf.

Dosske grinste trotzdem zufrieden.

Kurz darauf bewahrheitete sich Dosskes Aussage. Der anfänglich als Reaktion auf Brucatis Näherkommen angriffslustig bellende Schäferhund wedelte nach ein paar Worten des SoKo-Mannes mit dem Schwanz und ließ sich von ihm kraulen.

„Was ist denn los da unten?", wollte der Hundehalter wissen.

„Das sehen Sie ja." Brucati wies sich dem Mann gegenüber aus, sah aber keine Veranlassung, näher auf die Frage einzugehen. „Sie kennen die Einhausung?"

„Ich sehe die mehrmals täglich", gab der Mann an. „Rufus führt mich mindestens drei Mal am Tag an ihr vorbei."

Der Hund schnupperte an Brucati, witterte wahrscheinlich Brucatis Vierbeiner.

„Feiner Rufus", lobte Brucati den jetzt ruhigen Hund und quittierte sein Verhalten mit dem Kraulen hinter den Ohren, worauf Rufus genüsslich den Kopf in Schieflage brachte und hechelte.

„Aber da drin war ich noch nie!", schob das Hundeherrchen hinterher.

„Ist Ihnen in den letzten Tagen irgendetwas Ungewöhnliches dort aufgefallen?"

Der Mann schüttelte den Kopf.

Brucati fragte nach den Personalien des Mannes. Ausweis hatte er keinen dabei, so notierte er die Daten, die ihm genannt wurden, in seinem Handy und verabschiedete sich.

Dosske war unterdessen beim ersten Haus seiner Befragungsrunde angelangt. Dort fiel ihm sofort ein Warnschild ins Auge: *Warnung vor dem Hunde,* zur Verdeutlichung war ein stattlicher Rottweiler abgebildet. *Na super,* dachte er. *Wahrscheinlich komme ich jetzt vom Regen in die Traufe. Das Gekläffe von so einem Köter ist jetzt genau das, was ich noch brauche.*

Dosske klingelte. Die Erfahrung hatte ihn gelehrt, dass hinter solchen Schildern manchmal bissige Zweibeiner und nicht bissige Vierbeiner steckten.

Und seine Erfahrung wurde ein weiteres Mal bestätigt. Der Mann, der ein Fenster öffnete, musterte Dosske nur kurz, schleuderte ihm ein „Wir geben nix" entgegen und schmiss das Fenster wieder zu.

Dosskes Finger landete erneut auf der Klingel, diesmal durchaus fordernder als beim ersten Mal. Mit der anderen Hand hatte er seinen Dienstausweis aus der Jackentasche gefingert und reckte ihn in Richtung Fenster, das erneut aufgerissen wurde.

Bevor der Mann etwas sagen konnte, sagte Dosske: „Polizei, wir möchten Sie zu einem Vorfall in Ihrer unmittelbaren Nachbarschaft befragen."

„Ich komme runter", sagte der Mann krächzend, da er tief Atem geholt hatte, um eigentlich lautstark etwas wesentlich Unhöflicheres von sich zu geben.

Dosske hatte auf sein Klingeln keinen Hund bellen gehört und so hoffte er, dass das Warnschild keinen wirklichen Bezug hatte.

Der Mann hatte dann doch einen Hund bei sich, der allerdings weit von einem Rottweiler entfernt war. Ob der Masse war eine Warnung nicht unbedingt vonnöten, aber die Schnauze des Vierbeiners war umso größer. Unablässig bellte der Zwergpinscher Dosske an und ging ihm damit tierisch auf den Geist. Dosske musste die Stimme erheben, damit er mit der Befragung beginnen konnte.

Brucati steuerte unterdessen auf ein Haus zu, bei dem eindeutig noch Weihnachten herrschte. Ein Nikolaus grüßte vom Fenster im Parterre her. Auch die anderen Fenster waren noch weihnachtlich geschmückt. *Seifert* stand auf dem Klingelschild, das er nun drückte. Als sich die Haustür auftat, stand auch im Flur ein Weihnachtsmann, flankiert von einer lächelnden Dame, deren Lächeln auch nicht verschwand, nachdem Brucati erklärt hatte, wer er war, was draußen los war und was er wollte.

„Sie sind Frau Seifert?"

„Ja, kommen Sie doch herein", forderte sie ihn auf.

Brucati hatte nichts dagegen, sich einen Moment aufzuwärmen, klopfte sich die Schuhe ab und folgte Frau Seifert ins Wohnzimmer.

Auch hier war noch Weihnachten. Ein großer, üppig geschmückter Weihnachtsbaum stand in der Ecke. Von einem Kaminsims hingen zwei überdimensionale Nikolaussocken und zwischen den beiden stand ein Foto, das Frau Seifert und einen Mann offenbar bei ihrer

Hochzeit zeigte.

„Nehmen Sie doch Platz", bot Frau Seifert an.

Brucati blieb stehen und wollte seine Fragen loswerden, doch Frau Seifert hielt ihm eine Schale mit Plätzchen unter die Nase.

„Möchten Sie ein Plätzchen?"

„Nein, danke", sagte Brucati höflich und dachte: *Das Gespräch könnte länger dauern.* Daher fuhr er sehr dienstlich fort: „Frau Seifert, ist Ihnen in den letzten Tagen irgendetwas Ungewöhnliches aufgefallen, was mit dem Toten im Bach zu tun haben könnte?"

Sie überlegte kurz. „Nein."

„Irgendwelche unbekannten Autos, die hier parkten?"

Die Frau überlegte kurz. „Nein."

„Wer wohnt noch in diesem Haus?"

„Mein Mann wohnt auch hier. Aber der schläft noch", gab sie nun flüsternd an, während ihr Blick in den ersten Stock schwenkte. „Und den sollten wir auch besser schlafen lassen. Er hat die Grippe und war schon seit über einer Woche nicht mehr vor der Tür."

„Und Sie? Wann waren Sie vor der Tür?"

„Letzte Woche, nur einmal ganz kurz zum Einkaufen. Aber da ist mir nichts aufgefallen. Wissen Sie, es ist ja so kalt, da geht man nicht gern nach draußen, es sei denn, es muss sein. Bei dieser Kälte ist man ja froh, in den Wechseljahren zu sein und ab und an mal eine Hitzewallung zu bekommen, damit einem wenigstens ein bisschen warm wird", scherzte Frau Seifert.

Brucati war das zwar etwas zu viel Info, er reagierte aber nicht auf diese Bemerkung, sondern sagte: „Wenn Ihrem Mann vielleicht etwas aufgefallen ist, soll er sich bitte bei uns melden." Er reichte seine Visitenkarte an Frau Seifert weiter.

„Ach, dem ist bestimmt nichts aufgefallen. Wenn der nicht wie jetzt mit 'ner Grippe im Bett liegt, ist er eh nur in seinem Keller und bastelt. Aber ich frag ihn", versprach sie.

Brucati verabschiedete sich schnell. Wieder draußen, sah er auf der gegenüberliegenden Seite Dosske, der an einem geöffneten Hoftor stehend mit einem Mann sprach, dessen mürrischer Gesichtsausdruck Bände sprach.

An einem Neujahrstag die Leute in ihrer Ruhe zu stören oder gar aus dem Bett zu klingeln, damit würden sich die SoKo-Beamten keine Freunde machen, da war sich Brucati sicher. Aber was sein musste, das musste nun mal sein.

Kapitel 5

Sonntag, 1. Januar, 15:45 Uhr

Christ hatte sich - nach Klärung der Zuständigkeiten und seinem Telefonat mit dem Staatsanwalt - von Meisner wieder in die SoKo-Zentrale fahren lassen. Dort angekommen, hatte er Meisner beauftragt, direkt zu Elias weiterzufahren. Er sollte den Jungen Auge in Auge befragen, um herauszufinden, ob er irgendetwas zur Lösung des Falles beitragen konnte. Der SoKo-Chef hegte die Hoffnung, dass der Junge öfter dort am Bach spielte und ihm vielleicht etwas aufgefallen war.

Meisner hatte den Auftrag gern angenommen, denn er freute sich darauf, dem Jungen seine Bommelmütze zurückzubringen und den beiden Menschen - die ihm inzwischen sehr wichtig waren - in dieser bedrückenden Situation beistehen zu können.

Nachdem Christ durchgefroren in die fünfte Etage der Zentrale zurückgekehrt war, hatte er als Erstes den inzwischen kalten Rest seines Tees entsorgt und sich einen frischen Darjeeling zubereitet. Nach dem ersten wohltuenden Schluck des heißen Getränks legte er einen Ordner zum neuen Fall im Intranet an, wobei er es sich bei der Benennung einfach machte - mangels Opfernamens entschied er sich für *Hengstbach*.

Danach rief er die Vermisstenkartei des BKA auf, die ihm bei der Identifizierung der unbekannten Leiche helfen sollte.

Selbst für SoKo-Chef Christ war es immer wieder verstörend, dass in Deutschland zeitweise über achttausend Personen als vermisst registriert waren. In dieser Zahl waren sowohl die Fälle vermisster Personen enthalten, die sich innerhalb weniger Tage aufklärten, als auch Personen, deren Aufenthaltsort oder Verbleib über viele Jahre nicht festgestellt werden konnte.

In diese Geschichten vertieft, vergaß Christ vollkommen die Zeit, bis sein Telefon klingelte und er anhand der Uhrzeit auf dem Telefondisplay bemerkte, wie lang er schon am Rechner saß. Der Anruf kam von Doc Wenrights Anschluss in der Forensischen Abteilung im Kellergeschoss der SoKo.

Christ runzelte die Stirn. *Der Doc ist zwar schnell, aber das ist eindeutig zu schnell für wirkliche Ergebnisse.* Mindestens drei Stunden dauerte allein die Obduktion. Wenright musste etwas so

Interessantes oder Brisantes gefunden haben, dass er Christ schon vor Ende der Leichenschau sprechen wollte.

Entsprechend neugierig meldete sich Christ am Telefon. „Was hast du?"

„Komm runter", war alles, was Doc Wenright sagte.

Christ kannte seinen Freund lange genug, um die angespannte Überraschung in seiner Stimme zu vernehmen. Und so setzte er sich augenblicklich in Bewegung.

Wenright war nicht nur Arzt und Naturwissenschaftler, sondern auch unvoreingenommener Rechtsmediziner. Er zeichnete sich dadurch aus, dass er während der Leichenschau und weiterer Ermittlung neue Denkansätze bezüglich des Verbrechenshergangs zuließ. Zudem verfügte er über ein ausgesprochen gutes detektivisches Gespür, kombiniert mit einem aus langjähriger Erfahrung resultierenden starken Bauchgefühl. Christ schätzte ihn daher sehr.

Als Christ sechs Stockwerke tiefer die Tür zu den Autopsieräumen aufstieß, empfing ihn die sterile Kälte von Wenrights Reich. „Hier bin ich", sagte er.

Wenright reagierte nicht, er arbeitete mit dem Skalpell und schien vollkommen gefesselt von dem, was er da vor sich hatte.

„Doc", versuchte es Christ noch einmal und schaute sich vergeblich nach Pfeiffer um, der stets an Wenrights Obduktionen beteiligt war. Wahrscheinlich war er nebenan und hantierte mit den Gerätschaften dort.

Wenright reagierte erst auf Christs Ankunft, als der neben ihm am Obduktionstisch zu stehen kam und ihn das dritte Mal ansprach. Der Arzt in Schutzanzug, Handschuhen, Mundschutz und Haarhaube wandte sich ihm zu und zog den Mundschutz herunter. „Ich hab da was für dich", sagte er, griff in eine Nierenschale und hielt Christ dann ein schwarzes Klappschlüsselgehäuse hin. „Kannst du ruhig nehmen, sind keine verwertbaren Spuren dran", beruhigte er und ließ es in Christs geöffnete Hand fallen.

„Ein Autoschlüssel?"

„Der war in der rechten Socke des Opfers versteckt, deswegen ist er in der Einhausung nicht aufgefallen. Ich habe die Taschen nach Gegenständen durchsucht, aber nicht die Socken."

Das Logo, das sich auf dem Schlüsselgehäuse befand, wies darauf hin, dass er Zugang zu einem VW gewährte.

Doch Wenright hatte noch mehr. „Wir haben den Key Inspector

drüberlaufen lassen", berichtete Wenright. Das Schmunzeln um seine Lippen zeigte, wie zufrieden er über die Tatsache war, dass Christ nicht nur dafür sorgte, dass seine SoKo sich auf dem neuesten Stand der technischen Entwicklungen befand, sondern dass sie auch Zugriff auf alle möglichen Programme hatten. Wenright liebte diese Spielereien, an die nicht jede Polizeidienststelle herankam.

Da selbst ein simpler Autoschlüssel heutzutage einem Computer glich, bei dem man unzählige Daten wie Schlüssel-ID, Schlüsselposition in der Wegfahrsperre, Fahrgestellnummer, Kilometerstand, Fräscode, Reifendruck und vieles andere auslesen konnte, bot er durchaus einen Ermittlungsansatz. Das Softwareprogramm hatte Doc Wenright die Fahrzeug-Identifizierungsnummer geliefert, die er Christ auf einem Ausdruck reichte.

Ein schneller Blick darauf zeigte dem SoKo-Chef, dass die siebzehnstellige Ziffer mit WVW begann, und damit für einen Volkswagen stand. Den Kürzeln der Nummer konnte er auch noch entnehmen, um welches Modell und Baujahr es sich handelte. Er ließ den Schlüssel aus dem Klappgehäuse schnappen. „Ein Golf also."

„Sieht so aus", bestätigte Wenright.

Christ klappte den Schlüssel wieder ein. „Was kannst du mir sonst schon sagen?"

„Nun, du weißt selbst, dass bei posthum übel zugerichteten Leichen die Identifikation nicht gerade einfach ist, und bei dem postmortalen Tierfraß …" Er wies mit der Hand auf die Stelle, wo sich einmal das Gesicht des Mannes befunden hatte, und schüttelte bedauernd den Kopf.

Wenrights Augen sondierten die Verletzungen. „Es ist wichtig, diese postmortalen Veränderungen nicht mit Verletzungen vor Todeseintritt zu verwechseln, um nicht vorschnell dem irrtümlichen Verdacht einer unnatürlichen Todesursache beziehungsweise eines Tötungsdelikts zu unterliegen", schulmeisterte Wenright.

„Ich weiß", raunte Christ genervt, denn er wusste, dass Wenrights Ansprache nichts anderes bedeutete, als dass er sehr gewissenhaft vorgehen würde, was Zeit brauchte. „Ich nehme alles, was du mir schon sagen kannst!"

Wenright atmete hörbar aus, bevor er antwortete. „Wir haben es offensichtlich mit einem männlichen Individuum zu tun. Das Alter schätze ich auf dreißig bis fünfunddreißig Jahre. Sportlicher Körperbau, vermutlich Europäer, Südländer, gepflegter Körper, Brust und

Achselhaare rasiert. Und er hat hier ..." - Wenright zeigte auf eine Stelle oberhalb der rechten Hüfte - „... eine Narbe, die von einer Schussverletzung stammen könnte." Dann hob er eine Hand des Opfers hoch. „Von den Fingerkuppen ist leider nichts mehr da. Die typischen Fraßspuren von Ratten an den abstehenden Körperteilen, also Fingern, Ohren, Nase. Auch die Zehen haben sie erwischt, weil er die Schuhe verloren hatte - also bei dem einen Bein."

„Also Fingerabdrücke Fehlanzeige", stellte Christ frustriert fest.

Doc Wenright nickte. „Der Daumennagel der rechten Hand ist noch vorhanden und der ist manikürt." Wenright griff über die Leiche hinweg, hob die andere Hand des Toten an und zeigte Christ, was er gefunden hatte. Dann legte er auch diese Hand wieder ab und fuhr fort: „Bleibt noch das Gebiss. Pfeiffer kümmert sich bereits darum." Er trat einen Schritt zur Seite und tippte mit dem Skalpell in seiner Hand auf das Knie der Leiche. „Und die Prothese."

Jetzt, wo der Leichnam von seiner Kleidung befreit auf dem Tisch lag, war die Beinprothese in ihrer gesamten Komplexität auszumachen.

Wenright wies auf eine Stelle an der Prothese. „Wir haben hier eine Seriennummer entdeckt. Die Abfrage über die Datenbanken läuft."

Neben der Seriennummer entdeckte Christ Schleifspuren an der Prothese. „Hat ganz schön was abbekommen."

„Mir stellt sich der Ablauf so dar: Der Täter hat das Opfer in die Einhausung gezogen. Dabei hat unser Toter die Schuhe verloren und die Hose wurde über dem Knie aufgeschlitzt, weil das Gelenk auf dem Boden schleifte."

Pfeiffer betrat den Raum und Wenright unterbrach seine Ausführungen. „Und?", wollte er wissen.

Pfeiffer schüttelte zerknirscht den Kopf. „Fehlanzeige. Keine Übereinstimmung beim Zahnstatus."

Wenright hob ernüchtert die Schultern. „Nun, wenn wir schon keine echten Fingerabdrücke haben, dann schauen wir doch mal, was der isotopische Fingerabdruck sagt."

Pfeiffer schnappte sich eine Gewebeprobe vom Tisch und begab sich zum Massenspektroskop.

Doc Wenright wandte sich wieder Christ zu. „Du siehst ja, dass vom Gesicht nicht mehr genug da ist, um ein Foto mit einem Aufruf an die Presse geben zu können. Aber wir haben ein Foto von etwas anderem gemacht. Wenn du mal herumkommst", bat Wenright Christ auf die andere Seite des Seziertisches. Er wies auf den Oberarm des Toten, auf dem eine Tätowierung zu erkennen war.

Christ hob die Augenbrauen. „Ach, schau an", sagte er.

„Sagt dir das was?", fragte Wenright.

Christ nickte zwar, antwortete jedoch nicht, sondern fragte: „Kannst du schon was zur Todesursache sagen?"

„Nun ja." Der Arzt bedeutete dem SoKo-Chef mit einer lässigen Handbewegung, ihm zu einem PC zu folgen. Dort rief Wenright die Ergebnisse der Computertomografie auf, die den Kopf des Opfers dreidimensional in Schichten von einem halben Millimeter abgelichtet hatte. Beim Durchscrollen durch die Ebenen des Kopfes waren Frakturlinien zu sehen, die sich über den Hinterkopf zogen. Wenright fuhr mit einem Stift an ihnen entlang. „Hier, hier …" - er ließ die dreidimensionale Grafik des Schädels ein Stück um die eigene Achse rotieren, bevor er wieder seinen Stift zum Einsatz brachte - „… und hier." Eine weitere Fraktur zeigte sich. „Offensichtlich massive Gewalteinwirkung", diagnostizierte Wenright. „Da ist jemand richtig in Rage geraten!"

„Todesursächlich?"

Wenright schürzte die Lippen und blickte Christ in die Augen. „Ich bin kein Fan von Science-Fiction, sondern von Science-Facts! Und die kann ich dir erst nach Ende der Obduktion sagen."

Christ biss die Zähne zusammen und schnaubte durch die Nase. Geduld war nicht seine Stärke.

Wenright ließ sich nicht gern hetzen, Genauigkeit kam bei ihm immer vor Schnelligkeit. „Morgen früh kriegst du alles von mir", sagte Wenright, wandte sich von Christ ab und wieder dem Toten zu. „Ich muss jetzt die Einblutungen ins Gewebe und die Organe checken."

Das ließ sich mit einer CT nicht so gut darstellen, deren Stärken lagen in der Darstellung der knöchernen Strukturen. Und die hatten Wenright schon einiges verraten, aber eben noch nicht alles.

Doch dann legte Wenright das Skalpell zur Seite und hakte nach: „Was ist jetzt mit dem Tattoo?"

Christ trat wieder an den Toten heran und heftete seinen Blick auf das mit Farbe in die Haut eingebrachte Motiv: Ein starker, mit Muskeln und Sehnen durchzogener Unterarm hielt drei Schwerter an ihren Klingen in die Höhe. „Das ist ein ganz bekannter Arm."

„Also ich kenne den nicht!", bekannte Wenright.

„Er stammt aus einem Gemälde von Jacques-Louis David, dem *Schwur der Horatier.*"

„Oh!", entfuhr es Wenright in dem für ihn typischen oxford-englischen Slang. „Ein Gemälde", wiederholte er. Es war offensichtlich, dass ihm der Titel nichts sagte.

„Da geht es um einen Krieg zwischen Rom und Alba Longa. Das zentrale Element des Bildes stellt den Moment dar, als der Vater aus dem Haus der Horatier seinen drei Söhnen diese Schwerter anvertraut, mit denen sie sich drei Söhnen einer Familie aus Alba Longa stellen werden."

„Du hast das Bild schon gesehen?"

„Nicht live. Es stammt aus dem 18. Jahrhundert und hängt im Louvre."

„Aber was macht der Arm dann hier?"

Christ schürzte die Lippen und schüttelte den Kopf. „Ich hätte da eine Idee. Das könnte das Wappen des COFS sein."

„Des was?"

„Des Comando interforze per le Operazioni delle Forze Speciali."

Offensichtlich konnte Wenright mit diesen Worten nichts anfangen und so entfuhr ihm ein weiteres „Oh!", wobei er Christ fragend anblickte.

„Das italienische Streitkräftekommando für Operationen der Spezialkräfte. Es plant und führt die Einsätze von italienischen Spezialeinheiten auf operativer Ebene."

„Ausgehend von den körperlichen Merkmalen könnte der Tote durchaus Italiener sein."

„Hm", brummte Christ. Er blickte sich um und deutete auf einen in der Ecke stehenden PC. „Kann ich den benutzen, um ins Netz zu gehen?"

Wenright antwortete mit einer einladenden Handgeste.

Christ gab die Suchbegriffe *COFS* und *Italien* ein. Nach einem weiteren Klick zu Wikipedia ploppte das Wappen des COFS auf. Golden eingerahmt, thronte auf kupferfarbenem Grund ein Arm mit drei Schwertern.

Wenright blickte ihm über die Schulter. Ihm kamen die Filme, die sich um das alte Rom drehten und gern an Weihnachten oder Ostern im Fernsehen gezeigt wurden, in den Sinn. „Sieht aus wie der rechteckige Schutzschild eines Legionärs vom römischen Heer", sagte er mehr zu sich selbst.

„Du sagst, du hast ein Foto von dem Tattoo gemacht."

„Ja", meinte Wenright und schritt nun seinerseits an den PC heran. Er teilte den Bildschirm und stellte das angefertigte Foto neben das des Internetportals. Es passte.

„Schick mir das!", forderte Christ.

„Schon dabei", war die Antwort.

„Wäre schön, wenn wir ein paar mehr Anhaltspunkte hätten", drängte Christ.

„Ich bin dran!", murrte Wenright. „Und ich schicke dir gleich noch ein Foto der Auffindesituation und der Prothese mitsamt Nummer mit."

Er ging zu dem Tisch, auf dem die Kleidung des Opfers lag. „Ich habe da noch was. Für die Theorie, dass wir es hier mit einem Italiener zu tun haben, spricht auch noch das hier." Wenright ergriff den Parka, in den der Mann gekleidet gewesen war, und legte das Typenschild im Kragen frei. „Das ist eine italienische Modemarke."

Das Logo der Modemarke war ein Adler, der seine Schwingen weit ausbreitete. Über ihm war eine Krone angedeutet, unter ihm stand AERONAUTICA MILITARE. Den Buchstaben folgten ein roter Kreis mit einem grünen Punkt in der Mitte, der etwas von einer Zielscheibe hatte.

„Anscheinend war unser Opfer dieser Marke sehr zugetan", meinte Wenright. „Denn auch in der Hose und im Pullover haben wir dieses Logo gefunden." Er zeigte Christ die Innenseite des Hosenbunds und die des Kragens.

„Teure Kleidung?", wollte Christ wissen.

Pfeiffer hatte das Gespräch der beiden Männer wohl verfolgt und antwortete: „Ich habe mal schnell im Internet geschaut, dieser Parka wird für zweihundertfünfzig bis vierhundertfünfzig Euro angeboten."

Christ nahm diese Angaben zur Kenntnis. Sie ließen nicht unbedingt darauf schließen, in welchen Kreisen sich das Opfer bewegte.

Wenright legte seine Hand auf die Schuhe, die er aus dem Bachbett gefischt und mitgebracht hatte. „Bei denen haben wir keine Marke gefunden. Falls auf der Sohle etwas eingestanzt war, ist es nicht mehr zu erkennen. Die haben schon einiges an Kilometern abgeschritten."

Christ musterte die braunen Business-Schnürschuhe aus Leder. „Nicht unbedingt ein Modell, das man bei diesem Wetter zu einem Spaziergang draußen tragen würde."

Wenright brummte Zustimmung.

Christ hob den Autoschlüssel in die Höhe. „Ich bin dann mal oben", informierte er.

Während Christ die forensische Abteilung verließ, griff Wenright zum Rasierer und legte Hand an die schwarzen Haupthaare des Opfers. Nachdem er den Kopf rasiert hatte, traten die beiden Kopfverletzungen, die er schon vom CT kannte, zutage, was Doc Wenright mit einem trockenen: „Da seid ihr ja!" kommentierte.

Auf diesen Kommentar hin erhob sich Pfeiffer von seinem Sitzplatz vor dem Massenspektrometer und kam herüber. „Stumpfe Gewalteinwirkung."

Wenright nickte zustimmend. „So sieht's aus."

Kapitel 6

Sonntag, 1. Januar, 16:20 Uhr

Christ war im Treppenhaus auf dem Weg nach oben zu seinem Büro, als er im Erdgeschoss sah, wie Kollege Meisner seinen Dienstausweis durch den Kartenleser am Eingang zog. Er wirkte aufgewühlt.

Christ öffnete die Glastür zum Treppenhaus, stellte Augenkontakt her und fragte: „Hat der Junge noch etwas gewusst?"

Meisner schüttelte den Kopf und kam zu Christ ins Treppenhaus, wo er mit ihm nach oben stieg. „Elias hat nicht viel mehr gesagt als das, was wir schon von ihm wussten." Meisners gesenkter Blick haftete an den Stufen vor ihm. Schweigend nahm er Stufe für Stufe, bis er anfügte. „Elias ist ziemlich fertig."

Elias war Meisner in die Arme gefallen, als er mit seiner Mütze bei ihm angekommen war. Immer noch unter dem Einfluss des Erlebten, hatte er sich an den neuen Freund seiner Mutter geklammert und Schutz an seiner starken Schulter gesucht. Meisner hatte sich Zeit für den Jungen genommen, der vielleicht einmal so etwas wie sein Sohn sein könnte. Vor allem beruhigte er ihn dahingehend, dass kein Cyborg oder gar eine außerirdische Lebensform in der Einhausung gewesen war. Mit der Schilderung der tatsächlichen Umstände schien Elias letztendlich klarzukommen.

Nachdem Elias die ganze Geschichte nochmals erzählt hatte, suchte Meisner auch Jonas und Luca auf, um sie zu der Sache zu befragen. Dabei unterließ er es, auf das einzugehen, was die beiden mit Elias veranstaltet hatten. So, wie die Mütter der beiden Jungen auf seine Ausführungen reagiert hatten, war er sich sicher, dass sie die richtigen Worte finden würden, um ihre Sprösslinge ins Gebet zu nehmen.

„Ich habe auch die beiden Jungen befragt, die mit Elias dort im Bachbett gespielt hatten. Aber das hat auch nichts ergeben."

In der fünften Etage angelangt, berichtete Christ kurz, was er im Kellergeschoss erfahren hatte.

„Mit der Halterabfrage wird das heute am Feiertag aber nix", meinte Meisner.

„Ich werde trotzdem gleich eine Anfrage an das Zentrale Fahrzeugregister schicken", gab Christ bekannt und reichte den Autoschlüssel an Meisner weiter. „Fahren Sie noch mal zum Hengstbach und schauen Sie in den Straßen, ob Sie den passenden Wagen zu dem

Schlüssel finden."

Meisner nahm den Schlüssel entgegen, auch wenn ihm der damit verbundene Auftrag nicht behagte. Er war eben durch ein regelrechtes Schneetreiben gefahren. Das Wetter war alles andere als angenehm. Christ schien das egal zu sein. „Wie gesagt, es muss sich um einen VW Golf handeln."

Meisner sah sich schon die Straßen entlanglaufen und immer wieder auf den Autoschlüssel drücken, um zu sehen, ob ein Golf reagierte. „Da gibt es vielleicht Dutzende davon", unkte er.

„Uns interessiert nur der eine - der, in dem der Mann gefahren ist!", sagte Christ kühl und trat in sein Büro.

Meisner nickte ergeben und machte sich auf den Weg zu seinem Auto.

Christ setzte sich an seinen Schreibtisch und formulierte eine Mail an das ZFZR, in der er die siebzehnstellige Fahrzeug-Identifizierungsnummer angab.

Bin gespannt, wann wir Antwort von dort bekommen. Er ärgerte sich auch, dass er aufgrund des Feiertags nicht gleich Kontakt zu einer bestimmten Dienststelle aufnehmen konnte, von der er sich Bestätigung in Bezug auf seine Vermutung zur Tätowierung erhoffte. Gefrustet rief er Wenrights Mail mit dem Foto der Tätowierung auf, druckte die Schwerter und weitere Informationen aus.

Danach rief der SoKo-Chef ein weiteres Mal die Vermisstenkartei des BKA auf. Diesmal sah er sich keine Seiten an, sondern gab das, was er an Informationen von der unbekannten Leiche im Hengstbach hatte, in die Vermi/Utot-Datei ein - die Datei, die Vermisste und unbekannte Tote auflistete und auf die das BKA sowie alle Landeskriminalämter Zugriff hatten. Christs Tun reihte sich damit in die täglich bis zu dreihundert neu erfassten und auch gelöschten Fahndungen ein. Ziel dieser Datei war es, durch einen rechnergestützten Vergleich über die Beschreibung der Person und die Umstände des Falles Zusammenhänge zwischen vermissten und hilflosen/nicht identifizierten Personen beziehungsweise unbekannten Leichen zu erkennen. Christ hatte die Hoffnung, bei der Recherche einen möglichen Treffer mit einem vermissten Mann zu landen, damit Wenright einen direkten Abgleich der Beschreibungsmerkmale durchführen könnte.

Der SoKo-Chef wusste, dass sich erfahrungsgemäß etwa fünfzig Prozent der Vermisstenfälle innerhalb der ersten Woche erledigten, binnen Monatsfrist lag die Erledigungs-Quote bereits bei über achtzig Prozent. Der Anteil der Personen, die länger als ein Jahr vermisst wurden, bewegte sich bei nur etwa drei Prozent. Er hoffte, dass dieser Fall zu den fünfzig Prozent der ersten Woche gehörte.

Die Leiche aus dem Hengstbach war männlich und passte damit zu mehr als zwei Drittel aller Vermissten.

Mit dem Wenigen in der Hand, was Christ inzwischen als Fakten ausgedruckt hatte, lief er in den an sein Büro angrenzenden Besprechungsraum. Er musste das Licht anknipsen, es war schon wieder dunkel geworden.

Er bereitete die Wand für die Zusammenkunft seines Teams am nächsten Morgen vor. Alles, was er bereits an Fakten hatte, brachte er dort an: die vom Key-Inspector ausgelesenen Daten des Autoschlüssels mit ihrer Buchstaben- und Zahlenfolge, das Foto der Auffindesituation, die Prothese mit Seriennummer, ein Google-Maps-Bild des Tatorts.

Zum Schluss heftete er noch das Foto der Tätowierung an. Er starrte auf die Schwerter und überlegte: *Wer könnte mir meine Vermutung zum COFS bestätigen, ohne dass ich auf die Dienstzeiten warten muss? Hartmut!*, schoss ihm durch den Kopf.

Oberst Hartmut Riedel war ein wandelndes Lexikon in Militär- und Polizeibelangen. Christ hatte schon lange nicht mehr mit seinem Freund gesprochen und so war diese Frage ein willkommener Anlass, zum Hörer zu greifen. Er fischte sein Handy aus der Sakkoinnentasche. Doch unter der Nummer, die er wählte, nahm niemand ab. Er müsste es später noch mal versuchen.

Christ blickte aus dem Fenster nach draußen. Im Lichtkegel der Lampe, die den Parkplatz der SoKo-Zentrale erhellte, konnte Christ erkennen, dass es immer noch leicht schneite. Dort wo sonst die Autos der Kollegen standen, tummelte sich jetzt bis auf die Fahrzeuge von Wenright, Pfeiffer und seinem nur der Schnee, in den Meisners Fahrzeug eine frische Spur gezogen hatte.

Auch die Wagen von Brucati und Dosske fehlten. Die beiden waren noch nicht von ihrer Befragung der Nachbarn zurückgekehrt und hatten sich auch nicht gemeldet. So nahm Christ an, dass sie nichts in Erfahrung gebracht hatten, was ihnen bei der Lösung des Falles weiterhelfen könnte. Wahrscheinlich würden die beiden direkt in den Feierabend gehen und gar nicht mehr zur SoKo zurückkehren.

Von Wenright würde Christ heute nichts mehr hören und für ihn selbst blieb im Moment auch nichts zu tun. So beschloss Christ, für heute Feierabend zu machen.

Es ging ihm zwar mal wieder nicht schnell genug voran mit den Ermittlungen, doch er tröstete sich mit: *Morgen ist auch noch ein Tag.* Und den würde er - wie immer - früh beginnen.

Kapitel 7

Montag, 2. Januar, 05:37 Uhr

Der SoKo-Chef kam lang vor seiner Truppe in aller Herrgottsfrühe in der Zentrale an und stürzte sich auf den Ordner *Hengstbach* im Intranet, um zu sehen, ob es inzwischen relevante Neuigkeiten gab. Das, was er vorfand, war jedoch ziemlich mau. Er hoffte, dass es vielleicht doch mehr Informationen gab und die Kollegen ihre Ergebnisse nur noch nicht eingepflegt hatten. Zugleich wusste er, dass er sich mit dieser Hoffnung selbst betrog, denn eigentlich war es ein No-Go, Informationen erst am nächsten Tag ins Netz der SoKo einzuspeisen. Und so war Christs Blick auf die Uhrzeit der letzten Updates des Ordners und die dazugehörigen Namenskürzel ernüchternd.

Er selbst war allerdings auch noch nicht weitergekommen, denn ein erneuter Anruf bei Oberst Riedel war genauso erfolglos verlaufen wie der erste. Und die Vermisstenkartei hatte auch noch keinen Hinweis ausgespuckt.

Daran hatte sich auch noch nichts geändert, als es schließlich in der fünften Etage acht Uhr geworden war, was die aufblitzende Lampe über dem Aquarium des SoKo-Chefs den Fischen und Christ kundtat. Christ erhob sich, um nach nebenan in den Besprechungsraum zu gehen. Ein ihm vertraut klingendes *Ping* ließ ihn jedoch innehalten. Mit einem schnellen Griff zu seiner Maus öffnete er die angekommene Mail und staunte nicht schlecht, als er den Absender las. Diese Nachricht ließ ihn wieder auf seinem Stuhl Platz nehmen. Nebenan würde man erst einmal auf ihn warten müssen.

***

An diesem Morgen sollten alle, die mit dem Hengstbach-Fall betraut waren, im Besprechungsraum der SoKo-Zentrale zusammenkommen. Es lag wieder dieses spannungsgeladene Kribbeln in der Luft, das jedem ersten Treffen bei einem neuen Fall anhaftete.

Brucati und Meisner waren bereits im Besprechungsraum, als Kollegin Stein zur Truppe stieß. Ihr reichte ein Blick in Meisners Gesicht, um sich nach Elias zu erkundigen.

Während der berichtete, dass der Junge schlecht geschlafen hatte, betrachtete Brucati seine Kollegin. Dass sie als Erstes Meisner nach dem Jungen fragte, zeigte ihm einmal mehr, dass Stein sich stets auf dem Laufenden hielt, also trotz ihres Kurzurlaubs bereits über die Sache am Hengstbach informiert war. Außerdem bewies sie damit einmal mehr ihre stark ausgeprägte Fähigkeit, Mimik lesen und verstehen zu können. Brucati selbst hatte schon oft genug erlebt, wie sie von ihm ausgehende unterschwellige emotionale Signale empfangen hatte und mitfühlend darauf eingegangen war. Jetzt drückte Stein kurz Meisners Arm und sagte: „Das wird schon wieder." Beim Anblick dieser Geste wurde Brucati einmal mehr bewusst, wie sehr er sie mochte.

So vielseitig interessiert Samira Stein war, so vielseitig war auch ihre Garderobe. Kam sie sonst auch schon mal in Jeans und Lederjacke, so hatte sie heute eine schwarze Leggins und einen schwarz-weiß gemusterten Longpullover gewählt, dem man ansah, wie kuschelig warm er war. Die wohlgeformten Beine der SoKo-Beamtin steckten in Stiefeln mit einem weißen Pelzimitatabschluss.

Dosske rauschte ins Zimmer. Er begrüßte Stein mit: „Ach, auch schon da", ruderte jedoch gleich ein Stück zurück und schob hinterher: „Wir haben dich gestern vermisst."

Da Stein die manchmal überschießende Art ihres Kollegen bestens kannte, gab sie ruhig zurück: „Du weißt doch, wo ich war."

„So gut möchte ich es auch mal haben", frotzelte Dosske weiter.

„Nach dem, was ich gehört habe, hast du es doch auch an Silvester krachen lassen", meinte Stein mit einer lässigen Geste.

„Wie war's auf dem Schiff?", schaltete sich jetzt Brucati ein.

„Gut", antwortete Stein. „Die haben uns einiges an Unterhaltung geboten. Unter anderem gab es ein Gewinnspiel, bei dem man die Namen der Geburtstagsgäste von Miss Sophies 90. Geburtstag wissen musste. Würdet ihr die vier zusammenbekommen?"

„Ja, klar", prahlte Dosske, „das waren Admiral von Schneider, Sir Toby, Mister Pommeroy und … äh …"

„Ha!", entfuhr es Stein, „das beruhigt mich, denn genau den vierten Mann haben Vivian und ich auch erst nicht mehr gewusst."

Man sah deutlich, wie Dosske sich das Hirn zermarterte. „Mensch, das gibt's doch gar nicht, ich hab das schon so oft gesehen!"

Stein erlöste ihn. „Mister Winterbottom."

Dosske fielen die Schuppen von den Augen. „Natürlich!", rief er aus.

„Und, bekommst du auch noch die Speisenfolge zusammen?",

fragte Stein keck.

„Suppe", kam von Dosske wie aus der Pistole geschossen.

„Mulligatawny-Suppe", ergänzte Stein.

„Irgendeinen Fisch."

„Schellfisch aus der Nordsee."

„Hühnchen und Obst."

„Yes, my friend."

Stein schien es genau wissen zu wollen. „Und was trank die illustre Gesellschaft?"

„Äh …" Dosske zähle an seinen Fingern auf: „Sherry, Weißwein, Champagner, Portwein." Diesmal war ihm die Antwort flüssig über die Lippen gekommen.

Stein schob die Unterlippe vor. „Wow, du bist gut!", erkannte sie an.

„Das weiß ich", strahlte Dosske.

„Na klar, mit alkoholischen Getränken kennt er sich aus", warf Brucati ein.

„Ey!", fauchte Dosske den Kollegen an. „Und was hab ich jetzt gewonnen?"

Über Steins Gesicht zog sich ein Schmunzeln. „An Erfahrung", meinte sie, nahm vor dem bereitstehenden Laptop Platz und rief die Spheron-Bilder auf, die Wenright und Pfeiffer in der Einhausung am Hengstbach angefertigt hatten.

Die Bilder zeigten den Ort des Auffindens im 360-Grad-Rundumblick, vom Boden bis zur Decke der Einhausung. Stein zoomte das Knie in der 3-D-Optik heran. „Ganz schön bizarr", entfuhr es ihr.

Auch Brucati, der neben ihr Platz genommen hatte, starrte fasziniert auf die Bilder. „Das kannst du laut sagen", meinte er.

„Das hat sie laut gesagt", grätschte Dosske dazwischen. Er hatte hinter seinen Kollegen Aufstellung bezogen, wobei er seine Arme auf den Stuhllehnen der beiden abstützte, um auch auf den Bildschirm schauen zu können.

Wenright kam durch die Tür und schickte ein „Guten Morgen" in die Runde. Er blickte sich um. „Der Chef noch nicht da?", stellte er erstaunt fest.

„Nö!", meinte Dosske unbekümmert und griff zu einer der Tassen, die Christs Sekretärin samt Kaffeekanne für die Besprechung auf den Tisch gestellt hatte.

Wenright warf ein paar aneinandergetackerte Blätter, die seinen

Autopsiebericht bildeten, auf den Tisch und hielt auf das große Glas-Whiteboard zu, das SoKo-Chef Christ schon mit den Bildern und Fragestellungen bestückt hatte. Dabei fragte er sich, was Christ mit seiner Pünktlichkeitsmarotte aufgehalten haben könnte.

Dosske trat mit einer vollen Kaffeetasse ebenfalls an das Glas-Whiteboard heran. „Was ist das?", fragte er und tippte mit dem Zeigefinger seiner freien Hand auf das Foto des Tattoos.

Wenright gab in Kurzform weiter, was Christ ihm über den Arm mit den drei Schwertern berichtet hatte. „Dieses COFS ist wohl irgendsoeine Spezialeinheit."

„Welche?", wollte Brucati wissen, der den Worten des Arztes ebenfalls gelauscht hatte.

Doch Wenright wurde einer Antwort enthoben, da der SoKo-Chef in diesem Moment mit einem „Morgen" ins Zimmer trat. In einer Hand hielt er ein paar Blätter, in der anderen seine Teetasse samt Teelöffel. Er stellte die Tasse auf dem Tisch ab und kontrollierte mit einem Blick, ob alle da waren.

„Pfeiffer hat eben einen Anruf erhalten, er kommt sicher gleich nach", entschuldigte Wenright den jungen Forensiker.

„Mich hat eine Mail des ZFZR aufgehalten", tat Christ kund. „Wir haben ein Frankfurter Kennzeichen für den Golf."

„Da war das Kraftfahrt-Bundesamt aber mal schnell", raunte Meisner. „Am Hengstbach steht der Golf jedenfalls nicht mehr", gab er dann das Ergebnis seiner Suche bekannt, ließ sich auf den Stuhl vor sich fallen und legte den Autoschlüssel des Golfs auf den Tisch. „Keines der Autos in der Nähe des Auffindeorts ließ sich mit der Fernbedienung öffnen."

Christ war an das Glas-Whiteboard herangetreten und malte ein F - für das Unterscheidungszeichen - neben die Worte „weißer Golf", die schon auf dem Ausdruck des Key-Inspector-Programms an der Wand standen. Nach einem kurzen Blick auf die Blätter in seiner Hand folgten für die Erkennungsnummer zwei weitere Buchstaben und drei Ziffern. „Ich habe ihn zur Fahndung ausgeschrieben. Halter ist die AVIS Autovermietung", berichtete er. Auch diese Information fand seinen Platz auf der Wand. Dann setzte er die Kappe wieder auf den Edding, der daraufhin auf der Ablage vor dem Board landete.

Christ blickte in die Gesichter der Anwesenden. „Ich nehme stark an, dass der Wagen am Flughafen gemietet wurde. Die Mietstation öffnet um neun Uhr. Ich werde mich nachher darum kümmern", gab er bekannt. „Nun zu Ihnen", wandte er sich an Brucati und Dosske, auch wenn er die Antwort auf seine Frage bereits vermutete. „Was hat die Befragung der Anlieger am Hengstbach ergeben?"

„Null, niente, nix", gab Dosske an.

Und Brucati bestätigte: „Nichts für unseren Fall Relevantes."

Christ setzte sich an die Kopfseite des Tisches.

Dosske zeigte auf das Bild der Einhausung. „Aber wer immer das Opfer da reingepackt hat, muss sich mit den Örtlichkeiten auskennen. Das ist kein Gelegenheitsablageort."

„Hm." Sein Chef klang nicht überzeugt.

„Oder haben Sie immer einen Bolzenschneider zur Hand, um so ein Vorhängeschloss zu knacken?", verteidigte Dosske seine Annahme.

„Nun, wenn ich ein Handwerker wäre, hätte ich den vielleicht in meinem Firmenwagen liegen", überlegte Christ.

Dosske schüttelte den Kopf. „Keinem der Nachbarn ist ein Firmenfahrzeug oder Lieferwagen aufgefallen … Oder hat dir einer was gesagt?", fragte er in Richtung Brucati.

„Nein. Aber wir konnten noch nicht mit allen sprechen", wandte Brucati ein.

„Ich denke mal, der Platz war bewusst gewählt, weil derjenige dachte, dass die Ratten alle Spuren beseitigt hätten, bis da mal wieder jemand reingeht", mutmaßte Wenright.

Meisner schnaubte beipflichtend. „Dass Elias' Bommelmütze da drin landet, er da reingeht und den Stein ins Rollen bringt, damit konnte niemand rechnen."

„Und dass an dem Vorhängeschloss manipuliert wurde, also dass es aufgeschnitten war, hat man von oben nicht sehen können", steuerte Wenright bei.

Stein hatte versonnen auf das Bild der Auffindesituation geblickt und sagte jetzt: „Dass die Ratten sich allerdings an der Beinprothese die Zähne ausbeißen würden, hat der Täter nicht bedacht oder er hat nicht gewusst, dass das Opfer eine solche trägt."

Dosske nickte. „Mit so etwas geht man nicht hausieren", brummte er. „Jetzt im Winter, mit langen Hosen, siehst du so was auch nicht."

„Wenn die Prothese gut angepasst war und der Mann gut damit zurechtgekommen ist, dann musste man nicht merken, dass unser Opfer ein Ersatzkörperteil trug", überlegte Wenright. „Selbst wenn er gehinkt haben sollte … das hätte viele Ursachen haben können."

„Die Frage ist", schaltete sich Brucati ein, „ob unser Opfer einfach nur schnell von der Bildfläche verschwinden sollte und es dem Täter egal war, ob man die Identität der Leiche feststellt. Wenn nicht, hätte jemand, der um die Prothese wusste, diese anders entsorgt, da man Menschen ja bekanntlich anhand so einer Prothese identifizieren kann."

Es folgte ein Moment der Stille, bis Brucati den Faden wieder aufgriff. „Die Frage ist: Wer ist das Opfer und wo wurde es ermordet?"

„Und woher kam der Mann?", raunte Dosske.

„Die Bekleidung des Toten war hauptsächlich mit italienischen Markenzeichen versehen", gab Wenright an, schlug das erste Blatt seiner mitgebrachten Aufzeichnungen nach hinten um, und ergänzte: „AERONAUTICA MILITARE."

„Lässt das einen Rückschluss auf seine Arbeit zu?", wollte Stein wissen.

Wenright schüttelte den Kopf. „Ist 'ne normale Modemarke."

„Alles ziemlich frustrierend", murrte Dosske. „Ich hoffe ja, dass unser Kellergeschoss ein paar Antworten bringt", sagte er mit Blick auf Pfeiffer, der gerade hereingekommen war, neben Wenright Platz nahm und ihm einen Ausdruck mit den Worten: „Ist gerade fertig geworden" reichte.

Wenright nahm den Ausdruck entgegen, beachtete ihn jedoch nicht. „Durchaus", fuhr er in seinen Ausführungen fort. „Die Geoforensik hat ein paar Erkenntnisse gebracht. Wie ihr wisst, ist vom Gesicht unseres Opfers nicht mehr viel übrig. Aber Nahrung und Wasser enthalten Elemente wie Sauerstoff oder Wasserstoff, die aus Isotopen bestehen. Die Zusammensetzung dieser Isotope ist an jedem Ort anders, Trinkwasser und Nahrung hinterlassen dementsprechend unterschiedliche Spuren in Gewebe und Haaren. Und so haben wir mithilfe der Isotopenbestimmung von Gewebeproben des Toten herausgefunden, wie und wo er sich ernährt hat."

Gespannte Gesichter folgten Wenrights Worten. Brucati beugte sich in seinem Stuhl nach vorn und stützte die Unterarme auf dem Tisch ab.

„Die Isotopenanalyse hat ergeben, dass der Tote seine Kindheit am Meer verbracht und dort viel Fisch gegessen hat. Danach zog er in die Berge und ernährte sich südeuropäisch. Er muss auch längere Zeit im Kriegseinsatz gewesen sein. Wir haben eine verheilte Schussverletzung festgestellt. Alles in allem ist er ganz schön rumgekommen, hat geografisch einen ziemlichen Mischmasch im Körper."

Einmal mehr war Christ froh darüber, Doc Wenright in seinem Team zu haben, der mit Pfeiffer sowohl die Aufgaben der kriminaltechnischen Untersuchung als auch die der Rechtsmedizin übernahm. Wenrights forensische Arbeit war bei den Fällen der SoKo gar nicht mehr wegzudenken.

Wenright ergänzte seine Ausführungen: „Apropos Mischmasch, seine letzte Mahlzeit bestand aus einem Risotto mit frischen Steinpilzen."

„Risotto, frische Steinpilze", wiederhole Brucati. „So etwas wird nicht überall angeboten."

„Am wahrscheinlichsten in einem italienischen Restaurant", meinte Dosske mit Blick auf seinen italienischen Kollegen.

Pfeiffer nickte. „Und er selbst könnte auch Italiener sein", sagte er und fingerte nach einem Blatt Papier, das er mitgebracht und auf dem Tisch abgelegt hatte. „Während ich auf die Ergebnisse aus der Analyse wartete, habe ich ein Phantombild des Opfers erstellt", überraschte Pfeiffer die Anwesenden und hielt das Blatt mit dem Gesicht eines Südeuropäers hoch.

Fynn Pfeiffer war ein begnadeter Phantombildzeichner. Während die meisten seiner Kollegen inzwischen mit Photoshop und speziellen Zusatzprogrammen arbeiteten, schwang er im wahrsten Sinne des Wortes noch den Pinsel, um eine Gesichtsform, Augen, Mund, Nase und Ohren plastisch werden zu lassen.

Auf dem Blatt, das er Christ reichte, war nicht nur die Abbildung des Mannes zu sehen, Pfeiffer hatte am Rand auch noch seine Größe, mutmaßliche Augenfarbe sowie das vermutete Alter und die zuletzt getragene Kleidung notiert.

Christ nickte anerkennend. „Na, damit können wir doch etwas anfangen", sagte er und reichte die Zeichnung mit einem Kopfnicken in Richtung Kopierer an Dosske weiter, der direkt vor dem Gerät saß. Wenig später waren alle mit einer Kopie des Phantombilds ausgestattet. Ein Exemplar brachte Dosske an der Schauwand an.

„Und noch etwas spricht inzwischen für einen Mann aus Italien", sagte Pfeiffer.

Alle Augen wandten sich erneut dem jungen Forensiker zu.

„Ich habe wegen der Seriennummer der Prothese recherchiert und dies führte zu einem Militärkrankenhaus in Italien. Aus diesem Grund hat vorhin jemand angerufen vom …" Er nahm seinen Notizblock zur Hand und las etwas holprig vor: „Ministero della Difesa."

„Verteidigungsministerium", übersetzte Brucati.

„Die haben gesagt, dass die Prothese einem Mann angepasst worden ist, der in San Felice Cicero geboren wurde. Das ist eine Gemeinde in der italienischen Region Latium."

Christ erinnerte sich an Wenrights hinreichende Ausführungen zur Isotopenanalyse - das passte.

„Allerdings wollten sie mir den Namen des Mannes nicht sagen."

Christ runzelte die Stirn

„Und eben hat noch mal jemand angerufen, allerdings von einer ganz anderen Abteilung. Er hat aber so schnell gesprochen, dass ich nicht alles richtig verstanden habe."

Pfeiffer hatte bisher direkten Blickkontakt mit Christ vermieden, jetzt schaute er ihn an. „Soviel ich verstanden habe, war der Mann, der da unten in unserer Pathologie liegt, wohl Angehöriger einer Spezialeinheit."

Wenright straffte sich und richtete das Wort an Christ. „Da lagst du wohl genau richtig, was das Tattoo anbelangt."

„Unser Toter ist so was wie ein Carabinieri?", fragte Dosske überrascht.

Christ erklärte: „Die Carabinieri sind dem Verteidigungsministerium unterstellt, arbeiten auf Weisung des Innenministeriums. Wir haben es hier dagegen mit dem COFS zu tun, einer Spezialeinheit der italienischen Streitkräfte."

„Also ist er ein Soldat", korrigierte sich Dosske.

„Der Mann", schaltete sich Pfeiffer wieder ein, „der vorhin angerufen hat, kommt jedenfalls hierher, um den Fall mit uns zu bearbeiten. Die Telefonverbindung war leider sehr schlecht, er war wohl im Auto unterwegs und hatte keinen guten Empfang. Er wollte wissen, wo er hinkommen muss, um den Toten zu sehen. Ich hab gefragt, warum der Mann hier war, und er hat irgendwas von Drohnen erzählt. Dann brach die Verbindung ab. Da die Rufnummer unterdrückt war, konnte ich nicht zurückrufen."

„Musste ja mal was mit den Dingern kommen", unkte Dosske.

„Ich habe mich erst letztens mit einem Bekannten zu dem Thema ausgetauscht", gab Doc Wenright an. „Der erläuterte, wie gut sich Drohnen dazu eignen würden, in einer Art Notarzteinsatz zu fliegen. Ein Passant könnte zum Beispiel bei einem Herzstillstand in einer abgelegenen Bergregion per Handy einen Defibrillator anfordern und damit Erste Hilfe leisten." Leichte Begeisterung schwang in seinen

Worten mit. Da er auf den Gesichtern seiner Kollegen nicht die gleiche Begeisterung erkennen konnte, schob er hinterher: „Bei einem Stillstand ist keine Zeit zu verlieren!"

In dem Moment lief auf dem Flur mit dynamischen Schritten Kollege Hergert vorbei, der einen Master of Science in NanoEngineering vorzuweisen hatte.

„Hergert!", rief Christ ihn an.

Der Angesprochene kam zurück und schob sich durch die Tür. „Ja?"

„Hergert, Sie kennen sich doch mit Drohnen aus."

„Ja, geht so", meinte er bescheiden.

„Könnte sein, dass wir es im aktuellen Fall damit zu tun bekommen."

Hergert zuckte mit den Schultern. „Nicht verwunderlich. Der rasante technologische Fortschritt und die gesellschaftliche Notwendigkeit, die Mobilität intelligenter und umweltfreundlicher zu gestalten und bestehende Prozesse zu verbessern, haben die Entwicklung des Marktes für zivile Drohnen beschleunigt. Aufgrund der wachsenden Zahl von komplexen Operationen wie Paketzustellungen, Such- und Rettungsaktivitäten, Kartierungen sowie Katastrophenhilfe hat sich der Einsatzbereich von unbemannten Flugsystemen stark erweitert."

„Wie auch immer", bremste Christ ihn ein. „Ich möchte Sie bei dem Fall dabei haben!"

Hergert nickte und suchte sich einen freien Stuhl.

Stein hielt ihm die Kaffeekanne entgegen und schaute ihn fragend an.

Hergert verneinte dankend.

Brucati griff Hergerts Worte wieder auf. „Ich glaube nicht, dass es hier um die normale Paketdrohne geht, sondern um eine Benutzergruppe mit besonderen Bedürfnissen", meinte er ernst.

„Du meinst das Militär", sagte Hergert.

„Da hätte man natürlich eine schöne neue Waffe", unkte Dosske.

Bei diesem Thema kannte sich der SoKo-Chef und ehemalige Major Christ aus. „So neu sind Drohnen gar nicht. Schon im 1. Weltkrieg gab es den ‚Kettering Bug', einen von den USA entwickelten Lufttorpedo. Er wurde 1918 erstmals gestartet und war sozusagen der Vorläufer heutiger Marschflugkörper."

Christ wandte sich an Pfeiffer. „Wann kommt dieser Mann?", wollte er wissen.

„Das weiß ich nicht genau. Wie gesagt, die Verbindung war schlecht, hörte sich nach dem nächstmöglichen Flug aus Rom an."

Wenright hatte inzwischen einen Blick auf die Seiten des Ausdrucks geworfen, den Pfeiffer ihm mitgebracht hatte. Sein unterdrücktes „Oh", verhieß nichts Gutes. Er atmete so schwer ein, dass alle Augen sich ihm zuwandten. „Wir haben beim Toxscreen Methylfluorphosphonsäure festgestellt."

Pfeiffer übersetzte: „Sarin!"

Brucatis Augenbrauen schossen in die Höhe.

„Nein, oder?", entfuhr es Dosske.

Und Meisner murmelte ungläubig „Sarin?"

Doch Pfeiffer nickte. „Der Trivialname Sarin entstand 1943, nachdem es synthetisiert worden war und sich als so starkes Gift erwies, dass man es dem Heereswaffenamt meldete. Dort wurde dann der Deckname vergeben. Der stammte von den Buchstaben der Namen der an der Entdeckung beteiligten Personen ab. Also Schrader, Ambros, Ritter und von der Linde, dem Leiter des Heeresgasschutzlaboratoriums, wo die Weiterentwicklung stattfand."

„Schrecklich", entfuhr es Stein. Sie rückte vor, stützte ihre Ellenbogen auf und schlug die Hände vor den geöffneten Mund.

Christ behielt einen kühlen Kopf. „Ihr seid sicher, konntet es definitiv nachweisen?"

Wenrights Blick flog nochmals über die Zeilen. Er schlug ein weiteres Blatt seiner Blättersammlung nach hinten um, drückte auf die getackerte Kante, strich sie fest und reichte Christ den Bericht mit den Worten: „Sowohl im Blut als auch im Urin, mittels Chromatografie und Massenspektrometrie."

Der Ton, in dem Wenright berichtete, erschien Stein fast zu sachlich für das Thema. Sie setzte sich wieder aufrecht hin und tippte auf der Tastatur des Laptops.

Wenright sprach weiter. „Es war nur in sehr geringen Mengen feststellbar, ist aber da. Die Frage ist, wie und wo kann der Mann mit so etwas in Berührung gekommen sein?" Fragend blickte er in die Runde.

Es folgte erneut ein Moment Stille, jeder musste das Gehörte erst einmal verdauen.

Dann wurde die Stille vom Klimpern eines Teelöffels zerschnitten, der in langsamem Takt unaufhörlich kreisend an die Innenseite von Christs Teetasse schlug. Der SoKo-Chef schien völlig unberührt von

Wenrights Worten. Langsam hob er den Kopf. „Wie lange kann man Sarin nachweisen?"

Wenright schürzte die Lippen. „Im Blut circa drei Wochen. Er sah Christ an. „Ich meine, wir sollten zwar nicht die Pferde scheu machen, aber es wäre sicher nicht schlecht, wenn die örtlichen Einsatzkräfte darauf vorbereitet wären oder zumindest wüssten, worauf sie sich vielleicht einzustellen haben."

„Du meinst ..."

„... triff dich mit dem Bürgermeister. Er ist der oberste Feuerwehrmann der Stadt, der wird schon wissen, wo es vielleicht eine Quelle gibt und mit wem er sich in Verbindung zu setzen hat. Am besten vertraulich, um keine Panik auszulösen."

Mit der Vertraulichkeit ist das so eine Sache, dachte Christ, nickte aber trotzdem.

„Nach den ersten Ergebnissen haben wir es mit ziemlich reinem Sarin zu tun, also muss es professionell synthetisiert worden sein und nicht in irgendeinem Hauslabor", gab Wenright zu bedenken.

„Und ist dementsprechend hochgiftig", ergänzte Pfeiffer.

Christs Blick ruhte weiter auf Doc Wenright. „Was kannst du sonst noch berichten?"

„Die innere Leichenschau hat erbracht, dass das Opfer wohl aufgrund eines Stoßes irgendwo mit dem Hinterkopf aufgeschlagen sein muss. Der Sturz war aber nicht todesursächlich. Der zweite Schlag auf die Stirnregion des zu diesem Zeitpunkt wahrscheinlich bewusstlosen Opfers und die weiteren waren dann aber tödlich, dafür sprechen die Einblutungen im umgebenden Bereich. Todesursache war ein Schädel-Hirn-Trauma. Eingetreten vor etwas mehr als einer Woche, also ein, zwei Tage vor Weihnachten."

„Kannst du irgendetwas zum Tatwerkzeug sagen?"

„Lang, kantig."

„Wenn man sich den Auffindeort ins Gedächtnis ruft, so wäre ein mögliches Szenario, dass man den Mann ans Geländer des Baches gedrückt und darübergestoßen hat", meinte Pfeiffer und begleitete seine Worte mit anschaulichen Gesten. „Wenn er dann unten aufgeschlagen ist, war er vielleicht benommen oder sogar bewusstlos. Dann könnte jemand seinen Kopf gepackt und auf eine der Stufenkanten geschlagen haben, die zur Einhausung führen." Pfeiffer ließ den imaginären Kopf in seinen Händen dreimal auf die Stufe sausen.

Christ hakte nach: „Wenn er nicht daran gestorben wäre, wäre er dann an der Vergiftung gestorben?"

„Also, er muss die Wirkung zumindest bereits gespürt haben", meinte Wenright. „Wir haben auch im Rachenraum Anomalien festgestellt. Kehlkopf sowie Luftröhre und auch Speiseröhre waren unnatürlich geweitet, was zu Rissen geführt hat. Irgendetwas wurde dem Opfer mit brachialer Gewalt in den geöffneten Mund gestopft."

„Ein Knebel?", vermutete Christ.

Wenright verneinte. „Wir haben keine Faserspuren in der Mundhöhle gefunden."

„Aber was war es dann?"

Man merkte Wenright an, das er Christs Frage nur ungern beantwortete, weil er seine Vermutung nicht wissenschaftlich belegen konnte. „Es könnte Schnee gewesen sein."

„Schnee?"

„Ja, der kann hart wie Beton werden, wenn du ihn richtig verdichtest. Wenn das Opfer noch genug Körperwärme aufweist, taut er wieder weg und hinterlässt keine Spuren. Und bei der Auffindesituation kann ich dir beim besten Willen nicht sagen, ob das Wasser, das wir im Körper des Opfers gefunden haben, vom Bachwasser oder von eingebrachtem Schnee stammt."

Man sah den Gesichtern der Anwesenden an, dass sie sich offenbar vorstellten, wie jemand dem Opfer mit brachialer Gewalt Schnee in den Schlund drückte.

Christ seufzte. „Das bringt uns alles nicht wirklich weiter."

Pfeiffer räusperte sich. „Wir haben noch einen Test laufen, der uns Aufschluss zur genauen Bestimmung des Sarins geben kann. Wie gesagt, es waren nur sehr geringe Mengen zu finden."

Stein hatte unterdessen die Ankunftsseite des Frankfurter Flughafens aufgerufen und teilte mit, was sie recherchiert hatte. „Die nächsten Maschinen aus Rom landen übrigens um zehn Uhr fünfundvierzig, elf Uhr fünfundfünfzig und fünfzehn Uhr fünfzehn. Flugdauer circa 2 Stunden."

„Zehn-fünfundvierzig wäre sportlich", raunte Dosske.

„Soviel ich weiß, ist das COFS auf dem Militärflugplatz in Rom-Centocelle untergebracht", sagte Christ. „Es ist daher nicht gesagt, dass der Mann einen Linienflug benutzt."

„Haben die gesagt, wer da kommt?", wollte Brucati wissen.

„Ich habs schlecht verstanden, hörte sich an nach Colonnello …", Pfeiffer blickte auf seine Notizen.

Dosske fragte an Brucati gewandt: „Colonnello?"

„Oberst", sagte der nur.

Pfeiffer hatte den Namen gefunden. „Colonnello Bianchi."

„Colonnello Francesco Bianchi?", fragte Brucati mit ungläubigem Unterton.

„Einen Vornamen hat er nicht genannt."

„Sie kennen ihn?", stellte Christ mehr fest, als dass er fragte.

Brucati zog die Augenbrauen hoch und zuckte mit den Schultern. „Das kann man wohl sagen", raunte er, und zog damit die Aufmerksamkeit aller auf sich. „Das könnte der Bruder meiner Mutter sein."

„Dein Onkel?", kam es überrascht aus Steins Mund.

Brucatis Großvater war vor vielen Jahren als Gastarbeiter nach Deutschland gekommen und hatte dann einen Feinkostladen eröffnet, während die Großmutter mit den beiden Kindern - Brucatis Mutter Maria und deren Bruder Francesco - in Italien blieb. Als die Großmutter später nach Deutschland nachzog, nahm sie nur die Tochter mit, da der Sohn inzwischen die Militärlaufbahn eingeschlagen hatte. Maria verliebte sich dann in den Sohn des Mitinhabers des Geschäfts ihres Vaters - Luciano Brucati - und heiratete ihn.

Christ schaute seinen Mitarbeiter einen Moment lang an, dann meinte er: „Da wir keine genaue Ankunftszeit kennen, warten wir einfach ab." Er wandte sich an seine Kollegen: „Doc, du und Pfeiffer, ihr habt noch im Labor zu tun. Brucati und Dosske, Sie machen mit der Befragung der Nachbarn am Hengstbach weiter. Nehmen Sie das Phantombild mit! Meisner, Sie versuchen herauszufinden, wo dieser Mann …" - Christ tippte mit der Hand auf die Kopie, die vor ihm auf dem Tisch lag - „dieses Risotto mit Steinpilzen gegessen hat."

„Es ist Montag, da werden viele Restaurants geschlossen haben", bemerkte Meisner.

„Dann klappern Sie die ab, die geöffnet sind!"

Dosske brummte vor sich hin. Nur zu gerne hätte er den Auftrag mit dem Risotto erhalten, da er mit dem Besuch der entsprechenden Gastronomiebetriebe einherging.

Christ wusste genau, was Dosskes Brummen zu bedeuten hatte. Er schaute ihn an und murrte: „Haben Sie etwas zur Sache beizutragen?"

Dosske hob entschuldigend eine Hand. „Alles gut."

Christ schaute Stein an. „Sie stellen das Phantombild ins Netz, übliche Kanäle. Und ergänzen Sie das, was ich schon in der Vermi/-Utot-Datei angegeben hatte."

Stein nickte und tippte sofort auf der Tastatur los.

„Hergert! Ortsansässige Firmen, die etwas mit der Sache zu tun haben könnten."

Auch Hergert nickte bestätigend.

Christs „Los geht's!" hätte es gar nicht mehr bedurft. Es folgte allgemeines Stühlerücken, bevor sechs Mann den Raum verließen.

Stein war gerade dabei, das Bild zu scannen, als das Telefon im Besprechungsraum klingelte.

Christ schnappte sich den Hörer, als er im Display den Namen seiner Sekretärin erkannte. „Ja", sagte er, dann: „Stellen Sie durch."

„Während Christ wartete, fragte ihn Stein: „Soll ich für den Fall unsere allgemeine Rufnummer und E-Mail für die Rückmeldung eingeben?"

„Nehmen Sie Ihre!"

Stein tippte wieder und stellte dem Phantombild die Daten zur Seite, die sie von Pfeiffers Blatt ablesen konnte.

Offensichtlich war der Anrufer zum SoKo-Chef durchgestellt worden, denn er sagte: „Christ ... Ja ... Aha ... Wann genau? ... Und wo ist er jetzt? ... Sehen wir uns direkt an. Danke für die schnelle Info!" Dann legte Christ auf. Seine ursprünglich geplante Kontaktaufnahme mit der Autovermietung AVIS musste nun erst einmal warten, es gab Wichtigeres. Er blickte Stein an, erhob sich und sagte: „Fahren wir!"

„Wohin?"

„Erzähle ich Ihnen unterwegs."

Kapitel 8

Montag, 2. Januar, 09:45 Uhr

Brucati und Dosske waren zu ihrem Dienstwagen geeilt, denn dieser Winter zeigte sich wirklich von seiner frostigen Seite. Die Quecksilbersäule war erneut deutlich in den zweistelligen Minusbereich abgestiegen. Eigentlich war Dreieich jahrelang mit milden Wintern verwöhnt worden, doch dieser Winter holte das Versäumte gewaltig nach.

Brucati und Dosske kämpften sich mit Brucatis Dienstwagen zurück an den Hengstbach, die Wagenheizung kämpfte eine Zeit lang vergebens gegen die Kälte im Wageninneren.

Dosske erspähte natürlich sofort die Packung Gummibärchen in der Mittelablage des Wagens seines Kollegen. „Wow, elastische Raubtierbabys!", stieß er entzückt hervor und griff ungeniert zu.

„Wie war das mit deinen guten Vorsätzen?", raunte Brucati.

„Damit fang ich morgen an." Grinsend ließ Dosske gleich mehrere der kleinen Bärchen in seinem Mund verschwinden.

„Ah, morgen", seufzte Brucati, „wusstest du, dass morgen der Tag ist, an dem die meisten Fastenkuren anfangen?"

„Morgen kannst du gestern nicht nachholen und später kommt früher, als du denkst!", ließ Dosske verlauten und fügte voller Inbrunst an: „Es heißt doch: Genieße deine Zeit, denn du lebst nur jetzt und heute!"

„Du weißt aber schon, dass man nicht zwischen Weihnachten und Neujahr dick wird, sondern zwischen Neujahr und Weihnachten? So viel ‚Bärenfleisch' ist deinem Gewicht sehr förderlich. Solltest lieber ab und zu mal einen Salat essen."

„Hey!", stieß Dosske aus. „Ich bin ein Wolf und kein Meerschweinchen!"

Brucati verdrehte nur die Augen.

Als sie in der Nähe des Hengstbachs angelangt waren, meinte Dosske: „Ich weiß, wo wir gut parken können. Da vorn links!"

Brucati fuhr in die ihm angewiesene Richtung, worauf Dosske mit der Hand nach rechts wies und kleinlaut von sich gab: „Ah, ich meinte das Links da drüben."

„Merk dir doch einfach mal, wo links und wo rechts ist", murrte Brucati. „Das kann doch nicht so schwer sein!"

Dosske schluckte eine Erwiderung mit einem Gummibärchen herunter, während sein Kollege unwirsch den Wagen wendete. So kamen sie zu der beampelten Kreuzung zurück, die sie gerade überquert hatten. Die Ampel für ihre Richtung zeigte Gelb, doch Brucati behielt die Geschwindigkeit bei und überfuhr die Kreuzung gerade in dem Moment, als die Ampel auf Rot sprang.

„Das war Rot", maulte Dosske.

„Das war Grün", gab Brucati zurück, „Kirschgrün." Er bog in eine Seitenstraße ein, in der Tempo dreißig galt.

„Hier ist dreißig!", maulte Dosske und schaute warnend auf den Tacho.

Brucati reduzierte seine Geschwindigkeit etwas.

„Wenn es gleich blitzt, dann hattest du keine Idee", meinte Dosske, sondern das war dann der da vorn!" Er wies mit der Hand auf einen installierten Starenkasten.

Brucati war klar, dass es seinem Kollegen nicht um die Einhaltung der dreißig Stundenkilometer ging, sondern er es nur nicht eilig hatte, an ihrem Ziel anzukommen und auszusteigen. Er fuhr unbeirrt weiter und überlegte im Stillen, was seinen Kollegen mehr zum Trödeln bewegte - das scheußliche Wetter, in das er nicht hinauswollte, oder die Packung Gummibärchen, die noch einiges an Inhalt hergab.

Wie zur Bestätigung griff Dosske ein weiteres Mal zu und ließ ein paar Gummibärchen in seinem Mund verschwinden. Auf Brucatis mahnenden Blick nuschelte er: „Wegzehrung!"

Schließlich parkten sie nicht weit entfernt von der Einhausung in der Auestraße, hinter einem augenscheinlich nagelneuen silberfarbenen Porsche 911 Carrera.

„Tolles Auto!", seufzte Dosske. „So einen werde ich auch mal haben", sagte er im Brustton der Überzeugung.

Aus Brucatis tiefstem Inneren kam darauf ein nasales kurzes Lachen. „Kommen wir zurück zur Realität."

„Der hat 450 PS", raunte Dosske mit verklärtem Blick auf das Auto vor ihnen.

„Was willst du mit so viel Pferdestärken?"

„Na, fahren! Wusstest du eigentlich, dass das größte Glück der Pferde der Reiter auf der Erde ist?"

„Pass du lieber auf, dass es dich jetzt nicht hinhaut!"

Die beiden entstiegen dem inzwischen mollig warmen Auto, um draußen von absolut ungemütlichem Wetter begrüßt zu werden. An feine Schneekristalle hatten sich unterkühlte Wolkentröpfchen angelagert und diese fielen nun als Schneegriesel vom Himmel.

„Iiii, es grieselt!", entfuhr es Dosske, bevor er die Kapuze seines Parkas über die Haare schlug.

„Mädchen!", uzte Brucati. „Sei froh, dass es nur der kleine Bruder vom Graupel ist. Stell dir vor, der würde jetzt auf uns runterprasseln!"

„Hm", brummte Dosske. „Trotzdem, ein Scheißwetter!"

Auch Brucati zog eine Wollmütze auf und schlug den Kragen seiner Jacke hoch.

Nach nur wenigen Schritten standen sie wieder an der Stelle, an der gestern das friedliche Leben der Hengstbachanwohner so schändlich gestört worden war.

Heute sah man nichts mehr von der gestrigen Aufregung. Das Flatterband, das die Schaulustigen abgehalten hatte, war wieder entfernt worden und der Schnee hatte sämtliche Spuren verwischt. Ein neues Vorhängeschloss blitzte mit seiner Sauberkeit vom Eingang der Einhausung her.

Brucati wandte sich an seinen Kollegen. „Welche Seite nimmst du?"

Dosskes Kopf deutete nach rechts. „Wieder wie gestern. Ich freu mich jetzt schon darauf, an eine bestimmte Tür zu klopfen", raunte er missmutig beim Gedanken an den mürrischen Mann, den er gestern dort befragt hatte.

„Okay", erklärte Brucati sein Einverständnis und lief los.

„Meisner hat klar den besseren Auftrag abbekommen", maulte Dosske. „Der kann sich in warmen italienischen Restaurants aufhalten!"

Brucati drehte den Kopf noch mal zu seinem Kollegen, wobei sein Blick dessen Bäuchlein fokussierte, das er sich zu gern mit leckerem italienischen Essen gefüllt hätte.

Dosske hatte den Blick seines Kollegen sehr wohl wahrgenommen und dachte im Stillen: *Ist der Ruf erst ruiniert, frisst's sich völlig ungeniert!*

Seinen Weg fortsetzend, erwiderte Brucati: „Jeder, wie er es verdient!"

„Hm", brummte Dosske und stapfte zur Befragung los. „Bis gleich."

***

Als die beiden rund zwei Stunden später wieder am Auto zusammentrafen, stellten sie übereinstimmend fest: Die Befragung hatte nichts ergeben. Viele der Anwohner waren bei der Arbeit und daher nicht zu Hause. Und von den wenigen, die sie trafen, hatte niemand den Mann von der Phantomzeichnung je gesehen. Nichts Neues also, nur das Wetter war neu, der Schneegriesel war in Schneeflocken übergegangen, und die wurden von Minute zu Minute größer.

„Ich glaube nicht, dass irgendjemand hier den Mann kennt", resümierte Dosske.

„Wenn ich so überlege, was der Doc gesagt hat, ist der nicht von hier. Vielleicht war der nur auf Durchreise oder Geschäftsreise. Was sagt dein Bauchgefühl?"

„Dass ich Hunger habe!"

„Du bist so was von verfressen!"

„Hallo, es ist Mittagszeit", wehrte sich Dosske. „Außerdem weiß ich gar nicht, was du hast, schließlich habe ich den Körper eines Gottes!"

„Dass ich nicht lache!"

„Doch, ganz wie Buddha!", sagte Dosske voller Überzeugung.

Jetzt musste Brucati wirklich lachen. Das Schöne an seinem Kollegen war, dass er sich selbst meist nicht zu ernst nahm und auch über sich selbst lachen konnte.

Brucati schaute auf seine Uhr. Tatsächlich, es war kurz vor wölf.

„Die viele frische Luft macht hungrig!" Dosske streckte seinen Arm aus. „Da vorn um die Ecke ist doch ein Restaurant. Lass uns da was essen gehen. Die haben leckere Pizza!"

„Wolltest du nicht abnehmen und deine Ernährung umstellen?"

„Mach ich doch", verteidigte sich Dosske. „Wirst du gleich sehen, ich bestelle meine Pizza nicht mehr mit doppelter Salami und normal Schinken."

„Sondern?"

„Mit normaler Salami und doppeltem Schinken", erklärte Dosske todernst.

Brucati schüttelte nur den Kopf und blickte den Straßenzug entlang. „Wenn wir da vorlaufen, dann lass uns auf dem Weg aber noch ein paar Befragungen mitnehmen."

Dosske folgte dem Blick des Kollegen. Da er annahm, dass auch hier niemand den Mann vom Phantombild kannte, würden sie für die

Befragung pro Haus nicht länger als fünf bis zehn Minuten brauchen. Er rechnete das mit den Häusern hoch, die auf dem Weg zum Restaurant lagen, und kam zu dem Ergebnis, dass er nicht so lang auf seine Pizza warten wollte. „Das können wir doch nach dem Essen machen", erklärte er.

Brucati ergab sich. „Also gut, lass uns eine Pause machen."

Dosske rieb sich fröstelnd die Hände. „Und aufwärmen!"

Brucati nickte.

Auf Dosskes Gesicht zeigte sich ein vorfreudiges Lächeln.

***

Meisner war unterdessen mit dem Auftrag Risotto befasst. Bei zwei Restaurants stand er vor verschlossenen Türen. Bei einem davon fand er kein Risotto auf der Karte, beim anderen sehr wohl, er müsste also morgen noch mal vorbeischauen. Beim dritten Restaurant hatte er Glück und traf die Bedienung an, die gerade die Tische für die Mittagsgäste herrichtete. Aber der Mann auf der Skizze, die Meisner ihr zeigte, sagte ihr nichts. Und dieses Nichts änderte sich auch bei den nächsten Restaurants nicht.

Kapitel 9

Montag, 2. Januar, 09:59 Uhr

Nachdem Christ und Stein das Dienstfahrzeug bestiegen hatten, klärte der SoKo-Chef seine Kollegin über den Anruf auf.

„Die Polizeistation Neu-Isenburg hat mich informiert, dass sie vor ein paar Tagen einen VW Golf mit dem von uns gesuchten Kennzeichen haben abschleppen lassen."

„Die Fahndung ist doch gerade erst raus! Das ging aber fix", erkannte Stein an. „Wieso haben die den abgeschleppt?"

„Er stand in einem Halteverbot, das von acht Uhr bis siebzehn Uhr gilt."

„In der Nähe der Einhausung?"

„Ja."

„Und jetzt steht er bei den Kollegen auf deren behördlichem Verwahrungsplatz?"

„Nein. Das Abschleppunternehmen hat den Wagen auf seinem Gelände untergebracht. Und dort fahren wir jetzt hin!"

***

Als Christ und Stein ankamen, traf zeitgleich auch ein Streifenwagen ein, dem voller Elan ein uniformierter Beamter entstieg. Er rückte die flach geschnittene Schirmmütze auf seinem Kopf zurecht und steuerte auf Christ zu. Seinem Gesicht war der Stolz eines jungen Polizeibeamten abzulesen, der etwas gut gemacht hatte.

„Herr Christ? Wir hatten telefoniert. Marko Hintze", stellte er sich vor und streckte ihm die Hand entgegen.

Christ ergriff sie.

Offensichtlich war Hintze sehr erfreut, den SoKo-Chef persönlich kennenzulernen. Für Stein hatte er nur ein kurzes Kopfnicken übrig.

Christ schätzte den Mann auf Mitte zwanzig. Wahrscheinlich war er nach bestandener praktischer und theoretischer Laufbahnprüfung gerade erst zum Polizeimeister ernannt worden und steckte noch voller Enthusiasmus. „Ich hole den Schlüssel für das Tor. Er steht da hinten." Er wies in die entsprechende Richtung, damit Stein und Christ schon mal vorlaufen konnten, während er voller Arbeitseifer in die entgegengesetzte Richtung davonspurtete.

Die SoKo-Beamten näherten sich im dichten Schneetreiben dem umzäunten Gelände des Abschleppunternehmens. Im linken Bereich war ein Unterstand zusammengezimmert worden, der etwas von einem überdimensionierten Carport hatte und circa zwanzig Fahrzeugen Platz bot. Ein Sammelsurium von Modellen stand hier. Einige in beklagenswertem Zustand, teilweise beschädigt oder offensichtlich als Materiallager ausgeschlachtet. Auf der rechten Seite hinter dem Zaun parkten die Fahrzeuge, die noch den Stempel der besseren Tage aufgedrückt hatten. Dazu zählte wohl auch ein weißer Golf, von dem allerdings nicht viel zu sehen war, da sich ein dicker Schneemantel auf ihn gelegt hatte.

Steins Blick lief von den schneebedeckten Fahrzeugen hinüber zum Unterstand. „Ich hätte die ja eher andersherum geparkt", meinte sie.

„Andersherum?"

„Na, die noch fahrtauglichen Autos hätte ich untergestellt. Bei denen da drüben ist doch Hopfen und Malz verloren!"

Christ legte den Kopf schief. „Ich glaube, es geht da eher darum, im Trockenen arbeiten zu können", meinte er.

„Das stimmt natürlich auch wieder."

Als Hintze erschien, hatte er nicht nur den Schlüssel dabei, sondern auch einen Mann vom Abschleppdienst im Schlepptau, der sich im Gegensatz zu Hintze sehr gemächlich über den Platz bewegte.

„Ich hab ihn", rief Hintze schon von Weitem und hielt einen Schlüssel in die Höhe. Als er angekommen war, steckte er diesen in das Vorhängeschloss, das den Zugang zum abgesperrten Bereich für die abgeschleppten Fahrzeuge sicherte. Aber selbst nachdem das Tor aufgeschlossen war, ließ es sich nicht ohne Weiteres öffnen, da der sich dahinter angehäufte Schnee es blockierte. Hintze hatte einige Schwierigkeiten, das Tor so weit aufzudrücken, dass man durchschlüpfen konnte.

Stein stülpte sich im Laufen Vinylhandschuhe über, die sie aus ihrer Jackentasche befördert hatte. Christ öffnete bereits aus der Ferne - mittels des Autoschlüssels in seiner ausgestreckten Hand - den Verriegelungsmechanismus des weißen VW Golf. Die den Öffnungsvorgang bestätigenden orangefarbenen Lichter konnte man unter dem Schnee nur andeutungsweise aufblitzen sehen.

Hintze postierte sich vor dem Fahrzeug, während Stein die Beifahrertür öffnete. Dabei fiel Schnee vom Rand des Autodachs ins Wageninnere.

„Shit!", kommentierte Stein und fegte den Schnee vom Beifahrersitz zurück nach draußen.

Auch Christ streifte sich nun Einweghandschuhe über, um die Fahrertür zu öffnen. Zuvor wedelte er jedoch den Bereich oberhalb der Tür vom Schnee frei, damit ihm nicht das gleiche Malheur wie Stein passierte.

Nun war auch der Betreiber des Abschleppunternehmens herangestakst. Er stellte sich breitbeinig neben Hintze und beobachtete das Tun der beiden SoKo-Beamten, wobei er auf einem Zigarrenstummel herumkaute.

Ohne sich in den Wagen zu setzen, öffnete Stein das Handschuhfach. Darin fand sie einen Mietvertrag der AVIS Autovermietung. Ihre Augen überflogen das Schriftstück. „Sie lagen mit Ihrer Vermutung richtig", sagte sie zu Christ hinüber. „Die AVIS am Flughafen hat den Wagen vermietet."

„An wen?"

Steins Augen wanderten über das Blatt. „An einen gewissen Roberto Santoro. Wohnhaft … eine Adresse in Rom." Sie schaute Christ an, bevor sie den Kopf wieder auf den Vertrag senkte. „Und hier ist eine Telefonnummer eingetragen."

Christ fischte sein Handy aus der Jackentasche. „Höre!"

Stein diktierte ihm die Nummer.

Doch so angestrengt Thomas Christ auch in sein Handy lauschte, es meldete sich niemand. Stattdessen erklang eine Melodie und eine Frauenstimme teilte freundlich mit: „Il partecipante è temporaneamente non disponibile." *Dieses „vorübergehend nicht erreichbar" wird wohl etwas länger dauern*, dachte Christ im Stillen. Laut sagte er: „Einen Versuch war es wert!"

Hintze beobachtete den SoKo-Chef und dessen Kollegin. Zu gern hätte er selbst Hand bei dem von ihm gefundenen Golf angelegt. Aber er wusste, dass ihm nur die zweite Reihe blieb, wenn die SoKo vor Ort war. Und so musste er tatenlos zusehen, wie die beiden SoKo-Beamten zeitgleich mit den Köpfen in das Innere des Fahrzeugs abtauchten.

Stein legte den Mietvertrag zurück ins Handschuhfach. „Vielleicht können wir uns die Aufzeichnungen der Kameras am Flughafen zunutze machen, um ein Bild von dem Mann zu bekommen", meinte sie, während Christs Hand sich in der Türablage bewegte.

Als Christ Hand wieder auftauchte, hielt er einen Schlüssel in den

Fingern. Aufgrund des Schlüsselanhängers konnte er ihn einem Hotel zuordnen, dem *Drei Eichen* in Dreieich, und einem Zimmer mit der Nummer 214. Christ hielt den Schlüssel so, dass Stein ihn sehen konnte. „Bevor wir zum Flughafen fahren, schauen wir uns erst einmal sein Hotelzimmer an!" Er ließ den Schlüssel in seiner Jackentasche verschwinden.

Stein nickte. Dann fiel ihr Blick auf ein Blatt Papier, das in der Ablage der Mittelkonsole steckte. Das Blatt stammte von einem Abreißblock mit dem Logo des Hotels *Drei Eichen*. Darauf stand handgeschrieben eine Adresse. „Hier haben wir noch etwas, dem wir nachgehen können", sagte sie zufrieden ob der Ausbeute ihres Einsatzes und hielt Christ den Zettel auf Augenhöhe hin.

Der zückte sein Handy und fotografierte den Zettel. „Das ist hier in Neu-Isenburg."

„So ist es", bestätigte Stein und legte das Blatt zurück. „Wenn wir die Adresse auch im Navi finden, dann war er dort."

„Wahrscheinlich."

„Vielleicht finden wir auch noch andere Adressen im Navi und können so rekonstruieren, wo er sich aufgehalten hat."

„Das wäre hilfreich."

„Sieht nicht so aus, als wäre jemand anderes als Santoro mit dem Auto unterwegs gewesen", meinte Stein.

„Wenn ich daran denke, wie und wo wir den Autoschlüssel gefunden haben, ist die Wahrscheinlichkeit groß, dass der Mörder den Schlüssel nicht gefunden hat und somit keine Anhaltspunkte auf ein Fahrzeug hatte."

Stein hoffte dies sehr, denn das würde bedeuten, dass der Mörder keine Spuren - wie zum Beispiel die Adressen aus dem Navi - hatte beseitigen können. Falls er das Fahrzeug auch ohne Schlüssel gesucht hatte, hoffte sie darauf, dass das Abschleppunternehmen schneller gewesen war.

Christ klappte die Sonnenblende auf der Fahrerseite herunter, hinter der gern etwas deponiert wurde. Nichts.

Stein lugte unter den Beifahrersitz. Auch dort herrschte gähnende Leere.

Christ warf noch einen kurzen Blick auf die hinteren Sitze und in den Kofferraum, fand aber nichts weiter. Er schlug den Kofferraumdeckel zu und verkündete: „Der Wagen muss zu uns in die SoKo, zur Kriminaltechnik!"

Bisher hatte der Mann vom Abschleppdienst schweigend dage-standen, war mit den Händen in den Hosentaschen missmutig von einem Bein auf das andere getreten. Jetzt erwachte er zu neuem Leben. Er nahm die Hände aus den Hosentaschen und fingerte den Zigarettenstummel aus seinem Mund. „Und wer von Ihnen löst das Fahrzeug aus? Ohne dass jemand die Kosten für das Abschleppen und für die Verwahrung bezahlt hat, geht das Fahrzeug nämlich nicht vom Hof! Immerhin steht es schon seit dem 23. Dezember hier", knurrte er und baute sich zu seiner ganzen Körpergröße auf.

Christ drückte dem Mann einfach seine Visitenkarte in die Hand, wo die Adresse der SoKo-Zentrale vermerkt war, und tippte mit dem Finger darauf. „Da schleppen Sie das Fahrzeug hin. Melden Sie sich im Fuhrpark bei Herrn Schäfer. Der löst das Fahrzeug aus und bezahlt Ihnen alles."

„Mhm", brummte der Mann nur und der Zigarrenstummel landete wieder in seinem Mundwinkel.

Santoro hatte rechtswidrig geparkt, somit stünde auch noch ein Kostenbescheid der Polizei an, der wahrscheinlich ins Leere laufen würde. Deswegen erklärte Christ Hintze kurz, worum es hier ging, damit er sich mit seiner Dienststelle um diese Gebühr kümmerte.

„Mach ich." Hintze nickte eifrig, wobei man sehen konnte, wie viel Schnee sich in der kurzen Zeit auf seiner Schirmmütze angesammelt hatte. Und der Taumel der dicken Flocken schien kein Ende nehmen zu wollen. „Würde mich interessieren, was bei dem Fall rauskommt", gab Hintze bekannt.

„Sie haben unsere Telefonnummer", war alles, was Christ dazu sagte.

Kapitel 10

Montag, 2. Januar, 11:05 Uhr

Nachdem Christ und Stein wieder ihren Dienstwagen bestiegen hatten, bat Christ seine Kollegin darum, Schäfer im Fuhrpark der SoKo vorzuwarnen, wer und was da auf ihn zurollte, und ihm aufzutragen, sofort die Daten des Navis auszulesen.

Kurz darauf kam das Duo am Hotel *Drei Eichen* an. Vor dem Eingang des vier Stockwerke hohen Gebäudes standen tatsächlich drei uralte Eichenbäume, vom Winter ihres Laubes beraubt, dafür aber mit Schnee gezuckert. Christ lenkte seinen Wagen auf den Stellplatz für Kurzparker direkt neben dem Eingangsportal.

Die drei dunklen Steinstufen, die zum Eingang hinaufführten, waren wohl gerade vom Schnee befreit und gestreut worden, sodass die beiden SoKo-Beamten sie sicher erklommen und durch die sich öffnenden Schiebetüren eintraten.

Im Foyer grüßte sie hinter dem Empfangstresen ein Mann mittleren Alters. Die beiden SoKo-Beamten erwiderten den Gruß. Christ streckte dem Mann seinen Dienstausweis entgegen, woraufhin dessen Kinn überrascht nach unten klappte. Nachdem Christ ihm berichtet hatte, worum es ging, hielt er ihm Pfeiffers Phantomskizze vor die Nase.

Der Mann schluckte. Seinem Alter nach war der Rezeptionist sicher erfahren in vielen Belangen seines Jobs, aber den Moment, in dem die Polizei vor ihm stand und das Phantombild eines möglicherweise toten Gastes präsentierte, kannte er wohl nur aus entsprechenden Filmen. „Das …", stammelte der Rezeptionist nach einem Moment des Sammelns, wobei er die Augen nicht von dem Phantombild abwenden konnte, „… das könnte Herr Santoro sein."

„Santoro", wiederholte Christ und öffnete seinen Mantel. Es war angenehm warm in den Räumen des Hotels.

„Ja, er ist Gast in unserem Haus."

Der Rezeptionist griff zu seiner Maus und bediente den PC, während Stein und Christ einen kurzen Blick tauschten - sie waren hier richtig.

Das ergab auch die Suche des Rezeptionisten. „Roberto Santoro … Zimmer 214." Wieder wechselten Stein und Christ einen kurzen wissenden Blick. „Hat im Voraus bezahlt … seinen Aufenthalt schon einmal verlängert ... ohne Frühstück."

„Wir müssten sein Zimmer sehen!", erklärte Christ und zog den im Auto gefundenen Zimmerschlüssel aus seiner Manteltasche.

Den Blick auf den am ausgestreckten Zeigefinger baumelnden Gegenstand geheftet, zögerte der Mann hinter dem Tresen dennoch, dem Wunsch des SoKo-Mannes nachzukommen. „Ich kann Sie nicht so einfach in das Zimmer von Herrn Santoro lassen", wehrte er ab.

Christ schnaufte genervt. „Sagen Sie mir doch bitte noch mal *Ihren* Namen", verlangte er mit unangenehmem Unterton.

„Huber", kam als Antwort.

„Herr Huber", begann Christ mit einer Nachsichtigkeit in der Stimme, die ein Lehrer einem Schüler entgegenbringt, der es auch nach dem x-ten Mal noch nicht verstanden hat, „ich dachte eigentlich, Sie wären kooperativer."

Huber stand wie versteinert da.

Christs Augen fixierten den Mann, und als er weitersprach, war es mit dem gütigen Lehrer vorbei. Eine beißende Schärfe schlich sich in seine Stimme ein. „Aber wir können das alles auch ganz anders machen. Wenn wir nicht gleich in das Zimmer können, dann fangen wir eben zuerst mit der Befragung all Ihrer Gäste an." Er blickte sich demonstrativ nach Opfern für seine Befragung um. „Sie können schon mal alle Gäste informieren, dass sie vorerst im Haus zu bleiben haben." Christ fischte ein gefaltetes DIN-A4-Blatt aus der Innentasche seines Jacketts und hielt es nach oben. „Während wir Ihre Gäste befragen, können Sie sich ja - wenn Sie möchten - dem Durchsuchungsbefehl widmen. Und danach schauen wir uns dann das Zimmer an."

Wieder schluckte der Mann hart. „Müssen Sie wirklich alle Gäste befragen?"

Christ schürzte die Lippen. „Wenn wir im Zimmer genug für unsere Ermittlungen finden, vielleicht nicht, aber so ...", schob er dem Mann den Schwarzen Peter zu.

Der war immer noch unschlüssig, was er tun oder zulassen sollte.

„Wie viele Gäste befinden sich zurzeit in Ihrem Haus?", fragte Christ ziemlich lautstark und mit fiesem Unterton.

Die Lautstärke ließ den Angestellten einen unangenehm berührten Blick in Richtung des von Loungesesseln umrahmten niedrigen Tisches in der Empfangshalle richten. Zu seiner Erleichterung stellte er fest, dass niemand sich dort aufhielt, der Christs herausfordernde Frage hätte hören können. Da aber jederzeit jemand vorbeikommen könnte, der dann in die Hände dieses unangenehmen Ordnungshüters fiele, ergab sich der Mann in sein Schicksal.

„Bitte", flehte er mit erhobenen Händen, „lassen Sie Diskretion walten. Zimmer 214 liegt im 2. Stock, nach dem Aufzug links."

Christ vollführte eine dankende Geste, bevor er sich in Bewegung setzte.

Stein folgte ihrem Chef zum Aufzug und fragte leise. „Wo haben Sie denn den Durchsuchungsbeschluss so schnell herbekommen?"

„Ich habe doch nicht gesagt, dass ich einen dabeihabe. Ich habe nur gesagt, er kann sich einem widmen, wenn er das möchte", gab Christ ebenso leise zurück und steckte das Blatt Papier, mit dem er vor der Nase des Rezeptionisten herumgewedelt hatte, unauffällig wieder in die Innentasche seines Jacketts.

Auch wenn sie die Chuzpe ihres Chefs bewunderte, dachte Stein: *Das hätte aber auch nach hinten losgehen können! Womöglich handelte es sich bei diesem Blatt auch noch um so etwas Triviales wie eine von seiner Frau mitgegebene Einkaufsliste.*

Schweigend fuhren sie im Lift nach oben.

Im zweiten Stock angelangt, schritten die beiden über den kurzflorigen bordeauxfarbenen Teppichboden, der an den Rändern von herbstlichen Eichenblättern eingefasst war. Vor Zimmer 214 stehend, bemerkten sie zunächst den „Bitte nicht stören"-Hänger über dem Türgriff.

Dies und die Tatsache, dass Santoro das Zimmer ohne Frühstück gebucht hatte, erklärte, warum der Rezeptionist Santoro immer noch als Gast führte und sich niemand gewundert hatte, dass man den Mann nicht oder nicht mehr sah.

Christ steckte den Schlüssel ins Schloss und streifte sich neue Einmalhandschuhe über.

Stein tat es ihm gleich. Sie hatte das Gefühl, als würden sie die Büchse der Pandora öffnen. „Können wir da so einfach reingehen oder sollten wir vielleicht den ABC-Dienst anfordern?"

Christ schüttelte mit stoischer Ruhe den Kopf, dann öffnete er die Tür.

Hinter der Schwelle änderte sich der Teppichboden. In das Bordeauxrot, das im Flur unifarben verlegt war, waren hier kleine Eichenblätter eingewirkt. Links vom Flur ging ein gefliestes Badezimmer ab, geradeaus folgte der Raum, in dem an der linken Wand ein Einzelbett stand, daneben ein ausladender Sessel. Rechts an der Wand gab es einen Garderobenschrank, dem sich ein Schreibtisch mit Stuhl anschloss. Die Raufasertapete war weiß gestrichen, ein einzelnes großes Landschaftsbild hing an der Wand. Es zeigte den Blick von der in der Nähe gelegenen Stangenpyramide zum Taunus mit dem Feldberg.

Während Christ sich dem Koffer widmete, der auf dem Kleiderschrank lag, öffnete Stein den Schrank und schob die Kleiderbügel auseinander. „Klamotten für eine, höchstens zwei Wochen", schätzte sie. Einen der Kleiderbügel holte sie schließlich aus dem Schrank und hielt das daran hängende Hemd so, dass Christ sehen konnte, was sie entdeckt hatte. In großen Lettern prangte im Kragen der Schriftzug AERONAUTICA MILITARE.

„Der Koffer ist leer", hatte Christ unterdessen in Erfahrung gebracht.

Die Luft im Zimmer war abgestanden und die Heizung voll aufgedreht. Stein entledigte sich ihrer Winterjacke und hängte sie an einem Haken der Garderobe auf. Daraufhin warf Christ ihr seinen Mantel zu, der ebenfalls an dem Haken Platz fand.

„Böse Luft hier drin", raunte Christ und kippte das Fenster.

Auf dem Schreibtisch stand ein zugeklappter Laptop. Als Christ ihn aufklappte, erwachte der Bildschirm sofort zum Leben und es wurde nach einem Passwort gefragt. Am unteren Rand des Bildschirms klebte ein gelber Haftzettel, auf dem mit blauem Stift geschrieben stand: **XIIXI**

Christ nahm den Zettel in Augenschein. „Könnte sein Passwort sein", brummte er, wobei nicht klar war, ob er mit „sein" Santoro oder den Laptop meinte. Er fotografierte den Zettel mit seinem Handy.

Stein trat neben ihn. Mit Blick auf die Ziffern vermutete sie: „Zehn, eins, eins, zehn, eins."

Christ versuchte sich an der römischen Kombination. Fehlanzeige.

Er schrieb die Zahlen als arabische Ziffern. Fehlanzeige.

„Zwölf, elf?", sagte er mehr zu sich selbst. Und Stein schlug vor: „Vielleicht in Großbuchstaben?" Auch dieser Versuch scheiterte.

„Vielleicht nicht als Ziffern, sondern wirklich als Zahlen. Oder mit Unterstrichen zwischen den Zahlen?", überlegte Stein laut.

Doch Christ unterließ einen weiteren Test. „Da muss Kuhnert ran. Und die Spusi muss hier durchgehen", meinte er.

„Wegen des Sarins?", hauchte Stein und blickte sich beklommen um.

„Ich glaube nicht, dass sich hier etwas davon befindet", beruhigte Christ und betätigte die Kurzwahltaste für die Kollegen der Spurensicherung. „Aber im Badezimmer findet sich bestimmt DNA-Material, das uns bestätigen könnte, ob der Tote wirklich der Gast aus diesem Hotel ist."

Nach seinem Telefonat konnte Christ vermelden: „In einer Viertelstunde sind sie hier."

Stein musste unwillkürlichen daran denken, dass ein Mensch bis zu 40.000 Hautschuppen in der Minute verlor und bis zu 100 Haare am Tag. *Davon werden sie hier ja wohl ein paar zur Identifizierung unseres Opfers finden können*, dachte sie und ließ ihren Blick durch das Zimmer schweifen. An der Zimmertür entdeckte Stein an einem Haken ein weiteres Kleidungsstück. Es handelte sich um einen wasserblauen Arbeitsoverall. „Chef", sagte sie und ging mit dem Teil zu Christ, um ihm zu zeigen, was mittels eines Clips daran befestigt war. „Wenn das mal nicht Pfeiffers Phantom ist."

Christ nahm den Ausweishalter vom Overall ab. In der durchsichtigen PVC-Hülle steckte ein circa 10 x 8 Zentimeter großes Blatt Papier, von dem Pfeiffers Phantom herunterlächelte und sich als Mitarbeiter der Firma GEBÄUDEX auswies, und zwar unter dem Namen Luigi.

„Ach, schau mal an", raunte Christ, „unser Mann mietet als Roberto Autos und wenn er arbeitet, heißt er Luigi."

Stein durchsuchte die Taschen der Arbeitskleidung. Außer einem benutzten Tempotaschentuch fand sie nichts. „Warum arbeitet jemand unter falschem Namen bei einer Gebäudereinigung?"

„Ob der Name falsch ist, wissen wir noch nicht. Vielleicht ist auch Roberto der falsche."

Stein runzelte die Stirn. „Die Frage ist, warum benutzt er überhaupt verschiedene Namen?"

Christ nahm sein Handy zur Hand und schoss ein Foto des Ausweises in seiner PVC-Hülle.

Auch Stein hatte zum Handy gegriffen und googelte nach der Firma. „Eine Gebäudereinigung, Sitz in Langen."

„Die suchen wir als Nächstes auf", sagte Christ und warf Stein den Ausweis zu.

Die klemmte den Ausweishalter wieder an den Overall, den sie an den Haken zurückhängte.

Christ tippte auf seinem Handy herum, woraufhin ein doppelter

Tweet-Ton von Steins Handy auf den Erhalt von Nachrichten aufmerksam machte. Christ hatte zwei Fotos geschickt.

Bevor Christ sein Handy wieder verstauen konnte, klingelte es.

Anke Diepolder war die Anruferin. Sie meldete, dass ein gewisser Colonnello Bianchi mit der 11:55-Uhr-Maschine aus Rom eingetroffen war und nun in der SoKo wartete.

Christ beendete das Gespräch mit seiner Sekretärin. Er sagte: „Der Mann aus Italien ist da" und rief seinerseits Brucati an.

***

Brucati und Dosske waren zum Restaurant in der Frankfurter Straße gelaufen, hatten Platz genommen und Essen bestellt. Die Getränke waren gerade an den Tisch gebracht worden, als Brucatis Telefon klingelte.

Da Dosske nur zu gut wusste, welchen Anrufer Brucati unter diesem Klingelton abgespeichert hatte, kommentierte er: „Ne, oder?"

Brucati lugte auf das Display, nickte bestätigend und meldete sich. „Brucati."

„Hat sich bei Ihrer Befragung etwas ergeben?"

„Nein."

„Dann kommen Sie zurück in die SoKo. Der Mann aus Italien ist angekommen. Ich hätte Sie gern bei dem Gespräch dabei. Ich weiß nicht, wie gut er Deutsch spricht. Und falls es wirklich ihr Onkel ist ..."

Brucatis „Ich komme" löste bei Dosske einen schweren Seufzer aus und er nahm schnell einen kräftigen Schluck Coke.

„Dosske ist bei Ihnen?", erkundigte sich Christ.

„Ja."

„Sind Sie mit Ihrem Auto an den Hengstbach gefahren?"

„Ja."

„Kommen Sie zurück zur Zentrale! Dosske soll in seinen Wagen umsteigen und zu einer Adresse fahren, die ich ihm gleich aufs Handy schicke. Wir haben sie im Auto des Opfers gefunden. Er soll sich da mal umschauen!"

„Okay."

Ein Knacken war alles, was Brucati noch zu hören bekam. Mit überflüssigen Dingen wie einer Verabschiedung hielt Christ sich am Telefon selten auf.

Brucati kam trotzdem ein „Tschüss" über die Lippen.

Mit der rechten Hand verstaute Brucati sein Handy, mit der linken rief er die Bedienung und unterrichtete sie, die Pizza Salami sowie die Rigatoni Gorgonzola bitte zum Mitnehmen zu verpacken.

Kapitel 11

Montag, 2. Januar, 13:32 Uhr

Die Kollegen Brucati und Dosske trafen fast zeitgleich mit Christ und Stein auf dem Parkplatz der SoKo-Zentrale ein.

Dosske schluckte hastig den letzten Bissen des gerade verputzten Pizzadreiecks herunter, verschloss die Pappschachtel mit den restlichen Stücken darin und rülpste ungeniert in einer solchen Lautstärke, dass es fast die geschlossenen Fenster von Brucatis Peugeot 307 CC zum Erschüttern brachte.

Brucati reagierte mit einem vorwurfsvollen Blick und fragte leicht angeekelt: „Bist du dir da sicher?"

Dosske hob Aufmerksamkeit heischend den Hab-Acht-Zeigefinger. „Warte …!" Er rülpste erneut und sagte dann: „Ja, scheint so!"

So unmöglich Dosske auch manchmal war, er entlockte Brucati trotzdem immer wieder das eine oder andere Zucken der Mundwinkel. „Benehmen hast du echt keins!", rügte er trotzdem.

Dosske stieg aus und lief mit der halb vollen Pizzaschachtel eilig zu seinem Dienstwagen. Offensichtlich hatte er genug davon, beschneit zu werden. In weiser Voraussicht hatte er am Morgen einen der wenigen überdachten Parkplätze der SoKo-Zentrale ergattert, so blieb es ihm erspart, sein Auto vom Schnee befreien zu müssen.

Während die anderen drei SoKo-Beamten zum Gebäude der Zentrale liefen, hörten sie, wie Dosske seinen Opel Astra Sports Tourer startete und ihm die Sporen gab, um Christs Auftrag nachzugehen.

Im Lift nach oben berichtete Stein ihrem Kollegen kurz, welche Fortschritte Christ und sie gemacht hatten.

Brucati stand ohne Informationen da, dafür aber mit einer Tüte mit Rigatoni, die darauf warteten, gegessen zu werden.

In der fünften Etage angekommen, blickte Christ den im Hotelzimmer sichergestellten Laptop in Steins Händen an und sagte: „Den zu Kuhnert. Und danach fahren Sie zu dieser Reinigungsfirma und erkundigen sich nach Roberto alias Luigi! Aber seien Sie vorsichtig! Wir wissen nicht, ob diese Firma der Grund dafür ist, dass der Mann sechs Stockwerke tiefer bei uns liegt!", warnte er.

Bevor Stein sich auf den Weg zum IT-Spezialisten der SoKo S machte, warf sie einen kurzen Blick auf den Mann, der in schmucker

Uniform auf einem Besucherstuhl vor Christs Büro saß. Sein Kinn war erhoben, was ein ausgeprägtes Selbstbewusstsein vermuten ließ, aber nicht arrogant rüberkam.

Als Christ den etwa sechzigjährigen Mann in seiner dunklen Uniform mit den metallenen fünfzackigen Aktivitätssternen am Kragen, der Mäanderstickerei an den Ärmeln und der ordengeschmückten Brust sitzen sah, dachte er: *Warum ist die Sache so brisant für euch?* Er nahm den Mann ins Visier. Bei ihm war jeder Knopf in seinem Loch, jedes Haar perfekt an seinem Platz, der weiße Kragen steif - ein Paradebeispiel für einen Uniformträger. Aber Christ fiel auch noch etwas anderes auf: Selbst die Art und Weise, wie er die Kaffeetasse in der Hand hielt, mit der ihn wohl Sekretärin Diepolder versorgt hatte, deutete auf einen willensstarken Kämpfer hin.

Neben dem Mann auf dem Boden stand ein kleiner Reisekoffer, auf dem eine Schirmmütze mit goldener Kordel und Dekoration thronte, die dem amtlichen Rang seines Trägers Ausdruck verlieh.

Der Mann erhob sich, als Christ und Brucati an ihn herantraten, und stellte seine Kaffeetasse auf dem Stuhl ab.

„Colonnello Bianchi?", sprach Christ ihn an und reichte ihm zur Begrüßung die Hand.

Der Blick des Mannes war wachsam und strahlte diese Art von Selbstsicherheit, ja einschüchternder Autorität aus, die besagte, dass man seinem Befehl gehorchte. Man merkte ihm an, dass er Warten eigentlich nicht gewohnt war. Er gehörte zu den Menschen, die andere warten ließen.

„Jawohl", bestätigte der Mann. Er nahm die ihm hingestreckte Hand freundlich entgegen. „Herr Christ?"

„Ja."

„Molto lieto", sagte der Colonnello formell und schien wirklich erfreut. „Ich habe schon viel von Ihnen gehört."

Das konnte Christ umgekehrt nicht von sich behaupten und so schüttelte er dem Mann wortlos die Hand. „Mein Kollege …", begann Christ und wies mit der Hand auf Brucati, um ihn vorzustellen.

Doch der Colonnello fiel dem SoKo-Chef freundlich ins Wort. „Meinen Neffen brauchen Sie mir wirklich nicht vorstellen." Die folgende umarmende Begrüßung fiel sehr herzlich aus.

Es fiel gleich ins Auge, dass Bianchi seinem Neffen bezüglich seiner von Perfektion geprägten äußeren Erscheinung und dem athletischen Körperbau in nichts nachstand. Die verwandtschaftliche

Ähnlichkeit war nicht zu übersehen: Beide hatten dieselbe aristokratische Nase, dunkle Augen und schwarzes Haar, auch wenn sich in dem von Colonnello Bianchi das Grau auf dem Vormarsch befand.

Der Colonnello tätschelte Brucati jetzt fast liebevoll die Schulter.

„Ich war mir nicht sicher, ob ich dich hier sehe, als ich SoKo hörte."

„Ich hatte schon vermutet, dass du es bist", erwiderte Brucati.

Colonnello Bianchis „Tutto bene?" quittierte Brucati mit einem zustimmenden Nicken. „Schön, dich zu sehen."

„Nur die Umstände sind es nicht!", betonte Bianchi. Er sprach sehr gutes Deutsch, wenn auch nicht ganz akzentfrei. Seine blitzenden Augen verrieten wache Intelligenz. Für sein Alter war er gut in Schuss - breite Schultern und schmale Taille, wo sie bei Männern seines Alters doch gern schon mal in die Breite ging.

Christ bedeutete dem Mann, ihm zu folgen.

Der schnappte seinen Koffer sowie die darauf abgelegte Schirmmütze und folgte Christ in dessen Büro, wo der SoKo-Chef seinen Schreibtisch umrundete und dem Colonnello den Platz ihm gegenüber anbot.

Christ hatte während seiner militärischen Laufbahn genug Zeit mit Offizieren verbracht und so wusste er die ruhige Autorität und das Selbstvertrauen, mit dem der Mann den Stuhl einnahm, einzuschätzen. Er war der Prototyp eines drahtigen Offiziers mit Erfahrung.

Als Bianchis Blick auf Christs Aquarium fiel, meinte er: „Sie mögen Fische?"

Christ nickte nur kurz bestätigend, er kam gern gleich auf den Punkt. Die Zeit des Austauschs von Höflichkeiten war nun vorbei. „Warum sind Sie hier, Colonnello Bianchi?", fragte er. Inzwischen war er sicher, dass dieser Mann nicht hierhergekommen war, um nur mal nach dem Rechten zu schauen.

Auch Colonnello Bianchi schätzte sein Gegenüber ab. Mit diesem Mann konnte er kein Katz-und-Maus Spiel betreiben. Jetzt, wo er wusste, wo diese Geschichte ihn hinverschlagen hatte, erinnerte er sich an die Erzählungen seiner Schwester über den knallharten Chef der SoKo und wie sie beklagte, was er stets von ihrem Sohn forderte.

Brucati hatte unterdessen einen Stuhl aus der Ecke herangezogen und sich damit an der Kante des Schreibtisches platziert, von wo aus er beide Männer bestens im Blick hatte.

„Allora", begann der Colonnello mit einem kurzen Blick auf Brucati und wandte sich Christ zu. „Sono qui …" Er hielt inne und

wiederholte auf Deutsch: „Ich bin hier, um Ihnen …" Hilfesuchend
wandte er sich an Brucati. „Come si dice assistenza?"

„Amtshilfe", half Brucati aus.

„Um Ihnen Amtshilfe zu leisten."

Christ überlegte, ob er einwenden sollte, dass es eigentlich anders
ablief, dass eine Behörde eine andere normalerweise offiziell mit
einem Amtshilfeersuchen um Unterstützung ersuchte und sie nicht ungefragt angeboten wurde. Er entschied sich dann aber dagegen, etwas
dazu zu sagen. Er vermutete, dass Colonnello Bianchis Ansinnen
darauf abzielte, den langen Weg des internationalen Amtshilfebetriebs
- der geprägt war vom Dilemma der verschieden wirkenden Rechts-
normen sowie der verschieden regierenden Staatsgewalten - zu um-
gehen und er sozusagen den kurzen Dienstweg über Christs SoKo
gewählt hatte. Doch wozu? Am wahrscheinlichsten erschien Christ die
Vermutung, dass ein schnelles Eingreifen durch Colonnello Bianchi
auf deutschem Staatsgebiet nach dem Territorialprinzip und den allgemein anerkannten Vorschriften des Völkerrechts ansonsten schwierig
wäre - vor allem, wenn er kein Einverständnis von Deutschland hatte.

Vom Grundsatz her hatte Christ nichts gegen internationale Amtshilfe. Die Frage war nur, wer hier letztendlich wem Amtshilfe leisten
würde. So fragte er: „Sie uns oder wir Ihnen?" Dabei musterte er den
Colonnello sehr genau.

Ein Lächeln zeigte sich auf Bianchis Lippen. „Beides", antwortete
er schließlich.

Christ nickte bedächtig. Der Colonnello schien aufrichtig helfen zu
wollen, Hilfe aber auch nicht abgeneigt zu sein.

Brucati spürte regelrecht, wie es zwischen den beiden Männern
knisterte. Und eines war ihm klar: Hier waren ebenbürtige listige
Meister ihres Faches am Werk.

„Diese Prothese, nach der sich Ihr Herr Pfeiffer erkundigt hat,
gehört einem Mann meiner Abteilung, zu dem wir leider den Kontakt
verloren haben", begann der Colonnello, „und Sie scheinen ihn
gefunden zu haben."

„Kann sein", sagte Christ.

Der Colonnello zog die Augenbrauen zusammen. Er hatte eine
klare Bestätigung erwartet und verstand nicht, warum Christ nicht
einfach sagte, dass sie den Mann gefunden hatten. Er öffnete seine
Aktentasche, holte ein Foto heraus und reichte es an Christ weiter. „Ist
das der Mann, den Sie gefunden haben"?

Das Foto zeigte einen Mann Anfang dreißig in Uniform.

„Ja und nein", antwortete Christ, nachdem er sich das Foto angesehen hatte, und reichte es an Brucati weiter.

Wieder war Christ einem klaren Ja ausgewichen und der Colonnello wusste nicht, was er mit dieser Antwort anfangen sollte. Hilfesuchend blickte er zu Brucati.

Doch der hielt sich bedeckt, griff seinem Chef nicht vor.

„Nun, Colonnello Bianchi, wir haben einen Mann gefunden, der die Beinprothese mit der besagten Nummer trägt, aber ob er wirklich der Mann auf dem Foto ist, kann ich Ihnen nicht beantworten."

„Können Sie nicht oder wollen Sie nicht?", fragte Bianchi nun mit einer leichten Schärfe in seinen Worten.

„Das Gesicht des Mannes ist in einem so schlechten Zustand, dass mir ein Vergleich mit diesem Foto nicht möglich ist", entschärfte Christ die Situation.

Bianchi blickte von Christ zu Brucati und wieder zu Christ, dann fragte er ernst: „Was ist passiert?"

Christ erhob sich und bat Bianchi, ihm in den Besprechungsraum zu folgen, wohl wissend, was der Mann dort an der Wand zu sehen bekäme.

Das Erste, was dem Colonnello ins Auge fiel, war Pfeiffers Zeichnung. „Ich bitte Sie! Das ist er doch!", rief er aus.

„Wer?"

„Roberto Santoro!"

„Das, was Sie da an der Wand sehen, ist den geschickten Händen meines Mitarbeiters als Phantomskizze entsprungen."

Brucati hatte das Foto des Mannes noch in der Hand und fragte seinen Onkel: „Können wir das behalten?"

Nachdem Bianchi sein Einverständnis gegeben hatte, heftete Brucati das Foto neben das von Pfeiffer angefertigte Phantombild. Die Ähnlichkeit war frappierend, aber ein wirklicher Beweis, dass das der Mann war, der sechs Stockwerke tiefer in Doc Wenrights Abteilung lag, fehlte noch. So unterließ es Brucati, den Namen Roberto Santoro unter die beiden Bilder zu schreiben.

Wie von Christ vermutet, betrachtete Colonnello Bianchi nun interessiert auch die anderen Bilder an der Wand.

Christ erklärte ihm die Umstände und dass der aufgefundene Mietwagen inzwischen untersucht wurde.

„Das ist der Mietwagen, den er hatte?" Bianchi tippte mit dem

Finger auf den Ausdruck des Key-Inspector-Programms.

„Ja. Wir haben den Autoschlüssel in seiner Socke gefunden."

Bianchi nickte. „Roberto war einst ein Autoschlüssel aus der Sakkotasche gefallen, und er hat ihn nicht wiedergefunden. Seitdem hat er den Schlüssel stets in der Socke getragen - das hat ihn nicht gestört, wegen der Prothese", berichtete er. „Und sein Hotelzimmer?"

„Wir sind gerade dabei."

Bianchis Blick blieb am Bild der Auffindesituation hängen.

„Colonnello Bianchi." Christs Stimme ließ Bianchi den Blick von dem Bild abwenden.

„Können Sie Roberto Santoro vielleicht an irgendeiner Auffälligkeit identifizieren?"

Betrübt wies Bianchis Hand auf das Foto des Tattoos. „Und er hat eine Schussverletzung, hier …" Der Colonnello zeigte bei sich die Stelle, wo sein Freund verletzt worden war. „Die hat er sich vor drei Jahren bei einem Einsatz zugezogen."

Christ nickte und schob Doc Wenrights vorläufigen Autopsiebericht - der noch von der Morgenbesprechung auf dem Tisch lag - in Bianchis Richtung. Dort war die Schussverletzung dokumentiert.

Bianchi schnappte sich den Bericht. Seine Augen flogen aufmerksam über die Zeilen und blieben an einem Punkt hängen. Ungläubig schaute er zu Christ, um dann die Nase wieder in die Akte zu stecken. „Manikürter Fingernagel?", las er zweifelnd.

Christ hatte damit gerechnet, dass Bianchi vor allem auf die Vergiftung zu sprechen käme, doch ihn störte, was der Mann mit seinem Fingernagel veranstaltet hatte. Das entlockte Christ ein Stirnrunzeln.

„Das passt so gar nicht zu Roberto", sagte Bianchi zögernd. Schließlich fragte er: „Kann ich ihn sehen?"

„Wenn Sie sich das antun wollen, natürlich", meinte Christ und schritt zur Tür.

Der Colonnello und Brucati folgten ihm auf den Flur. Doch dann blieb Brucati stehen und sagte zu Christ: „Ich bin da ja nicht vonnöten."

Nach einem Kopfschütteln des SoKo-Chefs wandte sich Brucati an seinen Onkel. „Wie lange bleibst du?"

„Das kann ich noch nicht abschätzen."

„Wo wirst du übernachten?"

„Mir schwebt das Gästezimmer deiner Eltern vor. Du kennst deine Mamma, wenn ich in ein Hotel gehe, nimmt sie mir das übel!"

In Antonio Brucatis Erinnerungen ploppten temperamentvolle Willkommensszenarien und dramatische Abschiedsszenen auf. Er nickte, wehrte aber ab: „Ach nee."

„Ach ja!", erwiderte Bianchi. „Mehr als ein halbes Jahrhundert Erfahrung mit deiner Mamma lassen mich da ziemlich sicher sein!", kam gequält über seine Lippen. „Kannst du sie bitte schon mal vorwarnen, dass ich mich nachher mit ihr in Verbindung setzen werde?"

„Mach ich!", versprach Brucati und wandte sich zum Gehen.

„Und sag ihr bitte, sie soll keinen großen Aufwand machen!"

Brucatis Lächeln verdeutlichte, dass dieser Versuch wahrscheinlich vergebene Liebesmüh war, er nickte aber. „Wir sehen uns", verabschiedete er sich.

„Davon gehe ich mal aus." Bianchi wandte sich um und folgte Christ.

Brucati sah noch mal über seine Schulter und blickte den beiden - für ihn durchaus wichtigen Männern in seinem Leben - kurz hinterher. Dann nahm er die weiße Papiertüte mit aufgedruckter italienischer Flagge und machte sich auf den Weg zur Mikrowelle.

Kapitel 12

Montag, 2. Januar, 13:51Uhr

Daniel Dosske bediente sich während der Fahrt ins Industriegebiet Neu-Isenburg aus dem geöffneten Pizzakarton auf dem Beifahrersitz, bis dessen Inhalt komplett verputzt war.

Als er bei der auf den Zettel gekritzelten Adresse angekommen war, stand er vor einem offensichtlich verwaisten alten Gebäude. Da wo einst wohl ein Schild am Torpfosten auf die Bestimmung des Bauwerks hingewiesen hatte, waren nur noch vier Schrauben zu sehen, die ihrer Aufgabe nicht mehr nachkommen konnten. Ebenso war bei der Klingel das Schild, das zur Aufklärung hätte beitragen können, entfernt worden. Auch sonst fand Dosske keinen Hinweis.

Die Bäume, die hier der Straße entlang Spalier standen, hatten ihre Blätter abgeworfen und wirkten genauso trostlos wie die trüben Fenster, hinter denen Dosske nach Lebenszeichen suchte. Doch das einzige Leben hier kam von den heruntertrudelnden Schneeflocken.

Nach außen hin wirkte alles ruhig und verlassen, doch was ging drinnen vor sich? Ein hoher Zaun versperrte den Zugang zum Gelände und hinderte Dosske ebenso an der sofortigen Beantwortung dieser Frage wie ein schweres Tor, an dem ein gelbes Hinweisschild darum bat, die Einfahrt frei zu halten. Wie es aussah, war hier schon länger niemand mehr ein- oder ausgefahren. Ein Rütteln am Tor brachte die Sicherheit, dass es verschlossen war, wie auch das kleine Törchen, das für Fußgänger gedacht war.

Nebenan tat sich eine große Baulücke auf, in die fünf Stockwerke eines Rohbaus gesetzt worden waren. Dosske lief hinüber, vielleicht wusste einer der Bauarbeiter etwas zu dem Gelände nebenan.

Der erste Mann, den Dosske traf, sprach anscheinend kein Deutsch und wies mit der Hand auf einen anderen Bauarbeiter. Doch auch der konnte sich nur notdürftig verständigen. „Ich hole Polier", gab er an und ließ Dosske stehen.

Dosske sah sich in der späteren Eingangshalle des hier entstehenden Gebäudes um. Er konnte schon erahnen, wie es einmal aussehen würde.

Ein „Ja?" riss ihn aus seinen erdachten Bauplänen. Es kam von einem Mann, der in Begleitung des Bauarbeiters erschien und dann vor Dosske zum Stehen kam.

„Dosske, SoKo S", stellte er sich vor und zeigte seinen Dienstausweis.

„Hanke", erwiderte sein Gegenüber und reichte ihm die Hand. Er hatte einen kräftigen Händedruck und Dosske spürte die Schwielen von schwerer Arbeit.

„Wir ermitteln in einer Sache zum Gebäude nebenan."

„Aha", sagte Hanke eher gelangweilt. Wahrscheinlich hatte er zuvor angenommen, dass es um den aktuellen Bau ging.

„Haben Sie da mal jemanden ein- oder ausgehen sehen?"

Der Mann kratze sich am Hinterkopf, da wo sein Bauhelm endete, und antwortete: „Nö."

„Wissen Sie, welche Firma da mal ansässig war?"

„Nö."

„Wie lange arbeiten Sie schon hier?"

„Sind jetzt fast fünf Monate."

„Hat vielleicht einer Ihrer Kollegen etwas gesehen?"

Der Polier drehte sich um und rief den beiden Bauarbeitern etwas in einer Sprache zu, die Dosske als Polnisch identifizierte.

Von beiden kam ein „Nie!"

Dosske wies mit dem Zeigefinger nach oben. „Könnte ich mal hochgehen, um mir einen Überblick von dem Gelände drüben zu verschaffen?"

„Klar." Hanke lief ein paar Schritte zu einem Schrank, holte dort einen Bauhelm hervor und reichte ihn Dosske. „Aber den müssen Sie aufsetzen, ich will keine Schwierigkeiten!"

Dosske tat, wie ihm geheißen, und begab sich zur Treppe, die noch über keinen Belag verfügte. Ein provisorischer Handlauf war aus groben Holzbrettern zusammengezimmert worden, allerdings traute Dosske ihm nicht allzu viel Stabilität zu. So stapfte er Stockwerk um Stockwerk auf dem blanken Beton nach oben. Endlich im obersten Stockwerk angekommen, schnaufte er ziemlich.

Auf den Dachbalken und der Konterlattung befanden sich bereits Ziegel, aber die Fensteröffnungen hatten noch keine Fenster und so konnten die Schneeflocken, vom böigen Wind angetrieben, munter durch die Öffnungen ins Innere trudeln. Ein strenger Nordwestwind hatte hinter den Fenstern in Südostrichtung einen Schneeteppich ausgebreitet. Und als Dosske nun aus einer der Fensteröffnungen zum Nachbargelände schaute, peitschte ihm dieser Wind ins Gesicht. Dosske kniff die Augen zusammen, doch sie begannen trotzdem vom kalten Wind zu tränen. Schützend hob er seitlich eine Hand vor die Augen.

Von hier oben hatte man einen guten Ausblick. Dosske erkannte, dass sich dem Gebäude, das zur Straße hin stand und das wohl als Bürotrakt gedient hatte, eine Produktions- oder Lagerhalle anschloss. Beides war einmal modern gewesen, wahrscheinlich verhinderten Brandschutzauflagen oder verbauter Asbest ein Weiterbetreiben und es war sicher schwer, das Ganze wieder an den Mann zu bringen.

Dosskes Sondierung des Geländes ergab eine überall geschlossene Schneedecke und keinerlei Lebenszeichen. Dann hob er den Blick, um sich die daran anschließende Umgebung anzusehen, doch das dichte Schneeflockentreiben machte alles wattig trüb und er konnte nicht weit sehen. Der Wind biss so durch seine Jacke, dass Dosske fröstelnd die Schultern hob. „Scheißwetter", brummte er und lief wieder nach unten.

Dort angekommen, fragte ihn der Polier: „Und, was gesehen?"

„Ja, Schnee", raunte Dosske und reichte ihm den Helm zurück.

Der Polier schmunzelte über seine Äußerung, doch dann wandelte sich sein Gesichtsausdruck. „Da fällt mir was ein", sagte er. „Ich habe hier bei uns im obersten Stock vor ein paar Tagen Fußspuren im Schnee gesehen, auf der Seite, die nach da" - er wies in Richtung des verlassenen Gebäudes - „rüberzeigt."

„Ja, Sie und Ihre Männer werden ja öfter mal da oben sein. Ich habe da jetzt auch Fußspuren hinterlassen", meinte Dosske, der daran nichts Ungewöhnliches fand.

„Ja, aber die Spuren damals stammten nicht von uns."

„Wie wollen Sie das wissen?"

Er zeigte auf seine Sicherheitsschuhe. „Na ja, wir tragen die hier, mit dickem Profil. Sie haben auch Schuhe mit einer festen Sohle an. Doch die Schuhabdrücke, die ich da oben gesehen habe, die stammten von anderen Schuhen, also von solchen, wie man sie ins Büro anzieht, mit flacher Sohle und Absatz."

„Hm." Dosske erinnerte sich an den Business-Halbschuh, den er auf einem der Fotos vom Bachbett des Hengstbaches gesehen hatte. „Wann war das?"

„Das kann ich Ihnen beim besten Willen nicht mehr genau sagen. Aber es war schon komisch, vor allem bei dem Wetter." Der Mann kratzte sich wieder am Kopf. „Es waren schon mal Jugendliche hier drin, aber die tragen keine solchen Schuhe. Die waren da oben, um den tollen Blick auf die Skyline von Frankfurt zu genießen. Allerdings war der Blick, den wir danach hier hatten, nicht so prickelnd. Die haben da oben nämlich gefeiert und die Reste und Papiertüten von McDonald's einfach liegen lassen. Damals war noch kein Dach drauf und es hatte in der Nacht geregnet. So war der Scheiß schön aufgeweicht und wir konnten den dann entsorgen", berichtete Hanke verärgert.

Dosske überlegt laut. „Ich glaube nicht, dass es dem Businessschuhträger um die Skyline von Frankfurt ging", murmelte er vor sich hin.

Der Polier hob unsicher die Hände. „Was weiß ich", sagte er. „Tja, mehr haben wir nicht zu bieten." Man merkte ihm an, dass er seinen „Gast" gern wieder loswerden wollte.

Dosske hatte die Signale verstanden. „Trotzdem danke", sagte er und verließ die Baustelle.

Wieder auf dem Trottoir, glitt Dosskes Blick zur gegenüberliegenden Straßenseite. Dort stand ein Bürogebäude, viele Firmenschilder hingen am Eingang. Dosske studierte sie nur kurz, denn er sah, dass es einen Empfang gab. Schnell nahm er die paar Stufen und durchschritt die Eingangstür.

Die Dame am Empfang grüßte ihn freundlich, doch nachdem er seinen Satz aufgesagt hatte, schüttelte sie bedauernd den Kopf. „Tut mir sehr leid, Herr Dosske. Ich habe heute erst hier angefangen. Ich habe keine Ahnung, was früher mal da drüben war." Sie blickten beide durch die große Glasfront nach draußen. Ein Postbote hielt an, zog einen Stapel Briefe aus seiner Tasche und begann, diese in die Briefkästen zu werfen.

Hoffnung zeigte sich auf Dosskes Gesicht. Er verabschiedete sich schnell von der Empfangsdame und lief nach draußen. Wenn der Postbote nicht wusste, welchem Zweck dieses Gebäude einmal gedient hatte oder wer hier tätig gewesen war, wer dann.

Hoffentlich hat der nicht auch seinen ersten Tag, dachte Dosske, während er Kurs auf den Mann nahm.

Und diesmal hatte Dosske Glück.

Der Postbote konnte berichten, dass dort ein Chemieunternehmen ansässig gewesen war, das nach Dreieich umgezogen sei. Den Namen wusste er allerdings nicht mehr genau. „Irgendetwas mit Pharma", kramte er aus seinen Erinnerungen hervor. „Die sind aber schon mindestens ein halbes Jahr nicht mehr da."

„Gab es vielleicht einen Nachsendeauftrag?"

„Ich glaube ja. Ich kann in der Postfiliale nachschauen."

„Können Sie mir dann die neue Adresse per Mail zukommen lassen?", fragte Dosske und reichte dem Postboten seine Visitenkarte.

„Mach ich", bekundete der Postbote. „Meine Runde dauert aber noch ein bisschen."

„Sobald es eben geht. Danke." Er verabschiedete sich, lief zurück zu seinem Wagen und fuhr los.

Seit Hanke von den Papiertüten von McDonald's berichtet hatte, verspürte Dosske den Drang, das Schnellrestaurant aufzusuchen, denn er hatte nach dem Verzehr der würzigen Pizza Durst. Und so genehmigte er sich auf seiner Fahrt zurück zur SoKo einen Zwischenstopp bei McDonald's.

Eigentlich wollte Dosske sich nur kurz etwas zu trinken holen, doch das Schnellrestaurant mit dem goldenen Bogen machte seinem Namen heute keine Ehre. Da ging nichts schnell. Nachdem er die lange Schlange der Fahrzeuge am Drive-in gesehen hatte, wollte er seine Coke drinnen holen. Doch auch hier standen Schlangen vor den Ausgaben.

Drei Ausgabestellen waren offen, an der hintersten war die Schlange am kürzesten, daher stellte er sich dort an. Während er gelangweilt wartete, beschlich ihn plötzlich ein ungutes Gefühl, das ihn aufmerksam werden ließ. Er schaute sich um und blickte in die braunen Augen eines Mannes in der ersten Schlange, die ihn anstarrten. Als Dosske ihn dabei ertappte, blickte der Mann schnell in eine andere Richtung. Auch Dosske schaute wieder weg, doch nach ein paar Sekunden hatte er wieder das Gefühl, beobachtet zu werden. Er schaute hinüber, doch der Mann blickte nach vorn in Richtung Schalter.

Dosske konnte sich nicht erinnern, dass er den Mann gesehen hatte, als er überlegt hatte, wo er sich anstellen sollte. Er musste also nach ihm hereingekommen sein. Auch dieser Mann stand als Letzter in der Schlange. Dosske vergewisserte sich, dass es sich nicht um einen Bekannten von ihm handelte, der nun erneut aus dem Augenwinkel einen Blick in seine Richtung schickte.

Im Kopf des SoKo-Mannes blitzte eine Erinnerung auf. *Hab ich den nicht vorhin in einem Auto in der Nähe dieser Firma sitzen sehen?*

Um seine Vermutung zu untermauern, täuschte er ein herzhaftes Gähnen vor. Und als er eine Sekunde später in Richtung des Mannes blickte, versuchte dieser ein Gähnen zu unterdrücken.

Bingo!, dachte Dosske nun höchst aufmerksam. *Was willst du von mir?*

Doch seine Frage musste erst einmal unbeantwortet bleiben, denn vor ihm entstand Bewegung, als sein Vordermann mit zwei Tüten bepackt den Weg frei machte und er nach seiner Bestellung gefragt wurde. Dosske bestellte, bezahlte und wartete auf seine Coke. Währenddessen wandte er wieder den Blick in die Schlange zwei Reihen weiter.

Der Mann war nicht mehr zu sehen. Die zwei Menschen, die vor ihm in der Schlange gestanden hatten, warteten aber noch.

Dosskes weiterer rundum schwenkender Blick zeigte ihm, dass der Mann verschwunden war. Er bekam seine Coke in die Hand gedrückt und wandte sich zum Gehen. Fragend zog er die Augenbrauen zusammen. Ob es dem Mann zu lang gedauert hatte?

Mit einem seltsamen Gefühl und seiner großen Coke bewaffnet, verließ Dosske kurz darauf das Schnellrestaurant und lief über den Parkplatz zu seinem Wagen. Dabei schaute er sich weiterhin aufmerksam um. Doch den Mann sah er nicht mehr, so sehr seine Augen den Parkplatz auch absuchten.

Alle Fahrzeuge waren mit Schnee bedeckt. Die einen mehr, die anderen weniger. Dosske interessierte vor allem dafür, wie stark die Frontscheiben der Fahrzeuge zugeschneit waren. Zuerst sah er sich die seines Dienstwagens an. Die Zeit im Schnellrestaurant hatte gereicht, dass man nicht mehr durch die Frontscheibe blicken konnte und von der Lackierung nicht mehr viel zu sehen war. Die Stärke der Schneedecke auf seiner Frontscheibe gab ihm einen Anhaltspunkt, um festzustellen, wie lang die anderen Fahrzeuge hier schon standen. Ein Ford und ein Mercedes wiesen ähnlich bedeckte Frontscheiben wie sein Opel auf, beide mit Offenbacher Kennzeichen, die er sich einprägte. Im Vorbeilaufen blickte er durch die Seitenfenster, sah aber niemanden in den Autos sitzen.

Bei seinem Auto angelangt, verzichtete Dosske diesmal darauf, seinen fahrbaren Untersatz vom Schnee zu befreien. Stattdessen stieg er in sein Auto und überließ diese Aufgabe den Scheibenwischern. Dann fuhr er vom Parkplatz. Die Sicht wurde immer besser, denn es hörte langsam auf zu schneien. Fast zwanghaft warf er auf der Rückfahrt zur SoKo immer wieder einen Blick in den Rückspiegel. Niemand folgte ihm - bis auf den Schneestaub, den der Fahrwind von seinem Dach und den Seiten fegte.

Am ersten Arbeitstag des Jahres gab es kein allzu großes Verkehrsaufkommen auf den Straßen. Und so ging Dosske davon aus, dass er einen eventuellen Verfolger sicher bemerkt hätte.

Kapitel 13

Montag, 2. Januar, 14:11 Uhr

Christ war mit Colonnello Bianchi ins Kellergeschoss der SoKo-Zentrale gefahren, wo Doc Wenright mit neuen und alten Methoden sowie seinem wachen Verstand den Todesumständen des Opfers auf die Spur zu kommen gedachte.

Christ erklärte Wenright kurz, wen er da mitgebracht hatte, dass der Colonnello bereits Wenrights vorläufigen Autopsiebericht kannte und er das Opfer - mit dem er freundschaftlich verbunden war - nun selbst sehen wolle. Dann überließ er vorläufig seinem Freund das Feld.

Doc Wenright hatte die sterblichen Überreste des Opfers durch den Computertomografen geschickt und sich im Rahmen der Virtopsy durch das dreidimensionale Modell des Körpers hindurchbewegt. Danach hatte er mittels Skalpell Brust- und Bauchhöhle sowie den Schädel der Leiche zur vorgeschriebenen inneren Leichenschau geöffnet. Inzwischen war der Leichnam sorgsam wiederhergerichtet, um die Spuren der Autopsie so gering wie möglich zu halten. Was die Ratten angerichtet hatten, vermochte Wenrights Kunst freilich nicht zu verdecken. Vom Gesicht des Opfers war nicht mehr viel da.

Und so war das, was Wenright nach einer kurzen Vorstellung nun aus einer der beiden Kühlkammern herauszog, um es dem Mann des COFS zu zeigen, nicht sehr ansehnlich.

Als Wenright der Leiche das Laken vom Gesicht nahm, atmete selbst Colonnello Bianchi einmal tief durch. Er hielt aber sogleich inne, als ihm der süßlich fettige Geruch des Opfers in die Nase stieg.

Auch wenn der Autopsiebericht den Colonnello schon hatte ahnen lassen, was ihn erwartete, so war es doch immer noch etwas anderes, die Dinge in Realität zu sehen und nicht nur auf einem Blatt Papier. Bianchi strauchelte zwar nicht, aber er trat einen Schritt zurück.

Wenright richtete das Wort an ihn. „Gibt es etwas, woran Sie erkennen können, wer das ist?", fragte er.

„Eine Schussverletzung - hier", gab Bianchi an und zeigte die Stelle an seinem eigenen Körper.

Wenright schlug das Laken weiter zurück, sodass Bianchi die Verletzung betrachten konnte.

„Ist sie das?", fragte Wenright.

Bianchis Blick ruhte auf der verheilten Verletzung, die eine Narbe oberhalb der rechten Hüfte hinterlassen hatte.

Der SoKo-Chef präzisierte die Fragestellung. „Ist das Santoro?"

Bianchis Blick lief hinauf zum linken Arm des Mannes. Dort befand sich das Tattoo, das ihm die letzte Gewissheit brachte. „Roberto", hauchte der Colonnello, trat noch einen Schritt zurück, schloss die Augen und machte eine bejahende Geste.

Als Bianchi die Augen wieder öffnete, hatte Wenright den Leichnam bereits wieder zugedeckt und war gerade dabei, ihn in die Kühlkammer zu schieben. Bianchis Augen blieben auf Wenright haften. Für diesen Mann war Roberto Santoro nur ein Fall, aber er selbst hatte einen Menschen verloren, der einen Bestandteil seines Lebens ausmachte.

Als Wenright sich umwandte, trafen sich ihre Blicke.

Bianchi hatte oft genug Verletzungen gesehen, dem Tod ins Auge geblickt, und neben Militärärzten gestanden. Dieser Arzt hier war irgendwie anders.

„Kein einfacher Job, den Sie da haben", sagte Bianchi zu Wenright. „Wie kamen Sie dazu, ihn zu ergreifen?"

Doc Wenrights Schultern zuckten kurz, dann antwortete er: „Ich glaube, es war meine nie endende Neugier, die mich unbeirrt diesen Weg einschlagen ließ." Doch tief in sich drin spürte Doc Wenright den anderen Grund nagen, über den er aber nicht gern sprach. Es war dieses Gefühl der ätzenden Machtlosigkeit eines Arztes, der sich angesichts eines nicht zu verhindernden Todes - gerade bei jungen Menschen - eingestehen musste, mit seiner Kunst am Ende zu sein, nicht alles heilen zu können, kein Gott in Weiß zu sein. Diesen Gedanken abschüttelnd, atmete er kurz aus und schob hinterher: „Und kein anderes Fach der Medizin ist ähnlich facetten- und nuancenreich!"

Bianchi schob sein Kinn vor, wobei er langsam den Kopf auf und ab bewegte. „Und bietet so einen tiefen Einblick in menschliche Abgründe und Tragödien."

Nach einem kurzen Moment des Innehaltens gab Wenright zu: „Ja, es ist manchmal nicht angenehm. Grundsätzlich muss man sich die Denkhaltung aneignen, dass man zuallererst Wissenschaftler ist, und einfach dem vorgeschriebenen Protokoll nachgehen."

Bianchi atmete schwer ein. „Aber es sind doch immer noch Menschen, die Sie da vor sich haben."

Ja, dachte Wenright, *Menschen, denen andere Menschen etwas angetan haben.* Er fand es erschreckend und faszinierend zugleich, wie ein Mensch auf einen anderen einwirken und was er anrichten konnte. Laut sagte er aber nur: „Ja, natürlich. Doch diese Überlegung lasse ich erst zu, nachdem alle Analysen gemacht sind und die wissenschaftliche Arbeit abgeschlossen ist. Denn jeder dieser Menschen …" - Wenright legte seine Hand auf die Tür des Kühlfachs, hinter der Santoro lag - „… hat immer noch etwas zu erzählen, auch wenn er nicht mehr sprechen kann!"

Colonnello Bianchi hatte aufmerksam zugehört. Sein Blick glitt zu dem Tisch hinüber, auf dem Santoro wohl gelegen hatte, als er Wenright „erzählt" hatte.

Wenright war seinem Blick gefolgt. „Wenn hier jemand auf meinem Tisch liegt, dann kann es sein, dass wir manchmal nicht wissen, wer das ist, oder wir haben nur eine vermutete Identität. Bei Letzterem können wir das mit der DNA oder Zahnarztunterlagen abgleichen."

„Oder einem Tattoo", sagte Bianchi, als hätte er die Tätowierung immer noch vor Augen.

„Das wäre allerdings kein ganz sicherer Beweis", raunte Wenright. „Bei einer unbekannten Person ist es meine Aufgabe, ihr ein Profil zu geben, das Geschlecht, das Alter und wenn möglich die Herkunft festzustellen, welche Unfälle sie hatte und so weiter."

Bianchi nickte langsam. Mit einer Mischung aus Bewunderung und Abscheu in der Stimme fragte er: „Wie können Sie angesichts des Ausmaßes solcher … Dinge Distanz wahren?"

„Schauen Sie, hier ging es vor allem darum, die Identität des Opfers festzustellen, und das nicht zuletzt, um seiner Familie, seinen Freunden" - Wenright blickte Bianchi geradewegs in die Augen - „die nagende Ungewissheit zu nehmen, ob der Familienangehörige oder der Freund tot ist. Und es geht darum, Anklage zu erheben." Wenrights Hand wies auf Bianchi. „Sie wollen, dass jemand für das, was er Ihrem Freund angetan hat, zur Rechenschaft gezogen wird. Aber dafür müssen Sie den Richtigen erwischen. Und ich muss die relevanten Spuren, die für die Anklageerhebung gebraucht werden, beschaffen. Deshalb ist es bei meinem Tun wichtig, einen kühlen Kopf zu bewahren und methodisch, wissenschaftlich zu arbeiten."

Bianchi nickte versonnen. „Die Wissenschaft tritt heute oft an die Stelle der Religion. Viele Menschen glauben an ihre Allmacht."

„Philosophisch gesehen hat die Bedeutung der Wissenschaft im gleichen Maß zugenommen, wie die Religion sie verloren hat", meinte Wenright. „Letztendlich bemühen sich ja beide darum, ähnliche Fragen zu beantworten: Wie kommen wir hierher, wie konnte das passieren ..."

„Warum geht die Sonne auf, warum geht sie unter?", ergänzte Colonnello Bianchi.

„Über Jahrhunderte hinweg haben wir diese Fragen metaphysisch beantwortet, nun versuchen wir es konkret."

Bianchi blickte wieder zur Tür der Kühlkammer und es wirkte, als könnte er durch die geschlossene Tür hindurchschauen. „Konkret liegt hinter dieser Tür ein menschliches Wesen", wisperte er.

„Es ist ein toter Mensch und ich behandle ihn mit Würde!", sagte Wenright mitfühlend. „Er stand unter Ihrem Kommando?", wollte er wissen.

Der Colonnello nickte mehrmals und sog dabei tief Luft ein. „Er war mehr als ein Untergebener, er war mir ein Freund!" Bianchis Adamsapfel bewegte sich deutlich.

Christ hatte - wie es nun mal seine Art war - das Gespräch der beiden schweigend laufen lassen. Er fragte sich, ob Bianchi selbst seinen Freund auf diese Mission geschickt hatte, die zu dessen Tod geführt hatte, und übernahm nun das Gespräch. „Colonnello Bianchi, sicher können Sie etwas zur Beantwortung der Frage beitragen, was Ihr Freund hier wollte."

Der Mann aus Italien zögerte einen Moment.

„Legen Sie Ihre Karten offen", half Christ nach. „Worum geht es hier?"

„Va bene", begann Colonnello Bianchi und straffte sich. Doch die Informationen wollten ihm immer noch nicht leicht über die Lippen sprudeln. Sein Blick glitt wieder hinüber zur Kühlkammer.

„Lassen Sie uns in meinem Büro weitersprechen", bot Christ an und bot dem Colonnello somit die Möglichkeit, sich noch einen Moment zu sammeln.

Und der nahm das Angebot dankbar an.

Kapitel 14

Montag, 2. Januar, 14:12 Uhr

Samira Stein hatte sich - nachdem sie den Laptop in Kuhnerts fachkundige Hände gegeben und kurz mit ihm gesprochen hatte - auf den Weg ins Industriegebiet Langen gemacht. Dort hatte die Gebäudereinigung, in die Santoro sich als Luigi eingeschlichen hatte, ihren Standort.

Steins Ziel war nicht zu übersehen. In leuchtenden, großen wasserblauen Lettern stand GEBÄUDEX über einem Flachbau, der höchstens ein paar Monate auf dem Buckel hatte. Daneben parkten weiße Kleinbusse der Marke Opel Vivaro Kombi, an deren Seiten ebenfalls der Firmenschriftzug zu lesen war. Auf dem Parkplatz waren die Stellplätze der Kombis durchnummeriert von 1 bis 10.

Stein überlegte: Neun Personen passten in so einen Transporter, sechs Stück standen da. Falls die vier leeren Plätze keine Pro-forma-Platzhalter darstellten, der Fuhrpark also zehn Fahrzeuge umfasste, dann könnte das locker neunzig Angestellte bedeuten.

Doch der Fuhrpark der Firma bestand nicht nur aus Kleinbussen, auch Privatwagen standen dort, etwa zehn an der Zahl. Wie viele Fahrzeuge hinter dem Haus noch parkten, konnte Stein von der Straße aus nicht ausmachen.

Sie parkte, stieg aus und ging auf das Gebäude zu. Es fiel sofort ins Auge, dass Wert auf das äußere Erscheinungsbild des Unternehmens gelegt wurde. Es hatte heute viel geschneit, doch die Wege waren geräumt, der Parkplatz gefegt, die Fenster geputzt. Auch drin setzte sich die Sauberkeit fort, wie sie nach dem Betreten der Firma feststellte. Es war kein Stäubchen zu finden und der Boden schien wie geleckt, obwohl Schuhe bei dem Wetter gern mal Schneematsch mit sich brachten.

Das war mal kein Beispiel für: *Der Schuster hat die schlechtesten Leisten.* Alles war picobello.

Stein hatte sich auf der Herfahrt ihre Strategie zurechtgelegt. Sie würde erst einmal zuhören und dann fragen. Und so klopfte sie an die Tür, neben der *Geschäftsleitung* zu lesen war. Als sie von drin ein „Ja!" hörte, öffnete sie.

Hinter einem Schreibtisch, auf dem sich Schnellhefter - natürlich in wasserblauer Farbe - stapelten, saß ein Mann Ende fünfzig. Nicht sehr groß, aber mit einem netten Lächeln.

Stein erwiderte dieses Lächeln. „Hallo, mein Name ist Stein, ich interessiere mich für Ihre Firma."

„Ja, junge Dame, da sind Sie bei mir genau richtig!", ließ der Mann verlautbaren, erhob sich und kam um seinen Schreibtisch herum. Er bot Stein einen der beiden Bistrostühle an, die vor dem Fenster um einen Bistrotisch gruppiert standen. Auf dem Tisch lagen Werbeprospekte der Gebäudereinigung GEBÄUDEX.

Stein nahm Platz und fragte: „Sie sind ..."

„Ich bin hier der Seniorchef."

„Die Firma gehört Ihnen?"

„Ja, schon seit einunddreißig Jahren." Er schüttelt den Kopf, als könnte er selbst gar nicht glauben, was er eben gesagt hatte.

„Das ist eine lange Zeit."

Der Mann bejahte und deutete auf ein leicht verblasstes Foto an der Wand seines Büros, das ein Einfamilienhaus zeigte, an dem ebenfalls der Schriftzug GEBÄUDEX zu lesen war, allerdings in wesentlich kleineren Buchstaben, als sie hier oben auf dem Gebäude prangten.

„So hab ich angefangen, bei mir zu Hause im Keller. Jetzt sind wir schon zwei Mal umgezogen, haben uns jedes Mal vergrößert. Und seit letzten Herbst sind wir hier." Die ausladende Geste, die seinen Worten folgte, ließ durchaus den Stolz auf das Geschaffene erkennen.

„Wie viele Angestellte haben Sie denn?"

„Zurzeit sechsundsiebzig", kam wie aus der Pistole geschossen.

„Das ist 'ne ganze Menge."

„Ja, aber die brauchen wir auch."

„Was für Aufträge übernehmen Sie denn?"

Es hörte sich nach Werbeslogan an, als er im Brustton der Überzeugung sagte: „Wir machen alles, und alles gut! Alles rund ums Haus, sag ich mal. Büroreinigung, Glasreinigung, ganze Fassaden, Kantinen, Polster- und Teppichreinigung, eben alles."

„Und wie läuft das ab? Kommt man bei Ihnen vorbei, so wie ich? Oder ruft man an?" Stein wollte erst mal wirken wie ein potenzieller Kunde. Die Karte, warum sie wirklich hier war, würde sie zu gegebener Zeit ausspielen - oder gar nicht.

„Unsere Tätigkeit beginnt mit einem persönlichen Gespräch, in dem wir eine Bestandsaufnahme des zu reinigenden Objektes durchführen und analysieren, was Sie benötigen. Danach vermessen wir die Flächen und erarbeiten ein genaues Leistungsverzeichnis, woraus sich dann die Preise ergeben. Damit Sie zufrieden sind, wird die Arbeit vor Ort von unseren Kontrolleuren kontrolliert und mit Ihnen gemeinsam beurteilt."

„Herr …?"

„Dexner."

„Herr Dexner, Sie haben sich als Seniorchef vorgestellt. Ich nehme an, dann gibt es auch einen Juniorchef."

Dexner nickte. „Und eine Juniorchefin. Meine beiden Kinder sind mit in die Firma eingestiegen. Ich mach die Büroarbeit und die beiden schauen bei den Putzkolonnen nach dem Rechten."

Stein kam zu dem Schluss, dass dieses Familienunternehmen wahrscheinlich nicht der Grund für Santoros Tod war, sondern einer seiner Kunden.

„Und wo reinigen Sie so?"

„Wenn Sie nach Referenzen fragen …", sagte Dexner, griff auf den Tisch vor sich und schlug die letzte Seite einer der Hochglanzbroschüren auf. „Da können Sie einen Teil unserer zufriedenen Kunden sehen."

Stein griff nach der Broschüre und überflog die abgebildeten Firmenlogos und Einträge, viele davon durchaus bekannte Namen.

„Wie Sie sehen, sind wir breit aufgestellt, haben langjährige Praxis bei Unternehmen, privaten Haushalten, aber auch an Schulen, Kindergärten, seit Neuestem auch bei einer Sportstätte. Mit vielen unserer Kunden pflegen wir eine langfristige Beziehung, im wahrsten Sinne des Wortes." Dexner lachte.

Dann drückte er Stein noch eine weitere Broschüre in die Hand. Auf der ersten Seite war das Firmengebäude, in dem sie gerade saßen, abgebildet. Davor stand eine große Gruppe Menschen, alle in einem wasserblauen Overall. Die Mitarbeiter winkten lächelnd in eine Kamera und sahen dabei sehr vertrauenswürdig aus.

„Wie Sie sehen, haben wir nur nette Mitarbeiter", meinte Dexner zu dem Foto, das Stein eingehend betrachtete. Doch das Gesicht, das sie suchte, entdeckte sie nicht.

„Sieht so aus", antwortete sie schließlich.

„Wir möchten mit unseren Kunden eine Beziehung eingehen, die von Fairness und vor allem Vertrauen gekennzeichnet ist. Denn oft sind wir vor oder nach Dienst- oder Arbeitsbeginn in den Gebäuden. Oder auch, wenn die Familie nicht zu Hause ist."

Also haben sie Schlüsselgewalt bei manchen Objekten, dachte

Stein. Das war in Anbetracht der Lage, die sie hierhergeführt hatte, besonders interessant für sie.

Dort könnte Mordopfer Santoro - Roberto oder Luigi - also unbemerkt recherchiert oder etwas gesehen haben. Aber was?

Mit vorfreudiger Stimme riss der Seniorchef Stein aus ihren Überlegungen. „Womit können wir Ihnen dienen? Wir bieten individuelle Problemlösungen an und verfügen über umfangreiches Fachwissen. Wir haben nur zufriedene Kunden, das ist unser Erfolg seit über dreißig Jahren!", schwärmte Dexner.

Und Stein glaubte ihm.

„Gern können wir Ihnen auch ein unverbindliches grobes Angebot erstellen. Wir bieten auch verschiedene Dienstleistungspakete an."

Da Stein nicht gleich anbiss, zog Dexner noch eine Trumpfkarte aus dem Ärmel. „Auch in Sachen Umweltschutz sind wir sehr bedacht, er ist uns eine Verpflichtung! Was Mülltrennung anbelangt, nehmen wir es sehr genau!"

Doch Stein zog jetzt ihrerseits eine Karte, die Dexner verdutzt in seinen Werbetiraden innehalten ließ. „Herr Dexner, ich glaube, Sie haben da etwas missverstanden. Ich bin nicht hier, um Ihnen einen Auftrag zu erteilen, sondern um mich nach einem Ihrer Mitarbeiter zu erkundigen." Sie zeigte ihm ihre Dienstmarke.

Ein unausgesprochenes *Uuups* erschien auf Dexners Miene. Er fragte: „Welchen Mitarbeiter meinen Sie denn?"

Stein rief auf ihrem Handy das Foto von GEBÄUDEX-Luigi auf.

Dexner schaute sich das Ausweisfoto genau an und fragte dann überrascht: „Wer ist das?"

„Das sollen Sie mir sagen."

„Ich kenne diesen Mann nicht. Das ist keiner unserer Mitarbeiter!"

„Aber wieso hat er dann Ihren Firmenausweis?"

„Ja, das würde mich auch interessieren!", fauchte Dexner und blickte wieder auf das Handy. Plötzlich sprang er auf. „Warten Sie mal!" Er lief zu seinem Schreibtisch und holte einen Ausweis aus der Schublade. „Das ist gar nicht unser Ausweis! So sehen unsere Ausweise aus!", rief er verärgert und hielt die Plastikkarte neben das Handyfoto.

Stein erkannte beim Vergleich, dass der Ausweis, den Dexner ihr gereicht hatte, nicht nur über einen Cliphalter an der Rückseite verfügte, sondern am oberen Rand eine eingestanzte Öse hatte, in die man ein Lanyard mit einem Karabinerhaken einklinken konnte, so wie

Dexner es bei seinem Ausweis getan hatte. Bei Luigis Ausweis fehlte eine solche Öse.

„Wir benutzen nur solche Ausweishalter!" Dexner warf nochmals einen Blick auf das Handyfoto und verglich es mit seinem Ausweis. „Und das sind auch nicht die richtigen Abmessungen!"

Stein hatte ebenfalls schon festgestellt, dass der Ausweis, den Santoro bei sich gehabt hatte, etwas quadratischer daherkam als der von Dexner.

„Sie kennen diesen Mann also nicht?"

Der Seniorchef vollführte mit seinen Händen eine Geste profunder Unwissenheit. „Nein! Wer soll das sein?"

„Wir haben diesen Mann tot aufgefunden."

„Was?", entfuhr es Dexner. Er ließ sich schwer auf den Stein gegenüberstehenden Stuhl fallen. „Aber wieso kommen Sie zu mir?", fragte Dexner im ersten Moment, doch dann ließ der Schrecken der ersten Sekunde nach und er murmelte: „Ja klar ...", er deutete in Richtung Steins Handy, „... weil da GEBÄUDEX draufsteht."

Stein nickte.

„Das ist ja ein Ding!"

„Könnte vielleicht einer Ihrer Mitarbeiter diesen Mann kennen?"

„Das weiß ich nicht. Aber gearbeitet hat er bestimmt nicht bei uns. Ich kenne jeden unserer Mitarbeiter und der ist ganz bestimmt keiner!"

„Könnte einer der Juniorchefs vielleicht ..."

Dexner unterbrach sie: „Ich stelle die Leute persönlich ein!"

„Könnte ich Ihre anderen Mitarbeiter vielleicht befragen?"

„Im Moment macht sich eine Schicht fertig. Die sind gerade in der Umkleide, die können Sie befragen. Aber um drei Uhr müssen sie in Dietzenbach sein!", mahnte er mit Blick auf seine Armbanduhr.

„Das ist doch ein Anfang", meinte Stein freundlich.

„Die anderen kommen erst heute Abend oder morgen ganz früh."

Stein tippte auf das Prospekt vor sich. „Ich sehe hier Ihre E-Mail Adresse. Kann ich Ihnen dieses Foto dahin schicken und Sie befragen Ihre Leute?"

„Ja, natürlich!"

Stein tippte die E-Mail-Adresse in ihr Handy und fügte das Foto ein. Nachdem sie auf *Senden* gedrückt hatte, schaute sie wieder zu Dexner hoch. „Herr Dexner, Sie würden uns sehr helfen, wenn Sie uns eine Liste Ihrer Kunden zur Verfügung stellen könnten."

Dexner zögerte mit seiner Zustimmung.

„Das kann nur in Ihrem Interesse sein", meinte Stein. „Wenn dieser Mann unter dem Deckmantel Ihrer Firma vielleicht ein Verbrechen …"

„Na, hören Sie mal! Sie glauben doch nicht, dass wir … unser Ruf ist untadelig!"

„Das bezweifle ich gar nicht. Aber wir müssen herausfinden, wer dieser Mann war und warum man ihn getötet hat."

Dexner sagte nichts, aber man sah, wie es hinter seiner Stirn rumorte.

„Sie haben ja schon viele Referenzen in Ihrem Prospekt angegeben, darüber könnten wir Ihre Kunden auch herauslesen, aber es wäre einfacher für uns, wenn wir eine Liste von Ihnen hätten, die Adressen und Ansprechpartner beinhaltet. So würden Sie uns helfen, keine ermittlungsrelevante Zeit für eigene Adressrecherchen verschwenden zu müssen", verdeutlichte Stein.

Der Seniorchef zögerte immer noch.

„Schauen Sie, Herr Dexner, Sie wollen doch bestimmt wissen, warum Ihre Firma benutzt wurde und wozu. Und bitte vergessen Sie nicht: Hier wurde ein Kapitalverbrechen begangen. Dieser Mann lebt nicht mehr, weil er ermordet wurde!"

Ihre letzten Worte hatten den gewünschten Erfolg. „Also gut", ergab sich Dexner und nahm wieder an seinem Schreibtisch Platz.

Kurz darauf hielt Stein einen Ausdruck der Kunden in Händen.

„Aber Sie behandeln diese Liste absolut vertraulich!", forderte Dexner mit Nachdruck.

Stein nickte. „Nur für unsere Ermittlungen!"

Kapitel 15

Montag, 2. Januar, 14:14 Uhr

Brucati hatte sich - nachdem er von Christ und seinem Onkel Abschied genommen hatte - in den Aufenthaltsraum im fünften Stock begeben, um seinen Rigatoni in der Mikrowelle die Wärme zu verpassen, die ihm zum Verspeisen genehm war. Während sich der Teller in der Mikrowelle drehte, verkündete er seiner Mutter die frohe Kunde vom Besuch des Onkels, worauf Mamma Maria sofort in Hektik verfiel.

Francesco, du hattest ja so recht, dachte Brucati im Stillen, beendete das Gespräch mit seiner Mutter und ging hinüber in Kuhnerts Büro.

Als der IT-Spezialist Brucati mit dem Teller in der Hand kommen sah, fragte er sofort interessiert: „War das dein Onkel, der da vorhin im Flur gesessen hat?"

Als Brucati bejahte, hätte Kuhnert seinem Kollegen am liebsten Löcher in den Bauch gefragt, den Brucati mit den mitgebrachten Rigatoni zu füllen gedachte.

Doch Brucati ließ sich nicht viel aus der Nase ziehen, sondern befreite einen Stuhl von darauf gelagerten Utensilien, nahm Kuhnert gegenüber Platz und berichtete nur kurz über das, was sein Onkel erzählt hatte. Er endete mit der Frage: „Wie weit bist du mit dem Laptop?

„Versuche gerade, das Passwort mit Brute-Force zu knacken. Ist nach wie vor einfach zu implementieren."

„Wie lange wird es dauern?"

„Na ja, mit steigender Passwortlänge oder steigender Anzahl der möglicherweise im Passwort vorhandenen Zeichen steigt auch der Aufwand für die benötigten Rechenoperationen."

„Dabei hat das Alphabet gar nicht so sehr viele Zeichen", murrte Brucati.

„Aber sehr viele Variationen", seufzte Kuhnert. „Du kannst es mit Zahlen und ohne Zahlen nehmen, mit oder ohne Sonderzeichen - da kommt ganz schön was zusammen."

„Das stimmt."

„Aber die Brute-Force-Methode ist in der Praxis nach wie vor sehr effektiv, da die meisten Benutzer kurze und einfache Passwörter verwenden, auch wenn sie eigentlich wissen, dass sie damit unsichere Passwörter haben."

„Hm."

„Heutige Rechner können aufgrund ihrer hohen Rechenleistung zunehmend mehr Möglichkeiten pro Zeiteinheit durchprobieren und sind schnell beim Knacken." Kuhnert nahm Brucati ins Visier. „Deswegen sage ich immer zu euch, ihr sollt für einen ausreichenden Schutz längere Passwörter nehmen oder solche mit einer größeren Vielzahl an verwendeten Zeichen - um zum Beispiel einen Brute-Force-Angriff zu erschweren!"

Brucati zeigte mit seiner Gabel in Richtung Laptop und fragte: „Und die Methode probiert jetzt alle möglichen Passwörter durch, bis sie das richtige hat?"

Kuhnert zuckte mit den Schultern. „Der einfachste Ansatz zu einer algorithmischen Lösung dieses Problems besteht nun mal darin, alle potenziellen Lösungen ganz simpel durchzuprobieren."

„Du hast doch einen schnellen Rechner", meinte Brucati hoffnungsvoll, „dann haben wir auch schnell die Lösung!"

Kuhnert war da weniger zuversichtlich, wiegte seinen Kopf hin und her, und raunte: „Könnte dauern."

„Hm." Eine Gabel mit aufgespießten Rigatoni verschwand in Brucatis Mund. Dieses *könnte dauern* seines Kollegen war eine absolut nicht einschätzbare Zeitspanne. Aber Brucati hatte verstanden: Wenn das Programm jetzt systematisch alle möglichen Zeichenkombinationen ausprobierte und das Passwort lang war, dann würde es umso länger dauern. „Hoffen wir mal, dass dieser Santoro ein kurzes Passwort genommen hat", sagte er.

Doch Kuhnert schien etwas ganz anderes zu beschäftigen: „Ich hoffe, dass die Programme, die da drauf sind, genauso alt sind wie der Laptop selbst und die Zahl der vergeblichen Passwortversuche nicht begrenzt ist."

„Was wäre, wenn die begrenzt wären?"

„Entweder der Zugang ist dann komplett gesperrt oder wir müssen warten, bis wir es wieder versuchen können."

Brucati hatte etwas entdeckt. Er wies mit der Gabel in Richtung des gelben Haftzettels mit den römischen Ziffern. „Was hat das zu bedeuten?"

„Keine Ahnung", meinte Kuhnert, „aber Vorschläge werden noch angenommen!"

Brucati hatte keinen Vorschlag auf Lager und zuckte ratlos mit den Schultern. Er suchte nach einem Platz, um seinen leeren Teller abzustellen. Aber ein freies Plätzchen auf dem überladenen Tisch des IT-Spezialisten zu finden, war aussichtslos. Wie immer herrschte Kuhnerts unüberschaubares Chaos und so stellte Brucati den Teller auf seinem Schoß ab.

„Stein hat berichtet, dass sie und Christ mit diesen Zeichen ein paar Kombinationen für das Passwort versucht haben", erzählte Kuhnert und zählte auf, welche die Kollegin ihm genannt hatte.

„Vielleicht muss man ja auch die zwölf und die elf zusammenzählen", versuchte es Brucati. „Das wäre dann dreiundzwanzig."

„Glaubst du, dass jemand die Zahl dreiundzwanzig als Passwort für seinen Laptop hernimmt und das so notiert?", fragte Kuhnert zweifelnd mit hochgezogenen Augenbrauen.

Brucati zuckte mit den Schultern.

Kuhnert beugte sich in seinem Stuhl vor, stützte seinen linken Ellenbogen auf der Tischkante ab, ließ das Kinn auf die geöffnete Handfläche sinken und schob seinen Kopf in Richtung des Zettels. Plötzlich seufzte er.

Brucati fragte: „Was ist?"

„Eigentlich gibt es diese Zahlenkombination bei römischen Ziffern gar nicht, wenn es sich um eine einzelne Zahl handeln sollte."

„Wieso gibt's die nicht?"

„Na ja, die Regel besagt doch, dass man bei römischen Zahlen die Zahlzeichen ihrem Wert entsprechend so zusammenfügt, dass ihre Summe die gesuchte Zahl ergibt, aber stets beginnend mit dem Zeichen mit dem höchsten Wert. Hier haben wir das X aber noch mal in der Mitte. Wenn diese Zahl so existieren könnte, bleiben zwei Möglichkeiten. Da die Kollegen die Kombination 12-11 schon ohne Erfolg ausprobiert haben, kommt entsprechend der Regel, dass das links stehende Zeichen mit niedrigerem Wert vom höherwertigen abgezogen werden muss, noch folgendes Ergebnis infrage: einundzwanzig."

Kuhnert hatte wie immer schnell gesprochen. Brucati war ihm zwar gefolgt, aber er musste das Gehörte für sich nochmals resümieren. Schließlich brummte er: „Einundzwanzig?"

„Ja, also den Regeln entsprechend gerechnet, $11 + 9 + 1 = 21$", erklärte Kuhnert.

„Vielleicht hat er bei einem Telefonat auch einfach aus Langeweile diese Buchstaben hingekritzelt", meinte Brucati.

Doch Kuhnert widersprach ihm sofort. „Das glaube ich nicht."

„Warum nicht?"

„Dann hätte er sie nicht unterstrichen!", war Kuhnert sich sicher. Er tippte mit seinem Zeigefinger auf die Zahlen. „Irgendetwas ist wichtig an denen."

Brucati streifte sich mit der Hand ums Kinn und seufzte: „Aber was?"

„Das ist hier die Frage."

Brucati brummte frustriert.

Kuhnert holte nun eine weitere seiner technischen Spielereien aus dem Schreibtisch. „Ich kümmere mich mal auch noch auf diese Weise um das Passwort", erklärte er.

„Und ich kümmere mich mal um diesen Santoro", meinte Brucati. Er brachte seinen leeren Teller in die Küche und lief in sein Büro.

Jetzt hätte er sich gern mit Stein und Dosske zu dem Fall ausgetauscht. Stattdessen rollte er einsam und verlassen mit dem Bürostuhl zu seinem Computer und gab die neuesten Erkenntnisse ins Intranet ein, bevor er sich der Informationssuche über den Toten zuwandte.

Roberto Santoro gab er ein. Daraufhin erschien in der obersten Zeile: *Ungefähr 34.800.000 Ergebnisse.*

Na, das gibt ja ein abendfüllendes Programm, dachte Brucati.

Kapitel 16

Montag, 2. Januar, 14:59 Uhr

Nach dem zögerlichen „Va bene" des Colonnello war Christ mit ihm wieder ins fünfte Stockwerk der SoKo-Zentrale gefahren. Er führte ihn in sein Büro und wartete ungeduldig darauf, dass sein Gast mit seiner Erklärung begann.

Die Melancholie, die sich bei Colonnello Bianchi eingeschlichen hatte, seit er Santoro im Kellergeschoss gesehen hatte, schien nicht weichen zu wollen, und so waren auch seine Worte von Schwermut geprägt, als er zu sprechen begann. „Wissen Sie, Herr Christ, heutzutage ist das Töten häufig unpersönlich. Da sitzt irgendwo in einem stillen Kommandokämmerlein, manchmal über mehrere Hundert Kilometer entfernt vom Ort des Geschehens, ein Pilot und lenkt eine Drohne. Neben ihm sitzt ein Kameramann, der die Kamera an Bord bedient. Und die zeigt dann irgendwann das Zielobjekt. Der Pilot verfolgt vor seinem Monitor vielleicht einen Wagen, als würde er einfach nur fernsehen. Und wenn er meint, der Zeitpunkt ist gekommen, dann drückt er ein Knöpfchen." Bianchi deutete das Drücken eines imaginären Knopfes mit einer kurzen fließenden Bewegung seines Daumens an. „Es ist nur ein knappes Kommando, das den Film auf seinem Monitor in einem Spektakel enden lässt. In einem Spektakel, das dann oft den Titel Vergeltung trägt", sagte er bitter.

„Was Sie da beschreiben, wäre allerdings Mord", entgegnete Christ kühl, und mahnte: „Jeder hat das Recht auf ein ordentliches Verfahren!"

Colonnello Bianchi lächelte gequält. „Ach", stieß er mit einer wegwerfenden Geste hervor und atmete tief ein. „Ich habe heute manchmal das Gefühl, dass bei dem, was ich Ihnen eben beschrieben habe, vergessen wird, dass es kein Actionfilm ist, der da abläuft. Man kann eben nicht wie bei einem beliebigen Computerspiel auf die Zurück-Taste drücken und es noch mal anders versuchen. Wenn es geschehen ist, ist es geschehen, und zwar unabänderbar. Es ist eine Menschenjagd, bei der Kollateralschäden für den ‚guten Zweck' in Kauf genommen werden."

Aus eigener Erfahrung kannte Thomas Christ das moralische Dilemma bei manchen Aufträgen und es hatte auch ihn geprägt. Auch er hatte fragwürdige Einsätze hinter sich bringen müssen. Bei einer verdeckten Aktion hatten sie ihr Ziel - einen Terroristen - aufgestöbert und es bestand eine gute Chance, seinem Tun für immer ein Ende zu setzen. „Schießen oder nicht, das ist hier die Frage", hatte der Scharfschütze neben Christ damals gemurmelt. Dann kam der Befehl und eine Fingerkrümmung später war alles vorbei gewesen.

Die folgenschwere Entscheidung war seinem Kameraden damals abgenommen worden. Er und Christ hatten ihr Gewissen damit beruhigt, dass ein anderes Vorgehen viel mehr Menschenleben gekostet hätte, da dieser Terrorist ansonsten wieder getötet hätte.

Bianchi beendete Christs Flashback mit den Worten: „Doch wo soll das hinführen, Herr Christ, wenn sich Geheimdienste solcher illegaler Methoden bedienen?"

Hatte Bianchi eine Antwort von Christ erwartet, so blieb dieser ihm eine schuldig.

„Ich nehme uns da nicht aus, aber auch nicht Ihren BND, die CIA oder den Mossad." Bianchi blickte Christ direkt in die Augen. „Sie können natürlich sagen, das gab es schon immer. Oder Sie können anführen, KGB und Stasi haben auch ihre Leichen im Keller!" Der Colonnello saß angelehnt und aufrecht im Stuhl und setzte beim Sprechen seine Hände ein.

Christ betrachtete den Mann gegenüber aufmerksam. Er sprach von alten Zeiten, die eigentlich nicht alt waren. Auch der SoKo-Chef kannte noch die Zeiten des KGB mit seinem Kind, der Stasi, und er kannte die CIA mit ihrem kleinen Bruder, dem BND. Der Bundesnachrichtendienst wie auch die Bundeswehr hatten historisch bedingt in der Gesellschaft einen schweren Stand. Aus seiner Zeit beim Militär wusste Christ, wie oft Menschen unter einem moralischen Impetus zu dem Schluss kamen: Es ist alles noch viel schlimmer als gedacht. Gesprächen mit diesem Ansatz hatte sich Christ stets entzogen. Der BND von heute ruhte auf den Säulen der Diplomatie und des Militärs. Doch was hatte ein Mann vom italienischen COFS mit den Geheimdiensten zu tun?

Bianchi fuhr fort: „Alle machen mit bei diesem Spiel der schier unendlich erscheinenden Möglichkeiten!"

„Es liegt nun mal in der Natur des Menschen, dass alles, was möglich ist, auch irgendwann gemacht wird", meinte Christ abgeklärt.

„Zum Beispiel einen Knopf drücken!", meinte Bianchi verächtlich und beugte sich nach vorn. Dabei legte er seinen rechten Arm auf der Lehne ab, während sich die linke Hand auf seinem Bein abstützte. Es wirkte ein bisschen so, als würde er zum Angriff übergehen.

Christ blieb gelassen.

Als Bianchi weitersprach, wirkte seine Stimme zwar nicht vorwurfsvoll oder gar aggressiv, aber sie hatte an Härte zugenommen. „Wissen Sie, Herr Christ, den Knopf drückt man nur leicht, wenn man es leicht gemacht bekommt, ihn zu drücken! Wenn man es einfach zulässt. Und das sollten wir nicht! Auch nicht Ihre Regierung!" Seine Augen funkelten vorwurfsvoll. „Und die ist mit im Spiel! Der Pilot mag vielleicht in Florida sitzen, aber die Drohne startet er in Dschibuti oder Saudi-Arabien und lässt sie zum Beispiel in den Jemen oder nach Afghanistan fliegen. Und das ist ihm nur möglich, weil Ihre Regierung die US-Basis in Ramstein agieren lässt. Die Einsätze im Nahen Osten oder Afrika können aufgrund der Erdkrümmung nicht direkt komplett von den USA aus gesteuert werden. Ohne Ramstein wäre der Pilot blind."

Der SoKo-Chef wunderte sich, in welche Richtung ihr Gespräch gelaufen war. Es ging also um Drohnen. Christ erinnerte sich an den Moment, als Pfeiffer von dem Anruf aus Italien berichtet hatte, dass er irgendetwas mit Drohnen verstanden hatte.

„Im Endeffekt trägt damit auch Ihre Regierung eine Mitverantwortung dafür, was durch den Einsatz von Drohnen passiert. Auch über das deutsche Staatsgebiet laufen Echtzeitbilder und Informationen für dieses ‚Find and kill'-Spiel, für das es keine Frage nach der Moral zu geben scheint! Manche finden den Gedanken wohl faszinierend, Krieg so zu spielen wie ein Computerspiel."

Christ kommentierte Bianchis Worte nicht, er hörte einfach nur zu.

Bianchi hatte seine Stimme wieder im Griff, er sprach jetzt in ruhigem Ton weiter: „Setzen wir mal voraus, dass es bei den Regierungen noch so etwas wie Anstand gibt. Doch was ist, wenn all diese Technik in die Hände eines kranken Verstandes fällt, der keinerlei Skrupel kennt, der keine Vergeltung will, sondern Aufmerksamkeit bis hin zum Ruhm, der vielleicht irgendwelchen hirnrissigen Ideen nacheifert und Vorbildern wie zum Beispiel Anders Breivik? Der zivile Opfer nicht nur hinnimmt, um einen Terroristen auszuschalten, sondern genau diese zivilen Opfer sucht?"

Christ ahnte, worauf die Rede des Colonnello hinauslaufen könnte. „Haben wir es denn hier mit Terrorismus zu tun?"

„Terrorismus ist für manche ein Spiel. Ein psychologisches Spiel, das nicht Angst vor dem letzten Anschlag macht, sondern vor dem, der da kommen mag!"

Christ nickte zustimmend. „Und dem kann man wenig entgegensetzen."

„Man kann es nur zu verhindern versuchen. Und dazu muss man wissen: wer, wann und wo", meinte Bianchi. „Doch Terroristen würden einen Mitarbeiter Ihrer SoKo oder unseres COFS niemals sagen, was sie planen. Für diese Leute sind wir alle nur Lakaien des Feindes!"

Christ wünschte sich, Bianchi würde endlich zum Punkt kommen.

„Sehen Sie, Herr Christ, unser Ansatz ist es, unter der Tarnung eines ‚Freundes' an diese Gestalten heranzukommen. Und Roberto Santoro war einer dieser ‚Freunde'!"

Jetzt ist die Katze aus dem Sack, dachte Christ.

„Roberto war gut darin, Legenden zu kreieren, wie sie auch immer gestaltet werden mussten, um ihm Zutritt in die Welt seiner Zielobjekte zu verschaffen - und das natürlich möglichst unbeobachtet."

„Aber jemand hat ihn wohl beobachtet." Schließlich lag der Mann sechs Stockwerke tiefer in der Kühlkammer.

Beiden war klar, dass ein Undercovereinsatz bedeutete, sich keine Sekunde gehen lassen zu dürfen. Man musste sich zu jeder Zeit unter Kontrolle haben, jeden Blick zu deuten wissen, egal ob er auf einen selbst oder jemand anderen oder etwas anderes gerichtet war. Denn die Gegenspieler waren gefährlich in diesem aufreibenden Spiel, für das man geboren sein musste.

Bianchi ließ sich in seinem Stuhl nach hinten fallen und atmete tief ein. „Wer immer ihn auch beobachtet hat, der muss verdammt gut sein, denn Roberto ist bestens geschult, er ist …", Bianchi hielt inne, schloss kurz die Augen, „… er war", korrigierte er sich, „ein Meister im Zeichenlesen - Zeichen, mit denen sich diese Zielpersonen miteinander verständigen und die auf eine Gefahr hinweisen. Roberto war ein perfekter Beschatter, der gut darin war, in der Menge von Zivilisten um ihn herum aufzugehen, die sich im ganz normalen Leben bewegen, ohne die geringste Ahnung zu haben, was sich vor ihren Augen abspielt."

Christ nickte versonnen.

„Roberto hatte in seinem letzten Bericht mitgeteilt, er sei kurz davor, Zugang zu wichtigen Informationen zu erhalten. Er war wohl an jemandem dran."

Chris wusste, dass dies einer der schutzlosesten Momente im

Undercovereinsatz war. Jener Moment, wo zwei Menschen den Sprung ins Ungewisse wagen, wobei der eine sein Leben aufs Spiel setzt. Offenbar hatte Santoro bei dem Spiel zu viel riskiert. Christ dachte über seine eigene Situation nach. Mit Bianchi im Blick fragte er sich, ob er mit diesem Mann eine Beziehung aufbauen könnte, eine Allianz zweier Dienste, die vielleicht über Jahre hinweg bestehen bleiben könnte, um Anschläge zu verhindern? Das wäre eine durchaus erstrebenswerte Beziehung, die den Lauf der Geschichte verändern könnte!

Schließlich wollte er von Bianchi wissen. „Wie haben Sie sich mit Santoro ausgetauscht, wie Kontakt gehalten?"

Christ hatte in seiner - wie er es nannte - „Austauschschülerzeit in den USA", was in Wirklichkeit Ausbildungseinheiten der CIA und des FBI entsprach, Signal- und Treffpunkttechniken geübt. Er hatte sich am klassischen herabgelassenen Rollladen versucht, am gemalten Kreidezeichen und an all den möglichen unauffälligen Veränderungen, mit dem man einem Partner unauffällig etwas signalisieren konnte. Diesbezüglich war er durchaus kreativ gewesen.

Von einer weiteren Variante berichtete nun Colonnello Bianchi. „Über den Entwurfsordner seines E-Mail-Postfachs", sagte er lapidar. „Roberto hat eine Nachricht geschrieben und als Entwurf gespeichert. Ich hatte das Passwort für die Adresse und habe mich regelmäßig eingeloggt und ihm dann im Entwurfsordner geantwortet. Wir brauchten also eine Nachricht nie wirklich verschicken. So konnte sie nicht abgefangen und nachverfolgt werden oder gar jemanden warnen."

Aber jemand hat trotzdem etwas mitbekommen, dachte Christ.

Colonnello Bianchi sah den Leiter der SoKo an, als wüsste er, was der Mann gerade dachte, und sagte: „Wir müssen diesen Terroristen ergreifen!"

In seiner Stimme lag Wut und Christ fragte sich, ob es dem Mann gelingen würde, sich zu fokussieren und die Wut hintanzustellen.

Bianchis nächste Worte zeugten von Verbissenheit. „Ich biete Ihnen alle Hilfe an, die ich Ihnen bieten kann."

Auch wenn es nichts Besonderes war, dass verbündete Staaten offiziell kooperierten und sich Amtshilfe gewährten, hatte Christ doch irgendwie das Gefühl, ausgenutzt zu werden - auch wenn es sich um Brucatis Onkel handelte. Etwas brachte bei Christ die Alarmglocke zum Schwingen und warnte vor einer nicht zu erkennenden oder ungeheuer mächtigen Organisation. Sein Argwohn dem Mann gegenüber ließ nicht nach. Etwas sagte ihm, dass der Colonnello früher einmal dem SISMI - Servizio per le Informazioni e la Sicurezza Militare, dem italienischen Militär Nachrichten- und Sicherheitsdienst angehört haben könnte. Christ war sich sicher, dass der Colonnello jahrelanges Training hinter sich hatte und den Instinkt und die Fähigkeit besaß, schneller zu denken als der Feind, was ihm bestimmt schon das ein oder andere Mal den Arsch gerettet hatte. Doch Christ stand ihm darin in nichts nach. Auch er war es gewohnt, bis an den Rand seiner Fähigkeiten zu gehen, ohne die Nerven zu verlieren, vielleicht sogar darüber hinaus.

Christ nahm das Angebot an. „Okay, Freunde helfen sich gegenseitig", sagte er, wobei er sich heute schwertat mit dem Begriff Freunde. *Freunde? - Verbündete, ja.*

Doch ein Bündnis mit Colonnello Bianchi musste auf Vertrauen aufgebaut sein und das fehlte Christ noch. Schließlich fragte er: „Wissen Sie, wer der Terrorist ist?"

„Es könnte eine Gruppe sein."

„Aber wer genau?"

Bianchi schüttelte den Kopf. „Wir sind uns nicht sicher!"

„Ich fasse noch mal zusammen", sagte Christ. „Es geht also um eine terroristische Bedrohung durch Drohnen."

„Auch", erwiderte Bianchi.

Christ beäugte ihn mit zusammengezogenen Augenbrauen. Jetzt würde man endlich auf das Thema Sarin zu sprechen kommen. „Was heißt auch?"

„Roberto hatte mir berichtet, dass da vielleicht noch etwas ganz anderes im Busch sein könnte als die Sache mit den Drohnen."

„Und was?"

„Das hat er mir nicht gesagt, weil er mich persönlich nicht erreicht hat. Aber es war so wichtig für ihn, dass er wohl direkt, nachdem er es erfahren hatte, sogar bei mir auf der abhörsicheren Leitung angerufen hat." Bianchi zog sein Handy aus der Tasche und sagte: „Das ist seine letzte Nachricht. Ich hab mir das Hirn zermartert, ob vielleicht doch irgendetwas Konkretes darin versteckt war, kann aber nichts erkennen." Er spielte die Nachricht in italienischer Sprache ab.

Auch wenn Christ die Worte nicht verstand, so war Santoros Tonfall deutlich Bedauern zu entnehmen.

Bianchi übersetzte: „Er bedauert, dass er mich nicht persönlich erreicht. Spricht von einer interessanten Wendung in der Sache und kündigt an, mich deswegen noch mal anzurufen."

„Wussten Sie, dass er sich als Mitarbeiter einer Gebäudereinigung ausgegeben hat?"

Colonnello Bianchi hob überrascht die Brauen. „Nein. Wie er an seine Informationen gekommen ist, hatte er noch nicht mitgeteilt."

„Aber er war hier, weil eine möglicherweise von Drohnen ausgehende Gefahr besteht?"

Bianchi nickte. „Ursprünglich ja. Er hat eine Spur verfolgt, die hierherführte."

„Hm." Christ ließ sich in seinem Stuhl nach hinten fallen. „Von wie vielen Drohnen sprechen wir eigentlich?"

„Von sehr vielen."

Christs Augenbrauen zogen zusammen. *Sehr viele* konnte alles Mögliche bedeuten.

„Wissen Sie, Herr Christ, ganz am Anfang war auch ich von der Drohnentechnik begeistert, da wurden Drohnen zu Erkundungszwecken eingesetzt und man musste keine Leben in feindlichem Gebiet riskieren. Doch heute sind sie vor allem tödliche Waffen, die gerade auch die USA gern einsetzen. Da werden in einem Jahr locker mal hundert Operationen genehmigt, die Hunderte Menschen das Leben kosten."

„Auch wenn es um Terror geht, sollte es eine Moral geben. Gerade bei den Geheimdiensten."

Bianchi schnaubte durch die Nase. „Ich glaube, es war US-Außenminister Kissinger, der mal sagte: „Geheimdienstaktionen sind nicht mit Missionsarbeit zu verwechseln!"

Christ nickte und es blieb einen Moment still zwischen den beiden Männern. Ihr Gespräch hatte etwas von kreisenden Pumas, die sich beschnuppern. Es war nicht einfach, in einem Gebäude aus Fiktionen ehrlich miteinander umzugehen.

Irgendwann hatte Christ das Einschätzen und Abschätzen satt. „Colonnello Bianchi, lassen Sie uns nicht weiter um den heißen Brei herumtanzen. Worum geht es hier konkret?"

„Es geht hier nicht um eine mit Raketen und Bomben bestückte Drohne wie den ‚Reaper‘, nicht um so ein dickes Ding, das in den Himmel geschickt werden soll, sondern um einen Schwarm von vielen Minidrohnen, denen man ihren Weg zum Ziel einprogrammiert hat. Sie werden von keinem Radar erfasst und bahnen sich ihren Weg aufgrund ihrer Größe vollkommen unerkannt."

Christ beugte sich vor. „Reden wir hier von Massenvernichtungs-waffen?"

Bianchi kam Christ mit seinem Körper ebenfalls entgegen, dabei stützte er die Arme mit gefalteten Händen auf der Tischplatte ab. „Von Minidrohnen mit Sarin an Bord!"

Jetzt war es endlich raus. Bianchi hatte das erste Mal das Wort in den Mund genommen, das seit seinem Entdecktwerden wie ein Damoklesschwert über dem Fall hing: Sarin. Doch jetzt war ein weiterer Begriff dazugekommen, der im Zusammenhang mit dem anderen nichts Gutes verhieß.

„Minidrohnen?", fragte Christ bedächtig.

„Minidrohnen", wiederholte Bianchi. „Die Geschichte dieser Entwicklung ist immer weiter vorangeschritten. Wenn ich daran denke, wie zum Beispiel die CIA Minikameras entwickelte und diese an Brieftauben befestigte, um Ziele auszukundschaften. Oder wie das ‚Office of Research and Development' in den Siebzigern kleine, leicht fliegende Mikrofone mit dem Insectocopter testete - das waren Kinderschuhe der Spionage zur Wissensermittlung!"

„Ein Wissen, das nützlich ist, wenn man es ohne jede Gefahr oder jeden Kampf erlangen kann, um einen Gegner zu besiegen", meinte Christ, dieser Vorgehensweise offensichtlich nicht abgeneigt.

„Unabdingbar! Wissen ist Macht!", gab auch Bianchi zu.

„Und das muss man sich erst einmal beschaffen."

„Im Endeffekt basiert Nachrichtenbeschaffung auf List und Tücke."

Christ befeuchtete sich die Lippen. „Und wenn das Spiel aus dem Ruder läuft, wird daraus Mord!"

Wie wahr dieser Satz war, wussten beide Männer nur zu gut, und so schwiegen sie für einen Moment.

Bianchi atmete tief ein. „Wissen Sie, Herr Christ, ich habe in meinem Leben mit so vielen Typen zu tun gehabt - eigene Leute, Überläufer, Doppelagenten, die für dieses Wissen sorgten - und immer war die Beschaffung ein gefährliches Spiel!"

Jetzt war sich Christ sicher, dass dieser Mann einmal dem SISMI angehört hatte, der im Jahr 2007 aufgelöst und durch den zivilen Nachrichtendienst AISE ersetzt worden war. Später war er dann in das 2004 geschaffene COFS gewechselt. Er schaute Bianchi durchdringend an und raunte: „Ein Spiel im angeblich zweitältesten Gewerbe der Welt."

„Das gespielt wird von Charakteren, die sich auf Tarnung, Täuschung und Ablenkung verstehen müssen", meinte Bianchi abgeklärt.

Christ nickte. „Es sind meistens die, die gar nicht nach Spion aussehen."

Einmal mehr taxierten sich die beiden Männer. Beide wussten, dass die Prinzipien der Ausforschung, Sammlung, Übermittlung und anschließenden Bewertung geheimer Informationen von jeher ziemlich die gleichen waren. Und es lag in der Natur der Sache, dass eine enge Verzahnung von Diplomatie und geheimdienstlichen Aktivitäten bestand.

Christ wusste: Wurde eine geheime Operation öffentlich, so öffnete dies für einen kurzen Moment den Blick auf eine verborgene Schattenwelt, in der Erfolge schweigend übergangen, aber Fehlschläge vor aller Welt offenbart wurden. Ihm wurde immer klarer, dass die Sache für das Polizeipräsidium Südosthessen, das er beim Auffinden der Leiche eingeschaltet hatte, eine Nummer zu groß war. Er musste sich mit dem BKA in Verbindung setzen, wenn nicht sogar mit dem BND. Er musste strategisch denken.

Bianchi riss Christ aus seinen Gedanken. „Wussten Sie eigentlich, dass schon Caesar ein eigenes System entwickelte, um Nachrichten zu verschlüsseln?"

Christ nickte. „Er hat jeden Buchstaben eines Textes durch den dritten danach ersetzt. Daher kommt die Redewendung, jemandem ein X für ein U vormachen."

Bianchi lächelte. „Heutzutage entlockt eine solche Vorgehensweise unseren Kryptografen nicht mal mehr ein Stirnrunzeln!"

„Apropos X", sagte Christ und griff nach seinem Handy. Kurz darauf erwachte der Drucker in seinem Büro und warf ein Foto aus. Christ reichte es Bianchi. „Wir haben an Santoros Laptop diesen Zettel mit diesen Zeichen gefunden. Sagt Ihnen das was?"

Nach einem kurzen Zögern erklärte Bianchi: „Nein."

„Schade."

Mit Aufregung in der Stimme fragte Bianchi jetzt: „Haben Sie Zugang zu seinem Laptop?"

„Noch nicht, aber wir werden ihn uns verschaffen. Wir brauchen unbedingt mehr Informationen!"

„Was ich Ihnen bisher sagen kann ist, dass es sich um autonome Killerdrohnen handelt, die wahrscheinlich auf ein Ziel hier in der Nähe programmiert wurden."

Thomas Christ blinzelte kurz mit den Augen. „Einem Angriff von intelligenten, autonomen Waffen stünden wir weitgehend wehrlos gegenüber."

Bianchi nickte schwermütig. „Ja, keine Nation hat bislang eine befriedigende Antwort auf so etwas."

„Und wie kam Santoro jetzt hierher?"

„Wir hatten in der Nähe von Rom ein altes Lagerhaus unter Beobachtung, in dem sich ein ganz bestimmtes Klientel aufhielt. Irgendwann haben wir festgestellt, dass dort immer wieder Lieferwagen verkehrten und wohl irgendetwas ... ich nenne es mal *nicht Alltägliches* produziert wurde. Das veranlasste uns zu einem Zugriff. Doch als wir uns Zugang verschafften, waren die *Vögel* bereits ausgeflogen." Bianchi seufzte schwer. „Was wir im zurückgelassenen Müll vorfanden, hat uns zu der Erkenntnis gebracht, dass dort kleine Drohnen produziert wurden."

„Was haben Sie gefunden?"

„Akkus, elektronisch-optische Sensoren, auch ein paar Flügelpaare, die teilweise nicht mehr einsatzfähig waren. Es ist uns gelungen, aus den vielen beschädigten Flügeln vier einsatzfähige herauszuholen und zusammenzubauen."

„Aber von den *Vögeln* gab es keine Spur mehr?"

„Nachdem das Nest leer war, haben wir mit Aufzeichnungen diverser Überwachungskameras versucht, den Weg der Lieferwagen nachzuverfolgen, deren Kennzeichen wir notiert hatten, und der führte in den Raum Frankfurt. Roberto ist dieser Spur gefolgt."

Jetzt wusste Christ, warum der Mann hier gewesen war. „Wenn ich Sie richtig verstanden habe, dann hat in Italien eine Gruppe Hunderte sogenannter *Slaughterbots* hergestellt ..."

Der Colonnello fiel ihm ins Wort. „Groß wie eine *musca domestica*, eine Stubenfliege."

Christ fuhr fort: „... die so programmiert werden können, dass sie gezielt auf bestimmte Merkmale reagieren."

Bianchi nickte.

„Wie genau können diese Merkmale bestimmt werden?"

„So genau, dass man zum Beispiel den Befehl geben könnte, alle Rothaarigen in einem voll besetzten Stadion zu töten", gab Bianchi an und setzte auf Christs Stirnrunzeln hinzu: „Und glauben Sie mir, es werden nur diese ausgeschaltet."

Christ musste das Gehörte erst einmal realisieren. Doch seine Skepsis blieb. „Und das funktioniert wirklich?"

Mit Sicherheit in der Stimme antwortete Bianchi: „Sie können ihnen eine einzelne Person als Ziel nennen oder eine Gruppe. Und die Bots werden sie suchen und den Befehl ausführen. Wenn sie erst einmal gestartet sind, kann nichts sie mehr aufhalten!"

Christ saß ruhig da und verarbeitete die Bestätigung, wobei sich nach wie vor eine gewisse Skepsis auf seinem Gesichtsausdruck abzeichnete.

Diese Skepsis wollte Bianchi anscheinend wegwischen, denn er gab Christ zu verstehen: „Autonome Waffen sind einfacher zu realisieren als selbst fahrende Autos!"

„Hm."

„Da sind wir wieder am Anfang unseres Gesprächs. Töten ist heute unpersönlich, nicht Mann gegen Mann. Ein Einzelner kann einen Angriff ausführen, dessen Opferzahlen denen einer nuklearen Bombe in nichts nachstehen."

Christ erinnerte sich an ein Gespräch, das er mit Oberst Riedel geführt hatte, und gab dessen Worte wieder: „Manche sagen, diese autonomen Waffen seien die dritte Revolution in der Kriegsführung, nach der Erfindung des Schießpulvers und der Atombombe."

Colonnello Bianchi nickte und schnaubte kurz durch die Nase. „Das trifft es genau! Sie werden die Dynamik der Schlachtfelder radikal verändern. Aber erhöhen eben auch das Potenzial für mögliche terroristische Aktivitäten."

„Und diese ‚Stubenfliege' hat dieses Potenzial?"

„Sie kann autonom fliegen, mit einem elektronisch-optischen Sensor selbstständig das definierte Ziel erkennen und zuschlagen."

„In welcher Form zuschlagen?"

„Nun, es gibt welche, die haben ein einziges Ziel, einen Menschen, der diesem Gerät ausgeliefert ist - da es hundert Mal reaktionsschneller ist als er selbst. Er kann es nicht abwehren, schon gar nicht fliehen. Die Drohne fliegt ihn an, lässt eine Hohlladung am Kopf des Opfers explodieren, dessen Druck den Schädel zerschmettert. Und es gibt solche, die mit ihren taktischen Sensoren die Lage genau analysieren, sie mit dem Schwarm teilen und eben eine ganz andere Waffe an Bord haben, die man so lapidar mit drei Buchstaben bezeichnet."

Christ ahnte, worauf der Colonnello hinauswollte. „ABC."

Colonnello Brucati nickte.

„Von wie vielen dieser ‚Stubenfliegen' sprechen wir?", wollte der

SoKo-Chef wissen.

„Das wissen wir nicht. Wir vermuten, dass mithilfe von 3-D-Druckern Hunderte produziert wurden."

„Hunderte?", entfuhr es Christ.

„Entsprechende Hinweise haben wir gefunden. So wie wir auch Hinweise fanden, die zu einem Pharmaunternehmen in Neu-Isenburg führten. Aber Roberto hat dort nichts mehr vorgefunden. Eine neue Spur führte ihn nach Dreieich."

Christ war hellhörig geworden und fragte: „Wissen Sie noch, um welche Adresse in Neu-Isenburg es sich handelte?"

„Irgendwo in einem Industriegebiet."

Dosske, schoss es Christ durch den Kopf. Christ unterrichtete Bianchi über den Zettel, den sie in dem Mietwagen gefunden hatten, und teilte ihm mit, dass sein Mann zu der dort angegebenen Adresse unterwegs war.

Bianchi war sich nicht sicher, ob es dieselbe war wie in Santoros Spur. Er ließ sich wieder in seinen Stuhl zurückfallen. „Bin gespannt, was Ihr Mann berichtet!"

Ich auch, dachte Christ. „Also, die Drohnen wurden in Italien hergestellt."

„Ja. Die Technik ist inzwischen ausgereift, intelligent und kostet nicht mehr viel."

„Hört sich so an, als wäre es ganz einfach, so eine ‚Stubenfliege' herzustellen."

„Ist es, leider!", bedauerte Bianchi. „Die Herstellung der Drohnen ist in unserem Fall nicht das Problem, sondern die Größe, denn je kleiner, desto energiehungriger sind sie. Dazu kommt, dass die Stubenfliege wie ihr Vorbild aus der Natur bei ihrem Flug durch die Luft enorme physikalische Hürden überwinden muss. Bei ihrer geringen Größe kommt unter anderem der Luftwiderstand stärker zum Tragen und es ist schwerer, genügend Auftrieb zu erzeugen. Ist der Miniflieger zu klein, gibt es kaum Akkus, die leicht genug sind, um von den Drohnen getragen zu werden."

„Sie sagten, Sie haben Akkus und Flügel gefunden und das Ganze nachgebaut. Wie groß ist denn diese ‚Fliege' genau?"

„Sie hat eine Flügelspannweite von knapp fünf Zentimetern und wiegt acht bis zehn Gramm - es sind übrigens vier Flügel, die die Fliege aufsteigen lassen, das bringt mehr Auftrieb."

„Vier Flügel", wiederholte Christ und versuchte, sich das Gehörte vorzustellen.

„Ja, die können bis zu einhundertfünfzig Flügelschläge pro Sekunde leisten."

„Und wie hoch ist das Transportgewicht?"

„Wir gehen davon aus, dass ein bis zwei Milligramm geladen werden können."

Ein bis zwei Milligramm hörte sich im ersten Moment nicht viel an, aber Christ wusste sehr genau, dass es hier nicht auf die Menge, sondern auf die Substanz ankam. Nun, da Christ wusste, worum es ging und wie brisant die Situation war, ließ er seinen Gefühlen freien Lauf. „Gottverdammt!"

„Unsere Fachleute haben festgestellt, dass die Fliege nach dem Modell einer Roboterbiene aufgebaut ist, die ursprünglich dafür gedacht war, ihren lebenden Vorbildern bei der Bestäubung von Blüten unter die Arme zu greifen, um dem Bienensterben entgegenzuwirken."

Christ schnaubte durch die Nase. *Das Böse, das aus dem Guten erwächst.*

„Diese Weiterentwicklung ist ein Zusammenspiel von hochkomplexen Bewegungsmustern sowie aerodynamischen Prozessen und künstlicher Intelligenz."

„Hm."

„Wir konnten auch unseren Nachbau starten, aber der Akku reichte gerade mal für einen Flug von nicht mal drei Minuten. Also ist deren Reichweite nicht sehr weit."

„Glauben Sie mir, das Militär und nicht nur das wird die Dohnen weiter fliegen lassen und immer noch intelligenter und schneller machen!", befürchtete Christ.

Bianchi nickte zustimmend, dann schüttelte er resigniert den Kopf. „Die Aufrüstung wird wohl nie enden."

„Wer hier nur reagiert und nicht handelt, hat schon verloren."

„Wer immer die Nase in diesem Spiel vorn haben wird, kann die Welt beherrschen", war sich Bianchi sicher. „Und irgendwo hier will jemand damit anfangen!"

Christ kam mit seinem Oberkörper noch weiter vor, legte seine Unterarme auf den Schreibtisch und die rechte Hand auf die linke. „Colonnello Bianchi, von einem Verdacht zu einem Beweis ist ein großer Schritt. Was hat Santoro Ihnen dazu gesagt?"

„Er hat von einem Szenario berichtet, in dem ein Schwarm dieser Stubenfliegen ausschwärmt, und berichtete von einer Simulation, wo hundert Stubenfliegen in nicht mal einer Woche zigtausend Opfer brachten!"

„Hat er irgendwelche Beweise vorgebracht?"

Colonnello Bianchi seufzte tief. „Er war gerade erst in die Welt des Gegners eingetaucht, um seine geplanten Aktionen zu verstehen. Er stand kurz davor, an weitere wichtige Informationen zu gelangen. Wir müssen schnellstens herausfinden, was auf dem Laptop ist."

Christ wusste, dass Bianchi recht hatte. *Und wir müssen nachsehen, was sich hinter den Adressen verbirgt, die man dem Navi seines Mietwagens entnehmen kann,* dachte er und reckte die Schultern. „Colonnello, ich muss jetzt Verschiedenes in die Wege leiten. Wo kann ich Sie erreichen?"

„Im Hause meiner Schwester, Signora Brucati, und hier: meine Handynummer." Er reichte Christ eine Visitenkarte.

Christ nahm diese dankend entgegen und ließ sie in der Innentasche seines Sakkos verschwinden.

„Ich muss jetzt auch ein paar Anrufe tätigen, Robertos Familie benachrichtigen", gab Bianchi bekannt und erhob sich. Er schnappte sich seinen Koffer samt Schirmmütze und verließ Christs Büro mit der gleichen Disziplin, mit der er es vor etwas mehr als zwei Stunden das erste Mal betreten hatte.

Christ hielt es für angebracht, sich mit dem Bürgermeister in Kontakt zu setzen. Er wählte von seinem Büro aus die Nummer und landete im Vorzimmer. Die Sekretärin erklärte, der Herr Bürgermeister befinde sich in der montäglichen Magistratssitzung und sei nicht zu sprechen.

Christ benötigte allerdings nicht lange, um die Dame davon zu überzeugen, dass er dringend mit dem Bürgermeister sprechen müsse, und so stellte die Dame ihn in den Magistratssitzungssaal zum Bürgermeister durch.

„Herr Christ, was kann ich für Sie tun?", melde sich die angespannte Stimme des Bürgermeisters, nachdem das Gedudel der Wartemusik geendet hatte.

Christ kam gleich zur Sache. „Herr Bürgermeister, es könnte sein, dass wir eine örtliche Gefahrenlage haben. Und ich möchte Sie darüber informieren, damit Sie entsprechende Schritte einleiten können."

Einen Moment herrschte Stille am anderen Ende, dann sagte der Bürgermeister: „Herr Christ, ich sitze hier gerade mit den Damen und

Herren des Magistrats zusammen. Ich würde es begrüßen, wenn Sie dies nicht am Telefon tun, sondern persönlich herkommen und uns alle unterrichten würden!"

Christ war dies durchaus recht. Er hätte es zwar vorgezogen, erst einmal mit dem Bürgermeister unter vier Augen zu sprechen, doch das ging nun eben nicht. „Ich bin in fünfzehn Minuten bei Ihnen", war alles, was der Bürgermeister noch vom SoKo-Chef hörte.

Bevor Christ das fünfte Stockwerk verließ, sorgte er dafür, dass das Foto mit den vermeintlich römischen Zahlen, das Bianchi auf dem Tisch zurückgelassen hatte, noch seinen Platz auf dem Whiteboard des Besprechungsraumes fand.

Kapitel 17

Montag, 2. Januar, 16:03 Uhr

Dosske hatte aus Neu-Isenburg kommend die Offenbacher Straße genommen, war unter der Brücke der Auffahrt zur Autobahn durchgefahren und rollte jetzt auf die Ampel am Ortseingang von Dreieich zu, die Rot zeigte. Dosske hielt an und schaute eher gelangweilt in seinen Rückspiegel und damit auf das Auto, das hinter ihm zum Stehen kam. Schlagartig wandelte sich seine Langeweile in Aufmerksamkeit, denn er erblickte in dem Auto hinter sich das braune Augenpaar, das ihm vorhin bei McDonald's aufgefallen war. *Das Gesicht kenn ich doch. Der Mercedes also.* Der Fahrer des Wagens war so dicht aufgefahren, dass Dosske das Kennzeichen nicht ausmachen konnte, welches ihm die Bestätigung für seinen Verdacht hätte liefern können.

Sobald die Ampel auf Grün sprang, gab Dosske Gas und blickte auf das Kennzeichen. Es war eines von denen, die er vorhin auf dem Parkplatz des Schnellrestaurants gesehen hatte. *Da schau an. Du bist also doch noch da!*

Dosske sprach das Offenbacher Kennzeichen als Erinnerungsstütze in sein Handy, drückte das Gaspedal durch und fuhr zügig weiter. *Schau'n wir mal, ob du an mir dranbleibst.*

Er verließ die Robert-Bosch-Straße und fuhr auf den Parkplatz des Nordpark Einkaufcenters. Doch Dosske parkte nicht, sondern drehte eine Runde auf dem Parkplatz, um diesen über die Ausfahrt an der Dieselstraße wieder zu verlassen. Hier bog er nach rechts ab und fuhr Richtung Frankfurter Straße, den Blick aufmerksam auf seinen Rückspiegel gerichtet. Kurz bevor Dosske die Kreuzung zur Benzstraße erreichte, sah er, wie der ihn verfolgende Wagen ebenfalls vom Parkplatz auf die Dieselstraße einbog und sich wieder an ihn hängte.

Okay, das ist definitiv kein Zufall mehr. Dosske gelangte zum Kreisel zur Frankfurter Straße, umrundete ihn zur Hälfte und fuhr Richtung Innenstadt aus - der Wagen folgte.

Es hatte aufgehört zu schneien und Dosske wollte schauen, wie weit sein Verfolger gehen würde. *Dich kauf ich mir!*

Er suchte auf der Frankfurter Straße in Höhe des Tegut-Supermarktes eine Parkmöglichkeit und stellte sein Auto ab.

Sein Verfolger fuhr an ihm vorbei.

Dosske stieg aus und sah, wie der Wagen in die nächste Seitenstraße einbog und somit aus seinem Blickfeld geriet.

So, hier bin ich, dann such mich mal, dachte Dosske gelassen und spazierte die Straße hinunter. Er bewegte sich auf einem Zickzackpfad durch die Stadt. Jedes Mal, wenn er die Richtung wechselte, warf er einen Blick hinter sich, um zu sehen, ob ihm der Mann folgte. Als er die Straße überquerte und kurz den gegenüberliegenden Gehweg hinunterschaute, sah er bestätigt, dass jemand wieder und wieder den gleichen Weg nahm wie er.

Sämtliche Parkplätze die Straße entlang waren besetzt. Langsam setzte der Feierabendverkehr ein. Auto an Auto schob sich die Blechlawine voran.

Dosske setzten seinen Weg zu Fuß fort, darauf bedacht, dass seine Richtungswechsel natürlich wirkten. So verband er seine Aktion mit dem Nützlichen und erledigte seinen Wocheneinkauf.

Einmal blieb Dosske stehen und fischte nach seinem Handy, als hätte er einen Anruf erhalten. Dabei lief sein Blick in Richtung seines Verfolgers, den er zu gern mit seinem Handy abgelichtet hätte. Der hatte sein Gesicht jedoch unter der mit Kunstfell besetzen Kapuze eines Fishtail-Parka versteckt und tat so, als würde er sich die Fensterauslage eines Geschäfts ansehen. Doch Dosske war sich ziemlich sicher, dass dieser Mann nicht wirklich Interesse an den dort ausgestellten Dessous hatte.

Wart's nur ab, ich bekomme schon noch ein Foto von dir!

Normalerweise erledigte Dosske seinen Einkauf bequem in einem einzigen Supermarkt, heute suchte er mehrere kleine Läden auf, immer in Begleitung seines Schattens, der mal ebenfalls den Laden betrat, meistens aber davor auf Dosskes Rückkehr wartete.

Wer immer dieser Mann war - er war gut, denn die Minuten verstrichen und er bot Dosske nicht eine einzige Möglichkeit, ein brauchbares Foto von ihm zu schießen. Inzwischen kam durchaus erschwerend hinzu, dass Dosske mit Einkaufstüten bepackt war. Doch er hielt sein Handy schussbereit und wechselte erneut die Straßenseite, wobei er mit einem Fahrradfahrer in Konflikt geriet, der trotz des liegen gebliebenen Schnees auf der Fahrbahn mit hoher Geschwindigkeit angesaust kam. Während des kurzen Austauschs einiger ‚Freundlichkeiten' verlor Dosske seinen Schatten allerdings aus den Augen und fand ihn auch nicht wieder. Er hätte seinen Schatten zu gern gestellt, aber die Gelegenheit ergab sich nicht mehr.

Ein Ping seines Handys wies Dosske auf eine ankommende Nachricht hin. Sie stammte von Brucati. Über Dosskes Miene huschte Vor-freude, als er las: *Begrüßungsessen für meinen Onkel, heute Abend bei meinen Eltern, 18 Uhr.*

Dosske hatte schon fast damit gerechnet, dass Brucatis Mutter, Mamma Maria, alles auffahren würde, um den Bruder willkommen zu heißen. Dass Dosske daran teilhaben durfte, freute ihn. Die Vorfreude ließ ihm das Wasser im Mund zusammenlaufen, sodass er schlucken musste. Freude war durchaus angesagt, denn Mamma Maria besaß neben ihrer Herzenswärme auch noch die Fähigkeiten einer begnade-ten Köchin.

Dann erinnerte er sich wieder an seine Lage. *Ey, wo ist dieser Typ hin?*, fragte er sich, während er sein Handy ob der Einkaufstaschen in seinen Händen etwas ungelenk verstaute.

Daniel Dosske setzte darauf, dass der Mann ihn noch im Blick hatte, als er zurück zu seinem Wagen lief - doch eine Bestätigung für seine Hoffnung bekam er nicht. Und so fuhr er zerknirscht in Richtung SoKo, machte sogar eine Schleife, um den Mercedes vielleicht doch noch mal zu erspähen. Doch es tat sich nichts Auffälliges mehr in seinem Rückspiegel. Sein Verfolger tauchte nicht mehr auf - zumin-dest sah er ihn nicht mehr.

Kapitel 18

Montag, 2. Januar, 16:14 Uhr

Gerade als Christ in Richtung Rathaus losfahren wollte, wurde der weiße VW Golf in den Fuhrpark geschleppt. Der SoKo-Chef stieg noch einmal aus, um Schäfer, der den Wagen in Empfang nahm, die besondere Dringlichkeit der Situation klarzumachen.

Wenig später war Christ im obersten Stockwerk des Rathauses angelangt und steuerte auf den Magistratssitzungssaal zu, von dem aus man einen herrlichen Blick auf die Skyline von Frankfurt und den Feldberg hatte. Doch Christ war sich sicher, dass keiner mehr die Muse fände, sich an der Schönheit dieses Ausblicks zu ergötzen, wenn er den Damen und Herren des Magistrats gesagt hatte, was er zu sagen hatte.

An der Tür zum Magistratssitzungssaal angelangt, klopfte er zwei Mal und öffnete die Tür. Sofort ebbten die Gespräche ab. Alle Anwesenden standen am Getränketisch in der Ecke. Offensichtlich hatte es nach Christs Anruf niemanden mehr auf seinem Stuhl gehalten und die Kehlen waren trocken geworden.

Nach einer kurzen Begrüßung lud der Bürgermeister ein: „Nehmen wir doch Platz" und wies Christ den Stuhl neben sich zu.

Als alle wieder saßen und der Bürgermeister in die Runde blickte, verstummte das letzte Getuschel.

Thomas Christ sah sich angespannten Gesichtern gegenüber - dem des Bürgermeisters, des Ersten Stadtrats und von acht ehrenamtlichen Stadträtinnen und Stadträten, die sozusagen die Verwaltungsspitze der Stadt Dreieich bildeten. Außerdem war der Protokollant der Magistratssitzung anwesend und eine weitere Person, die der Bürgermeister nun vorstellte: „Nach dem, was Sie mir am Telefon sagten, habe ich mir erlaubt, den Stadtbrandinspektor hinzuzubitten."

Dem Mann, dem die Wehrführer der einzelnen Ortsteilfeuerwehren unterstanden und den der SoKo-Chef auf Anfang sechzig schätzte, schenkte Christ ein kurzes Nicken.

Christ kannte bis auf den Protokollanten alle hier Anwesenden, da deren Konterfeis zur letzten Wahl in den örtlichen Tageszeitungen abgebildet gewesen waren. Christs fotografisches Gedächtnis ließ ihn die Gesichter den Namen und den Parteien zuweisen.

Ohne große Umschweife begann Christ zu sprechen. Bei seinen

ersten Worten ging ein Raunen durch den Magistratssitzungssaal. Nachdem er geendet hatte, herrschte erst einmal entsetztes Schweigen bei den fünf Frauen und sieben Männern - man hätte eine Stecknadel fallen hören. Alle waren gleichermaßen geschockt von den Ausführungen des SoKo-Chefs und mussten seine Worte wohl erst einmal verdauen.

Der Stadtbrandinspektor fand als erster Worte. „Um was für ein Gift handelt es sich genau?", wollte er wissen.

„Da sind meine Leute noch dran", erklärte Christ. „Aber es scheint sich um eine Form von Sarin zu handeln."

„Sarin!", stieß einer der Magistrate aus, „das hat man doch für den Krieg entwickelt!"

„Ursprünglich war Sarin keine rein militärische Entwicklung, sondern kam Anfang der 1940er-Jahre aus der Insektizidforschung der I.G. Farben", wusste der Stadtbrandinspektor. „Im Sommer 1944 wurde Sarin zwar tonnenweise in deutschen Testfabriken hergestellt, aber es kam nie zum Kampfeinsatz, sondern fiel bei Kriegsende 1945 der Roten Armee in die Hände. Während des kalten Krieges lagerten große Mengen davon in der Sowjetunion und in den Vereinigten Staaten."

Der Bürgermeister wirkte sehr nachdenklich, schließlich sagte er: „Und jetzt haben wir das Zeug vor unserer Tür?"

„Ach, seit damals ploppt dieser Name auf der ganzen Welt auf", meinte der Stadtbrandinspektor, als wäre es nichts Besonderes. „Im Zusammenhang mit Sarin gab es Schlagzeilen aus den USA, dem Irak, der Sowjetunion, Großbritannien, Chile, Tokio und auch Syrien."

„Wie sieht dieses Sarin eigentlich aus?", fragte eine der anwesenden Damen mit sichtlich berührter piepsiger Stimme. „Ist das ein Pulver?"

„Reines Sarin ist eine farblose, nahezu geruchlose, relativ flüchtige Flüssigkeit", erklärte der Stadtbrandinspektor. „Es ist leicht mischbar mit Wasser."

Christ fiel die ruhige, sachliche Art des Stadtbrandinspektors auf. „Sie kennen sich gut aus in dem Thema?"

„Die I.G. Farben hatte mal eine Zweigstelle in Neu-Isenburg."

Neu-Isenburg - Dosske, hämmerte es durch Christs Kopf. Dann lauschte er wieder den Worten des Stadtbrandinspektors.

„Man muss schon wissen, was so um einen herum produziert und gelagert wird."

Der Bürgermeister meldete sich zu Wort. „Wenn Sie sagen, es ist leicht mit Wasser mischbar, meinen Sie, dass im Hengstbach …" Sein Blick wanderte fragend vom Stadtbrandinspektor zu Christ.

Der SoKo-Chef dachte an die putzmunteren Ratten, die er im Hengstbach gesehen hatte. „Das können wir nicht bestätigen, aber auch nicht verneinen."

„Ich werde Wasserproben nehmen lassen", sagte der Stadtbrandinspektor und kritzelte etwas auf den Zettel vor sich.

„Und wenn es da drin ist?", fragte die piepsige Stimme ängstlich.

Der Stadtbrandinspektor überlegte einen Moment, bevor er mit Bedacht antwortete: „Wenn es in einer signifikanten Menge im Hengstbach wäre, dann hätten wir das schon bemerkt", sagte er selbstsicherer, als er sich fühlte. „Herr Christ sagte ja, dass der Mann schon länger dort gelegen haben muss."

Christ nickte bestätigend.

Eines der Magistratsmitglieder, ein gut genährter Mann, rutschte in seinem Stuhl nach vorn, wobei dieser kläglich ächzte. „Dieses Sarin ist doch das, was man einen Nervenkampfstoff nennt?"

Der Stadtbrandinspektor nickte. „Nervenkampfstoffe wie Sarin sind bereits in sehr kleinen Mengen tödlich. Angriffsfläche ist dabei der gesamte Körper. Die Aufnahme kann über die Haut, die Atmungsorgane, aber auch die Augen erfolgen."

„So, wie Sie das sagen, kann man sich vor dem Eindringen Sarins in den Körper wohl nur durch einen Ganzkörperschutzanzug mit Atemschutzmaske schützen", brummte der gut Beleibte.

„Ja." Der Stadtbrandinspektor schürzte kurz die Lippen. „Wenn man es genau nimmt, ist das so."

Diese Antwort ließ den Fragenden in seinen Stuhl zurücksinken, das neuerliche Ächzen wurde diesmal begleitet von einem erstickten Seufzer.

Und die nächsten Worte des Stadtbrandinspektors machten die Sache nicht besser. „Insbesondere das Einatmen von Sarin ist außerordentlich gefährlich. Bei hohen Konzentrationen kann das innerhalb von wenigen Sekunden zu Bewusstlosigkeit und Krämpfen führen, denen bereits nach einer Minute ein Atemstillstand folgen kann."

Eine der anwesenden Damen rief: „Oh, mein Gott, oh, mein Gott!"

Ein Mann schenkte sich mit zittriger Hand Wasser in sein Glas.

„Und wenn man nicht so viel davon abbekommt?", versuchte sich die Piepsstimme das Ganze schönzureden.

„Mit nicht so viel ist das so eine Sache", sagte der Stadtbrand-inspektor. Man merkte ihm an, dass er sich aufgrund der Stimmung im Saal zurückhielt.

„Schenken Sie uns reinen Wein ein", bat der Bürgermeister.

Der Stadtbrandinspektor zögerte mit seiner Antwort und warf einen Blick zu der aufgeregten Frau, die jetzt leicht mit dem Oberkörper wippte.

Der Mann neben ihr legte ihr beschwichtigend die Hand auf den Arm.

Ein anderes Magistratsmitglied forderte resolut: „Ja! Sagen Sie uns die Wahrheit!"

Als der Stadtbrandinspektor sagte: „Sarin wirkt sich auf alles Mögliche aus", hörte es sich an, als wüsste er gar nicht, wo er zuerst mit seiner schrecklichen Aufzählung beginnen sollte.

„Womit muss man rechnen?", fragte der Bürgermeister mit Nach-druck und hob auffordernd die Hände.

Der Stadtbrandinspektor blickte in die Runde. „Es beginnt mit Naselaufen, Sehstörungen, Pupillenverengung, die mit Augenschmer-zen einhergeht, dann durchlebt man Atemnot, Speichelfluss, Muskel-zucken, das in Krämpfe übergeht, Schweißausbrüche, Erbrechen, unkontrollierten Stuhlabgang. Auch hier folgen wieder Bewusstlosig-keit, Atemlähmung, Herzstillstand."

„Na, sauber!", entfuhr es dem Mann, der eben noch entschlossen die Wahrheit gefordert hatte. Er sah aus, als bereute er dies inzwi-schen.

Der Stadtbrandinspektor wandte sich an die Frau mit der Piepsstimme. „Um auf Ihre Frage zurückzukommen, was ist, wenn man nicht so viel abbekommt - bereits ein Milligramm Sarin kann tödliche Folgen haben. Die Wirkung am Auge tritt dabei schon bei geringeren Konzentrationen ein als die im Atemtrakt."

„Schöne Scheiße!", murrte das rundliche Magistratsmitglied.

Als hätte das alles nicht schon an Schrecken gereicht, schob der Stadtbrandinspektor noch hinterher: „Und eine Behandlung ist außer-ordentlich schwierig."

„Auch das noch!", entfuhr es dem Bürgermeister, der sich nun mit beiden Händen über die Furchen auf seiner Stirn fuhr, als hätte er die Befürchtung, sein Schädel würde gleich platzen.

„Aber nicht ganz unmöglich", versuchte der Stadtbrandinspektor zu beruhigen. „Bei so einer Vergiftung kann man Atropin spritzen, das die Wirkung des Sarins aufheben soll - aber das braucht eine wochenlange Nachbehandlung."

Christ hatte das Gespräch aufmerksam verfolgt. Bei den letzten beiden Sätzen des Stadtbrandinspektors dachte er: *Was er mit dem ersten Aber an Hoffnung geschürt hat, hat er mit dem zweiten wieder eingerissen.*

Und der Stadtbrandinspektor legte noch einen drauf: „Oft bleiben leider Schäden zurück, wie die Beeinträchtigung der Sehkraft."

„Ich kann's nicht fassen!", kam entsetzt aus den Reihen der Magistratsmitglieder.

Der Stadtbrandinspektor atmete schwer ein. „Nicht umsonst ist der Einsatz von Giftgas ein Kriegsverbrechen!"

„Nach allen internationalen Konventionen", meldete sich jetzt auch Christ zu Wort.

Das runde Magistratsmitglied machte eine wegwerfende Handbewegung. „Es gibt genug Beispiele, wo Konventionen in Schall und Rauch aufgegangen sind."

„Oder nicht mal das Blatt Papier wert waren, auf dem sie standen", sinnierte der Bürgermeister.

Dafür erntete er allgemeines Kopfnicken.

Einen Moment hing jeder seinen Gedanken nach. Dann meinte der Bürgermeister: „Ich glaube nicht, dass es hier um Krieg geht."

„Sondern?", fragte das rundliche Magistratsmitglied in fast vorwurfsvollem Tonfall.

„Um Terrorismus?", wandte sich der Bürgermeister fragend an Christ.

Doch bevor der SoKo-Chef antworten konnte, sagte ein Magistratsmitglied abwehrend: „Weder das eine noch das andere, das ist doch Quatsch! Was sollten wir hier bei uns in Dreieich schon als Ziel haben, das für einen terroristischen Anschlag herhalten könnte? Eine U-Bahn haben wir jedenfalls nicht."

„Sie meinen wie in Tokio?", fragte der Stadtbrandinspektor.

Der Mann nickte.

„Ja", erinnerte sich der Bürgermeister, „war eine schlimme Sache damals!"

„Wann war das noch mal?", wollte der Zweifler wissen.

„1995", wusste der Stadtbrandinspektor. „Es gab ein Dutzend Tote und mehr als fünftausend Verletzte."

„Schrecklich", kam von der Piepsstimme.

Der Erste Stadtrat, ein betagter Herr mit schlohweißen Haaren, der bisher stillschweigend zugehört hatte, richtete nun das Wort an den SoKo-Chef. „Aber wo kommt dieses Sarin her?"

„Deswegen bin ich hier", sagte Christ. „Ist jemandem von Ihnen eine Möglichkeit bekannt, wo solche Giftstoffe hergestellt oder aufbewahrt werden könnten?" Er blickte in die Runde und blieb mit den Augen schließlich beim Bürgermeister hängen.

„Nein", kam es wie aus der Pistole geschossen.

Der Stadtbrandinspektor gab sich bedächtiger: „So ad hoc fällt mir nichts ein." Grübelnd umfasste er sein Kinn.

„Sind wir auf so etwas überhaupt vorbereitet?", wandte sich der Erste Stadtrat an den Stadtbrandinspektor.

Der Stadtbrandinspektor zögerte. Dann meinte er: „Soweit man auf so etwas vorbereitet sein kann."

„Wer rechnet denn aber auch mit so was", kam aus den Reihen der Anwesenden.

„Natürlich haben wir Standards, auch für so einen Fall", beruhigte der Stadtbrandinspektor.

„Sonderschutzplan Hessen?", fragte der Bürgermeister.

Der Stadtbrandinspektor nickte. „Dekontaminationskonzept. Nach dem, was ich jetzt weiß, werde ich das anstoßen."

Der Bürgermeister blieb besonnen. „Im Endeffekt wissen wir doch noch gar nicht, ob es eine wirkliche Bedrohung gibt." Er blickte in die Runde. „Sicher, man hat den Mann in der Einhausung gefunden, aber der kann ja von weiß Gott wo herkommen."

„Aber da muss man doch trotzdem etwas unternehmen!", beschwerte sich der rundliche Magistrat.

Der Bürgermeister beugte sich vor und sein Blick wurde hart. „Ich will auf keinen Fall so etwas wie eine Massenpanik auslösen. Wir halten Stillschweigen über das, was Herr Christ uns eben berichtet hat." Eindringlich schaute der Bürgermeister jedem der Anwesenden ins Gesicht.

Auf den meisten Mienen zeigte sich immer noch die geschockte Starre, doch bei zwei, drei schien sich auch Widerstand zu regen.

Dann wandte sich der Bürgermeister wieder dem Stadtbrandinspektor zu. „Gehen Sie behutsam vor!"

Der schürzte die Lippen. „Ich kann eine Übung daraus machen", schlug er vor.

Ein Stuhl wurde abrupt nach hinten geschoben. „Aber das Thema kann man doch nicht geheim halten!", empörte sich ein Mann, der bisher geschwiegen hatte. Sein Kopf war hochrot angelaufen. Ihm schien der Kragen platzen zu wollen, denn er lockerte fahrig seine Krawatte. „Die Bürger haben doch eh schon mitbekommen, dass da im Hengstbach ein Toter gefunden wurde!"

„Das ist aber auch alles, was sie bisher wissen", meinte Christ besonnen.

Doch der Mann würdigte Christ keines Blickes, sondern nahm den Bürgermeister aufs Korn. „Ich meine, wir sollten die Bürger warnen!", sagte er nun etwas lauter und fordernder. Der Kugelschreiber in seiner Hand flog auf den Tisch.

Rechts von ihm wurde explosiv eine Wasserflasche geöffnet, links von ihm Kaffee in eine auf der Untertasse scheppernde Kaffeetasse geschüttet. Die Stimmung kochte hoch.

Christ behielt einen kühlen Kopf. „Offiziell hat man eine Leiche in der Einhausung des Hengstbaches gefunden, von der man noch nicht weiß, wer sie ist und wie sie zu Tode gekommen ist."

„Und mehr braucht im Moment auch niemand zu wissen", sprang der Bürgermeister ihm zur Seite.

„Ich finde das nicht gut", brummelte der Mann mit dem roten Kopf. „Die Presse wird das Ganze aufgreifen."

„Die Presse hat schon angerufen", berichtete Christ. „Und wir haben wegen laufender Ermittlungen keine weiteren Auskünfte erteilt, als die, die offensichtlich sind."

„An diesen Terminus können wir uns doch auch halten", sagte die Frau mit der Piepsstimme und blickte zu dem Kollegen, der gern in alle Welt hinausposaunt hätte, was er eben erfahren hatte.

Der Bürgermeister stimmte ihr nickend zu und schaute dann wieder zu dem Heißsporn hinüber. „Sie wissen, wie das ist. Wenn wir jetzt die Pferde scheu machen und es ist nichts, dann glaubt man uns nicht, wenn es wirklich brenzlig wird!"

„Diese Gefahr sehe ich weniger", meinte der Stadtbrandinspektor. „Aber es könnte zu Überreaktionen kommen. Zu Panikausbrüchen."

„Und wenn da etwas passiert und es war gar nichts …", warnte der Bürgermeister wieder in Richtung des roten Kopfes.

„Aber wenn wir nix sagen und es passiert was, dann wird man uns das vorwerfen!" Der Gegenredner warf verzweifelt seine Hände nach oben und ließ sich in seinen Stuhl sinken.

„Ich bitte Sie, zu bedenken", führte Christ sachlich aus, „wenn Sie die Bürger informieren, dann hören das auch die Täter, die wir suchen, und es besteht die Gefahr, dass sie in Panik geraten und ihr Vorhaben überhastet durchziehen." Christ setzte eine Kunstpause, wobei er den roten Kopf ins Visier nahm. „Das sollten wir vermeiden!", warnte er eindringlich.

„Ein wahres Dilemma", murrte der kritische Magistrat. Schließlich vollführte er - unter Christs durchdringendem Blick - nach kurzem Zögern fahrig eine zustimmende Geste.

Christ blickte vom Stadtbrandinspektor zum Bürgermeister. „Wir sollten uns auf jeden Fall in unserem Wortlaut abstimmen!"

Beide Männer nickten.

Christ blickte in die Runde. Die ihm gegenübersitzenden Vertreter des Stadtparlaments, denen man Farben wie Rot, Grün, Schwarz, Orange und Blau zuschrieb, wirkten im Moment alles andere als bunt. Hier, wo sonst bunt diskutiert wurde, bestimmte jetzt ein Grau den Ton, in dem Unglaube und Furcht anklang.

Christ bat alle Anwesenden: „Denken Sie noch mal darüber nach, wo man einen derartigen Stoff herstellen oder lagern könnte. Welche Firmen oder Örtlichkeiten bieten Möglichkeiten?"

Der Stadtbrandinspektor bewegte gedankenvoll den Kopf, blickte wie schon so oft aus dem Fenster über die verschneiten Dächer der Stadt bis hin zu den Wolkenkratzern der Mainmetropole. Heute schien es dem Stadtbrandinspektor, als drohte ganz Dreieich unter grauem Matsch begraben zu werden. Das erste Mal bedrückte ihn der Anblick der Dächer, die die weiße Last zu tragen hatten, und auch er spürte eine Last, die gewaltig auf seine Schultern drückte. Er schluckte das Unbehagen herunter, riss seinen Blick von den Dächern los und sagte: „Ich brauche etwas Zeit, um das Ganze zu überdenken."

„Viel Zeit haben wir nicht!", mahnte Christ.

So sehr der Stadtbrandinspektor auch darauf aus war, zur Aufklärung beizutragen, es war nicht ratsam, aus emotionalen Gründen überstürzt zu handeln, insbesondere, wenn Menschenleben auf dem Spiel standen. „Ich werde eine Liste erstellen, wo ich mögliches Potenzial sehe."

Christ gab sich mit dieser Ankündigung zufrieden und reichte dem Mann seine Visitenkarte. „Schicken Sie mir die dann bitte!"

Der Stadtbrandinspektor nahm die ihm entgegengestreckte Karte. „So schnell wie möglich!", versprach er.

„Sobald es von unserer Seite relevante Ermittlungsergebnisse gibt, werde ich Sie sofort informieren", sagte Christ mit Blick auf den Bürgermeister zu. Dann erhob er sich.

Der Bürgermeister tat es ihm gleich.

Da erhob sich erneut die kritische Stimme aus der Runde. „Wir können doch aber wenigstens unsere Angehörigen warnen?"

„Ich kann Ihnen nicht verwehren, dass Sie Ihre Familien in Sicherheit wissen möchten", sagte Christ, forderte jedoch eindringlich: „Aber geben Sie keine Details durch!"

Während die kritische Stimme ihr Handy zückte, brachte der Bürgermeister den Chef der SoKo zur Tür.

„Wir bleiben in Kontakt", verabschiedete ihn der Bürgermeister.

Christ nickte und hörte gleichzeitig, wie eines der Magistratsmitglieder in sein Handy sprach: „Ich kann dir nicht sagen, was los ist, aber es ist schlimm!"

Christ hoffte inständig, dass alle, die jetzt einen solchen Anruf erhielten, auch dichthalten würden.

Als Christ den Magistratssitzungssaal verließ und die Tür hinter sich zuzog, war er sich sicher, dass hinter dieser eine hitzige Diskussion aufbrandete.

Kapitel 19

Montag, 2. Januar, 16:52 Uhr

Daniel Dosske war in die SoKo-Zentrale zurückgekehrt, begleitet von dem unangenehmen Gefühl, welches ihn in der letzten Stunde ergriffen hatte. Beim Betreten des Büros - das er sich mit Stein und Brucati teilte - umfing ihn der vertraute Duft von Steins Parfum und Kaffee. Es war wie immer und doch auch nicht.

„Hi!", begrüßte er seine Kollegen, die beide an ihren Laptops arbeiteten.

Sie grüßten zurück, schenkten ihm aber wenig Beachtung, da sie in ihre Arbeit vertieft waren.

Dosske stürzte wie ein Verdurstender in Richtung Kaffeemaschine. „Ich brauch einen Schluck Bohnensaft."

Obwohl im Aufenthaltsraum der fünften Etage ein Kaffeevollautomat stand, filterten die drei Kollegen ihren Kaffee immer noch durch die - wie Dosske sie nannte - gute alte Kaffeemaschine, die dabei den herrlichen Duft des frisch gebrühten Kaffees durch das Zimmer ziehen ließ.

„Alles gut?", fragte Stein, die offenbar einen Unterton in der Stimme ihres Kollegen vernommen hatte.

Dosske, der sich im Vorbeigehen den Kaffeebecher mit dem Logo der Kickers Offenbach von seinem Tisch geschnappt hatte, antwortete in einer für ihn untypischen Art und Weise nur kurz „Ja". Der Rest Kaffee vom Morgen, der sich noch in seiner Tasse befand, landete in seinem Mund. Er verzog das Gesicht. „Boah!, der ist kalt!", beschwerte er sich über eine Tatsache, die klar auf der Hand lag. Dennoch führte seine Hand die Tasse ein weiteres Mal an den Mund. „Was soll's, kalter Kaffee macht ja bekanntlich schön", raunte der jetzt wieder alte Dosske und kippte den Rest hinunter.

Worauf Brucati trocken meinte: „So viel Kaffee kannst du gar nicht konsumieren, dass der bei dir wirkt!"

Dosske reagierte nicht, sondern schenkte sich schwungvoll frischen Kaffee ein. Und zwar mit ein bisschen zu viel Schwung, denn die schwarze Brühe stoppte nicht einmal einen Millimeter unter dem Rand. Die randvolle Tasse vorsichtig balancierend, ging er zu seinem Schreibtisch und nahm Platz.

Seine Kollegin schaute ihn nachdenklich an. Von ihrem Sitzplatz aus konnte sie nicht sehen, wie Dosske sich daran machte, den Halter eines bestimmten Kennzeichens abzufragen. Sie wandte sich wieder ihrem PC zu, wo sie die Erkenntnisse ihres Besuchs bei GEBÄUDEX in das Intranet einpflegte.

Nach dem Gespräch mit Dexner hatte Stein den Umkleideraum aufgesucht, in dem der Putztrupp sich für seinen Einsatz in Dietzenbach fertig machte. Da sich die Frauen und Männer kurz vor dem Aufbruch befanden, hatten alle bereits in den bekannten wasserblauen Overalls gesteckt. Die Türen der Spinde in der Umkleide hatten offen gestanden und einen Einblick in das reale Leben ihrer Besitzer offenbart. Ein paar waren ordentlich aufgeräumt, in anderen herrschte dagegen das pure Chaos. Was die Aussagen der Mitarbeiter anbelangte, gab es jedoch kein Chaos, alle waren sich einig gewesen, dass niemand Luigi je gesehen hatte.

Jetzt fasste Stein in ihrem Bericht kurz zusammen, was der Seniorchef ihr erzählt hatte. Sie informierte darüber, dass auch ihre Befragung der paar Angestellten nichts ergeben hatte, dass aber noch Hoffnung bestand. Dexner hatte versprochen, sich bei ihr zu melden, was bei seiner Befragung der anderen Putzkolonnen herausgekommen war. Insgeheim vermutete Stein allerdings, dass Luigi ein Zusammentreffen mit den realen Putzkollegen dort vermieden hatte - wo immer dieses *dort* auch war.

Kurz vor Dosskes Eintreffen hatte Stein ein Foto des Ausweises, den Santoro als Luigi benutzt hatte, an das Whiteboard im Besprechungszimmer gepinnt; auch ins Intranet stellte sie dieses nun ein.

Brucati hing ebenfalls über seiner Tastatur, er recherchierte immer noch zu Santoros Background.

Nachdem Dosske seine Kennzeichenabfrage losgeschickt hatte, fragte er die beiden Kollegen, ob es schon etwas Neues gebe. Daraufhin gaben sie ihm einen kurzen Abriss über die Geschehnisse der letzten Stunden.

Dosske hörte aufmerksam zu, wobei sein Blick ab und an zum PC glitt. Gleich zwei wichtige Meldungen würden dort hoffentlich bald für ihn eintreffen - die Antwort auf seine Halterabfrage und die Nachricht des Postboten aus Neu-Isenburg zum Nachsendeauftrag.

Irgendwann schweifte Dosskes Blick allerdings in eine ganz andere Richtung ab. Links auf seinem Schreibtisch lag zwischen Telefon und Bildschirm die aufgerissene Chipstüte, die er mitgebracht und gestern geöffnet hatte. Ungehemmt griff er ein weiteres Mal zu, beförderte eine Handvoll der in Fett gebackenen dünnen Kartoffelscheiben in seinen Mund und sagte etwas. Allerdings war das nur schwerlich zu verstehen.

„Sag mal, wie war das mit dem Vorsatz für das neue Jahr?", fragte ihn Brucati. „Hast du nicht vorhin noch geklagt, dass du zu viel wiegst und dass du was dagegen tun willst?"

„Sag doch einfach, wenn du welche willst", interpretierte Dosske nuschelnd die Worte seines Kollegen und streckte Brucati die Tüte entgegen.

Der wehrte mit der Hand ab.

Dosske schluckte die Chips in seinem Mund hinunter. „Aber du hast vollkommen recht", stimmte er - nun wieder verständlich - zu. „Ich muss meine Ernährung umstellen." Daraufhin hob er die Chips-tüte von der linken Seite seines Bildschirms auf die rechte, ließ sie dort ihren neuen Platz finden und seinem Tun ein zufriedenes Lächeln folgen. „Du", sprach er Brucati an, „das war gar nicht so schwierig mit der Ernährungsumstellung. Wenn ich vorher gewusst hätte, dass das so einfach ist, hätte ich es schon viel früher gemacht!", meinte er erleichtert, und schob seine Hand ein weiteres Mal in die offene Chipstüte.

„Denkst du daran, dass wir in einer Stunde bei meinen Eltern zum Essen sind?"

Dosske prustete los. „Ja, klar, denke ich daran, solche Termine vergesse ich nie! Ich freue mich schon den ganzen Tag darauf!"

Brucati blieb nur ein kopfschüttelndes Schmunzeln. Aber auch er freute sich auf das Essen bei seinen Eltern, mit seinem Onkel, den er viel zu selten sah. Insgeheim hoffte Brucati, mit ihm auch über den Fall sprechen zu können, obwohl er genau wusste, dass das dem strengen Regiment seiner Mutter kaum gefallen würde.

Stein blickte auf ihre Armbanduhr. „Schon wieder so spät. Ich fahr mal los", meinte sie und erhob sich. „Ich will für Maria noch ein paar Blumen besorgen", gab sie an, wobei sie einen besorgten Blick aus dem Fenster warf. „Oh, Mann, es schneit schon wieder!"

Auch Brucati schaute nach draußen. „Die haben für heute Nacht wieder zweistellige Minustemperaturen vorhergesagt", murrte er.

Sichtlich erschaudernd nahm Stein ihre Jacke von der Stuhllehne.

„Du", sprach Dosske nun seine Kollegin an, „wenn dir draußen zu kalt wird, ruf mich an!"

Stein hielt ihre Jacke am ausgestreckten Arm hoch. „Ich habe eine

Jacke."

„Aber die kann doch einen Mann nicht ersetzen!", erklärte Dosske.

„Wieso soll Samira dich dann anrufen? Kennst du einen?", feixte Brucati, worauf Stein ein gurgelndes Lachen entfuhr.

„Ey, uffpasse!", fauchte Dosske in Richtung Brucati.

Der stand ebenfalls auf. „Ich muss auch los!"

Stein schaute zu Dosske. „Was ist mit dir?"

„Ich will noch etwas überprüfen", gab Dosske bekannt.

Brucati schaute ihn mit zusammengekniffenen Augen an. „So viel Arbeitseifer bin ich bei dir gar nicht gewohnt."

Doch Dosske reagierte nicht auf die Äußerung seines Kollegen. „Bis später", sagte er mit einem schiefen Grinsen. Es wirkte fast so, als wollte er seine Kollegen loswerden.

Stein und Brucati wechselten einen fragenden Blick. Irgendetwas stimmte heute nicht mit ihrem Kollegen - aber was, das konnten sie nicht ergründen. So blieb ihnen nur zu sagen: „Also dann, bis später."

Nachdem die zwei durch die Tür verschwunden waren, wandte Dosske sich wieder seinem Bildschirm zu. Erfreut stellte er fest, dass eine Mail eingetroffen war, die auf deutschepost.de endete. Gerade als er sie öffnen wollte, ploppte ein weiteres Fenster auf, das anzeigte, dass die Abfragedatenbank etwas zum angefragten Kennzeichen ausgespuckt hatte. Das interessierte Dosske zuerst. Doch als er diese Nachricht öffnete, las er etwas, das seine Augenbrauen bis zum Haaransatz nach oben wandern ließ.

Kapitel 20

Montag, 2. Januar, 17:29 Uhr

Als Thomas Christ auf den Parkplatz der SoKo-Zentrale fuhr, nahm er wahr, dass im fünften Stockwerk in Kuhnerts Büro noch Licht brannte. Dafür gab es zwei Erklärungsmöglichkeiten: Entweder hatte Kuhnert das Passwort noch nicht geknackt oder er wartete darauf, Christ bei seinem Eintreffen persönlich die frohe Kunde zu überbringen. Und doch führte Christs erster Weg in den Besprechungsraum vor das Glas-Whiteboard, wo er zur Kenntnis nahm, dass das Foto von Luigis GEBÄUDEX-Ausweis hier inzwischen einen Platz gefunden hatte. Christ nahm einen Stift zur Hand und notierte den Namen *Roberto Santoro* gut sichtbar neben dem Phantombild des Mannes.

Puzzleteile des Falles, die Christ hier vor Augen hatte, kreisten auch in seinem Kopf, aber sie fielen einfach nicht an die richtigen Stellen, um ein vollständiges Bild zu ergeben. Außerdem fehlten einige Teile noch ganz und gar.

Als Christ die vier von ihm hingekritzelten Buchstaben der Autovermietung erblickte, dachte er: *Die Fahrt zum Flughafen kann ich mir sparen.* Inzwischen wussten sie, wer den Wagen gemietet hatte.

So langsam füllten sich die 120 x 240 cm der Übersichtstafel.

Christs Blick blieb an der Auffindesituation des Opfers hängen. Der SoKo-Chef hatte schon eine Menge bizarrer Fälle bearbeitet und dieser reihte sich durchaus in die lange Liste ein.

Dann fiel sein Blick erneut auf den Ausweis, den Santoro als Luigi benutzt hatte. *Was oder wem warst du auf der Spur?*

Roberto Santoro hatte anscheinend alles riskiert für die ebenso kostbare wie immaterielle Ware Information, für die Männer wie er zu allen Zeiten logen, bestachen oder gar töteten - und für die sie auch selbst starben.

Vielleicht hat Stein etwas bei dieser GEBÄUDEX herausgefunden, hoffte Christ und lief hinüber zu seinem PC, um nachzuschauen, ob Steins Erkenntnisse eingepflegt waren. Doch die paar Zeilen, die er fand, ließen seine Hoffnungen zerplatzen wie eine Seifenblase. Und Informationen über Dosskes Besuch in Neu-Isenburg suchte Christ ganz und gar vergebens.

Was immer es auch war, worum immer sich dieser Fall drehte - sie mussten schnell zu einem Ermittlungsergebnis kommen. Wer immer Santoro auf dem Gewissen hatte, war gewarnt und jetzt wahrscheinlich besonders vorsichtig. Und - was noch viel wichtiger erschien - wenn er das, was er vorhatte, aufgrund der Geschehnisse nicht aufgegeben hatte, dann würde er jetzt vor nichts mehr zurückschrecken. Im Gegenteil, er würde alles dafür tun, es umzusetzen, und zwar schnell. *Wir müssen an die Daten auf Santoros Laptop ran!* Mit diesem Gedanken und erneut aufkeimender Hoffnung führte Christs nächster Gang zu Kuhnert.

Als er dessen Büro betrat, erfreute ihn Kuhnert mit den Worten: „Gutes Timing, Chef, hab gerade das Passwort geknackt."

Wie immer herrschte in Kuhnerts Reich eine Ordnung, in der nur er sich zurechtfand. Auf seinem Tisch lagen Festplatten, irgendwelche Kabel, Computerjournale, und ein angebissenes Sandwich herum und auch der Boden diente dem Chaos als Ablage, durch die Christ sich auf Kuhnert zuschlängelte.

Auf dem Gesicht des IT-Spezialisten spielten Zufriedenheit und Wissensgier miteinander, als er sagte: „Ich will mir zuerst mal den Verlauf seiner Internetdaten ansehen."

Christ zog sich den Stuhl heran, den Brucati am Nachmittag schon freigeräumt hatte, und setzte sich neben Kuhnert. Der ließ höflicherweise das angebissene Sandwich in seiner Tischschublade verschwinden.

„Die Adressen aus dem Navi des Golfs habe ich übrigens auch", berichtete Kuhnert. Er reichte Christ einen entsprechenden Ausdruck. „Pfeiffer hat ihn hochgebracht."

Christ nahm das Blatt entgegen. „Sehr gut! Dann können wir seine Verlaufsdaten mit den Adressen abgleichen." Christ überflog die Zeilen. Die Adresse in Neu-Isenburg, zu der er Dosske geschickt hatte, stand auch drauf.

„Haben Sie Dosske heute Nachmittag gesehen, ist er aus Neu-Isenburg zurück?"

„Nee, gesehen habe ich ihn nicht, aber seine Stimme gehört."

Er ist also zurück, nahm Christ beruhigt zur Kenntnis, nachdem er seinen Mann ja in eine potenziell brenzlige Situation geschickt hatte. Es gefiel dem SoKo-Chef allerdings nicht, dass Dosske keinerlei Angaben zu seinen Ermittlungen in die Fallakte eingestellt hatte. *Hätte ja wenigstens einen Satz reinschreiben können!*

Christ wusste, dass seinen Kollegen meistens nicht der Sinn nach

Schreibkram stand, doch er legte Wert darauf, dass alle Ergebnisse immer zeitnah ins Intranet eingepflegt wurden, um das Team auf dem Laufenden zu halten.

Etwas missmutig legte er den Ausdruck mit den Adressen aus dem Navi auf einen Stapel von Kuhnerts wissenschaftlichen Zeitschriften. „Schauen Sie mal, ob die Daten aus dem Navi schon ins Netz gestellt sind."

Kuhnert wechselte von Santoros Laptop zu seinem PC ins Intranet. Die Daten waren da.

Auf Pfeiffer ist Verlass!, dachte Christ. „Gut, dann zum Verlauf!"

Kuhnert wechselte wieder die Tastatur und kurz darauf stand fest, dass die letzte Seite, die Roberto Santoro sich im Internet angesehen hatte, die Homepage der Firma *Pharmatec* war. Dorthin war er über eine Suchanfrage bei Google gelangt. Sie lautete *Unternehmen in Dreieich*, dann folgte die Homepage der Stadt, von welcher aus er dem Link zur *Biotest AG* gefolgt war. Dort hatte er sich die Seiten angesehen, die Produkte, die Partner, das Management und so weiter. Ähnlich hatte er sich bei der *Pall Biotech* verhalten. Alle Firmen, deren Namen den Hinweis auf einen biotechnischen oder medizinischen Hintergrund vermuten ließen, hatte Santoro via Homepage besucht, Daten zu den Inhabern und Mitarbeitern sowie Adressen durchstöbert. Dann hatte Santoro die Suche auf Biotechnologieunternehmen im Landkreis Offenbach ausgeweitet.

„Santoro scheint an chemischen und pharmazeutischen Unternehmen interessiert gewesen zu sein", stellte Kuhnert fest. „Wenn wir die alle abklappern wollen, haben wir zu tun."

„Vorerst können wir es auf die Adressen eingrenzen, die aus dem Navi auszulesen waren."

„Vielleicht hat er sich ja eine Liste mit für ihn interessanten Adressen erstellt", hoffte Kuhnert und wechselte nun in den Explorer, wo die Dateienstruktur des Laptops erschien. „Ach du meine Güte!", entfuhr es ihm, als er die Massen an Dateiordnern erblickte, von denen fast jeder mit einem Pfeil an der Seite darauf aufmerksam machte, dass es auch noch Unterordner dazu gab. „Noch so jemand, der jeden Scheiß aufhebt", raunte er.

„Beschränken wir uns erst mal auf zuletzt und häufig besuchte Dateien", sagte Christ.

Kuhnert rief die zuletzt besuchten Dateien auf. Und es war wirklich eine Liste von Pharmaunternehmen und deren Adressen zu finden. Bei manchen standen ein paar Worte dabei, allerdings auf Italienisch.

Verdammt, wo war der dran?, fragte sich Christ. „Sehen Sie zu, dass Brucati Zugang zu allem bekommt. Er soll das übersetzen!", ordnete er an.

Christ und Kuhnert stöberten noch eine Zeit lang in den Dateien des Laptops.

Christ fiel die Benennung eines Ordners auf. Sein „Moment!" ließ Kuhnerts scrollende Finger in der Bewegung innehalten. Christ brachte seinen Finger nahe an den Ordner heran, der den Namen GEBÄUDEX trug. „Öffnen Sie den!"

Kuhnert tat, wie ihm geheißen.

Es öffnete sich eine Liste mit JPG-Dateien. Christ war gewillt, sich alle anzuschauen. „Öffnen Sie die Bilder!", sagte er zu Kuhnert.

Es erschienen Fotos von einem weißen Transporter, dem an einem trüben Tag Leute in wasserblauen Overalls entstiegen - teilweise mit Putzutensilien in den Händen - und in ein Gebäude liefen. Ein Foto zeigte die Breitseite des Fahrzeugs mit dem Schriftzug GEBÄUDEX. Bei anderen Fotos hatte Santoro die Menschen herangezoomt. Im Zentrum dieser Fotos lag immer die Stelle, wo sich der Ausweisclip befand. Darin steckten Ausweise der Art, die Stein in Santoros Hotelzimmer gefunden hatte und dessen Foto nun drüben im Besprechungsraum an der Wand hing.

„Wo sind die da?", wollte Christ wissen.

Der GEBÄUDEX-Wagen hatte anscheinend an einem Seiteneingang gehalten. Man konnte keine Hausnummer oder irgendeinen Hinweis auf die Adresse erkennen, nur eine Glasfassade.

Kuhnert klickte weitere Fotos an. Die Glasfassade blieb die gleiche, aber die Szene änderte sich. Sie war an einem Tag mit Sonnenschein aufgenommen worden und von einer anderen Standposition aus. Bei einem Foto konnte man den Haupteingang des Gebäudes erkennen, eine Hausnummer und ein Firmenlogo.

„*Pharmatec*", kam zeitgleich aus Christs und Kuhnerts Mund.

Unersättlich schauten die beiden sich auch noch die letzten Fotos der Datei an, die an Erkenntnissen aber nichts anderes brachten, als dass der Putztrupp von GEBÄUDEX bei der *Pharmatec* putzte, und Gesichter der Menschen, die dort ein- und ausgingen.

Doch es befand sich auch eine PPT-Datei in der Liste des Dateiordners, zu der Kuhnert meinte: „Na, dann schauen wir uns doch mal an, was sich dahinter versteckt."

Nach seinem Klick erschien die Fotomontage mit Santoros Gesicht und dem Namen Luigi auf dem Ausweis der Firma GEBÄUDEX.

„So kam Santoro für seine Recherchen ins Haus, ohne großartig mit jemandem sprechen zu müssen", raunte Christ.

Kuhnert verzog das Gesicht. „Nicht gerade neu, die Idee."

„Aber immer noch effizient."

Kuhnert nickte bejahend.

„Stein war bei GEBÄUDEX und hat in Erfahrung gebracht, dass niemand da unseren Mann kannte."

„Das wundert mich nicht wirklich." Kuhnert öffnete wieder die Datei, welche die Liste mit Santoros italienischen Bemerkungen zeigte, und scrollte zu einer bestimmten Stelle. „Da haben wir sie doch, *Pharmatec.*"

Neben diesen Namen hatte Santoro - im Vergleich zu den anderen Namen der Liste - viel geschrieben.

„Drucken Sie mir diese Liste aus!", befahl Christ.

Als Kuhnert seinem Chef die beiden Blätter in die Hand drückte, meinte er mit Blick auf die Uhr: „Heute werden wir bei dem Unternehmen aber kaum noch jemanden erreichen."

Christ schien das genauso zu sehen, das vermittelte zumindest sein Blick.

Kuhnert griff wieder zu seiner Maus und bewegte den Pfeil auf dem Desktop auf das Mailsymbol. „Schauen wir mal, ob wir in die E-Mails kommen." Aber dieser Versuch scheiterte an der Passwortabfrage. „Okay, da mach ich mich als Nächstes dran, kann ein bisschen dauern."

„Vielleicht auch nicht", raunte Christ, fischte Colonnello Bianchis Visitenkarte aus seiner Sakkoinnentasche, griff zu seinem Handy und rief den Mann an.

Bianchi meldete sich. Man konnte dem Stimmengewirr im Hintergrund entnehmen, dass er wohl im Kreise der Familie angekommen war.

„Colonnello Bianchi, entschuldigen Sie, dass ich Sie so spät noch mal störe."

„Kein Problem."

„Wir haben Zugang zu Santoros Laptop."

„Das ist ja großartig!"

„Einen kleinen Wermutstropfen gibt es allerdings, wir können noch nicht in seinen E-Mail-Account. Wie Sie mir sagten, kennen Sie das

Passwort."

Am anderen Ende der Leitung entstand eine kurze Pause. „Ja, aber ich würde Ihnen das jetzt nur ungern am Telefon ..."

„Darum geht es nicht, Colonnello. Ich möchte Sie bitten, dass Sie morgen Vormittag hier in die SoKo kommen und mit Herrn Kuhnert die Mails durchgehen."

„Aber gern! Haben Sie denn in den Dateien schon etwas gefunden, das uns weiterhelfen kann?"

Jetzt hielt Christ sich bedeckt. „Sie können sich morgen selbst einen Überblick verschaffen."

„Ich kann es kaum erwarten!" Bianchis Worten war die Ungeduld anzuhören. „Wann soll ich da sein?"

„Wenn Sie gegen neun Uhr ..."

„Bin ich da!"

„Dann bis morgen."

Christ ließ Visitenkarte und Handy wieder in seiner Sakkoinnentasche verschwinden und schaute zu Kuhnert. „Sie haben mitgehört."

Kuhnert bestätigte nickend.

„Kümmern Sie sich morgen um den Mann. Er kann übrigens auch beim Übersetzen helfen."

„Na, da haben wir ja zu tun!"

„Wird morgen ein langer Tag werden. Machen Sie Feierabend."

Kuhnert widersprach nicht.

Christ hatte sich schon abgewandt und war Richtung Tür gegangen, als er sich noch mal zu Kuhnert umdrehte. „Kuhnert! Es wäre schön, wenn der Mann sich morgen hier nicht die Beine brechen würde!" Seine Hände zeigten auf Boden und Schreibtisch.

Die Ansage des Chefs war unmissverständlich. Jetzt rächte es sich, dass Kuhnert nie für Ordnung in seinem Umfeld sorgte. Schnell in den Feierabend zu verschwinden, konnte Kuhnert sich abschminken.

Der SoKo-Chef lief zurück in sein Büro, wo er sich jetzt die Zeit nahm, die Tagespost durchzusehen. Anschließend sah sein Plan vor, die neuesten Erkenntnisse ins Intranet einzupflegen. Christ hatte gar nicht vorgehabt, lange im Büro zu bleiben, aber der Tag war wieder einmal wie im Flug vergangen. Christ streckte seinen steifen Rücken. *Anita wird wahrscheinlich schon auf mich warten*, dachte er mit einem unterschwellig schlechten Gewissen. Er hatte ihr oft genug versprochen, nicht all seine Zeit in die Arbeit zu stecken, doch oft genug merkte er erst, wie spät es schon wieder war, wenn es in seinem

Büro plötzlich ein ganzes Stück dunkler wurde und die Lampe über seinem Aquarium den Fischen verkündete, dass jetzt Schlafenszeit sei.

Morgen ist auch noch ein Tag!, sagte sich Christ und gab doch seinem Verlangen nach, noch mal - nur kurz - in die Fallakte Hengstbach zu schauen.

Kapitel 21

Montag, 2. Januar, 18:00 Uhr

Der Abend versöhnte Dosske für einen Augenblick wieder mit der Welt und stellte gleich in mehrfacher Hinsicht einen guten Moment im aufregenden Leben der SoKo-Beamten Antonio Brucati, Samira Stein und Daniel Dosske dar. Denn nachdem man Mamma Maria Brucati, der Mutter des Kriminalisten mit italienischer Abstammung, erzählt hatte, dass ihr Bruder überraschend nach Dreieich gekommen war, hatte sie alle zusammen für den heutigen Abend zu einem gemütlichen Begrüßungsessen in ihr Haus eingeladen.

Die WhatsApp mit der Nachricht war am Nachmittag gerade zum richtigen Zeitpunkt bei Dosske eingetroffen, um den Frust über seinen just in diesem Moment aus den Augen verlorenen Schatten zu lindern. Seitdem hatte er vorfreudig die Minuten bis zum Abendessen heruntergezählt. Sein knurrender Magen hatte ihn bereits vor der Zeit zum Haus der Brucatis geführt.

Mamma Maria hatte dem grinsenden Dosske die Tür geöffnet und ihn gebeten, schon ins Esszimmer vorzugehen. Seine Schritte wurden allerdings durch Bruno behindert, den sich über den Besuch freuenden Bobtail-/Border-Collie-Mischling der Familie. Sich den Liebesbezeugungen des Vierbeiners nur schwer erwehrend, hörte Daniel Dosske, wie die anderen Gäste sich am Ende des Flurs fröhlich unterhielten. Daniel dachte eigentlich, sein Hörverständnis im Italienischen wäre ganz passabel - durch den Kontakt mit Brucatis Familie kannte er ein paar Brocken dieser Sprache - aber die Geschwindigkeit, mit der die Worte zwischen den Familienmitgliedern gewechselt wurden, war klar zu schnell für seine Fremdsprachenkenntnisse. Er verstand so gut wie nichts. Entweder hatten die Brucatis immer Rücksicht auf ihn genommen oder ...

Dosske schaute um den Türrahmen ins Esszimmer, wo alle zusammen in einer Ecke standen, offenbar magisch von etwas angezogen. Dosske erblickte seinen Kollegen und dessen mittlere Schwester Chiara mit deren Ehemann Steffen und Sohn Danilo sowie Brucatis Vater, Luciano Brucati, und ein ihm unbekanntes Gesicht.

Luciano Brucati wurde auf den Kollegen seines Sohnes aufmerksam, der sich mit Händen und Füßen den Liebesbezeugungen des Hundes erwehrte. „Ah, Daniel, tritt näher", forderte Luciano fröhlich und wies den Vierbeiner zurecht. „Bruno, lascia!", worauf dieser artig sein Sitzkissen in der Ecke des Esszimmers aufsuchte. Dort drehte er sich auf dem weichen Untergrund erst ein paarmal um die eigene Achse, bis er die Stelle und die Stellung gefunden hatte, die ihm genehm war, um sich niederzulassen.

Luciano machte Dosske mit Colonnello Bianchi bekannt. Und nun erkannte Dosske, warum hier alle zusammenstanden. Der Colonnello hielt Aniella auf dem Arm, den jüngsten Spross der Familie Brucati.

Chiaras und Steffens Töchterchen war noch kein halbes Jahr alt. Der Onkel aus Italien sah das kleine Etwas heute zum ersten Mal live und war offensichtlich vollkommen verzückt von dem kleinen Bündel in seinen Armen.

Bianchi hatte sich umgezogen und die militärische Uniform gegen Jeans, ein T-Shirt mit Rundkragen, einen Pullover mit halb geöffnetem Reißverschluss darüber und Sportschuhe eingetauscht. Der weiße Rundkragen unter dem schwarzen Pullover ließ den Colonnello fast klerikal wirken; den strammen Militär hatte er offensichtlich am Kleiderschrank abgegeben. Militärisch war auch nichts an der liebevollen Umarmung, mit der er Aniella hielt und die verhinderte, dass er Dosske zur Begrüßung die Hand reichte. So nickte er Dosske nur kurz zu.

Dosske nickte zurück und reichte Luciano eine Flasche Wein. „Ich hab da was mitgebracht", meinte er und begrüßte die anderen. Er hatte eine Flasche guten Rotwein besorgt und sich bei seiner Wahl nicht lumpen lassen, da der verwöhnte Gaumen von Luciano Brucati wirklich etwas von Weinen verstand.

Luciano Brucati studierte eingehend das Etikett und meinte dann: „Daniel, du wirst immer besser, was deinen Weingeschmack anbelangt!"

Dieses Lob aus dem Munde eines Weinkenners nahm Dosske mit einem breiten Grinsen im Gesicht gern an.

Luciano Brucati befühlte die Weinflasche. „Aber der ist noch zu kalt, den trinken wir später. Ich hab schon ein gutes Tröpfchen für heute Abend dekantiert. Setzen wir uns", lud er ein.

Colonnello Bianchi gab Aniella in die Hände ihrer Mutter zurück. „Meine Güte, ich weiß noch, wie du hochschwanger warst, als wir im letzten Jahr die Goldene Hochzeit gefeiert haben. Und jetzt, seht euch nur dieses Engelchen an."

„Glaub mir, so manche Nacht merkst du nichts von einem Engelchen", seufzte Steffen und half seiner Frau, das Engelchen in die auf dem Sideboard in der Ecke stehende Babytrage zu verbringen.

„Ah, Stefano", sagte Luciano und klopfte seinem Schwiegersohn ermutigend auf die Schulter, „die Zeit geht auch vorbei!"

„Sie sind also Tonis Onkel", sagte Dosske aufgekratzt, als er dem Mann gegenüberstand.

„Si!", sagte Colonnello Bianchi freundlich und verpasste Antonio Brucati, der neben ihn getreten war, einen stolzen Hieb auf die Schulter.

„Wie lange bleiben Sie denn hier?"

„Nun, das hängt ganz davon ab, wie wir in diesem Fall vorankommen."

Dosske blickte den Mann an. *Wir* hatte er gesagt und es hatte etwas Merkwürdiges an sich, wen dieses *wir* implizierte - empfand zumindest der SoKo-Mann.

Es klingelte ein weiteres Mal an der Haustür, was Bruno zu einem Torpedo werden ließ.

Brucatis Kollegin traf ein. Stein hatte für Mamma Maria einen tollen Blumenstrauß als kleines Dankeschön besorgt. Und auch wenn Mamma Maria noch so „Das sollst du doch nicht" sagte, war es ihr doch anzumerken, wie sehr sie sich über die Kombination aus rot geflammten Rosen, weißen Nelken, lavendelfarbenem Strandflieder und rosa Lisianthus freute.

Mamma Maria umarmte Stein herzlich. Stein, die ihre Mutter und ihren Vater schon vor langer Zeit durch einen Unfall verloren hatte, mochte diese Momente, wenn sie Marias Nähe spürte.

„Geh doch schon vor", sagte Maria Brucati und schickte auch Stein ins Esszimmer.

„Kann ich dir in der Küche helfen?", bot Stein an.

„Nein, nein, bin schon fertig, danke", lehnte sie ab.

Und so beugte sich Stein kurz zu Bruno hinunter und knuddelte ihn, bevor sie sich in Richtung Esszimmer begab - wobei auch ihr Brunos freudige Begleitung nicht verwehrt blieb. Spielerisch stupste er Stein mit der Nase, ließ sich vor ihr auf den Vorderbeinen nieder und reckte sein Hinterteil in die Höhe. Stein ging auf seinen Scheinangriff ein und griff ihrerseits Bruno an, indem sie ihm um den Hals fiel und ihn tüchtig rubbelte. Der Hund entwand sich ihren Händen und nieste aufgeregt, bevor er wieder zum spielerischen Angriff überging.

Diesmal reichte Lucianos „Bruno!" und sein deutender Zeigefinger auf dessen Platz, um den Hund zur Räson zu bringen.

Stein spürte deutlich, wie schwer es Bruno fiel, von ihrem Spiel abzulassen, und doch gehorchte er. Stein strich ihm kurz über den Kopf. „Brav!"

Luciano Brucati begrüßte Stein sehr herzlich und stellte sie dem Colonnello vor.

Bianchi nahm Steins Hand. „Signora Stein, molto lieto!", säuselte er unter einer angedeuteten Verbeugung galant.

„Colonnello Bianchi, schön, Sie kennenzulernen", erwiderte Stein und schenkte ihm ihr unwiderstehliches Lächeln.

Als Brucati am heutigen Morgen den Verdacht geäußert hatte, sein Onkel könnte kommen, hatte Stein bei dem Mann aus Rom einen in Ehren ergrauten Endsechziger erwartet, doch nun stand ein drahtiger und durchaus sportlicher Italiener vor ihr, der darüber hinaus auch noch einen äußerst sympathischen Eindruck machte. Sie hatte sich im Hinblick auf Brucatis Vater zu einer falschen Alterseinschätzung verleiten lassen. Brucatis Onkel war wesentlich jünger als die Eltern des Kollegen.

Das ist unverkennbar Tonis Verwandter, dachte Stein. *Die gleichen dunklen Augen, die gleichen edlen Gesichtszüge, die Statur, diese angenehme Stimme* - all das, was Stein an Brucati so mochte, nur ein paar Jahre älter. Aber Stein bemerkte noch etwas anderes bei ihrem Gegenüber: die Trauer in den Augen des Mannes.

„Colonnello Bianchi, Ihr Verlust tut mir sehr leid", kondolierte sie ihm.

Mit dem Gesagten riss Stein zwar die Wunde wieder auf, aber die Aufrichtigkeit in ihren Worten tat Bianchi gut. Er nahm sie mit schweigendem Kopfnicken entgegen und für einen kurzen Augenblick herrschte eine schwere Stille.

Maria Brucati hob mit einem fröhlichen „Tutti a tavola!", mit dem sie in diesem Moment ins Zimmer gerauscht kam, die schwere Stille auf. In den Händen jeweils eine Schüssel mit Beilagen tragend, holte sie alle an den Tisch.

Stühle wurden gerückt. Und als Maria Brucati kurz darauf mit Fleisch und Soße antanzte, hatten alle schon am Tisch Platz genommen und das Essen konnte beginnen.

Christs Telefonanruf, der Bianchi während des Essens erreichte, sorgte nur kurz für Ablenkung. Bianchi ließ daraufhin nur in Richtung Brucati verlauten: „Robertos Laptop ist offen. Ich soll morgen früh zu euch kommen."

„Das ist gut!", meinte Brucati.

„Und das Essen auch!", meldete sich Dosske. „Das ist richtig gut!", sagte er und strahlte über beide Wangen.

***

Nach reichlich Lammlachs mit Rosmarinkartoffeln, grünen Bohnen mit Speck und gutem Rotwein wurde der Abend noch vergnüglicher, als Colonnello Bianchi und seine Schwester alte Familiengeschichten zum Besten gaben. Es gab viel zu lachen, denn der Colonnello konnte gut erzählen und perfekt Pointen setzen.

Auch der zehnjährige Danilo lauschte gespannt den Geschichten. Es war nicht zu übersehen, wie sehr er den Bruder seiner Mutter mochte, und so hatte er sich auch den Sitzplatz an seiner Seite erobert. Doch heute zog ihn noch etwas anderes zu seinem Onkel. Er hatte etwas mit ihm zu besprechen, hatte eine eigene Geschichte zu erzählen, die ihm keine Ruhe ließ. Er wartete auf den richtigen Moment, das zu fragen, was ihm auf der Seele brannte.

Irgendwann meinte Colonnello Bianchi zu seiner Schwester: „Der Abend hat fast etwas von unseren Familienfeiern früher in Italien."

Mamma Maria nickte zufrieden.

Bianchi erhob sein Glas und meinte versonnen lächelnd: „Man kann den Italiener aus Italien holen, aber nicht Italien aus dem Italiener!" Worauf alle, einem Schwur gleich, die Gläser erhoben.

Das Draufgängertum, das manchmal in Brucatis Augen aufblitzte, entdeckte Stein in diesem Moment auch bei Colonnello Bianchi.

Brucati stellte sein Weinglas ab und blickte kurz zu dem Jungen an seiner Seite, der ihn mit großen Augen ansah.

Jetzt hielt Danilo den Zeitpunkt gekommen, sich an den von ihm bewunderten Mann zu wenden. Er rutschte mit seinem Stuhl ganz nah an Brucati heran. „Du, Onkel Toni", begann er fast flüsternd, „kann ich dich was fragen?"

„Ja, klar, immer, das weißt du doch!", sagte Brucati sofort. Er vermutete, dass das nicht eine der üblichen Fragen wäre, mit denen Danilo ihn sonst löcherte.

Danilo beugte sich nun noch näher an seinen Onkel heran und der beugte sich zu ihm hinunter, sodass sein Kopf sich nahe dem des Jungen befand.

„Stimmt es", begann er leise flüsternd, wobei ein kurzer schuld-
bewusster Blick in Richtung seiner Eltern glitt. Als er sah, dass die
beiden sich angeregt mit dem Verwandten aus Italien unterhielten und
ihn nicht beachteten, fuhr er fort: „dass man im Bach einen Cyborg
gefunden hat?"

Brucati war überrascht von dieser Frage und auch Stein, die auf
Brucatis anderer Seite saß und über ein außerordentlich gutes Gehör
verfügte, drehte den Kopf augenblicklich zu dem Jungen hin.

„Wie kommst du denn darauf?", fragte Brucati in einem neutralen
Tonfall.

„Der Elias hat mir das erzählt."

Brucati war gleich klar, welcher Elias da gemeint war. „Woher
kennst du Elias denn?"

„Wir sind zusammen im Musikunterricht und waren zum Spielen
verabredet. Und da hat er mir etwas erzählt, was er gesehen hat. Und
ich dachte, du kannst mir sagen, ob das wirklich stimmt. Du weißt
doch so was", himmelte er seinen Onkel an.

So klein ist die Welt, dachte Brucati. Er wusste, dass Danilo die
Musikschule besuchte. Jetzt wusste er, dass auch Elias dies tat.

Brucati blickte in die großen dunklen Augen des Jungen, die angespannt zu ihm aufblickten. Dann legte er den Arm um ihn und merkte,
dass auch der ganze Körper des Jungen unter Spannung zu stehen
schien. Brucati ging sehr behutsam auf Danilos Frage ein. Vor allem
versuchte er, dem Jungen die Angst zu nehmen, die wohl Elias auf ihn
übertragen hatte.

„Danilo, das war kein Cyborg, aber selbst wenn es einer gewesen
wäre, Cyborgs sind nichts Schlimmes. In manchen Filmen werden sie
als ein Mischwesen aus einem Menschen und einer Maschine beschrieben, das Böses tut, aber du weißt doch, wie das ist. Das sind nur
Filme!"

Danilo nickte und Brucati erkannte in seinen Augen jetzt Enttäuschung, hinter der ein bisschen Furcht in Deckung gegangen war.

„Schau", fuhr Brucati fort, „Menschen, die eines ihrer Gliedmaßen
wie einen Arm oder ein Bein durch einen Unfall verloren haben, sind
sehr froh, wenn sie diese durch einen künstlichen Arm oder ein
künstliches Bein ersetzen können. Und so war das auch bei dem
Mann, den man im Hengstbach gefunden hat. Was Elias gesehen hat,
war ein Mensch, der sein Bein verloren und das durch eine Beinprothese ersetzt hatte. Das war kein böser Cyborg, die gibt's nur im

Film!", beruhigte er seinen Neffen.

„Danilo!", rief ihn in diesem Moment seine Mutter von der anderen Seite des Tisches, worauf der Junge unter Brucatis Arm merklich zusammenschrak. Chiara war wohl aufgefallen, dass da drüben etwas nicht stimmte. Und sie bedeutet Danilo, Brucati nicht so auf die Pelle zu rücken.

Doch Brucati drückte seinen Neffen demonstrativ an die Brust und entließ ihn nicht aus seiner Umarmung. „Alles gut. Wir unterhalten uns nur", meinte er und bat mit einer Geste um Nachsicht für den Jungen.

Chiara nickte zustimmend, doch ihr Blick blieb wachsam.

Brucati wandte sich wieder an Danilo. „Das, was Elias gesehen hat, war ein ganz normaler Mensch!"

Danilos Mund wurde zu einem schmalen Strich. Jetzt drückte sein Blick etwas aus wie: *Dann hat der Elias mich belogen.*

Brucati erklärte: „Weißt du, dem Elias ist das bestimmt so vorgekommen, als hätte er da einen Cyborg gesehen. Elias ist ja verständlicherweise sehr erschrocken, er hat dir bestimmt erzählt, wie das war."

Wieder nickte Danilo.

„Er wird sicher bald verstehen, dass das nur ein ganz normaler Mann war. Und du weißt das jetzt auch. Also mach dir keinen Kopf!"

Danilo nickte und Brucati merkte, wie die Anspannung langsam aus seinem Körper wich.

Doch noch etwas brannte Danilo auf der Seele. „Aber warum war der Mann da drin, Onkel Toni? Und warum ist er tot?"

„Das ist eine gute Frage, Danilo. Aber ich kann sie dir nicht beantworten. Das muss noch herausgefunden werden."

„Findest du das heraus?"

„Ich werde es versuchen."

„Und wenn du es weißt, dann sagst du mir Bescheid, ja?"

„Mach ich!"

„Versprochen?"

„Versprochen!"

Auf Danilos Gesicht zeigte sich ein Lächeln. „Du findest es bestimmt heraus!" Siegessicher strahlte er seinen Onkel an.

Jetzt spürte Brucati den Blick seiner Mamma auf sich ruhen, der ausdrückte: Steht dir gut, so ein Kind an deiner Seite. Bis zu diesem Zeitpunkt war der Abend schön gewesen für Brucati. Doch er ahnte schon, was nun käme.

Maria Brucati hatte sehr genau beobachtet, wie ihr Sohn mit ihrem Enkel umgegangen war, und sie hatte auch den Blick gesehen, mit dem Stein diese Szene beobachtete. Natürlich hatte sie das alles in ihrem Sinne interpretiert, so wandte sie sich nun an Stein. „Ach, weißt du, Samira, ich würde ja zu gern auch einmal einen Kinderwagen schieben, in dem ein Bambino meines Sohnes liegt!"

Brucati atmete diese Äußerung weg und wandte sich wieder Danilo zu.

Stein wusste um Maria Brucatis Einstellung. Ihr konnte die Familie gar nicht groß genug sein. Große Familienfeiern und viele leuchtende Kinderaugen unter dem Weihnachtsbaum waren für sie mit das Tollste auf der Welt. Und Stein wusste auch, dass Maria bei ihrem Sohn mit dem Drängen nichts erreichte. So lächelte sie nur peinlich berührt und schaute wieder zu Brucati und Danilo hinüber. Der Junge ruhte jetzt an der Seite des Kollegen und hatte den Kopf auf seine Brust gelegt.

Doch Mamma Maria schien in Fahrt gekommen zu sein. „Schade, dass Lucia und Giovanna heute Abend nicht konnten", seufzte sie vorwurfsvoll.

Für Brucatis andere Schwestern war die Einladung zu kurzfristig gekommen.

Colonnello Bianchi vollführte eine besänftigende Geste. „Ah, Maria, du weißt doch, wie das ist. Manchmal tragen die Leute, die nicht zur Party gekommen sind, viel mehr zur Unterhaltung bei als die, die gekommen sind", meinte er wissend. „Also, was macht unser Wildfang?", erkundigte er sich nach der jüngsten der Schwestern, die Maria gern mit ständig wechselnden schrillen Haarfarben und Frisuren sowie ihrem stark geschminkten Gesicht reizte.

„Giovanna ist gerade mal wieder wasserstoffblond, aber wenigstens ohne eine bunte Strähne", sagte sie seufzend. „Du wirst es ja sehen. Am Donnerstag kann sie vorbeikommen", berichtete Maria und schob fast einem Befehl gleich hinterher: „Da bist du doch noch da!?"

„Ich denke schon", antwortete Bianchi.

„Es ist wirklich schade, dass heute nicht alle konnten. Aber wenigstens seid ihr hier", sagte Mamma Maria, schickte einen liebevollen Blick in die Runde und streichelte Chiara, die neben ihr saß, liebevoll über den Arm.

„Ja", sagte diese, „aber wir müssen leider schon wieder los."

„Ma no!", entfuhr es Maria mit herzerweichender Enttäuschung in der Stimme, die jeden Fels hätte in Staub zerfallen lassen.

Aber es nutzte nichts, Chiara konnte einen guten Grund anführen, warum sie aufbrechen wollte. „Aniella wird so in einer Viertelstunde Hunger bekommen und wenn wir zu Hause sind, dann kann ich sie direkt nach dem Fläschchen hinlegen. Sonst gibt es wieder ein Drama, wenn sie nicht ihre gewohnte Routine hat", erklärte sie.

Dieser Erklärung gab sich Maria natürlich gütlich geschlagen.

„Und für Danilo wird es auch Zeit, wie du siehst", sagte Chiara mit dem Finger auf den in Antonios Armen schlummernden Jungen.

Steffen sprang seiner Frau zur Seite. „Danilo ist noch ganz fertig von Silvester und durch die Ferien raus aus seinem Schlafrhythmus."

„Und dann hat er letzte Nacht auch ziemlich schlecht geschlafen", berichtete Chiara.

Brucati hoffte, dass Danilo nach ihrem Gespräch heute Nacht gut schlafen würde.

Chiara erhob sich und ging zu Bianchi. „Vielleicht sehen wir uns ja noch mal, bevor du abreist." Sie drückte ihren Onkel zum Abschied. Und dann der Reihe nach noch alle anderen.

„Das hoffe ich doch sehr!", antwortete der Colonnello. „Schade, dass ihr schon losmüsst, aber ich kann es verstehen."

Maria stand auf. „Nehmt auf jeden Fall noch Nachtisch mit", sagte sie und ging voraus in die Küche.

Steffen zog seinem schlafenden Sohn mit Brucatis Hilfe die Jacke über, wobei dieser nicht einmal aufwachte. Und Chiara packte Aniella ein. Noch ein kurzes Winken, dann folgte die kleine Familie Maria in die Küche.

Als Maria dann wieder im Esszimmer erschien, untermalte ein verzücktes „Ah" ihre Rückkehr. Denn Antonio Brucati hatte das große Tablett in ihren Händen erspäht, auf dem sich in formschönen Gläsern seine absolute Lieblingsnachspeise befand. „Die beste Pannacotta der Welt!", erklärte er und hatte sie auch schon kurz darauf geradezu inhaliert.

Alle Verbliebenen genossen das Dessert aus gekochter Sahne, dass Mamma Maria mit einer herrlichen Himbeersoße überzogen und mit frischen Himbeeren garniert hatte. Kaum ein Wort wurde währenddessen gewechselt, alle gingen in dem Genuss auf.

Als Dosske sein Glas ausgelöffelt hatte, bestätigte er: „Das ist wirklich die beste Pannacotta der Welt!" Seine Schwärmerei wurde allerdings durch das Klingeln seines Handys unterbrochen. Nach einem kurzen Blick auf das Display entschuldigte er sich verlegen: „Sorry, aber ich muss da drangehen." Er war offensichtlich nicht erfreut darüber.

Seine Kollegen ahnten schon, wer am anderen Ende der Leitung wartete. Deborah, Dosskes neue Freundin, hielt ihn ganz schön auf Trab.

Mit einem „Ja, Debby", das irgendetwas zwischen Zuneigung und Genervtheit auszudrücken schien, nahm Dosske das Gespräch entgegen und entfernte sich in den Flur.

Hellwach hatte Maria Brucati den Namen vernommen. „Debby?", hakte sie sofort nach, weil sie die beiden SoKo-Männer so gern unter der Haube gesehen hätte.

„Seine Noch-Freundin", erklärte Brucati mit einem Augenaufschlag, der Mamma Maria verdeutlichte, wie ihr Sohn die Beziehung seines Kollegen einschätzte.

„Ma no!", gab Mamma Maria enttäuscht von sich.

Dosske kam schließlich zurück, machte aber keine Anstalten, sich wieder zu setzen, sondern seufzte schwer. „Ich muss leider los."

„Musst du etwa mit Debby in *Schöner Wohnen* blättern?", stichelte Brucati, der erst vor Kurzem erfahren hatte, dass Dosskes neue Flamme diese Zeitschrift las und in Dosskes Wohnung den einen oder anderen Tipp ausprobiert hatte.

In lockeren Momenten reagierte Dosske lässig auf Brucatis Sticheleien, die Debby betrafen, doch jetzt war offenbar ein unguter Moment, was der eisige Blick bewies, mit dem er ihn strafte. Beschützte Dosske seine Debby etwa? Brucati nahm das Verhalten seines Kollegen überrascht zur Kenntnis und revidierte seine Äußerung von eben. Dosske schien es mit seiner neuen Flamme wirklich ernst zu sein.

In Kontrast zu seinem Blick antwortete Dosske nun ruhig: „Nee, aber sie will ihren Heizkörper entlüften, weil der ein Geräusch von sich gibt und nicht richtig warm wird und sie bekommt das Lüftungsventil nicht auf."

Während Brucati ein süffisantes Grinsen über das Antlitz huschte, weil es ihm diese Aussage doch ermöglichte, noch einen draufzusetzen, verhinderte Stein das Geplänkel der beiden Kollegen schnell, indem sie erklärte. „Es ist aber auch wirklich ganz schön kalt. Ich kann verstehen, wenn deine Freundin einen starken Mann an ihrer Seite benötigt, der das Ventil aufdreht, damit es warm werden kann."

Brucati hüstelte gekünstelt und bekam dafür von Mamma Maria einen vernichtenden Blick zugeworfen.

„Also, ich geh dann mal entlüften", raunte Dosske lustlos. Man merkte ihm an, dass er viel lieber hier in dieser gemütlichen Runde geblieben wäre. Er verabschiedete sich und wandte sich zum Gehen, hielt dann aber inne, als Stein verkündete: „Ich geh mit dir."

Brucati schritt sofort ein: „Bleib doch noch, Samira! Du musst doch nichts entlüften", meinte er, und schaute Dosske an Marias funkelnden Augen vorbei an.

Der verzog jedoch keine Mine. „Mir geht's wie Danilo, mir steckt Silvester auch noch in den Knochen", gab Stein an, die nach dem Essen bereits ein Gähnen unterdrückt hatte. „Und morgen haben wir wieder ein volles Programm."

Diese Aussage weckte Luciano Brucatis Neugier. „Bist du da auch dabei?", wandte er sich an Bianchi. „Worum geht's da eigentlich genau?", wollte er wissen.

Colonnello Bianchi holte Luft, um zu antworten. Doch er verschluckte seine Worte, als er Marias ungnädigen Blick auf sich ruhen sah, der nun zu ihrem Ehemann wanderte. „Luciano!", schnauzte sie. „Du weißt genau, am Essenstisch hat die Arbeit nichts verloren!", erinnerte sie mit gefährlich blitzenden Augen.

Luciano zeigte mit einer ausladenden Geste auf den Tisch mit den geleerten Tellern. „Wir sind doch fertig mit Essen."

„Aber wir sitzen noch hier!", warf ihm Maria schnippisch zu.

Luciano zog es vor, lieber zu schweigen, denn was Marias Grundsätze anbelangte, hatte sie stets die besseren Argumente. Und so ergab er sich mit erhobenen Händen, warf einen Mitleid erhaschenden Blick auf den Bruder seiner Frau und sagte mit gespielter Empörung: „Siehst du, wie es mir geht. Ich habe hier nix zu melden. Du hättest mich damals echt vor dieser Frau warnen können!"

Francesco Bianchi wusste das Schauspiel seines Schwagers sehr wohl einzuschätzen und so hob er nur schmunzelnd die Schultern.

Luciano Brucati erhob sich, zeigte auf Steins noch zur Hälfte gefülltes Weinglas und sagte: „Samira, den kannst du nicht umkommen lassen!" Damit drückte er Stein sanft an den Schultern wieder hinunter auf ihren Sitzplatz.

Samira ergab sich in ihr Schicksal. „Okay, den trinke ich noch aus."

Dann klopfte Luciano mitleidig auf Dosskes Schultern. „Komm, Daniel, ich bring dich zur Tür. Muss eh noch mal Nachschub holen."

„Das Essen war wieder mal ein Gedicht, Maria", bedankte sich Dosske bei Mamma Maria, bevor er von Luciano flankiert zur Haustür strebte.

Stein stimmte ein. „Maria, du bist wirklich eine tolle Köchin!"

„Das hat sie von unserer Mamma geerbt!", wusste Bianchi.

***

Eine Viertelstunde nachdem Dosske die Runde verlassen hatte, war auch Steins Glas geleert. Sie wandte sich an die verbliebenen Anwesenden. „Vielen Dank noch mal für den tollen Abend!"

„Schön, dass ihr da wart", hauchte Mamma Maria zufrieden.

Zum Abschied drückte Stein die Frau, die in den letzten Wochen und Monaten fast so etwas wie ihre Mamma geworden war, und deren warme, herzliche Art sie so schätzte. Auch die Verabschiedung von Luciano Brucati erfolgte sehr herzlich, die von Colonnello Bianchi wieder äußerst galant.

„Ich bring dich zur Tür", sagte Antonio Brucati, der den Tisch umrundet hatte und vorauslief.

An der geöffneten Haustür stehend meinte Stein: „War wieder mal ein toller Abend bei deinen Eltern."

„Ja, das stimmt!", sagte Brucati zufrieden.

„Und dein Onkel …", begann Stein, unterbrach sich jedoch, als eine eisige Windböe ihr die Haare ins Gesicht blies, „… ist wirklich sehr nett!" Stein zog fröstelnd die Arme hoch. „Boah … Debby hat recht, es ist echt kalt. Ich mach mich los, bis morgen."

„Bis dann", sagte Brucati und drückte Stein kurz an sich.

Als Brucati an den Tisch zurückkehrte, hörte er seine Mutter sagen: „… genau wie Toni." Dem Tonfall wusste er zu entnehmen, welches Leid Maria ihrem Bruder gerade geklagt hatte. Dass er immer noch keine Ehefrau an seiner Seite hatte und Maria immer noch keinen Enkel von ihm betütteln durfte.

Luciano hatte seinem Schwager gerade Wein nachgeschenkt, nun kam er mit der Karaffe auch auf Brucatis Glas zu und nahm fragend Augenkontakt zu seinem Sohn auf. Doch der legte seine Hand über das Glas und lehnte dankend ab.

Worauf Colonnello Bianchi „Hm, hm, hm", brummte. „Kein Wein, keine Liebschaften … Was bist du nur für ein Brucati!", feixte er.

Brucati nahm einen tiefen Atemzug und warf seiner Mutter einen milde verärgerten Blick zu.

Die entzog sich jeglicher Diskussion, indem sie aufstand und bekannt gab: „Ich räum mal den Tisch ab."

Luciano erhob sich ebenfalls. „Ich helfe dir."

Nun blickte Francesco zu seiner Schwester, nahm aber seinen Schwager aufs Korn. „Den hast du dir aber gut gezogen", höhnte er.

Die Hände resolut in die Hüften gestemmt, sagte Maria: „So gehört sich das!"

Niemand wagte, an Mamma Maria Brucatis Worten zu zweifeln. So ließ ihre Spannung nach. Sie schnappte sich die nur noch mit Resten belegte Fleischplatte und stolzierte darauf mit hoch erhobenem Kopf hinaus - gefolgt von ihrem mit den Augen rollenden Ehemann, der in jeder Hand eine Schüssel trug.

Der Colonnello und Antonio Brucati schauten den beiden schmunzelnd hinterher.

„Es ist echt schön, dass wir uns mal wieder sehen!", erklärte der Colonnello.

„Wie lange kannst du denn nun bleiben?"

„Kommt darauf an."

Brucati nickte in Erinnerung an Bianchis Antwort zuvor, dass es ganz davon abhinge, wie sie in diesem Fall vorankamen.

Der Colonnello nahm einen Schluck seines Weins und schmeckte ihm nach. Dann überraschte er Brucati mit der Frage: „Dein Chef ist ein guter Mann?"

„Das steht außer Zweifel."

„Auch in Zeiten wie diesen?"

„Ach, glaub mir, alles fürchtet sich vor der Zeit, aber die Zeit fürchtet sich vor Thomas Christ!"

Bianchi musterte seinen Neffen nachdenklich, bis Zufriedenheit über seine Miene huschte. „Diejenigen, die die Dienste leiten, beeinflussen ihre Kultur und ihre Untergebenen."

Brucati nickte. „Nicht zu vergessen das Budget und natürlich die Arbeit."

„Ich denke, ein gewisses Zusammenspiel von Politik und Gesellschaft ist auch erforderlich."

Jetzt betrachtete Brucati seinen Onkel nachdenklich und raunte: „Und der Geheimdienste."

Bianchi schwenkte den Wein in seinem Glas. „Geheimdienst ist nicht gleich Gemeindienst", sagte er wie jemand, der sehr genau wusste, wovon er sprach.

Brucati zog die Augenbrauen zusammen. „Wie meinst du das?"

„Na, wenn einer von eurem BND oder einer von unserem COFS mal bei der CIA in Langley vorbeischauen würde, käme er sich sicher vor wie der mittellose Onkel aus Übersee auf Besuch. Die haben ganz andere Möglichkeiten als wir."

Brucati nickte nur.

„Wie ist das eigentlich? Maria sagt immer, dass Christ von euch die Qualitäten eines Zehnkämpfers erwartet - schonungslos. Ist er wirklich so ein harter Hund?"

Brucati wiegte den Kopf hin und her. „Seine Ansprüche sind schon hoch, aber nicht übertrieben."

„Verlangt er das auch von Frauen wie Stein?"

Ein Lächeln huschte über Brucatis Miene. „Ich glaube, Christ setzt bei Frauen auf Fähigkeiten wie emotionale Intelligenz, scharfe Intuition und die einzigartige Fähigkeit zum Multitasking."

Bianchi schürzte die Lippen. „All das scheint Stein mitzubringen."

Sein Neffe nickte. „Im Endeffekt ist Christ vor allem eins wichtig: das Ergebnis." Brucati nahm noch einen Schluck seines Weines und schaute dann auf den Grund seines Glases. „Er kann sich ziemlich in eine Sache verbeißen!"

„Was ja nicht verkehrt sein muss."

„Nein."

Maria und Luciano holten das restliche Geschirr ab - wobei Brucati und sein Onkel beim Zusammenstellen der Teller halfen. Nur die Gläser und der Dekanter blieben auf dem Tisch zurück.

Bianchi setzte das Gespräch fort: „Christ war beim Militär?"

„Ja, aber über diese Zeit redet er nicht viel. Er redet sowieso nie viel."

„Meinst du, er hat zu denen gehört, die …" - Bianchi überlegte, wie er es umschreiben sollte - „… Gebäude räumen?"

„Wenn du damit meinst, alles töten, was sich in diesem Gebäude befindet, so kann ich es dir nicht sagen."

„Traust du es ihm zu?"

„Du fragst mich Sachen!", wehrte Brucati ab.

Während aus der Küche das Scheppern von Tellern herüberdrang, sah Colonnello Bianchi seinen Neffen durchdringend an, bis dieser antwortete: „Christ würde immer tun, was nötig ist, und das mit der Geduld einer Raubkatze, die den erfolgversprechenden Sprung abwarten kann."

Bianchi nickte versonnen.

„Er wurde ausgebildet für Kampfhandlungen. Du weißt ja selbst, was das bedeutet."

Bianchis Blick ging in die Ferne, wobei er kurz nickte. „Den aufmerksamen Finger am Abzug, weil es in jeder Sekunde heißt: töten oder getötet werden." Dann atmete er tief ein und stieß den Atem kurz wieder aus. „Aber inzwischen kümmere ich mich um eine ganz andere Art der Verteidigung meines Landes."

„Die worin besteht?", hakte Brucati nach.

„Im Hinhören, Lernen, Vertrauen und Beziehungen aufbauen." Bianchi sah seinem Neffen in die Augen, er wollte wissen, wie er auf seine nächsten Worte reagierte. „Vielleicht auch eine mit deinem Chef."

Deswegen erkundigt er sich so nach ihm, dachte Brucati und beobachtete, wie Bianchi einen Schluck Wein nahm. „Da wirst du Fingerspitzengefühl und Geduld brauchen."

Bianchi nickte wissend. „Das ist mir durchaus bewusst. Aber langfristig gesehen, kann sich diese Investition auszahlen."

„Durchaus möglich."

„Weißt du, die Zeiten, wo ich dafür stand, dass Köpfe rollen, sind vorbei. Jetzt versuche ich, mir das Gegenüber zu einem Vertrauten zu machen, mich mit ihm anzufreunden. Ihm zu zeigen, dass wir beiden immer noch Lebewesen sind, die am Leben hängen."

Brucati ließ sich in seinem Stuhl nach hinten fallen. „Ja, das ist so eine Sache mit den guten Absichten. Da kann das Leben schnell vorbei sein, so wie bei Santoro."

Ein dunkler Schatten legte sich auf Bianchis Gesicht und er schwieg eine Zeit lang - was Brucati Zeit gab, seinen Onkel genauer zu betrachten. Fast überrascht stellte er fest, dass die Jahre auch an ihm nicht spurlos vorübergegangen waren. Sorgenfalten zeichneten sich auf der Stirn ab, die dort an der Goldenen Hochzeit seiner Eltern noch nicht in dieser Ausprägung zu sehen gewesen waren. Und das einst schwarze Haar war an den Seiten deutlich silbrig durchzogen. Brucati fragte sich, ob es der Job war, der seinem Onkel das Leben in so kurzer Zeit ins Gesicht gemeißelt hatte. Früher hatte sich Brucati nie damit beschäftigt, was genau sein Onkel beruflich machte, umso spannender fand er es heute.

Bianchis Blick ging in weite Ferne, als er vor sich hinmurrte: „La strada dell'inferno è lastricata di buone intenzioni!"

Die Straße zur Hölle ist mit guten Absichten gepflastert! Brucati kannte dieses Sprichwort und es passte.

„Santoro hat immer versucht, einen Bösen auf die Seite der Guten zu ziehen. Und auch ich glaube, dass diese Vorgehensweise langfristig unschätzbare Vorteile bietet."

„Nun, es ist ein Weg, sich seines Feindes zu entledigen, in dem man ihn zum Freund macht. Der einfachere ist aber wohl, ihn auszuschalten."

Bianchi schnaubte. „Ausschalten ja, aber besser nicht töten, denn das produziert nur ein Dutzend weitere von ihnen."

„Auf den Terrorismus bezogen mag das so sein."

„Sogar sicher ist das so!", sagte Bianchi mit fester Stimme.

Brucati kam in seinem Stuhl wieder nach vorn. „Du meinst, Rache ist ein Akt der Leidenschaft und Vergeltung ein Akt der Gerechtigkeit."

„Man kann Terrorismus bekämpfen, indem man den Gegner von der eigenen unnachgiebigen Stärke überzeugt. Aber ich glaube, man erreicht auch etwas, wenn man ihm zeigt, dass man genauso ein Mensch ist wie er, mit Wünschen, Ängsten und Familie."

Brucati wiegte seinen Kopf. „Man kann beide Wege beschreiten, um Sicherheit zu erreichen."

„Aber welcher gibt dir die Garantie für ein wirklich friedliches Miteinander?", fragte Bianchi herausfordernd.

Brucati hob die Schultern. „Bin ich Gott?"

Bianchi nahm noch einen Schluck Wein. „Wie auch immer. Jedenfalls sollte man seinen Gegner nie unterschätzen!"

„Da gebe ich dir recht", sagte Brucati. Doch er stimmte nicht in allem mit den Aussagen seines Onkels überein.

„Wenn man bei seinem Gegner Vertrauen aufbaut, statt Gewalt anzuwenden, erreicht man mehr!", meinte Bianchi mit Sicherheit in der Stimme.

„Und das wollte Santoro?"

Beim Namen des Mannes wurden Bianchis Augen wieder von Melancholie überschattet. „Roberto war ein Meister darin, viel zu sprechen, dabei aber nichts zu erzählen. Das Spiel mit den Worten lag ihm."

„Und doch hat er sich verspielt", erinnerte Brucati.

„Die Quelle, die er aufbauen wollte, oder mit der er vielleicht auch schon zusammengearbeitet hat, ging ein hohes Risiko ein, wenn sie ihm vertraute."

„Für ihn war es aber auch eine adrenalingetränkte Aufgabe!"

Bianchi atmete tief ein. „Eine Aufgabe, bei der die einzige Chance zu überleben ist, ständig auf der Hut zu sein!"

Brucati stimmte nickend zu.

Bianchi raufte sich einen Bart, der gar nicht vorhanden war. „Ich wüsste zu gern, wer diese Quelle war."

„Du hast gar keine Ahnung?"

„Nein!", entfuhr Bianchi.

„Gab es Anzeichen, dass Santoro vielleicht aufgeflogen war?"

Bianchi antwortete mit einem Achselzucken.

„Wie kam Santoro eigentlich hierher?"

„Vor ein paar Wochen haben wir einen glaubhaften Hinweis auf eine chemische Bedrohung erhalten, im Zusammenhang mit den bei uns massenhaft produzierten Drohnen. Ein Geheimdienstbericht signalisierte, dass irgendwo in der Nähe von Frankfurt in einem Versteck ein chemischer Kampfstoff produziert wird. Die Quelle, von der wir die Info hatten, war immer glaubwürdig gewesen. Sie hatte von einer ‚leisen Abrechnung', einem ‚zweiten Tokio' berichtet."

„Du meinst, diese U-Bahn-Sache von damals."

Bianchi nickte. „Es sollten viele Menschen getötet werden, aber eben nicht mit der Technik, die eine pilzförmige Wolke aufsteigen lässt. Sondern etwas anderes sollte aufsteigen." Bianchi untermalte seine Worte mit sich leicht nach oben bewegenden Fingern.

Die Geste übersetzte Brucati mit: „Die Fliegen."

„Ja."

„Das hat eine ganz andere Dimension als mit einer Sig Sauer in der Hand, Mann gegen Mann."

„Wie ist das eigentlich bei deinem Chef, sitzt bei ihm die Waffe locker?"

„Bevor Christ die Macht einer Kugel nutzt, nutzt er als Waffe lieber die Macht der Worte und der Empathie."

„Ja, die Empathie", murrte Bianchi. „Weißt du, manchmal ist es schon komisch. Als ich in Rom am Flughafen warten musste und die banalen Gespräche hörte, als ich mitten in dieser Normalität des Lebens steckte, wo Menschen auf Geschäftsreise gehen oder in den Urlaub fliegen oder unterwegs sind, um die Liebste zu besuchen, musste ich daran denken, dass sie nicht die geringste Ahnung davon haben, dass ich in ihrer Mitte unterwegs bin, um einen möglichen terroristischen Anschlag zu verhindern."

Brucati sagte nichts dazu. Er spürte, dass die Worte seines Onkels ihm nahegingen.

Bianchi sah seinem Neffen in die Augen. „Eine Frau puderte ihr Näschen, blickte mich über ihren Spiegel hinweg an und lächelte mir unbekümmert ertappt zu, als sie den Spiegel wieder verstaute."

„Hm."

„Weißt du, Toni, ihr Lächeln, das ist das, was ich vor Augen habe, wenn ich an die Zahl der Opfer denke, die ich vielleicht verhindern kann. Diese Frau ist einer der Menschen, die wir beschützen wollen, sie und ihren herrlichen Alltag."

Luciano gesellte sich wieder zu den beiden Männern.

Bianchi begrüßte seinen Schwager mit erhobenem Glas und sagte: „Wenn das Leben, auf das man zurückschauen kann, länger ist als das, das wahrscheinlich vor einem liegt, dann sieht man manches anders."

Darauf schnappte auch Luciano sein Glas vom Tisch. „So ist es!", bestätigte er und stieß mit seinem Verwandten aus Italien an.

Brucati sah die beiden an und bewegte verständnisvoll den Kopf.

Luciano nahm wieder am Tisch Platz, während Brucati seinen Onkel fragte: „Kannst du dir vorstellen, einmal für jemand anderes zu arbeiten als für die Farben Grün, Weiß, Rot?"

Colonnello Bianchi, der meinte, sein Neffe spiele auf die italienischen Nationalfarben an, verzog die Lippen zu einem ihm typischen Lächeln, das etwas zwischen unerschütterlicher Loyalität und Spott ausdrückte. „Du meinst für Schwarz, Rot, Gold?"

„Nein, ich meine Gelblich-Braun und Grün."

Bei Colonnello Bianchi fiel der Groschen. Sein Neffe meinte Geldscheine. „Ich bin kein Söldner!", wehrte er mit leichter Verärgerung in seinen Worten ab.

Brucati wollte die Leichtigkeit des Abends zurückholen, die bei ihrem Gespräch abhandengekommen war, und so lenkte er das Gespräch auf ein anderes Thema. „Was hat es eigentlich mit diesem Tattoo auf Santoros Oberarm auf sich? Warum hat man diese drei Schwerter als Symbol für den COFS gewählt?"

„Es ist die Szene aus dem Bild des Eids der Horatii, in der der Vater seinen Söhnen diese Schwerter überreicht", erklärte Bianchi, wobei seine rechte Hand drei imaginäre Schwerter in die Höhe reckte. „Sie ist von einer leidenschaftlichen, heldenhaften Opferbereitschaft gekennzeichnet. Die Vatergestalt - setze sie mit dem Land gleich - steht für den Auftrag zum Waffengang, die ausgestreckten Schwurhände der Söhne deuten auf die drei unterschiedlichen Schwerter - was ein wichtiger Aspekt ist. Es sind nicht drei gleiche Schwerter, dies ist keine uniforme Vorbereitung, sondern eine Spontanität individuell Begeisterter, so wie wir es beim COFS auch sind."

Brucati hielt den Vergleich für nicht ganz passend. „Aber damals ging es um einen Krieg."

„Ja, um den Krieg zwischen Rom und Alba Longa."

„Ich weiß nicht mehr genau, wie war das noch mal?"

„Es soll sich um das Jahr 650 vor Christus zugetragen haben. Aufgrund von Streitigkeiten mit Viehdiebstahl zwischen den beiden rivalisierenden Städten Rom und Alba Longa erklärte Rom den Nachbarn den Krieg. Zur gleichen Zeit bedrohten aber auch die Etrusker beide Städte, so waren die Streitkräfte gebunden. Also einigten sich die Herrscher der Städte auf einen Stellvertreterkampf zwischen je drei waffenfähigen Brüdern. In Rom wählte man die Familie der Horatii und in Alba Longa die Familie der Curiatii aus. Was durchaus einen Konflikt beinhaltete, denn die beiden Familien waren miteinander befreundet und verschwägert. So war eine Schwester der Curiatii mit einem Horatii verheiratet und dessen Schwester mit einem Curiatii verlobt, der zugleich ein guter Freund ihres Bruders war. Trotzdem folgten die drei Horatii dem Ruf ihres Vaters, ihre geliebte Republik zu retten, und es erfüllte sie mit Stolz."

Brucati hatte seinen Onkel beobachtet und fragte nun: „Einen Stolz, den man auch haben kann, wenn man in das COFS berufen wird?"

„Durchaus!"

„Diese Geschichte ist eine Allegorie auf die Loyalität zum Staat", meinte Luciano Brucati.

„Wenn du es so sehen willst", sagte Bianchi. „Ich denke, es geht um die Werte des Patriotismus und der männlichen Selbstaufopferung für das eigene Land."

„Was allerdings einen Vorrang der Loyalität zum Staat auch vor der Familie beinhaltet", merkte Brucati kritisch an.

„Lass das bloß deine Mutter nicht hören!", empfahl Luciano und blickte angespannt in Richtung Küche.

Brucati erwiderte nichts darauf.

„Apropos Familie, wie sieht es bei dir mit der Gründung einer Familie aus?"

„Kommt noch", war alles, was Brucati dazu sagen wollte.

Bianchi hob sein Glas, prostete seinem Neffen zu und leerte es.

Brucati sinnierte: „Fragst du dich eigentlich je, warum wir das tun, was wir tun? Warum wir sind, wie wir sind, oder wer wir wirklich sind?"

Einen Moment war es still. Bianchi starrte in sein leeres Glas und meinte dann: „Nun, wir sind Menschen, die noch einen Schluck Wein vertragen könnten."

Luciano verstand die Aufforderung sofort, erhob sich, schenkte seinem Schwager aus der Karaffe nach und Brucati ungefragt sein Glas voll. Und der ließ es diesmal geschehen.

Kapitel 22

Dienstag, 3. Januar, 08:00Uhr

Als Brucati und Dosske an diesem Morgen in der SoKo-Zentrale eintrafen, kam ihnen am Zugang zum Treppenhaus ein aufgelöster Fuhrparkleiter entgegengestürmt, der Dosske vor lauter Eile anrempelte.

„Hoppla", stieß der fast Umgerissene aus, „immer langsam mit den jungen Pferden!"

Schäfer blieb Dosske jedoch ein Wort des Bedauerns schuldig und murrte nur: „Wäre gescheiter, ihr hättet Pferde anstatt Autos!"

„Wohin so eilig des Wegs?", fragte Dosske den sichtlich Genervten.

„Ach, der Dienstwagen von Bruckmann ist liegen geblieben", verkündete der Hesse mürrisch. „Ich muss hinfahren und gucken, was da los ist! Und das bei dem Scheißwetter!", brachte er seine Laune auf den Punkt.

Dass dieser Auftrag Fuhrparkleiter Schäfer im Moment so gar nicht schmeckte, merkte man jeder Faser seines Ichs an. Seit das markerschütternde Kratzgeräusch des Schneeschiebers seines Nachbarn ihn heute Morgen aus dem Schlaf gerissen hatte und ihm sagte, dass es erneut geschneit hatte, war seine Laune zum Gegenteil einer Hochstimmung geworden. Denn das bedeutete für Schäfer, dass er die weiße Pracht nicht nur zu Hause vor seinem Haus beseitigen musste, sondern dass er auch im Fuhrpark der SoKo für Befahrbarkeit zu sorgen hatte. Und mitten in diesem Tun hatte ihn Bruckmanns Hilferuf ereilt.

„Wahrscheinlich hat er mal wieder vergessen zu tanken. Aber bevor ich mich aufrege ...", begann Heinz Schäfer und Brucati und Dosske stimmten in seinen Lieblingssatz mit ein: „... ist's mir lieber egal!"

Bevor Schäfer weitereilte, fragte er noch: „Sehen wir uns heute Abend bei Johnny?"

Dosske antwortete: „Es sei denn, wir sind bis dahin eingeschneit!"

„Klar", meinte auch Brucati.

Doch bevor sich die SoKo-Beamten in ihrer Stammkneipe treffen konnten, war die sprichwörtliche Arbeit vor dem Vergnügen angesagt. Und so kamen alle, die mit der Fallakte Hengstbach beschäftigt waren, im Besprechungsraum der fünften Etage zusammen.

Brucati, Stein, Dosske, Hergert und Kuhnert hatten schon am Besprechungstisch Platz genommen, als Wenright durch die Tür kam, hinter dem sich Pfeiffer ins Zimmer drückte. Beide schickten ein „Guten Morgen" in die Runde. Christ stand bei Meisner vor dem Whiteboard.

Meisner verglich das Foto, das Colonnello Bianchi mitgebracht hatte, mit dem von Pfeiffer angefertigten Phantombild und ließ seiner Begeisterung, wie gut der junge Forensiker es getroffen hatte, freien Lauf.

Christ ließ sich auf einem der Stühle nieder und ergriff das Wort. „Nachdem wir nun auf Santoros Laptop Zugriff haben, ergeben sich weitere Ermittlungsansätze. Er hatte wohl eine ganze Palette von Pharmaunternehmen im Visier, die auch wir in unsere Ermittlungen einbeziehen sollten."

„Wie viele waren das?", wollte Dosske wissen.

„Er hatte es eingegrenzt auf circa fünfundzwanzig", wusste Kuhnert zu berichten.

Das ist immer noch einiges, dachte Dosske, lehnte sich zu Brucati hinüber und nuschelte: „Wir sind unterbesetzt."

„Santoro hatte eine Liste erstellt, die uns helfen kann, unsere Suche einzugrenzen", sagte Christ und wandte sich an Brucati. Schon bei der Begrüßung waren ihm dessen müde rote Augen aufgefallen, offenbar hatte er in der letzten Nacht nicht viel Schlaf abbekommen. Er hoffte, dass der Grund dafür mit seiner nächsten Frage zusammenhing. „Kuhnert hat Ihnen die Liste geschickt. Haben Sie die schon gesehen?"

Er wurde nicht enttäuscht. Brucati hatte - nachdem er vom Abend mit seinem Onkel zu Hause angekommen war - seine E-Mails gecheckt und dabei die Liste entdeckt. Interessiert hatte er sich gleich an die Übersetzung gemacht und so konnte er nun antworten: „Ja. Santoro hatte mehrere Firmen ins Visier genommen und notiert, bei welchen er wann war, mit wem er dort gesprochen hat, welche für ihn nicht weiter von Interesse waren und wo er nachhaken wollte. Eine war besonders in seinen Focus geraten: *Pharmatec*."

Christ und Kuhnert wechselten einen Blick. Kuhnert sagte: „Wir haben auf dem Laptop Santoros Fotos entdeckt, die er von den GEBÄUDEX-Mitarbeitern beim Betreten eben dieser *Pharmatec* geschossen hat."

„Ach, die Sache mit dem Ausweis", erkannte Stein.

„Da gibt es …" - Brucati holte ein Blatt Papier aus einer Klarsicht-folie hervor, überflog suchend die Zeilen, bis er gefunden hatte, was er suchte - „... einen gewissen Herrn Albrecht, neben den Santoro ein fettes Fragezeichen und Ausrufezeichen gesetzt hatte. Seit er dieser Spur - also *Pharmatec* - gefolgt ist, hat er alle anderen Spuren ver-nachlässigt." Brucati blickte wieder auf das Papier. „Er hatte noch notiert, dass diese *Pharmatec* wohl ursprünglich in Neu-Isenburg ansässig war und vor ungefähr einem Dreivierteljahr nach Dreieich umgezogen ist."

Christ schaute zu Dosske. „Dosske, von Ihnen habe ich in der Fallakte gar keine Mitteilung über Ihre Recherchen in Neu-Isenburg gefunden", tadelte Christ. „Könnte der alte Firmensitz an der Adresse gewesen sein, wo Sie waren?"

„An dem Gebäude selbst gab es keinerlei Hinweise, wer oder was dort mal gewesen ist. Aber ich konnte mit einem Postboten sprechen und der erinnerte sich, dass ein Chemieunternehmen dort ansässig war, das nach Dreieich umgezogen ist. Den Namen wusste er aller-dings nicht mehr genau, konnte sich nur ungenau erinnern, dass es ‚Irgendetwas mit Pharma' gewesen ist."

„*Pharmatec!*", sagte Kuhnert.

Dosske hob die Hand, um zu signalisieren, dass er noch nicht fertig war. „Der Postbote hatte mir zugesagt, sich darum zu kümmern, ob es einen Nachsendeauftrag gab. Und den gab es."

„Und an wen?", fragte Brucati interessiert.

„*Pharmatec.*"

Christ nickte versonnen. „Der Stadtbrandinspektor hat mich gestern auf etwas aufmerksam gemacht: In Neu-Isenburg gab es wohl mal eine Zweigstelle der I.G. Farben, die in den 1940ern Sarin entwickelt hat." Er blickte auf einen Ausdruck in seinen Händen. „Und er hat mir inzwischen eine Liste mit Unternehmen zukommen lassen, denen die Produktion oder Lagerung von Sarin möglich wäre." Offensichtlich ging Christ diese Liste gerade mit seinem Stift in der Hand von oben nach unten durch, bis er stoppte, einen Kringel auf das Blatt setzte, hochsah und sagte: „Die *Pharmatec* ist dabei!"

„Das ist mehr als nur ein Zufall", murrte Kuhnert.

Christ reichte Kuhnert die Liste des Stadtbrandinspektors, damit er sie am Whiteboard anbringen konnte, und wandte sich an Dosske. „Diese Adresse in Neu-Isenburg …?"

„Ein leer stehendes Gebäude, besser gesagt zwei. Sah aus, als wäre

172

auf dem Gelände schon lange niemand mehr gewesen."

„Wenn ich etwas Illegales vorhätte, würde ich meinen Unterschlupf genauso aussehen lassen", raunte Christ, und hakte nach: „Waren Sie auf dem Gelände?"

„Nein, war alles eingezäunt und abgeschlossen."

Christ wusste nur zu gut, dass der Anschein manchmal trog. „Wir fahren da noch mal hin, ich will mir das ansehen", erklärte er.

Jedem war klar, dass der von Dosske beschriebene Zaun Christ nicht davon abhalten würde, das Grundstück zu betreten.

Da Dosske Christs *Wir* auf sich und den SoKo-Chef bezog, fragte er: „Was ist mit einem Durchsuchungsbeschluss?"

Christ schürzte die Lippen. „Manchmal ist es besser, sich nachher zu entschuldigen, als sich vorher eine Erlaubnis zu holen", konstatierte er mit diesem Blitzen in den Augen.

Dosske hob sich ergebend die Hände. „Ist mir recht, ich wollte heute sowieso da noch mal hin."

„Wieso?", hakte Christ nach.

„Als ich gestern dort weggefahren bin, hat mich jemand verfolgt." Dosske berichtete, was sich zugetragen hatte.

Christ bewegte seinen Kopf langsam auf und ab. „Was meinen Sie, wer das war?"

„Ganz ehrlich … keine Ahnung." Dosske vollführte eine hilflose Geste.

Brucati warf ein: „Was ist mit dem Autokennzeichen?"

„Es war ein Offenbacher Kennzeichen. Ich hatte es notiert und habs auch schon abgefragt", berichtete Dosske. Er stand auf und schrieb das Kennzeichen ans Whiteboard. Als er damit fertig war, tippte er darauf. „Und das ist nicht vergeben." Frustriert warf er den Whiteboard-Stift zurück in die Ablage.

Überrascht und gleichzeitig beunruhigt entfuhr Stein ein „Oh!"

„Aha", raunte Christ.

Brucati reichte Dosske Santoros Liste mit seinen Anmerkungen und bedeutete ihm, sie ebenfalls ans Bord zu heften. „Du stehst gerade."

„Der Fall wird immer interessanter", raunte Doc Wenright.

Und immer gefährlicher!, dachte Stein.

Christ wandte sich an Wenright: „Habt ihr schon etwas …" Doch er wurde durch eine mehrstimmige Alarmsirene ausgebremst, die durchs Zimmer schrillte. Alle Anwesenden fischten nach ihren Handys.

„NINA!", identifizierte Daniel Dosske für alle hörbar. Die Notfall-

Informations- und Nachrichten-App des Bundes, die über wichtige Warnmeldungen des Bevölkerungsschutzes für unterschiedliche Gefahrenlagen wie beispielsweise Gefahrstoffausbreitung, Trinkwasserverunreinigungen, Brände, extremes Unwetter, Pandemien oder andere unerwartete Gefahrensituationen warnte, war natürlich auf allen Handys der Anwesenden installiert.

Das Kopfkino der an diesem Fall Beteiligten setzte sofort einen Film in Gang, welche Meldung da aufploppen könnte. Doch die App warnte nur vor Nebel mit Sichtweiten unter fünfzig Metern innerhalb der nächsten Stunde und gab Handlungsempfehlungen an die betroffenen Menschen im Kreis Offenbach.

Ein Aufatmen durchlief den Raum. Stein atmete tief aus und Dosske griff sich ans Herz, wobei er kommentierte: „Da kriegst du ja 'nen Herzinfarkt!"

Christ ging gar nicht auf die Warnung ein, sondern nahm sie zur Kenntnis und wiederholte seine Frage an Wenright: „Habt ihr schon etwas Neues über diesen Kampfstoff?"

Wenright schaute resigniert. „Wir sind noch dabei, aber das Zeug hat sich schon zu sehr verflüchtigt."

Auch Pfeiffers Blick hatte sich verfinstert. Er zuckte mit den Schultern und schüttelte den Kopf.

Christ wusste: Wenn Wenright - dem keiner bei der Identifizierung, Analyse oder Rekonstruktion krimineller Handlungen das Wasser reichen konnte - nichts mehr fand, dann war da auch nichts mehr zu finden.

Dosske wandte sich ebenfalls an Wenright. „Sag mal, wenn wir da reingehen, also in Neu-Isenburg, besteht da eine Gefahr für uns?" Seine Stimme klang besorgt.

„Na ja, das Zeug ist hochgefährlich! Vielleicht solltet ihr ..."

Christ ließ Doc Wenright seinen Satz nicht beenden. Er wusste, dass der Engländer gern mal dramatisierte. „Wenn da noch etwas sein sollte, dann wird das nicht offen herumliegen. Wer immer da vielleicht zugange war, wird sich selbst geschützt haben."

Dosske wiegte seinen Kopf skeptisch hin und her.

„Sie selbst sagten, dass da schon länger niemand gewesen ist. Und laut dem Doc wissen wir, dass sich das Zeug schnell verflüchtigt", tat Christ ab. „Außerdem werden wir bestimmt keine Behälter öffnen, um nachzusehen, was darin ist!"

Trotzdem war Dosske sein Unbehagen anzumerken. Und nicht nur bei ihm war ein ungutes Gefühl bei diesem Fall spürbar.

Christ wandte sich an Meisner. „Was hat Ihre Suche nach dem Risotto ergeben?"

„Noch nichts. Gestern war Montag, viele Restaurants hatten geschlossen."

„Dann heute noch mal versuchen! Es geht mir nicht nur darum, wo er das gegessen hat, sondern mit wem er vielleicht dort gegessen hat."

Meisner nickte.

„Kuhnert, Sie machen sich noch mal an den Laptop. Vielleicht finden Sie da noch etwas. Suchen Sie vor allem nach Bilddateien. Was die Texte anbelangt, kann Ihnen Bianchi helfen, der müsste bald da sein." Christs Blick wechselte zu Brucati. „Sie fahren mit Stein zu dieser *Pharmatec*! Fragen Sie dort, ob jemand Santoro kennt!"

„Hergert, was ist mit diesen Drohnen? Haben Sie da schon etwas Konkretes?"

„Nein, aber nach dem, was ich im Intranet aus den Berichten gelesen habe, geht es nicht darum, dass die hierhergestellt werden oder wurden."

„Da gebe ich Ihnen recht, es geht wohl eher um eine Lagermöglichkeit oder auch Startmöglichkeit."

„Ich schau da noch mal", murmelte Hergert. „Aber es wäre vielleicht nicht schlecht, wenn ich ein paar Informationen mehr zu den Drohnen hätte, also wenn dieser Colonnello ..."

Christ unterbrach ihn. „Wie gesagt, er kommt zu Kuhnert. Setzen Sie sich mit ihm in Verbindung."

„Komm mit rüber zu mir", schlug Kuhnert vor und erhob sich.

Und er blieb nicht der Einzige, der sich arbeitseifrig erhob.

Christ wandte sich an Dosske. „Wir sehen uns jetzt in Neu-Isenburg diese beiden Gebäude noch mal genauer an!"

Kapitel 23

Dienstag, 3. Januar, 09:05 Uhr

Allen, die an der Besprechung in der fünften Etage der SoKo-Zentrale teilgenommen hatten, war bewusst, dass ein gewisser Zeitdruck auf ihren Ermittlungen lag. Es war nicht der Zeitdruck einer normalen Mordermittlung oder eines anderen Kapitalverbrechens, dieser hier hatte einen unguten Beigeschmack von drohender Gefahr mit vielen weiteren Opfern.

Selbst Thomas Christ - sonst die Ruhe selbst - hatte es heute eilig, als er mit Dosske zum Dienstwagen lief, um nach Neu-Isenburg zu fahren. Und beim abgehärteten SoKo-Chef konnte man sicher sein, dass seine schnelle Schrittfolge nicht an den Wetterbedingungen lag.

Die Abfahrt der beiden SoKo-Männer vom Hof des Fuhrparks verzögerte sich allerdings, denn gerade als sie in Dosskes Opel Astra einsteigen wollten, erblickten sie Colonnello Bianchi, der einem an der Einfahrt zum Parkplatz vorgefahrenen Taxi entstieg.

Als Dosske ihn sah, stellte er fest, dass der lässige Familienmensch des Vorabends wieder verschwunden war, der zackige Offizier hatte sein Territorium zurückerobert.

Christ schlug die bereits geöffnete Tür von Dosskes Wagen wieder zu und begab sich in Richtung des Angekommenen. „Colonnello Bianchi! Schön, dass Sie da sind", rief er ihm grüßend zu.

„Buongiorno", ließ Bianchi verlauten und schüttelte dem SoKo-Chef die Hand.

Dosske war hinzugekommen, reichte Bianchi nun seinerseits die Hand und raunte schmunzelnd: „Guten Morgen, lange nicht gesehen."

Auch Bianchis Augen lächelten kurz.

Christ unterrichtete Bianchi schnell über die neuesten Entwicklungen und endete mit den Worten: „Deswegen wäre es gut, wenn Sie sich auch mit unserem Kollegen Hergert austauschen."

„Gern!", ließ Bianchi wissen. „Aber wer ist dieser Albrecht? Und warum wollte Roberto eine Brücke zu ihm schlagen?"

„Ich schätze mal", erklärte Dosske, „dieser Albrecht ist nicht unbedingt jemand, dem es um das Brückenschlagen geht, sondern vielmehr darum, so viele Brücken wie möglich zu kassieren."

Bianchi runzelte verständnislos die Stirn, da er mit dieser Ansage nichts anzufangen wusste.

Christ übersetzte: „Mein Kollege meint die auf den Euroscheinen abgebildeten Brücken. Um diesen Albrecht kümmert sich übrigens bereits Ihr Neffe."

In dem Moment stieg SoKo-Kollege Krug aus seinem Wagen und schaute in ihre Richtung. Christ winkte ihn zu sich.

Krug folgte der Aufforderung und schlug beim Gehen den Kragen seiner Jacke noch. Es schneite zwar nicht mehr, aber es war immer noch ungemütlich kalt und feucht.

Als er mit eingezogenem Genick vor dem SoKo-Chef zum Stehen kam, meinte dieser zu Bianchi: „Der Kollege hier bringt Sie nach oben zu Herrn Kuhnert, da finden Sie auch den Kollegen Hergert."

Bianchi nickte.

Krug signalisierte, dass er verstanden hatte.

Dann wandte sich Christ wieder an Bianchi. „Kollege Kuhnert hält für Sie Santoros Laptop bereit. Vielleicht entdecken Sie da irgendetwas, das uns entgangen ist."

„Gern", sagte Bianchi. Dass die Amtshilfe, derentwegen er hierhergekommen war, so reibungslos funktionierte, erfreute den Colonnello ungemein. Und diesen Chef der SoKo - den seine Schwester so oft als unmöglich dargestellt hatte - empfand Bianchi alles andere als unmöglich. Er sah in ihm inzwischen einen ebenbürtigen Kämpfer für die Gerechtigkeit und er wollte gern Seite an Seite mit ihm weiterkämpfen. Jetzt war Bianchi allerdings voller Neugier auf das, was er auf dem Laptop, zu dem er nun Zugang hatte, finden würde. Seine Verabschiedung von Christ und Dosske fiel daher äußerst kurz aus.

Was den beiden SoKo-Beamten nur recht war, denn sie wollten ihrerseits so schnell wie möglich zu dem Ort, der sie interessierte - das alte Firmengelände in der Nachbarstadt.

Kapitel 24

Dienstag, 3. Januar, 09:14 Uhr

Auf der Fahrt zu *Pharmatec* kamen Stein und Brucati auf Dosskes Verfolger zu sprechen. Es ließ sich vortrefflich darüber diskutieren, wer das gewesen sein könnte und warum er sich Dosske an die Fersen geheftet hatte.

„Alles ganz schön undurchsichtig", murrte Antonio Brucati nach einer Weile.

„Passt doch zum Wetter", meinte Stein.

Der angekündigte Nebel war augenscheinlich aufgetaucht. Man konnte kaum die Hand vor Augen sehen.

Schließlich mussten Brucati und Stein ihre Ideenschmiede erkalten lassen, denn sie waren an der *Pharmatec*-Adresse angelangt. Eine Festung aus spiegelndem Glas ragte vor den beiden auf, als sie - vor dem Gebäude stehend - versuchten, zum obersten Stockwerk hinaufzublicken. Der Nebel verhinderte allerdings die Sicht über das dritte Stockwerk hinaus.

Als die beiden durch das Eingangsportal schritten, stellten sie fest, dass sich die Festung auch drinnen fortsetzte. Brucati und Stein liefen zu einem sicherheitsstarrenden Empfang. Dort stellten sie sich und ihr Anliegen kurz vor, worauf sie ein freundliches „Nehmen Sie bitte Platz" zu hören bekamen. Während die beiden taten, wie ihnen geheißen, unterrichtete der Mann am Empfang jemanden darüber, wer bei ihm vorgesprochen hatte und warum.

Die beiden SoKo-Beamten hatten auf Stühlen im Wartebereich Platz genommen. Saß man erst einmal dort, konnte man gar nicht an dem großen Schriftzug mit Unterzeile an der Wand vorbeischauen, der da verkündete: *PHARMATEC - höchste Zuverlässigkeit - heute und in alle Zeit!*

Der Mann hinter dem Empfangstresen telefonierte ein weiteres Mal, bis er wusste, wem er die beiden Gäste zuführen sollte. Dann strahlte er zu Stein und Brucati herüber: „Herr Dr. Kaiser empfängt Sie. Es kommt gleich jemand und holt Sie."

Und so warteten sie auf den Abholdienst. Um sie herum herrschte geschäftiges Treiben. Irgendwo schien ein Meeting stattgefunden zu haben, denn aus einer Richtung kam eine quatschende Menschentraube, die sich in alle Richtungen auflöste. Ein paar Mitarbeiter verschwanden in den Fluren, ein paar nutzten die beiden Aufzüge, vor denen sie allerdings warten mussten.

Nach ein paar Minuten wurde es wieder ruhiger und Stein warf ihrem Kollegen einen genervten Blick zu. Etwas, das Stein so gar nicht abkonnte, war warten. Von anderen verursachtes Vergeuden wertvoller Arbeits-, aber auch Lebenszeit konnte sie nur schwer ertragen. Und so blies sie schon nach kurzer Zeit die Backen auf und die Luft genervt aus ihren Lungen.

Brucati nahm die Wartezeit dagegen gelassen hin. Er nutzte die Zeit, alles in sich aufzunehmen, was er hier sehen konnte.

Schließlich näherte sich auf dem glänzenden Fliesenboden das Klackern von spitzen Absätzen. „Herzlich willkommen", rief deren Verursacherin schon von Weitem mit einem begrüßenden Lächeln.

Doch Brucati und Stein spürten, wie aufgesetzt diese Begrüßung war.

„Schön, dass Sie zu uns gefunden haben", flötete die Dame. Das Grün ihrer Augen konnte auf keinen Fall eines natürlichen Ursprungs sein. „Mein Name ist Jessica Berthold. Ich darf vorangehen."

Stein und Brucati wurden von der Dame durch den sterilen Flur zum Lift geführt, der sie in das oberste Stockwerk des Gebäudes brachte. Dort lud ein weiterer Wartebereich zum Verweilen ein. Und wie Brucati und Stein schon befürchtet hatten, wurden sie ein weiteres Mal zum Verweilen aufgefordert.

„Nehmen Sie doch bitte Platz", bot die Dame an und tippelte zu ihrem Bürostuhl zurück, der direkt gegenüber dem Lift hinter einem ausladenden Tisch stand.

Dem Ort, an dem die beiden SoKo-Beamten sich nun befanden, sah man gleich an, dass man auf der Chefetage angekommen war. Alles, vom Bodenbelag bis zu den Türen, war hier oben eine ganze Ecke teurer und exquisiter.

Brucati ließ sich in einen der vier bequemen schwarzen Ledersessel fallen, während Stein zu einem Foto an der Wand lief und sich die Gesichter ansah.

Frau Berthold saß nun hinter ihrem Tisch und verfolgte wachsam Steins Bewegungen. Rechts und links ging es in zwei Büroräume. An der Tür rechts befand sich ein Schild, dem zu entnehmen war, dass hier Dr. Kaiser, der Vorsitzende des Vorstands, seinen Platz hatte. An der Tür links war zu lesen: *Dr. Schubert, Vorstand.*

Das Foto, das Stein näher betrachtete, war ein Gruppenfoto, auf dem die Gesichter von rund sechzig Mitarbeitern frohen Mutes in eine Kamera - wohl die einer Drohne - grinsten. Die Aufnahme erinnerte Samira Stein stark an das Foto, das sie in der Werbebroschüre bei GEBÄUDEX gesehen hatte. Allerdings war hier im Hintergrund nicht das Firmengebäude zu sehen, sondern man erkannte Hofgut Neuhof, das hier ganz in der Nähe angesiedelt war.

Stein wandte sich an Frau Berthold. „Sind das Kolleginnen und Kollegen von Ihnen?", wollte sie wissen.

„Ja", antwortete Frau Berthold, „das war bei unserem Sommerfest."

Brucati gesellte sich zu seiner Kollegin.

In diesem Moment klingelte das Telefon auf Frau Bertholds Schreibtisch und sie erhob sich. „Herr Kaiser hat nun Zeit für Sie", sagte sie, zeigte auf die rechte Tür und verhinderte so, dass Brucati die Aufnahme betrachten konnte.

Brucati und Stein folgten Frau Bertholds Aufforderung.

Der Anzugträger, auf den sie trafen, war Anfang vierzig und auf den ersten Blick nicht unbedingt eine Führungspersönlichkeit. Er reichte den Gästen begrüßend die Hand und sagte: „Kaiser."

Auch Brucati und Stein stellen sich vor, dann übernahm Brucati die Gesprächsführung. „Und Ihre Aufgabe hier ist?", wollte er wissen.

„Ich bin der Vorstandsvorsitzende. Unser Vorstand setzt sich aus zwei Personen zusammen."

„Das sind Sie und ...?"

„Herr Dr. Schubert."

„Sie leiten also das Unternehmen?"

„Wir tragen gemeinsam die Verantwortung für die Geschäftsleitung."

„Die umfasst ...?"

„Insbesondere die strategische Steuerung, die Kontrolle der Gruppe, die Zuteilung der Ressourcen, Rechnungslegung und Berichterstattung sowie das Risikomanagement."

Was diese Aufzählung anbelangte, bot sie Brucati einen Punkt zum Nachhaken. „Was das Risiko anbelangt, was produzieren Sie hier?"

„Nun, zum Beispiel innovative Arzneimittel, die wir immer zuverlässig liefern!"

„Sie forschen auch?"

„Ja. Unsere Labore stellen auch unter aseptischen Bedingungen her."

„Haben Sie Gefahrstoffe im Haus?"

„Nun, nicht gerade Gefahrstoffe, aber durchaus Materialien, aus denen sich so etwas produzieren ließe", gab Kaiser zu. „Aber bei uns ist alles bestens gesichert!"

„Bestens gesichert also", wiederholte Brucati.

Dr. Kaisers Augenbrauen zogen sich merklich zusammen. „Warum interessieren Sie sich dafür?"

Brucati berichtete, dass sich ein Mann als Mitarbeiter der im Haus tätigen Gebäudereinigung bei ihnen eingeschlichen habe und nun tot sei.

Dann kam Santoros Foto zum Einsatz.

Dr. Kaiser nahm es in die Hand und blickte darauf. „Meinen Sie, dieser Mann wollte hier etwas entwenden?", war alles, was ihm dazu einfiel.

„Das wissen wir nicht."

„Also, den kenne ich nicht!", gab Dr. Kaiser an, worauf er seinen Blick wieder auf Brucati richtete. „Ich kann Ihnen da nicht weiterhelfen. Vielleicht weiß mein Kollege etwas. Warten Sie, ich hole ihn zu uns!", sagte Dr. Kaiser und drückte eine Taste an seinem Telefon. „Kannst du mal rüberkommen, wir haben die Polizei im Haus."

Sie brauchten nicht lange zu warten, da schritt Dr. Schubert auch schon mit dem lässigen Selbstbewusstsein eines Mannes, der alles im Griff hatte, ins Zimmer. Er begrüßte Stein und Brucati mit einem charmanten Lächeln, das von kalten, berechnenden Augen Lügen gestraft wurde. „Mit wem haben wir es denn hier zu tun?", wollte er geradezu herausfordernd wissen und wies sich selbst sofort aus. „Ich bin Dr. Schubert", erklärte er und reichte Stein seine Visitenkarte.

Die Geschäftskarte war nicht etwa eine einfache Ausführung aus Papier, sondern ein aufwendig gestaltetes Stück Metall mit Gravur.

Stein zeigte Dr. Schubert im Gegenzug ihren Dienstausweis.

„Hauptkommissarin Samira Stein", las er von der Karte ab, „Und ..." - auch Brucati zückte seinen Dienstausweis - „... Herr Brucati."

Brucati bekam ebenfalls eine der exklusiven Visitenkarten in die Hand gedrückt und nahm diese dankend entgegen.

Es hatte etwas von einer Audienz, die Dr. Schubert hier gewährte, als er weitersprach: „Aber Sie sitzen hier ja auf dem Trockenen", meinte er mit vorwurfsvollem Blick in Richtung seines Kollegen. „Kann ich Ihnen etwas anbieten?" Er blickte auffordernd zu Stein. „Samira?"

Stein lehnte kopfschüttelnd ab.

„Sie haben doch nichts dagegen, dass ich Sie Samira nenne?", flötete Schubert, ein Ja voraussetzend.

„Nein, Herr Dr. Schubert", entgegnete Stein distanziert.

Auch Brucati lehnte dankend ein Getränk ab, dachte aber im Stillen: *Schleimbeutel! Wir würden von dir ein Schlückchen Wahrheit nehmen!*

Dr. Schubert setzte sich lässig auf die Tischkante des Schreibtischs seines Kollegen, und nachdem auch er eingeweiht war, warum die SoKo-Beamten *Pharmatec* aufsuchten und was sie wollten, gab Dr. Schubert sich über den Tod des Mannes betroffen: „Wie schrecklich!" Dann schaute er zu Dr. Kaiser. „Werksspionage?"

Dr. Kaiser hob ahnungslos Hände und Schultern.

„Aber als Mensch einer Putzkolonne kommt doch bei uns keiner an sensible Daten ran!", behauptete Dr. Schubert abfällig schnaubend, wobei er Santoros Foto betrachtete, ohne dass Erkenntnis über seine Miene huschte.

„Vielleicht erkennt einer Ihrer Mitarbeiter den Mann", hoffte Brucati. „Und wir können nachvollziehen, wofür er sich interessiert hat."

Du meinst wohl eher für wen, dachte Stein, sprach es aber natürlich nicht laut aus.

Jetzt zuckte Dr. Schubert mit den Schultern. Dann begriff er, was Brucatis Äußerung bedeutete. „Sie können natürlich nicht durch unser Haus laufen und alle befragen", wehrte er ab. „Aber ich kann das gern für Sie tun."

Dr. Kaiser blickte zu Dr. Schubert, offensichtlich überrascht von dem, was der eben von sich gegeben hatte.

„Heute sind alle unserer Mitarbeiter anwesend, wir haben nämlich Urlaubssperre. Nur Herr Schmidthuber ist auf Geschäftsreise im Ausland", wusste Dr. Schubert.

„Und Herr Albrecht befindet sich auch gerade außer Haus", ergänzte Dr. Kaiser.

Bei der Nennung von Albrechts Namen nahm Stein kurz unauffällig Augenkontakt zu Brucati auf.

„Stimmt, der hat den Transporter genommen", fiel Dr. Schubert wieder ein.

„Den Transporter", hakte Brucati nach.

„Ja, das wird dauern, bis Albrecht zurück ist." Dr. Kaiser machte eine wegwerfende Handbewegung. „Wissen Sie, er ist unser Facility

Manager und ist mit einer langen Liste von Dingen losgezogen, die wir für nächste Woche benötigen. Wann er heute wieder reinkommt, kann ich nicht abschätzen."

„Bis wann ist Herr Schmidthuber auf Geschäftsreise?", erkundigte sich Brucati.

Dr. Kaiser nahm seinen Telefonhörer zur Hand und sprach hinein: „Jessica! Bis wann ist der Schmidthuber weg?" Er wiederholte dann, was er am anderen Ende der Leitung zu hören bekam: „Bis zum sechsten ... vom neunzehnten Dezember an. Okay, danke."

Brucati notierte das Gehörte.

„Können Sie ihn informieren, dass wir mit ihm sprechen möchten?" Brucati holte seine Visitenkarte hervor. „Da soll er sich melden."

Brucati wollte Dr. Kaiser seine Visitenkarte reichen, doch Dr. Schubert war schneller und nahm sie ihm aus der Hand.

Mit Blick auf die Karte sagte Dr. Schubert: „Ja, natürlich. Wir werden Herrn Schmidthuber informieren, dass er wenigstens schon mal bei Ihnen anruft. Und wenn Herr Albrecht zurück ist, werden wir ihn gleich zu Ihnen schicken."

„Wann wird das sein?"

Dr. Schubert schürzte die Lippen. „Ich schätze, das wird spät werden, heute wird das vielleicht gar nichts mehr."

„Was Ihre anderen Mitarbeiter anbelangt, so würden wir schon gern selbst mit ihnen sprechen. Sie können uns sicher in Ihrem Haus einen Raum zur Verfügung stellen."

„Aber sicher", flötete Dr. Schubert nach kurzem Zögern wieder höchst hilfsbereit. „Wie lange, meinen Sie denn, werden diese Befragungen dauern?"

Brucati wollte sich da nicht genau festlegen. „Wird schon etwas dauern. Wir können die Befragungen aber auch getrennt durchführen, dann geht es schneller."

Als Reaktion kam ein bestimmtes Kopfnicken von Dr. Schubert. „Ich werde Ihnen zwei Räumlichkeiten zur Verfügung stellen." Dann lief sein Blick wieder zu Stein. „Sie können gern auch unsere Kantine aufsuchen, wenn Sie mal eine Pause machen oder sich stärken möchten", bot er ritterlich an.

Stein und Brucati reagierten nicht auf dieses Angebot.

Dr. Schubert nahm darauf den Telefonhörer seines Kollegen zur Hand. „Jessica, meine Liebe", sagte er gestelzt, „sind Sie bitte so gut und sorgen Sie dafür, dass alle unsere Mitarbeiter nacheinander hier nach oben in die beiden Besprechungsräume kommen, um sich von unseren Gästen befragen zu lassen ... Das werden Sie dann schon erfahren!"

Dr. Schubert wandte sich an Brucati. „Sie können direkt hier neben-an bleiben in Dr. Kaisers Besprechungszimmer", sagte er und wies in Richtung des Raumes, der nur durch eine große Glasfront mit Glastür von Dr. Kaisers Büro abgetrennt war. „Und Sie, Samira, Sie können gern *meinen* Besprechungsraum nutzen", säuselte er und lud sie mit einer ausholenden Armbewegung dazu ein. Wie Dr. Schubert dieses besitzanzeigende Fürwort aussprach, hatte es etwas Anzügliches.

Auch Brucati hatte diesen Unterton vernommen. Er nickte Stein mit einem schiefen Grinsen zu, die daraufhin Dr. Schubert folgte.

Dr. Schuberts Büro glich dem Dr. Kaisers aufs Haar. Auch hier schloss sich der Besprechungsraum, der Platz für sechs Personen an einem ovalen Tisch bot, an das Büro an. Aber die in diesem Büro verteilten persönlichen Dinge unterschieden sich von dem Raum nebenan gewaltig. Dort hatten die Bilder die Familie gezeigt, hier zeigten sie: mein Haus, mein Auto, mein Boot.

„Kann ich Ihnen etwas zu trinken bringen lassen?", bot Dr. Schubert an. „Oder möchten Sie sonst etwas", schob er mit einem unangemessenen Augenaufschlag hinterher.

Den übersah Stein geflissentlich, verneinte diesmal aber das Getränkeangebot nicht - was durchaus angebracht war, denn die Befragungen würden sich hinziehen.

***

Einige Gespräche später, zur Mittagszeit, kamen Stein und Brucati überein, die Befragungen kurz zu unterbrechen, um die hauseigene Kantine der *Pharmatec* aufzusuchen. Auf dem Weg dorthin wurden sie von Jessica Berthold flankiert. Sie kamen an Türen vorbei, von denen manchmal ein Totenkopf lachte oder das Biohazard-Symbol auf die Gefährlichkeit hinwies, die hinter diesen Türen lauerte. Einmal konnte Brucati einen Blick durch eine geöffnete Tür erhaschen. Was er dort sah, hatte etwas vom Chemiesaal seiner Schulzeit.

Auch während des Essens blieb Frau Berthold an der Seite der beiden SoKo-Beamten, somit konnten sie sich nicht über ihre bisherigen Befragungen austauschen, dafür aber Frau Bertholds ausschweifendem Bericht über ihren letzten Urlaub in der Karibik lauschen.

Als sie sich dann wieder auf dem Rückweg befanden, gelang es Stein auch einmal, das Wort zu ergreifen: „Und jetzt wird das wohl so schnell nichts mehr mit einem Urlaub für Sie. Herr Dr. Schubert hat uns berichtet, dass zurzeit Urlaubssperre herrscht."

„Ja, aber nur bis zum 15. Januar, ab dem 16. läuft alles wieder normal", tat Frau Berthold ab.

„Warum haben Sie denn diese Urlaubssperre?"

„Na, weil wir doch morgen in einer Woche die Präsentation haben."

„Am Mittwoch?"

„Ja, und es ist noch so viel vorzubereiten", seufzte sie, begleitet von den sich aufschiebenden Aufzugtüren. Sie waren wieder auf der Vorstandsetage angekommen.

„Deswegen muss ich jetzt auch flugs weiterarbeiten", verabschiedete sich Frau Berthold hinter ihren Schreibtisch.

Brucati und Stein begaben sich wieder zu den ihnen zur Verfügung gestellten Besprechungsräumen.

***

Nach rund fünf Stunden, die nur von dem kurzen Besuch in der Kantine unterbrochen gewesen waren, hatten Brucati und Stein mit allen anwesenden *Pharmatec*-Mitarbeitern gesprochen. Darunter Abteilungsleiter, Angestellte, Damen und Herren der Forschung und Entwicklung, Arzneimittelzulassung, Produktion, Global Sales, Lager, Controlling, Risikoanalyse, Finanzen, Unternehmenskommunikation und auch Informationstechnik - ein paar davon mit Doktortiteln.

Als Brucati von Frau Berthold mitgeteilt bekam, dass der eben Befragte der letzte Mitarbeiter gewesen sei, ging er hinüber zu Stein. Sie verabschiedete sich gerade von einer jungen Frau, der das Ganze hier unangenehm gewesen zu sein schien und die entsprechend fluchtartig den Raum verließ.

„Ich bin fertig", gab Brucati an.

Stein streckte sich „Ich so weit auch. Hattest du den Albrecht?"

Brucati verneinte kopfschüttelnd, den Mann des Facility Managements hatte er nicht gesprochen.

„Dann nehmen wir uns den morgen vor", sagte Stein und erhob sich.

Auf ihre Bewegung hin erschien sofort Dr. Schubert an der Glastür und öffnete sie. Er hatte Stein und die Befragten die ganze Zeit über im Blick gehabt. „Sie sind fertig?", wollte er wissen.

Brucati antwortete nicht, sondern fragte: „Herr Albrecht ist noch nicht eingetroffen?"

„Nein, leider noch nicht."

„Wenn wir mit ihm und Herrn Schmidthuber gesprochen haben, sind wir fertig!", erklärte Brucati.

„Er kommt normalerweise morgens so gegen acht Uhr", wusste Dr. Schubert. „Spätestens um neun ist er bei Ihnen in der Flughafenstraße", verdeutlichte er seine Kooperationsbereitschaft. Anscheinend hatte Dr. Schubert die Adresse auf der Visitenkarte genau studiert.

„Gut", sagte Brucati.

„Und, haben Sie etwas herausgefunden?"

„Nichts, was uns wirklich weiterhilft", gab Brucati offen zu.

„Es hätte mich auch sehr gewundert, wenn hier jemand etwas mit dem Tod dieses Mannes zu tun gehabt hätte", ließ Dr. Schubert im Brustton der Überzeugung verlauten, sah dabei aber auffällig auf seine Armbanduhr, um zu verdeutlichen, dass Brucati und Stein jetzt lange genug die Zeit seiner Mitarbeiter in Anspruch genommen hatten.

„Vielen Dank für Ihre Kooperation", sagte Brucati und gab Dr. Schubert die Hand.

„Aber immer gern", flötete er. „Nur schade, dass wir Ihnen nicht weiterhelfen konnten."

„Ja, schade."

Dr. Schubert reichte Stein die Hand. „Es hat mich sehr gefreut, Sie kennenzulernen, Samira." Er legte seine zweite Hand auf die Steins. „Selbst unter diesen Umständen", säuselte er.

Stein brachte einen festen Händedruck an und entwand sich Dr. Schuberts Händen. „Tschüss", sagte sie und vermied es tunlichst, ein *Auf Wiedersehen* über die Lippen zu bringen.

Bei Dr. Schubert verhielt sich das anders. Er sandte Stein lächelnd ein ekelhaft anzügliches „Auf Wiedersehen!"

Auf Nimmerwiedersehen, dachte Stein im Stillen.

Stein war eine taffe Frau, die es mit jedem Ganoven aufnahm. Solch schleimige Typen waren ihr zuwider.

Der Schubert kann froh sein, dass Samira hier im dienstlichen Auftrag und nicht privat mit ihm zu tun hat. Sonst hätte sie ihn sich bestimmt gekauft, überlegte Brucati und begab sich mit seiner Kollegin zum Lift.

Frau Berthold rief Stein und Brucati ein „Wiedersehen!" zu.
Stein antwortete ihr mit einem bemitleidenden „Tschüss".

Als sich die Aufzugstür hinter ihnen geschlossen hatte, scannte Steins Blick nach einer Videoüberwachung. Als sie keine fand, ließ sie ihren Gefühlen endlich freien Lauf: „Boa, ey!" Sie schüttelte sich demonstrativ. „Dieser Schubert ist ein solch arroganter Kotzbrocken!"

Brucati verstand, was Stein meinte, ging aber nicht auf ihre Bemerkung ein, sondern fragte: „Hast du was rausbekommen?"

„Der Albrecht scheint das ‚Mädchen für alles' hier zu sein. Er wird als netter Kollege beschrieben, vielleicht ein bisschen labil. Er muss sich mit irgendwas verspekuliert haben."

„Das hab ich auch gehört."

„Er braucht also Geld."

„Und sonst?"

„Ein Abteilungsleiter hat von einem milliardenschweren Produkt berichtet, das neu auf den Markt gebracht werden soll."

„Davon hab ich auch gehört. Irgendsoein innovatives Arzneimittel."

„Ja. Dafür ist diese Präsentation nächsten Mittwoch."

„Ist wohl mehr als nur eine Präsentation, da soll es auch einen Preis für das Unternehmen geben, irgendeinen Award."

„Und dafür wird alles herausgeputzt."

Brucati erinnerte sich. „Die Urlaubssperre."

Stein nickte. „Der Schubert hat die veranlasst. Er will, dass alles perfekt vorbereitet ist und klappt und alle Mann an Bord sind. Von ihm ging wohl auch die Bewerbung für diesen Award aus. Er muss einen minutiösen Zeitplan erstellt haben. Offenbar gilt er hier als treibende Kraft, was die innovative Unternehmensführung anbelangt."

Brucati nickte. „Er wurde mir auch als zukunftsorientiert geschildert. Und nicht nur er scheint auf diesem Trip zu sein."

„Deswegen auch dieser Award."

Stein streckte ihre Hals- und Rückenmuskulatur. Die lange Zeit im Sitzen während der Verhöre hatte sie verspannt. „Bleibt nur die Frage, wer hier mit diesen neuen Ideen oder Erfindungen ganz etwas anderes anfangen will, als Menschen zu heilen", raunte sie.

„Hm", kam von Brucati und die beiden schwiegen einen Moment, als sie dem Lift entstiegen und an Angestellten der *Pharmatec* vorbei zum Ausgang liefen, wo Brucati seiner Kollegin die Tür aufhielt.

Nachdem sie das Gebäude verlassen hatten, meinte Stein: „Was mich wundert, ist, dass die Bosse so ruhig geblieben sind."

„Wie meinst du ruhig?"

„Na ja, wenn jemand bei mir vorbeikäme und berichten würde, dass irgendeiner sich unberechtigterweise in meinem Gebäude aufgehalten hat, dann …"

„Dann würdest du Besorgnis zeigen."

„Ich würde in Hektik verfallen und auch im Hinblick auf eine mögliche Sabotage jeden Winkel durchsuchen lassen! Und hast du so eine Anweisung von den beiden gehört?"

Brucati dachte kurz nach. „Sie waren sehr sicher, dass niemand hätte etwas herausholen können, dass ihre Schutzvorrichtungen bestens funktionieren." Er kniff die Augen zusammen. „Zu sicher, meiner Meinung nach!"

„Und wann kannst du dir so sicher sein?", fragte Stein und antwortete zugleich selbst: „Wenn du es überprüft hast!"

Brucati holte Luft, um etwas zu sagen, aber Stein war noch nicht fertig: „Und wenn sie es überprüft haben, bevor wir da waren, dann hätten sie wissen müssen, dass Santoro da war, und zwar schon, bevor wir es ihnen sagen."

Brucati dachte über Steins Worte nach und wiegte dabei bedächtig den Kopf.

Stein meinte hingegen mit Überzeugung in der Stimme: „Die wussten, dass Santoro nichts zustande gebracht hat, und auch, dass er nicht mehr kommen wird."

„Du meinst, sie kannten Santoro und wussten schon, dass er tot ist?"

Stein hob die Schultern. „Ich fand's jedenfalls komisch, wie die reagiert haben. Ich hätte mehr Aufregung erwartet!"

„Es ist nicht jeder so empfindsam wie du."

Diesmal kam das „Hm" von Steins Seite.

„Ich nehme mal an, sie werden so gelassen gewesen sein, weil sie bereits ein Patent für ihr neues Arzneimittel in der Tasche haben und somit den Schutz vor einer Nachahmung."

„Du meinst, es ist ihnen egal, ob jemand die Formel mitgenommen hat?"

„Vielleicht."

„Das kann denen nicht egal sein! Die haben bestimmt einiges an Geld da reingesteckt. In einem neuen Medikament steckt ein hoher Aufwand für die Erfindung und die Erprobung, ganz zu schweigen von der Entwicklung der Darreichungsform, und die Erprobung."

„Deswegen ist ein Patent ja gut. Bei dem Aufwand ist es wichtig, dass du dein Medikament erst mal eine Zeit lang allein vermarkten kannst, um all das Geld wieder reinzuholen, und nicht gleich nach der Zulassung ein anderer eine eigene Version deines Mittels auf den Markt bringen kann!"

„Ich glaube, denen ist es ziemlich egal, ob ein paar Fläschchen eines Medikaments wegkommen, aber bei einem neuen Produkt, das viel Geld kostet, aber auch einspielen kann, wird das sicher anders sein!"

„Ja, aber wie gesagt, wenn sie ein Patent haben, das die Erfindung allgemein zugänglich macht, da es veröffentlicht wird, dann haben sie für eine gesetzlich festgelegte Zeit auch einen Schutz der wirtschaftlichen Nutzung vor Nachahmung. Das heißt, sie brauchen gar nicht befürchten, dass ein anderer die Früchte ihrer Arbeit erntet."

„Wie auch immer." Stein seufzte. „Jedenfalls werden sie nächsten Mittwoch ihr Produkt gebührend feiern."

Dessen war sich auch Brucati sicher. „Ja." Aber er hatte noch etwas anderes ermittelt: „An dem Mittwoch geht's wohl auch um künstliche Intelligenz und Advanced Analytics, hab ich mitbekommen."

„Da wird auch der Schubert dahinterstecken!", meinte Stein.

„Das kann gut sein."

Während Brucati und Stein bezüglich all ihrer Fragen im Trüben fischten, hatte sich der Nebel draußen verzogen. Auf dem Weg zu ihrem Dienstwagen empfing sie das diffuse Licht des angebrochenen Winternachmittags. Es wurde schnell dunkel und die Wolkendecke, die sich von Nordwesten heranschob und von den Lichtern des Frankfurter Flughafens so magisch erhellt wurde, verhieß nichts Gutes. Es würde wohl bald wieder Schnee geben und die Kälte anziehen.

Kalt war auch der Blick, der den beiden SoKo-Beamten unbemerkt nach ihrem Befragungsmarathon bei *Pharmatec* folgte. Ein Augenpaar verfolgte sie und die Gedanken, die sich hinter der dazugehörenden Stirn abspielten, waren geprägt von Hass und kalter Berechnung.

Die Person, die Brucati und Stein beobachtete, stand am Fenster eines der *Pharmatec*-Büros, kippte wütend einen Cognac hinunter und hatte sofort das Verlangen nach noch einem.

Als Brucati und Stein - in ihr Gespräch vertieft - um die Ecke liefen und aus dem Gesichtsfeld der Person gerieten, ließ diese den Kopf in den Nacken gleiten, schloss die Augen und atmete wütend durch die

Nase aus. Es war diese Wut, die das Wesen Dinge tun ließ, vor denen andere zurückschreckten, die sich als normal bezeichneten. Doch diese Person stattete diese Wut mit einer Kraft aus, die ihren Willen stark machte - so stark, dass er zu einer Waffe wurde. Dennoch, der Person war klar, dass sie ihre Willensstärke jetzt in die richtigen Bahnen lenken musste. Ihre Wut durfte sie nicht kopflos machen, dafür war gerade jetzt, so kurz vor dem Ziel, nicht der richtige Zeitpunkt.

Mit Blick in das leere Glas dachte die Person: *Aber für einen ist schon noch Zeit!* Und schenkte ihr Glas noch mal voll.

Ein weiterer Cognac fand seinen Weg in den Cognacschwenker, doch die Person dachte nicht an die richtige Weise, die Aromen des edlen Genusses aus Frankreich in sich aufnehmen. Ihr Luxus bestand darin, die braune Flüssigkeit durch ihre Eingeweide zu schicken, wobei sie nicht mal die durch sie verursachte angenehme Wärme verspürte. Die Person fuhr sich mit der linken Hand durchs Gesicht - ihr Plan stimmte nicht mehr, es lief anders als erhofft.

Das Gedankenkarussell der Person drehte sich darum, ob sie vielleicht gar nicht am ursprünglichen Zeitfenster festhalten konnte. Doch es gab nichts zu überdenken. Der Termin und der Ort standen unumstößlich fest. *Eigentlich.*

Kapitel 25

Dienstag, 3. Januar, 09:31 Uhr

Ganz anders als bei Stein und Brucati am Nachmittag hatte es - was das Wetter anbelangte - am Vormittag ausgesehen, als Christ und Dosske an diesem dunkelgrauen Wintertag nach Neu-Isenburg fuhren. Es war nicht ganz so kalt wie in den letzten Tagen. Tauwetter hatte eingesetzt, entsprechend viel Feuchtigkeit lag in der Luft und die bildete eine wabernde Nebelwand.

Als Daniel Dosske diesmal bei der ihm bereits bekannten Adresse vorfuhr, fühlte er sich - durch die Stimmung der Nebelschwaden und das Grau um das verwaiste Gebäude herum - an alte Kriminalfilme erinnert, die in London spielten, schwarz-weiß daherkamen und an deren Anfang jemand sagte: Hallo, hier spricht - und dann seinen Namen nannte. Dosske mochte diese Edgar-Wallace-Filme.

Doch als Dosske dem Opel entstiegen war und mit Christ auf das Tor zum Gelände zulief, fühlte er sich augenblicklich in einem falschen Film, denn das Gelände wirkte bei Weitem nicht mehr so verlassen wie tags zuvor. Im diffusen Licht der Wetterlage zeichneten sich in der Schneedecke hinter dem Tor Reifenspuren ab, die sich nach ein paar Metern im grauen Nebel verloren. Wo sie letztendlich endeten, war nicht auszumachen.

Christ schaute Dosske an, wobei sich dessen Augenbrauen auf den Weg Richtung Haaransatz begaben.

Dosske zeigte überrascht auf die Spuren im Schnee und stammelte: „Die waren gestern definitiv noch nicht da!" Er kniff die Augen zusammen und versuchte auszumachen, wohin die Spuren führen. „Wenn wir das Kennzeichen des Wagens sehen könnten ...", raunte er.

„Sehen wir es uns an!", entgegnete Christ vollkommen ruhig und drückte mit der Hand gegen das Tor, durch das der Wagen offensichtlich gefahren war. Und es ließ sich tatsächlich problemlos aufdrücken.

Als Dosske den Blick seines Chefs auf sich spürte, murrte er in seinen nicht vorhandenen Bart: „Das war gestern definitiv zu!"

Ohne ein weiteres Wort schlüpfte Christ auf das Gelände, Dosske folgte ihm. Sie liefen rechts an der Hauswand des Bürogebäudes entlang, bis sich eine befahrbare Gasse zwischen diesem und dem sich anschließenden Gebäude auftat. Kurz bevor sie das Ende des Bürogebäudes erreichten, fiel Christ eine weitere Spur im Schnee auf. Sie kam aus Richtung des Zaunes, der zur Baustelle nebenan aufgestellt war. Diese Spur stammte nicht von einem Fahrzeug, sondern von ein Paar Schuhen. Sie zeigten, dass deren Besitzer oder Besitzerin herübergelaufen und dann eng an der Hauswand entlanggegangen war.

Christ besah sich die Stelle, an der die Fußspuren die Fahrzeugspuren kreuzten, um herauszufinden, wer zuerst auf dem Gelände angekommen war. Es war deutlich zu sehen, dass Schnee von den Schuhen auf die Spur der Autoreifen gefallen war. Der Fußgänger oder die Fußgängerin war dem Auto also gefolgt.

Auch Dosske besah sich die Abdrücke. Seine Vermutung, diese würden denen gleichen, die der Polier ihm tags zuvor beschrieben hatte, bestätigte sich aber nicht. Hier hatte die Laufsohle ein robustes Profil in den Schnee gedrückt, es handelte sich um alles andere als Business-Halbschuhe. Die Fußspitzen zeigten in Richtung Gasse, wo sie sich mit den vom Fahrzeug in den Schnee gezeichneten Spuren verloren. Es waren keine sehr großen Füße gewesen, die in den Schuhen gesteckt hatten, die Abdrücke konnten also sowohl von einem Mann als auch von einer Frau stammen.

Auch Christ und Dosske erreichten die Gasse und lugten um die Ecke. Die Fahrzeugspuren waren hier ebenso eingebogen wie die Fußspuren. Wo die Fußspuren endeten, war nicht auszumachen, wohl aber das Fahrzeug, das die Spuren im Schnee verursacht hatte. Ein Mercedes parkte rechts vor dem fensterlosen Gebäude, das wohl mal eine Lagerhalle gewesen war.

Dosskes Stimme reduzierte sich auf ein Murmeln. Überflüssigerweise flüsterte er: „Da ist das Auto."

Dosske und Christ kniffen die Augen zusammen und fokussierten das Kennzeichen, das nun sichtbar war. Beiden war klar, dass es nicht das Fahrzeug war, das sich Dosske an die Fersen geheftet hatte. Als Christ zu Dosske blickte, schüttelte der zur Bestätigung verneinend den Kopf.

Christ gab seinem Kollegen mit einem Handzeichen zu verstehen, dass er auf die andere Seite der Gasse wechseln würde, damit sie sich gegenseitig absichern konnten. Als Christ drüben angekommen war, arbeiteten sich beide SoKo-Männer vorsichtig zum Mercedes vor.

Christ lief auf der Seite weiter, wo die Fußabdrücke an der Wand der Lagerhalle entlangliefen. Er hatte dabei die gegenüberliegenden Fenster im Blick, unter denen Dosske geduckt entlanglief. Den Fenstern sah man deutlich an, dass sie schon lange niemand mehr gereinigt hatte. Und es war dunkel hinter ihnen. Doch diese Dunkelheit musste nicht bedeuten, dass sich niemand in diesen Räumen befand.

Ein paar Meter vom abgestellten Fahrzeug entfernt endeten plötzlich die Fußspuren, denen Christ gefolgt war. Sie endeten so, als wäre deren Verursacher davongeflogen.

Christ entdeckte des Rätsels Lösung und machte Dosske auf sich aufmerksam. Dann vollführte er mit Zeige- und Mittelfinger eine kletternde Bewegung nach oben und deutete auf die Feuerleiter neben sich.

Dosske nickte und hob den Blick nach oben zum Dach der Lagerhalle. Dort war aber niemand zu sehen. Eine dunkle Ahnung ließ Dosske trotzdem jede Deckung nutzen, als er den Bereich absicherte.

Christ entschied sich dafür, weiter in Richtung des Fahrzeugs zu schleichen und nicht der Spur aufs Dach zu folgen.

Beim Fahrzeug angekommen, stellte er fest, dass es leer war. Ein schneller Griff auf die noch warme Motorhaube zeigte ihm, dass der Wagen noch nicht lange stand. Er deutete Dosske dies mit einem Zurückzucken seiner Hand von der Motorhaube an, als hätte er sich die Finger verbrannt.

Dosske zeigte an, dass er verstanden hatte.

Hier traten nun neue Fußspuren zutage. Fußspuren, die von der Fahrertür des Mercedes zu einer Tür ins Innere des Lagergebäudes führten. Von der Beifahrertür gingen keine Spuren aus. Auch diese Information gab Christ per Fingerzeig an Dosske weiter.

Kein Fenster war an der Front der Lagerhalle zu erspähen, das einen Blick ins Innere ermöglicht hätte. Es gab nur diese eine Tür - zumindest auf dieser Seite der Halle - zu der die Fußspuren führten.

Drüben vor dem Hauptgebäude verließ Dosske seine Deckung, kam herüber und schloss zu Christ auf.

Die beiden SoKo-Männer spürten diese ungute Stille, die ihnen die Nackenhaare aufstellte und sie noch ein Stück aufmerksamer werden ließ.

Doch all ihre Aufmerksamkeit konnte nicht verhindern, was dann geschah. Als Christ die Tür bewegte, quietschte sie tierisch laut in ihren alten Angeln.

„Sch...", setzte Dosske an, sprach das Wort aber nicht aus.

Dann herrschte wieder Totenstille.

Durch den geöffneten Spalt fiel schwaches Licht nach draußen.

Christs geschulter Instinkt ließ ihn aufmerken. Hier lauerte eine Gefahr. Bevor er sich vorsichtig durch die Türe schob, zog er seine Waffe.

Auch Dosskes innerer Alarm schrillte in seinem Kopf, sodass auch er seine Waffe aus dem Holster holte. Purer Instinkt ließ Dosske noch aufmerksamer werden und jeden Schritt, den er durch die Tür tat, mit Bedacht setzen.

Mit gezückten Waffen sich gegenseitig sichernd, so wie sie es vor langer Zeit gelernt hatten, drangen sie in die Lagerhalle ein.

Von der Decke baumelten mehrere Lampen mit Neonröhren, doch keine von ihnen spendete Licht für die alten Regale, die schon lange nichts mehr getragen hatten. Die in der Decke befindlichen Oberlichter spendeten aufgrund der auf ihnen ruhenden Schneelast ebenfalls kaum Licht. Alles wirkte duster und diffus.

Doch bevor die beiden SoKo-Männer den großen Raum näher in Augenschein nehmen konnten, kam von irgendwo links oben ein leises Geräusch. Bevor Christs Augen die Gefahr registrierten, reagierten seine Muskeln bereits. Er riss seine Waffe in die Höhe, um bereit zu sein für das, was da vielleicht kommen mochte. Sein Herz schlug ihm bis zum Hals.

Fast zeitgleich entstand auch rechts unten eine Bewegung. Jemand stieß von dort eine Warnung aus: „In Deckung!"

Das „…ung" hörte Christ schon nicht mehr, wobei er sich nicht sicher war, ob das Knallen der Schüsse die Silbe übertönt oder der Sprecher sie nicht mehr herausgebracht hatte, weil der Einschlag einer Kugel ihm die Luft geraubt und ihn zu Boden geworfen hatte.

Und schon wurde das Feuer auch auf Christ und Dosske eröffnet. Sie suchten Deckung hinter Regalen, die eigentlich keinen Schutz boten, und erwiderten das Feuer, das von einem Umlauf links unter dem Dach kam.

Dosske und Christ waren beide gute Schützen. Und so dauerte der Schusswechsel nicht lange, bis der Schütze vom Umlauf getroffen nach unten stürzte, ohne dass er einen Ton von sich gegeben hatte. Es war nicht zu sagen, welche Patrone – die aus Christs oder aus Dosskes Waffe - den Schüssen von oben ein Ende gesetzt hatte.

Mit rasendem Puls riskierte es Christ, den Kopf aus der Deckung zu schieben. Er sah den Schützen bewegungslos auf dem Boden liegen und stellte zu seiner Erleichterung fest, dass sich auch sonst oben nichts mehr bewegte, was ihm gefährlich werden könnte. Dosske riskierte ebenfalls, seinen Kopf über den Rand des Regalbodens zu heben, hinter dem er Deckung gesucht hatte.

Christ schickte seinen Kollegen mit einem kurzen „Dosske" und Fingerzeig zu dem herabgestürzten Mann hinüber. Er selbst hechtete zu der angeschossenen Person, die sie gewarnt hatte.

Als Christ näher dran war, rappelte sich der Mann gerade wieder auf und blickte ihm für einen Moment in die Augen, aus denen Christs unausgesprochene Erleichterung sprach, dass er die letzte Minute überlebt hatte. Der SoKo-Chef machte sich keine Illusionen über seine eigene Verwundbarkeit. Für ihn stand fest, dass dieser Mann, der sich gerade schwerfällig in eine aufrechte Sitzposition schob, ihnen eben das Leben gerettet hatte.

„Ist er tot?", fragte der Mann nun ächzend, während sein Blick die Fallhöhe abzuschätzen schien.

Christ legte den Kopf schief und zuckte mit den Schultern, hielt es aber für unwahrscheinlich, dass der Mann den Sturz überlebt hatte. Er rief zu seinem Kollegen hinüber: „Dosske?"

Von dort kam ein unmissverständliches „Exitus!"

„Hat er nicht überlebt", beantwortete Christ jetzt die Frage des Mannes.

„Shit!", fluchte der Mann.

Christ überlegte, ob diese Äußerung den Tod des Schützen betraf oder die Verfassung des Mannes, der vor ihm auf dem Boden saß, bekleidet mit Jeans und einem navyfarbenen Fishtail-Parka, dessen Kapuze mit einem braunen Kunstfell besetzt war, das vom Ton her der Haarfarbe des Mannes entsprach.

Christ betrachtete das Gesicht des Mannes, der ihn jetzt fragte: „Sind Sie okay?"

„Ich glaube, das müsste ich eher Sie fragen!", raunte Christ.

Der Mann fingerte in Höhe seines Herzens nach der Stelle, wo die Kugel offensichtlich eingeschlagen war.

„Ich sage nie mehr etwas gegen Schusswesten", kam ihm abgeklärt über die Lippen.

Christ fragte: „Ist sonst noch jemand hier?"

„Nein. Das hätten Sie sonst bestimmt schon bemerkt!", raunte sein Gegenüber.

Christ betrachtete den Mann eingehend und wollte von ihm wissen: „Was ist hier los? Wer sind Sie?"

„Tappert, Torsten Tappert", stellte sich der Mann vor, und wie er es sagte, hatte es etwas von *Bond, James Bond.*

„Sie sind mitten in meine Observation geplatzt!", beschwerte sich Tappert und schob seine Hand unter die Jacke. Augenblicklich sah er sich dem Lauf einer Pistolenmündung gegenüber, worauf er beschwichtigend die rechte Hand hob und mit links vorsichtig seinen Ausweis hervorholte. „Nur mein Ausweis", beruhigte er, zog ihn aus der Tasche und reichte ihn Christ.

Der warf einen schnellen Blick darauf. Selbst dem sonst so unerschütterlichen SoKo-Chef hoben sich unwillkürlich verwundert die Augenbrauen, als er begriff, dass er es mit einem Mitarbeiter des BND zu tun hatte. Er reichte den Ausweis zurück und sagte: „Christ, SoKo S."

„Das dachte ich mir schon", murrte der Mann.

Christ bemerkte Dosske, der zu ihnen herüberkam, und richtete einen prüfenden Blick auf ihn. Sein Kollege schien unverletzt. Er wandte sich wieder an den immer noch auf dem Boden sitzenden Mann. „Wieso dachten Sie das?"

„Nachdem ich gestern recherchiert habe, wer Herr Dosske ist ..."

Daraufhin besah sich Dosske den Mann näher - *die braunen Augen,* dachte er und erkannte: „Sie sind mir gestern gefolgt!"

Der Mann stemmte sich nun schwerfällig in die Höhe, wobei der SoKo-Chef ihm aufhalf.

„Was ist mit Ihrem Arm?", wollte Christ wissen und deutete auf Tapperts linken Parkaärmel.

Der Parka bestand zwar aus robustem, wetterbeständigem Material und sein Innenfutter bot zusätzlichen Schutz vor Kälte, aber erkennbar nicht gegen ein Kugelgeschoss.

Der Mann vom BND hatte so viel Adrenalin im Blutkreislauf, dass er gar nicht gemerkt hatte, wie eine Kugel ihn auch am Arm getroffen hatte, wo Blut aus einer Wunde quoll. Er besah sich die Stelle und mit Bewusstwerden der Verletzung kam auch der Schmerz. „Shit!", entfuhr es ihm erneut. „Sie sind wohl gern zur falschen Zeit am falschen Ort!", murrte er vorwurfsvoll und versuchte, sich umständlich den Ärmel von seinem verletzten Arm zu ziehen.

Christ trat an Tappert heran und half ihm. „Manchmal kommen wir aber auch genau zum richtigen Zeitpunkt", meinte er trocken und nahm die Verletzung in Augenschein.

„Das hätte ins Auge gehen können", murrte der Mann.

„Wohl eher in den Arm", raunte Dosske, dessen Augen ebenfalls auf der Verletzung ruhten.

„Das sieht nach einem glatten Durchschuss aus", diagnostizierte Christ.

„Na toll!", entfuhr es dem BND-Mann.

Christ trat noch einen Schritt näher an Tappert heran und bemerkte: „Das blutet ziemlich stark."

Tappert stöhnte genervt auf.

„Das muss dringend versorgt werden", erkannte der SoKo-Chef, zog sich pragmatisch seinen Schal vom Hals und nutzte ihn als eine Art Druckverband. „Bevor wir jetzt auf einen Krankenwagen warten, bringe ich Sie gleich selbst ins Krankenhaus - das geht schneller."

Tappert signalisierte, dass er eigentlich nichts dagegen hatte, setzte dennoch zu einem „Aber ..." an.

Christ fiel ihm ins Wort, während er den Knoten an Tapperts Arm festzog. „Dosske wird sich hier um alles kümmern!"

Dosske bestätigte mit einem kurzen Nicken.

„Und das mit der gebotenen Vorsicht!", ergänzte Christ mahnend, während er das Anlegen seines provisorischen Verbands beendete.

Dosskes erneute Kopfbewegung drücke ein *Ja, klar!* aus. Im Stillen dachte er: *Und auf dem Weg ins Krankenhaus kannst du den Mann dann schön ausfragen.* Dosske schnappte sich sein Handy, um die entsprechenden Anrufe zu tätigen.

Mit Blick auf den provisorischen Verband, den er fabriziert hatte, forderte Christ den Verletzten auf: „Kommen Sie, lassen Sie uns fahren, der wird nicht lange halten!" Christ schob Tappert in Richtung Tür, während Dosske in sein Handy sprach, um alles Weitere zu veranlassen.

***

Tatsächlich nutzte Christ die Fahrt zum Krankenhaus, um den Verletzten mit Fragen zu löchern, doch auch der SoKo-Chef wurde befragt und präsentierte ebenfalls ein paar Antworten. Als sie am Krankenhaus ankamen, begann für Christ das nervige Warten auf das Ende von Tapperts Behandlung.

Christ nutzte die Zeit und rief bei Kuhnert an.

Der konnte berichten, dass er auf Santoros Laptop weitere Aufnahmen gefunden hatte, die einen Straßenzug mit Häusern, Läden und Straßenverkehr zeigten. Im Zentrum war ein Mann beim Betreten eines Nagelstudios zu sehen.

Bei Kuhnerts Worten kam Christ sofort Santoros manikürter Daumennagel in den Sinn.

Wie Kuhnert berichtete, waren die gefundenen Fotos als Dateien mit Datum und Uhrzeit gespeichert worden. Wer der Mann war, stand allerdings nicht dabei und ob der Unbekannte überhaupt das Wichtige auf dem Foto war, war auch nicht mit Sicherheit zu sagen - aber es war durchaus davon auszugehen.

Anschließend rief Christ Dosske an.

Der berichtete, dass die Spurensicherung eingetroffen war und auch er selbst jetzt in dem Gebäude unterwegs war, um zu schauen, was es dort mit Waffengewalt zu verteidigen gab.

Christ ließ verlauten, dass er noch auf das Ende von Tapperts Behandlung warte und er ihn dann je nachdem im Krankenhaus lassen oder dorthin fahren würde, wohin er wollte.

Auf Dosskes Frage, was Tappert erzählt hatte, konnte Christ allerdings nicht viel antworten, außer dass nun - nach Colonnello Bianchi - wohl auch noch eine dritte Partei am aktuellen Fall beteiligt war.

Kapitel 26

Dienstag, 3. Januar, 15:35 Uhr

Am Nachmittag war Dosske in die SoKo-Zentrale zurückgekehrt, wo er ungeduldig auf die Rückkehr des SoKo-Chefs wartete, und dies gleich aus mehreren Gründen: einmal weil er selbst von einem Ermittlungserfolg zu berichten hatte, zum anderen weil er wissen wollte, was der Chef vom Gespräch mit dem BND-Mann an Informationen im Gepäck hätte.

Doch als der SoKo-Chef schließlich im fünften Stockwerk ankam, hatte er nicht nur die Informationen des Mannes vom Bundesnachrichtendienst im Gepäck, sondern gleich ihn höchstpersönlich.

Dosske trat in den Flur, als er die Stimme des SoKo-Chefs vernahm. Überrascht über Christs mitgebrachten Gast, meinte er: „Ah, hoher Besuch!"

Tappert quittierte das mit einem schiefen Grinsen.

Dosskes Zeigefinger zeigte auf Tapperts in einer Armschlinge steckenden bandagierten Arm. „Und?"

„Glatter Durchschuss, nicht weiter schlimm", gab Tappert lapidar an.

Auf Christ Gesicht zeichnete sich jedoch ab, dass der Mann seine Verletzung ganz schön herunterspielte.

Dosske klopfte Tappert vorsichtig auf die Schulter des nicht verletzten Arms. „War ganz schön mutig, für uns die Zielscheibe zu spielen", meinte er dankbar.

Christ brummte: „Ich glaube nicht, dass das sein Ansinnen war."

„Trotzdem danke!", sagte Dosske.

Christ fragte: „Ist Colonnello Bianchi noch bei Hergert?"

„Ich glaube ja."

Nach dem, was Tappert ihm erzählt hatte, hielt er es für angebracht, die beiden Männer miteinander bekannt zu machen. „Holen Sie ihn", wies er Dosske an. „Wir sind in meinem Büro."

Also stellte Dosske seine Informationen hintan und holte zuerst den Colonnello.

Als Dosske ein paar Minuten später in Begleitung von Colonnello Bianchi Christs Büro betrat, trug er in der rechten Hand einen großen Beweismittelbeutel.

Christ machte die beiden Männer miteinander bekannt, die nun ihm gegenüber vor seinem Schreibtisch Platz nahmen.

Christ berichtete Colonnello Bianchi kurz, was in Neu-Isenburg vorgefallen war.

Bianchi sah zu Tappert. „Sie wurden angeschossen?"

Tappert hob seinen nicht verbundenen Arm in einer abwertenden Bewegung. „Passiert manchmal."

„Manchmal", griff der Colonnello das letzte Wort des Mannes auf, „ist der Grat, auf dem wir uns zwischen Krankenbett und Bahre bewegen, ganz schön schmal."

Tappert nickte nachdenklich. Er wusste nur zu gut, dass manchmal ein paar Zentimeter darüber entschieden, ob jemand im Krankenhaus oder im Kühlfach beim Rechtsmediziner landete.

„Gab's noch was in Neu-Isenburg?", wollte Christ nun endlich von Dosske wissen, der sich neben dem Schreibtisch des SoKo-Chefs aufgebaut hatte und darauf brannte, seine Informationen loszuwerden.

Ein Lächeln überzog Daniel Dosskes Gesicht. „Wir haben die Drohnen gefunden", gab er pathetisch bekannt und öffnete den mitgebrachten Beweismittelbeutel, dessen Inhalt er mit großer Geste auf dem Schreibtisch ausleerte.

Etwa zehn kleine Drohnen purzelten heraus. Sie wirkten wirklich etwas wie fette Stubenfliegen, die Purzelbäume schlugen.

„Incredibile!", entfuhr es Bianchi und er rutschte auf seinem Stuhl nach vorn, um sich eine der Minidrohnen zu schnappen.

Auch Christ und Tappert griffen interessiert zu.

Ein Lächeln der Erkenntnis umspielte Bianchis Mundwinkel. „Das sind sie!", kam ihm erleichtert über die Lippen. Dann lief sein Blick voller Hoffnung zu Dosske. „Wie viele haben Sie gefunden?"

„Mehrere Hundert", berichtete Dosske zufrieden.

Der Colonnello reckte seine rechte Hand mit der Drohne darin gen Himmel, wobei ihm von Herzen ein „Grazie Dio!" über die Lippen kam.

„Und das Sarin?", wollte Christ wissen.

Die Zufriedenheit auf Dosskes Gesicht wich Enttäuschung und er schüttelte den Kopf. „Das haben wir leider nicht gefunden. Aber im Keller, wo die Drohnen gelagert waren, haben wir Vorrichtungen gefunden, die man zum Abfüllen des Sarins in die Drohnen benötigt, unter anderem Labor-Handschuhboxen mit Tansferkammer. Man hat da einen Teil des alten Labortrakts des Hauses wieder aufleben lassen."

„Als die Firma umgezogen ist, hat man wohl alles modernisiert und die alten Laborgerätschaften einfach zurückgelassen", mutmaßte der BND-Mann.

Christ sah Tappert an. „Und die will sich jetzt jemand zunutze machen."

„Sehe ich auch so", meinte Dosske.

„Also wird irgendjemand das Sarin noch dort hinbringen, um es in die Drohnen einzubringen", meinte Bianchi.

„Soll ruhig kommen", gab sich Dosske lässig. „Ein Sondereinsatzkommando liegt bereits auf der Lauer", gab er bekannt.

„Sehr gut!", entfuhr es Tappert.

Christ wandte sich wieder an Dosske. „Gibt es schon Informationen von Stein und Brucati?"

„Wir haben vor ein paar Minuten miteinander telefoniert, als sie mit der Befragung bei *Pharmatec* fertig waren. Niemand will Santoro dort gesehen haben. Die beiden sind jetzt wieder auf dem Weg hierher."

„Ist der Tote aus Neu-Isenburg schon hier?", wollte Christ von Dosske wissen.

„Das weiß ich nicht", antwortete er und fragte seinen Chef nun seinerseits: „Was haben Sie herausgefunden?"

Christ schaute zu Tappert. „Erzählen Sie ihm, was Sie mir erzählt haben", bat er den BND-Mann und griff zum Hörer.

„Also", begann Tappert seinen Bericht. „Wir hatten mitbekommen, dass sich eine Gruppe aus Italien - durch ihre Deckmänner natürlich - hier im Raum Frankfurt nach Objekten umgesehen hat, die man, sagen wir mal, gut für ein Versteck nutzen kann. Außerdem suchten sie hier Anschluss zu zwielichtigen radikalisierten Gruppen."

„Wo haben Sie das gehört?", wollte Bianchi wissen.

„Wir haben da so unsere Quellen", hielt sich Tappert bedeckt.

Bianchis Blick blieb fordernd.

Doch Tappert blieb seiner Linie treu. „Wir kennen unsere üblichen Verdächtigen, und wenn die aktiv werden, dann ..."

Bianchi beendete den Satz: „... sind Sie zur Stelle."

Tappert nickte. „Wir versuchen es zumindest! Hellhörig wurden wir, als wir mitbekamen, welche Voraussetzungen an diesem gesuchten Ort gegeben sein sollten."

„Sie meinen die Laborsache", forschte Bianchi nach, der die Augen nicht mehr von Tappert ließ.

„Ja", bestätigte dieser.

Während Dosske mit einem Ohr Tappert zuhörte, lauschte er mit dem anderen, wen Christ anrief. Christ erkundigte sich bei Wenright, ob der Tote aus Neu-Isenburg schon bei ihm im Kellergeschoss war. Dann lauschte Christ einen Moment in den Hörer, bis er sagte: „Sobald du was hast, sag Bescheid!" und wieder auflegte.

Als Dosske seinen Chef fragend ansah, antwortete Christ: „Gerade eben angekommen."

Jetzt konzentrierte sich Dosske wieder auf Tapperts Worte.

„Und dann kamen wir auf die Spur dieser Drohnen."

„Wie?"

„Wie und wo sei jetzt dahingestellt", blieb Tappert geheimnisvoll. „Als uns bekannt wurde, dass es sich um eine fanatische Gruppe handeln könnte, die etwas in Richtung eines Anschlags plant, machten sich sofort unsere digitalen Detektive an die Arbeit. Sie untersuchten Reisebewegungen, glichen Fotos ab und durchforsteten Datenbanken. Als der Name Enrico Russo ins Spiel kam, wurde uns schnell klar, dass es sich hier um eine größere Sache handelt."

Bianchi schien zu wissen, wen Tappert meinte, denn er schnellte auf seinem Stuhl nach oben und sein Mund stieß aus: „La Volpe."

„Ja, der Fuchs", bestätigte Tappert. „Und dieser Terrorist gibt sich nicht mit kleinen Geschäften ab."

Bianchi atmete schwer und nickte.

„Der Name sagt mir nichts", erklärte Dosske mit einer auffordernden Handbewegung.

„Ein listiger, hochintelligenter Terrorist", berichtete Tappert.

Und Colonnello Bianchi ergänzte: „Ausgeburt bösartiger Schlauheit und Hinterlist!"

„Leider", bestätigte Tappert. „Und leider verfügt er auch noch über das nötige Kleingeld für all das, was ihm so in den Sinn kommt!"

„Millionenschwer!", ergänzte Bianchi.

„Wir haben Russo als mutmaßlichen Strippenzieher in dieser Sache identifiziert. Und wir konnten eine Videochronologie seiner Anreise von der Ankunft am Flughafen Frankfurt bis zu seinem ersten Hotel, der Hotellobby über den Lift bis zu seiner Etage erstellen."

„Und wo ist er jetzt?"

Tapperts Miene zeigte Frust an - Frust, weil der eigentlich bereits gefangen geglaubte Fisch von der Angel gegangen war. Dieser Moment, wo man meinte, alles im Griff zu haben, und sich die Hoffnung auf einen dicken Fang einfach in Luft auflöste, war in seinem Metier manchmal nur schwer zu ertragen. Doch da hieß es, unbeirrt die Angel wieder auszuwerfen, denn irgendwo musste der Fisch ja noch zappeln. War das Wasser, in dem er schwamm, auch noch so undurchsichtig - angeln konnte man immer!

Christ hatte Tapperts Miene offenbar richtig interpretiert, denn der antwortete: „Ich kann Ihnen sagen, wo er nicht ist: in seinem Hotel. Und er befindet sich auch nicht, wo wir ihn noch erwartet hätten, nämlich am Flughafen Frankfurt. Wir rechneten mit dem Flughafen als Ziel - für was auch immer er vorhat. Da kam Russo auch an, bestieg aber bald ein Taxi. Seit seiner Ankunft hat man ihn am Flughafen nicht mehr gesehen. Wir dachten, er wollte den auskundschaften."

Der SoKo-Chef schürzte die Lippen. „Mit täglich um die 200.000 Passagieren ein perfektes Ziel", unkte er.

„Ich habe letztens mal gelesen, dass es schon mal 70 Millionen Fluggäste in einem Jahr sein können", kramte Tappert aus seinen Erinnerungen hervor.

„Das ist 'ne Menge!", raunte Bianchi, dem man anmerkte, dass er dabei die Opferzahlen eines solchen Anschlags abschätzte.

„Ja, aber wenn man sich so ein Ziel aussucht, dann kundschaftet man es genauestens aus", meinte Tappert und verdeutlichte: „Wo richtet man den größten Schaden an? Wo sind die Schwachstellen bei der Sicherheit? Wo kommt man leicht rein? Und so weiter. Aber keinerlei Aktivitäten von Russo in dieser Richtung." Er hob grübelnd die Hände.

„Das kann ja auch ein anderer für ihn gemacht haben", meinte Dosske.

Bianchis Erfahrung sagte ihm da etwas anderes: „Das überlässt La Volpe niemandem. Er ist der Kopf, der Planer für all seine Aktionen. Und er ist ein Pedant!"

Tappert sprach weiter: „Also stellten wir den Flughafen als Ziel hintan und haben eine Liste mit Alternativzielen erarbeitet."

Bianchi kam näher an Tappert heran. „Da dürfte es hier im Rhein-Main-Gebiet aber einige Ziele geben!"

„Ja. Das ist wie bei der sprichwörtlichen Sisyphusarbeit."

Christ wollte wissen: „Wofür hat sich der Fuchs interessiert? Sie haben gesagt, Sie haben ihn überwacht. Wo war er?"

„Er hat sein Hotel einmal verlassen - also zumindest das eine Mal, wo wir es mitbekommen haben", schränkte er ein. „Ist durch die Innenstadt von Frankfurt geschlendert. Und dann …" Tappert holte sein Handy aus der Jackentasche und führte eine Aufzeichnung vor, die den Verdächtigen zeigte.

Jetzt bekam der Fuchs auch für Christ und Dosske ein Gesicht. Man sah den Mann, wie er in einer Buchhandlung in der Abteilung für Reiseführer stand und scheinbar interessiert einen Reiseführer aus dem Regal herauszog. Dann ging eine seiner Hände in seine Jackentasche, holte etwas heraus und steckte dieses Etwas hinten in den Reiseführer, wo normalerweise die Karte aufbewahrt wurde. Schließlich stellte er den Reiseführer zurück ins Regal und entfernte sich wieder. Kurz darauf kam ein anderer Mann, stellte sich ebenfalls an das Regal, zog den Reiseführer heraus, nahm das versteckte Teil heraus und ließ es in seiner Jackentasche verschwinden. Die beiden beobachteten Männer hatten kein Wort miteinander gewechselt und sich doch ausgetauscht.

„Verschwiegen ist das Gewerbe …", murrte Dosske.

Christ dachte: *und nicht selten gefährlich!* Laut sagte er: „Haben Sie den anderen Mann festgenommen?"

Tappert schüttelte den Kopf. „Der das da in Empfang genommen hat, ist nur eine weitere unbedeutende Marionette in dem Spiel. Genau wie der Mann, den Sie vorhin in Neu-Isenburg vom Umlauf geholt haben. Das sind kleine Lichter. Wir wollen aber an den Flakscheinwerfer ran."

„An La Volpe", verstand Bianchi.

„Ja", bestätigte Tappert. „Hier in Deutschland kann er nicht allein die Fäden in der Hand halten, er muss einen Partner haben, anders als in Italien." Tappert schaute zu Bianchi.

Und der meinte: „Oder mehrere Partner."

„Auch möglich", gab Tappert zu. „Und dem oder denen wird Ihr Kollege zu nahe gekommen sein."

Bianchi nickte versonnen, wobei sein Blick ins Weite ging.

„Da Russo nicht mehr in seinem Hotel ist, nehmen wir an, dass er bei diesem Partner untergekommen ist."

„Na, da schauen wir doch mal, ob wir den Fuchs mit vereinten Kräften aus seinem Bau locken können", sagte Christ.

Bianchis Blick schien zu sagen, dass es ihm nicht reichte, den Fuchs aus seinem zu Bau holen, er ihm stattdessen lieber das Licht ausblasen würde.

Christ wandte sich wieder an Tappert. „Können Sie mir Fotos von dem Fuchs und diesem Mann zukommen lassen?"

Auf Tapperts Nicken hin drückte Christ ihm seine Visitenkarte in die Hand. „An diese Mailadresse!"

Während Tappert auf seinem Handy tippte, wollte er wissen: „Wo hat man Santoro eigentlich gefunden?" Das war eine Antwort, die er von Christ noch nicht erhalten hatte.

SoKo-Chef Christ erhob sich mit einer einladenden Geste. Mit einem „Kommen Sie!" führte er den Mann vor das Whiteboard im Besprechungsraum.

Auch Bianchi und Dosske schoben sich hinter den beiden in den Raum und vor das Whiteboard.

Dort erklärte Christ die aufgehängten Informationen. Währenddessen kündigten zwei *Ping* aus Christs Jacketttasche an, dass die Fotos von Tappert angekommen waren. Der SoKo-Chef schickte diese sogleich zum Drucker des Besprechungsraums weiter, der sie artig ausdruckte. Christ fischte sie aus dem Ausgabefach und fügte sie dem Whiteboard mit der Beschriftung „der Fuchs" und „der Unbekannte" hinzu. Zum Schluss kam er auf den gelben Haftzettel zu sprechen: „Und das hier ist ein Zettel, den wir an Santoros Laptop gefunden haben. Was diese Ziffern allerdings bedeuten, wissen wir noch nicht", murrte er.

Tappert kniff die Augen zusammen, trat einen Schritt näher an das Foto des Zettels heran und fokussierte das *XIIXI* darauf. Der Zeigefinger der Hand seines unverletzten Armes ging dabei an seine Nasenspitze, die er gedankenversunken ein paarmal antippte.

In Christ keimte Hoffnung auf, als er dies beobachtete. Und er wurde nicht enttäuscht.

„Ich glaube …", kam langsam über die Lippen des BND-Mannes, „… ich aber schon."

Damit hatte Tappert augenblicklich alle Aufmerksamkeit auf sich gezogen. Bianchi, Christ und Dosske starrten ihn wortlos gebannt an, während Tappert weiterhin auf die Ziffern starrte und jetzt doch unschlüssig wirkte.

Spannung baute sich auf, weil Tappert nicht weitersprach, sondern wie ein Roboter, dem man den Saft abgedreht hatte, ohne Regung dastand, bis er endlich wieder zum Leben erwachte und das Wort ergriff: „Ich habe da eine Vermutung." Tappert schritt an das Whiteboard, nahm einen Stift zur Hand und fragte: „Darf ich?"

Christ nickte.

Tappert zog die Kappe vom Stift und zeichnete los. Er zeichnete eine zusammenziehende Klammer unter X und I und schrieb darunter 11, dann setzte er einen Punkt, unter das nächste I schrieb er eine 1, der wiederum ein Punkt folgte, und dann malte er wieder eine zusammenziehende Klammer unter das noch verbliebene X und I und schrieb darunter wieder eine 11. Dann drückte er die Kappe auf den Stift zurück, nahm ihn als Zeigestock und sagte - nacheinander auf die von ihm geschriebenen Zahlen zeigend: Elfter Erster, elf Uhr. Am 11. Januar um 11 Uhr soll der Anschlag stattfinden."

Christ starrte mit großen Augen auf das, was Tappert gezeichnet hatte. *Wenn man es weiß, ist es so einfach*, dachte er.

Dem SoKo-Chef und den anderen hatte es erst einmal die Sprache verschlagen.

Tappert hingegen sprach weiter: „Das mögliche Datum wurde uns durch unsere Kanäle signalisiert."

Christ ergriff als Erster wieder das Wort. „Aber Sie wissen nicht, um welches Ziel es sich handelt?"

„Nicht genau, es gibt mehrere Möglichkeiten an diesem Tag."

In diesem Moment warfen Stein und Brucati einen Blick in den Besprechungsraum. Sie waren gerade eingetroffen und auf dem Weg zu ihrem Büro den Stimmen gefolgt, was Christ mit „Sie kommen genau richtig!" kommentierte.

Die beiden traten ein und Christ machte sie mit dem Mann vom BND bekannt und führte aus, wer auf den beiden neuen Fotos am Whiteboard zu sehen war. „Außerdem wissen wir jetzt, was das Geschriebene auf diesem Zettel bedeutet!", berichtete Christ und erklärte es den beiden.

„Jetzt müssen wir nur noch das Ziel herausfinden", meinte Dosske.

Brucatis Augenbrauen waren nach oben gegangen. „Der 11. Januar, das ist nächste Woche Mittwoch", sagte er mit einem Blick zu Stein, der besagte: *Meinst du auch, was ich denke?*

Stein fing diesen Blick auf und meinte dann an Christ gewandt: „Ich glaube, da können wir helfen." Sie nahm Augenkontakt mit Brucati auf, der bestätigend nickte.

„Wir haben bei *Pharmatec* erfahren, dass am 11. Januar, also am Mittwoch, eine größere Sache über die Bühne gehen soll."

„Am Vormittag", ergänzte Brucati.

„Ist wohl ein Gipfeltreffen der Pharmaindustrie. Es wird ein neues Produkt vorgestellt und es soll einen Award für die *Pharmatec* geben."

„*Pharmatec*", wiederholte BND-Mann Tappert, als würde bei dem Namen etwas bei ihm klingeln, und nahm nochmals sein Handy zur Hand - wobei ihm sein bandagierter Arm in der Schlinge hinderlich war. „Da schauen wir doch mal, ob die Veranstaltung Eingang auf unserer Liste der Alternativziele gefunden hat."

Während Tappert auf seinem Handy scrollte, berichtete Brucati: „Im Anschluss an die Preisvergabe ist wohl ein Essen auf dem Hofgut Neuhof geplant."

„Wer nimmt daran teil?", erkundigte sich Christ.

„So wie ich das verstanden habe, werden so gut wie alle Mitarbeiter von *Pharmatec* vor Ort sein."

Christ wollte es genau wissen. „Wie viele?"

„Vielleicht fünfzig, sechzig", mutmaßte Brucati. „Keine Ahnung, wer das im Einzelnen ist und wer da noch kommt."

„Das kann ich Ihnen wiederum sagen", schaltete Tappert sich ein. Er hatte das Scrollen beendet, sein Blick ruhte auf dem Display seines Handys. „Wir haben eine Teilnehmerliste vom Unternehmen für diese Veranstaltung. Dreiundvierzig Mitarbeiter sind gemeldet. Außerdem werden Wirtschaftsbosse und hochrangige Politiker dabei sein, zum Beispiel der Wirtschaftsminister. Deswegen wissen wir von dieser Veranstaltung. Der Wirtschaftsminister wird zu dem Thema ‚Das Potenzial von KI und AA in der Pharmaindustrie' sprechen."

„Künstliche Intelligenz und Advanced Analytics?", fragte Christ nach.

„Ja."

Bianchi schnaubte durch die Nase. „Diese Begriffe sind nach wie vor in aller Munde."

„Richtig, weil hohe Erwartungen damit verbunden werden", wusste Tappert.

Bianchi nickte. „Profitabilitätssteigerung."

Tappert bestätigte: „Es kann schon einen echten Mehrwert bedeuten, wenn der Mensch aktiv durch eine KI unterstützt wird; wenn Geschäftsabläufe und Entscheidungen optimiert werden können, weil man prognostizieren kann, was in Zukunft geschehen wird."

„So etwas zieht viele an", meinte Bianchi.

Tappert nickte versonnen. „Und am 11. kommen die alle zum Hofgut Neuhof!"

Dosskes Blick blieb auf Tapperts Handy hängen. „Das bedeutet, wir wissen jetzt, wo und womit der Anschlag stattfinden soll und wen es treffen soll."

„Und wir haben einen konkreten Zeitpunkt, bis zu dem wir den Täter ermittelt haben müssen", rief Christ in Erinnerung.

„Uns bleibt eine Woche", meinte Dosske.

„Die wir aber nicht ausschöpfen sollten!", mahnte Tappert. „Wo ist dieses Hofgut Neuhof?"

„Nicht weit von hier", sagte Christ.

„Vielleicht tappt La Volpe ja auch noch in die Falle des SEK", hoffte Dosske.

Stein räusperte sich die Kehle frei. Man merkte, dass sie nicht einverstanden zu sein schien mit dem, was die Kollegen gesagt hatten. Es brannte ihr etwas auf der Seele.

„Stein, Sie sehen das anders?", ging Christ darauf ein.

„Ich weiß nicht so recht …", begann sie unsicher, „… ob der Neuhof wirklich das Ziel ist."

Dosske war sich da sicher. „Wieso nicht? Was denn sonst? Da kommen sie doch alle hin", sagte er.

„Na ja …", begann Stein. „Was ich aus den Recherchen heute mitgenommen habe, ist, dass die ganzen Leute, also die Wirtschaftsbosse und die hochrangigen Politiker, die Sie angesprochen haben, am Mittwoch erst einmal bei *Pharmatec* auflaufen. Da wird es eine Führung durch das Haus geben und nach den Ansprachen fährt man mit Bussen zum Neuhof, um dort zu speisen. Wenn wir von einem Mittagessen ausgehen, wird man vielleicht so gegen elf Uhr dreißig, zwölf Uhr, beim Hofgut eintreffen. Das ist für den Anschlag um elf Uhr zu spät."

„Sie hat recht!", konstatierte Tappert.

„Und noch etwas sollten wir überlegen", sprach Stein weiter. „Wenn wir davon ausgehen, dass die Komponenten für das Sarin nicht nur bei *Pharmatec* beschafft wurden, sondern es vielleicht auch vor Ort hergestellt wurde und gelagert wird - warum sollte dann der Anschlag auf dem Neuhof stattfinden? Und wir dürfen nicht vergessen …" - Stein schaute Dosske an - „… du hast uns vorhin bei unserem Telefonat berichtet, dass ihr die Drohnen gefunden habt. Also, die können nicht mehr zum Einsatz kommen!"

„Aber das wissen La Volpe und sein Partner wahrscheinlich noch nicht", meinte Tappert.

Stein gab sich skeptisch. „Aber vielleicht wissen sie es doch, und wenn sie es wissen, dann wissen sie auch, dass das Sarin auf andere

Art und Weise in Umlauf gebracht werden muss. Und auch wenn wir nun das Wo und Wann zu wissen glauben, fehlt uns immer noch das Warum und Wer!"

Brucati sprang Stein zur Seite. „Und auch das Wen kennen wir eigentlich noch nicht wirklich - könnte der Wirtschaftsminister sein oder jemand anderes … oder alle."

Auch Dosske war ins Grübeln gekommen. „Könnte aber auch sein, dass sich einer an seinen Kollegen rächen will, weil sie ihm 'ne Pommes vom Teller geklaut oder ihn nicht beachtet haben!", warf er ein.

Einen Moment herrschte Sprachlosigkeit.

Dann meldete sich Stein zu Wort: „Wir könnten uns den Ablaufplan von Dr. Schubert besorgen." Ihr Blick wandte sich an Brucati. „Der hat doch die Veranstaltung minutiös geplant. Dann wissen wir, wo sich der Tross um 11:00 Uhr befindet."

Brucati sah seine Kollegin an. „Du meinst, der hat das alles schriftlich geplant."

Stein nickte bedächtig. „So wie ich den einschätze, ja."

„Das ist ein guter Ansatz", sagte Christ zu Stein, „besorgen Sie den!"

Stein fischte Dr. Schuberts Visitenkarte aus ihrer Tasche und lief ins Nebenzimmer, um ungestört zu telefonieren.

Tappert berichtete: „Man hatte uns bis jetzt nur den Beginn der Veranstaltung für zehn Uhr dreißig mitgeteilt. So ein Ablaufplan wäre echt nicht schlecht."

„Vielleicht können wir anhand dessen wirklich etwas herausfiltern", gab sich Dosske enthusiastisch.

„Signora Stein hat schon recht", meinte Bianchi. „Wir wissen immer noch nicht, warum jemand das Sarin einsetzen will. Und vor allem: Was hat La Volpe damit zu tun?"

Tappert hob fragend die Hände. „Könnte sein, er hat mitbekommen, dass hier jemand durchgeknallt ist, und er hat seine Chance gesehen, sich da dranzuhängen."

„Oder jemand hat in ihm gezielt einen Geldgeber gesucht, um seinen Plan auszuführen", mutmaßte Christ.

Stein kam zurück. „Dr. Schubert ist nicht mehr zu erreichen und auch sonst niemand mehr, die haben Feierabend. Es lief ein Band, ich habe eine Nachricht hinterlassen."

Christ ergriff das Wort: „Dranbleiben!", sagte er zu Stein. „Ich will das Ding so schnell wie möglich haben!" Dann wandte er sich an Bianchi und Tappert.

Auf Tapperts Stirn hatte sich kalter Schweiß gebildet, sein Gesicht trug eine ungute Blässe. Sichtlich traten jetzt die Nachwirkungen der Schussverletzung zutage. Die Erfahrung sagte dem SoKo-Chef, dass es an der Zeit war, seiner Truppe Gelegenheit zu geben, einmal durchzuatmen, denn bei dem, was noch zu erwarten war, brauchte er alle ausgeruht und voll einsatzfähig. Daher sagte er in die Runde: „Sobald wir wissen, wo sich alle am Elften um elf Uhr befinden, schauen wir weiter!"

„Kann ich morgen früh wieder um neun Uhr hier sein?", wollte Bianchi wissen. „Ich würde gern mit Herrn Kuhnert die restlichen Dateien auf Robertos Laptop durchsehen."

Christ stimmte zu und wandte sich dem Mann vom BND zu. „Herr Tappert, wenn Sie morgen auch vorbeischauen möchten, sofern Sie sich dazu in der Lage sehen …", meinte Christ rücksichtsvoll. „Ansonsten bleiben wir medial in Kontakt!"

„Ja, gern. Ich melde mich morgen früh - so oder so", antwortete Tappert. Er machte den Fehler, seinen Arm leicht anzuheben, was einen schmerzerfüllten Gesichtsausdruck zur Folge hatte.

Christ beeilte sich zu sagen: „Ich glaube, ich bringe Sie jetzt erst einmal in Ihr Hotel."

Tappert schlug sich die Hand vor die Stirn. „Ach, stimmt ja, mein Auto steht noch in Neu-Isenburg."

„Nicht nur das, ich glaube, es wäre nicht gut, wenn Sie selbst fahren", mahnte Christ.

Tappert schien dies wohl einzusehen. „Danke, ich nehme Ihr Angebot gern an."

Der SoKo-Chef wandte sich an Colonnello Bianchi. „Und was ist mit Ihnen? Wie kommen Sie hier weg? Ich kann Sie auch mitnehmen!", bot er an.

„Ich muss nach Neu-Isenburg zu meiner Schwester."

„Kein Problem! Kommen Sie!", forderte Christ auf eine Art, die keinen Widerspruch duldete.

Ohne große Verabschiedung trennte man sich. Obwohl es klar auf der Hand lag, dass die Pause an dieser Stelle durchaus angebracht und auch nötig war, wollte eigentlich keiner der Beteiligten den Strick aus der Hand geben, sondern weiter daran ziehen.

Als die drei Männer, die BND, COFS und SoKo präsentierten, den

Besprechungsraum verließen, rief Brucati ihnen hinterher: „Dann bis morgen!"

Brucati, Stein und Dosske blieben zurück. Letzterer schlug freudig die Hände zusammen. „Und wir drei Hübschen gehen jetzt rüber zu Johnny!"

Kapitel 27

Dienstag, 3. Januar, 18:59 Uhr

Brucati, Stein und Dosske hatten den Weg in ihre Stammkneipe gefunden, wo das Rücken der Stühle auf den Steinfliesen und das Stimmengewirr der SoKo-Kollegen nach Feierabend eine gemütliche Geräuschkulisse bildeten. Die von Johann Freibichler geführte Kneipe *Bei Johnny* lag gegenüber der SoKo-Zentrale und avancierte immer mehr zur Außenstelle der SoKo S. Schon vor Jahren hatte sie von Daniel Dosske den Titel *SoKo-Beamten-Wiederaufbereitungsanlage* verliehen bekommen. Den Titel hatte sich der Wirt mit den leckeren Essen und seiner herzlichen bayerischen Art redlich verdient. Auch jetzt - als Freibichler die Getränkebestellung der drei Durstigen aufnahm - war nicht nur ein großer grauhaariger Hüne an den Tisch gekommen, sondern mit ihm auch eine gemütliche Aura.

Dosske bestellte als Erster. „Für mich einen Cuba Libre ohne Rum bitte!"

„Eine Cola", notierte Freibichler, der um Dosskes Bestellmarotte wusste.

Stein schloss sich an. Brucati bestellte ein Dunkles.

„Für mich auch so eins!", rief Schäfer, der soeben eingetroffen war und sich ächzend setzte. Freibichler notierte auch das und entfernte sich.

„Na, Opa?", kommentierte Dosske sein Stöhnen. Der Fuhrparkleiter war vor Kurzem Opa eines - wie Stein es ausdrückte - zuckersüßen Enkels geworden.

„Wart erst mal ab, wenn du vor deinem Pa ein O stehen hast, dann tickt deine Uhr auch ganz anders!", gab der Fuhrparkleiter zurück.

Brucati nahm den Faden auf. „Dazu müsste Daniel erst einmal Pa werden", sagte er, und boxte Dosske auf den Oberarm. „Aber ich glaub, seine Uhr tickt jetzt auch schon ganz anders", schob Brucati hinterher, „der hat jetzt nämlich eine Debby und die geht immer vor", witzelte er.

Dosskes Reaktion bestand in einem in die Höhe gestreckten Mittelfinger. Dann lenkte er vom Thema ab, indem er darauf einging, dass sich Schäfer fröstelnd die Hände rieb. „Mich friert es auch schon den ganzen Tag!"

„Wir haben halt Winter", raunte Schäfer und streckte seine Beine aus, wobei er versehentlich Dosskes Schienbein traf.

Dem entfuhr ein Schmerzlaut. „Hat dich eigentlich noch keiner informiert, dass ein kleiner Unterschied zwischen einem Tischbein und meinem Bein besteht?", fauchte er und rieb sich das geschundene Schienbein.

„Tut mir leid", sagte Schäfer, aber sein Tonfall ließ etwas anderes vermuten.

Stein schüttelte den Kopf und stupste Dosske freundschaftlich mit dem Ellenbogen an. „Sei nicht so wehleidig!"

„Das hat aber wehgetan!", raunzte Dosske und verdeutlichte seine Schmerzen durch das weitere Reiben seines Beines.

„Na, komm, du bist aber schon arg wehleidig!", schmiss ihm der Fuhrparkleiter zu.

„Du musst erst mal erleben, wie er leidet, wenn er eine Erkältung hat", berichtete Brucati.

„Wusstet ihr übrigens", fragte Stein, deren Mundwinkel für eine Millisekunde nach oben geschnellt waren, bevor sie todernst weitersprach, „dass Frauen während einer Geburt derartig starke Schmerzen haben, dass es ihnen beinahe möglich ist, nachzuempfinden, was ihr armen Männer bei einer Erkältung durchstehen müsst?"

„Ey!", fauchte Dosske.

Auch den anderen Herren am Tisch entlockte Samira Steins Aussage ein Murren, während sie ein breites Grinsen nicht mehr unterdrücken konnte.

Schließlich meinte Dosske: „Erkältungen sind doch auch scheiße!"

„Vielleicht solltest du vorbeugend einen Kamillentee trinken", riet Brucati. „Der wärmt und beruhigt die Nerven ungemein."

Dosske gab schauspielerisch den Grübelnden. „Vielleicht gar keine so schlechte Idee. Hm, dann betrinke ich mich mit Tee, bis ich 2,5 Kamille hab."

Schäfer spielte mit: „Wäre für dich auf jeden Fall besser als 2,5 Promille."

Weiteres Geplänkel blieb jedoch aus, da der Wirt mit den Getränken zurückkam, nach der Essensbestellung fragte und somit Dosske eine Gegenreaktion ersparte.

Schäfer nahm gemächlich einen großen Schluck des dunklen Bieres, das Freibichler vor ihn gestellt hatte. Es war so, wie es sich gehörte - kalt, frisch gezapft und mit einer schönen Schaumkrone, die auf Schäfers Oberlippe ein weißes Bärtchen zurückließ, das er mit dem Handrücken entfernte und danach selig seufzte.

Währenddessen bestellte Dosske als Erster. „Ich nehm heut den Salat nach Art des Hauses."

Brucati und Stein reagierten gleichzeitig mit „Bist du krank?" auf die überraschende Bestellung ihres Kollegen. Da ihnen das Duett so perfekt gelungen war, schlossen beide eine High-five-Geste an, die schmatzend klatschte, als ihre Hände sich trafen.

„Ich bin noch so satt von gestern Abend", erklärte Dosske, der bei Johnny normalerweise immer eine Pizza bestellte, und schlug sich auf seinen rundlichen Bauch, bevor er sich wieder an Freibichler wandte. „Hast du noch von den roten Zwiebeln?"

„Ja."

„Dann mal drauf damit! Und nicht zu knapp!"

„Mach ich!"

„Ha!", entfuhr es Stein, „wusste ich's doch, du bist ein Salatist!"

Brucati vermutete etwas ganz anderes hinter Dosskes Ansinnen und tat dies lauthals kund. „Komm, gib's zu, deine Flamme hat über dein Gewicht gelästert!", meinte er und bestellte sein Essen.

Nachdem alle bestellt hatten und Freibichler die heitere Runde wieder verlassen wollte, hielt Brucati den Wirt zurück. „Ach, warte Johnny! Daniel hat noch etwas vergessen. Bring ihm doch noch einen Kamillentee!"

Schäfer gluckste vor Lachen, doch zur Überraschung der Tischrunde sagte Dosske: „Ja, bring mir den!", dann setzte er hinterher: „Aber setz ihn auf die Rechnung von Toni!"

„Mach ich!", sagte Freibichler und trollte sich.

Dosske wollte offensichtlich weg von diesem Thema, denn er lenkte das Gespräch in eine andere Richtung und fragte Schäfer: „Was war denn heute Morgen mit dem Auto vom Bruckmann los, hatte er wirklich wieder vergessen zu tanken?"

„Nee, getankt hatte er."

„Na, da ist ihm aber ein Stein vom Herzen gefallen", vermutete Brucati.

„Der ganze Feldberg", meinte Schäfer, der dem SoKo-Mann ansonsten gehörig die Leviten gelesen hätte. „Aber es ist halt, wie es ist: Neunzig Prozent aller Fahrzeugfehler sitzen auf dem Fahrersitz", raunte er, berichtete kurz, warum der Wagen des Kollegen liegen geblieben war. „War also nur 'ne Kleinigkeit. Hat sich schlimmer angehört, als es war. Aber der Fall, mit dem ihr gerade zu tun habt, der ist schon schlimm, oder?"

Er bekam nicht gleich eine Antwort von seinen Kollegen, dafür holte Dosske in einer ausladenden Geste einen kleinen Gegenstand aus seiner Jackentasche und legte ihn auf den Tisch. „Die haben wir heute sichergestellt."

Antonio Brucatis linke Augenbraue hob sich. „Beweismittelunterschlagung?", raunte er.

„Da waren Hunderte davon", tat Dosske lapidar ab.

Der technikbegeisterte Schäfer griff sogleich zu und besah sich das kleine technische Meisterwerk, während Dosskes Kamillentee unter Gejohle an den Tisch gebracht wurde.

Brucati forderte gut gelaunt: „Lass ihn dir schmecken!"

Doch Dosske verlor kein Wort zu dem Tee, sondern ein paar Worte darüber, was Bianchi über die Drohnen berichtet hatte.

Sein Wortfluss wurde schließlich unterbrochen, als die bestellten Essen an den Tisch gebracht wurden.

Unter großem Hallo brachte Johann Freibichler die Pizzas für Stein, Brucati und Schäfer. Ein noch größeres Hallo folgte, als er Dosske dessen Salat vor die Nase stellte, der von einer Portion roter Zwiebelringe gekrönt wurde, bei denen Freibichler nicht gespart hatte.

Dosske griff gut zu und als er sich ein weiteres Mal rote Zwiebelringe in den Mund schaufelte, schwante Brucati Arges. „Willst du die wirklich alle aufessen?"

„Klar!", nuschelte Dosske. „Warum denn nicht?"

Brucati starrte auf die noch vorhandenen Zwiebelringe und hauchte: „Wir beide fahren vielleicht morgen wieder zusammen in meinem Auto!"

Schäfer lachte auf, ihm schwante Fürchterliches. „Das gibt mehr als nur ein Bumbesje!"

„Das gibt ein Ohjeh!", ahnte Brucati.

Dosske spießte einen der roten Zwiebelringe auf, hielt ihn in die Luft und betrachtete ihn lustvoll. „Die sind so lecker!", berichtete er und ließ ihn in seinem Mund verschwinden.

Schäfer fragte in die Runde: „Was haltet ihr denn von der ganzen Drohnensache?"

Stein vollführte eine unsichere Geste.

„Hat was von Segen, aber auch Fluch", meinte Brucati.

„Eher von Pest oder Cholera", raunte Stein.

Doch Schäfer beschäftigte jetzt etwas ganz anderes: „Scheiße, ist die heiß!"", ließ er nuschelnd wissen und wedelte sich mit der Hand Luft in den Mund, wo sich das von ihm abgebissene Pizzastück befand.

„Na ja, also, ich sag mal so", begann unterdessen Brucati, „wenn ich an die überfüllten Straßen und die dicke Luft in manchen Städten denke, die an Autos ersticken, da könnte ein Ausweichen nach oben schon für mehr Lebensqualität sorgen."

Steins Mundwinkel gingen nach unten. „Hm."

Schäfer klopfte Dosske leidenschaftlich auf die Schulter und meinte. „Für unseren Daniel hier sind die Drohnen gefährlich."

Dosske runzelte die Stirn. „Wieso für mich?"

„Ei, wenn man die zur Verkehrsüberwachung einsetzt, dann kriegst du noch mehr Knöllchen!", feixte er und biss wieder in sein Stück Pizza. Anscheinend war dieses immer noch nicht abgekühlt und so jaulte er ein weiteres Mal.

Dosske, der auf Schäfers Aussage hin den Mund verzogen hatte, raunte: „Ein Schäferhund kapiert's beim zweiten Mal!"

Schäfer wedelte wieder mit der Hand vor seinem Mund.

Brucati kam auf die Drohnen zurück. „Mit autonomen Flugdrohnen könnte man den Nahverkehr schon revolutionieren."

„Sicher, der individuelle Lufttransport wäre eine Alternative zum täglichen Stillstand im Stau", nuschelte Schäfer.

Brucati nickte. „Und er wäre umweltschonend, wenn man elektrische Senkrechtstarter nehmen würde. Die wären von jedermann nutzbar, wenn man auf Autopiloten setzt."

„Das wird kommen", sagte Schäfer mit Gewissheit in der Stimme.

„Sieht man schon daran, dass große Konzerne das Thema inzwischen für sich entdeckt haben", meinte Brucati.

Mit einem Anflug von Pathos meinte Schäfer: „Denen Visionäre und Tüftler den Weg bereitet haben." Jeder wusste, wie Schäfer das meinte, da er selbst gern mal in seiner Werkstatt tüftelte.

„Vom Basteln sind die lange weg", grummelte Dosske. „Jetzt wird da richtig Geld reingesteckt!"

„Genau", stimmte Schäfer zu. „Brauchst doch nur schauen, welche Namen da im Spiel sind. Airbus, Boeing, Google oder Uber."

„Das ist ein Milliardenspiel", vermutete Brucati.

Und Dosske wusste: „In Dubai sind die Dinger doch schon länger unterwegs."

„Ja, ich hab die Anfänge damals auch verfolgt", sagte Schäfer.

„Hundert Kilogramm Gewicht und Reichweite über dreihundert Kilometer, so fing es an."

Dosske runzelte die Stirn. „War da nicht gerade letztens wieder was mit dem Frankfurter Flughafen?"

„Ja, irgendwas mit einem Velocopter", kramte Schäfer aus seinen Erinnerungen hervor.

Stein sah das Thema skeptisch. „Ich weiß nicht ... sich so ganz und gar einem Autopiloten in so einem Ding auszuliefern - ich glaub, mir wäre das zu unsicher."

„Wenn du schaust, was Spielzeugdrohnen für ein paar Euro heute schon alles an Technik in sich tragen ... Was meinst du, wozu dann erst so ein vielfach teureres und ausgereifteres Dröhnchen in der Lage ist", sagte Schäfer.

„Und genau das sollte uns Angst machen!", meinte Stein. „Mit einem bemannten Taxi in den Städten fliegen lass ich mir vielleicht noch gefallen, aber diese autonomen ..." Stein schüttelte energisch den Kopf.

„Das wird alles bald ganz normaler Alltag sein", war sich Schäfer sicher. „Es wird auch Drohnen mit Rädern geben - von der Straße direkt in die Luft und wieder runter. Das ist ein Riesenmarkt!"

Dosske stimmte dem zu. „Du wirst sehen, es wird neben dem City Bus bald auch einen City Airbus geben. Und mit dem kannst du dann morgens zum Dienst kommen."

Steins Skepsis wich nicht. „Da lauf ich lieber!"

„Diese kleinen Fluggeräte sind der Zukunftsmarkt. Guck doch, was mit den großen passiert, der A380 ist weg vom Fenster", erinnerte Schäfer.

„Bald gibt es einen regelmäßigen Betrieb zum FRA. Das gehört dann genauso normal zu unserem Leben wie das Internet", war sich Brucati sicher.

„Das Internet liebe ich!", meinte Dosske entzückt. „Es ist immer für dich da, zu jeder Tages- und Nachtzeit, es mault nie, es weiß immer Rat und du kannst sogar 'ne Pizza bei ihm bestellen."

„Iss lieber deinen Salat", raunte ihm Brucati zu.

Stein hielt ihr Glas in der Hand, doch sie brachte es nicht an die Lippen, sondern hielt auf halbem Wege inne. „Klar ist das ein grenzenloser Zukunftsmarkt. Aber diese autonomen Vehikel, ob Auto oder Drohne - ich glaube ja, dass es die Technik dazu gibt, aber wenn mal was passiert, wer trägt dann die Verantwortung?"

„Na, wir jedenfalls nicht", raunte Dosske, hob sein Glas und nahm einen kräftigen Schluck.

Brucati musterte Stein. „Du kannst diesen Drohnen wohl gar nichts Gutes abgewinnen?"

„Ganz so ist es nicht. Für Rehkitze sind Drohnen ein Segen."

Fragende Augenpaare starrten sie an.

„Verantwortungsvolle Jäger und Bauern setzen Drohnen mit GPS-Sendern und Wärmebildkameras ein, um die Kitze in den Feldern vor dem Mähen aufzufinden und vor dem Mähdrescher in Sicherheit zu bringen. Weil die doch sonst zerfetzt werden, da sie sich dummerweise ducken und bei Gefahr nicht fliehen. Das finde ich klasse!" Es war typisch für Stein, dass ihr so eine Aktion gefiel - tierlieb wie sie war.

„Wisst ihr", fuhr Schäfer fort, „am Anfang da war das mit den Drohnen durchaus eine private Spielerei, inzwischen gibt es immer mehr gewerblich genutzte Drohnen. Alles sehr kommerziell. Alles immer größer, schneller, weiter!"

„Das ist doch immer so", meinte Dosske abgeklärt.

„Der Markt an Einsatzmöglichkeiten ist aber auch riesengroß", wusste Schäfer. „Von der Personenbeförderung hatten wir es eben schon, dann die Rehkitzsache. Aber auch für Vermessungen kannst du die Dinger nutzen, angefangen beim Häuschen über die Brücke bis zur Landschaft. Und Inspektionen von Anlagen kannst du ebenfalls durchführen."

„Ich würd mir ja von so einem surrenden Schätzchen meine Einkäufe bis vor die Haustür bringen lassen", sagte Dosske mit blitzenden Augen.

„Meinst du, die schafft es, 'nen Kasten Bier zu transportieren?", feixte Brucati.

„Ich seh es schon bildlich vor mir", seufzte Dosske mit verklärtem Blick und ließ seine Hand in einem Bogen schweben. „Auf der Hub ist eine Art Logistikzentrum, aufgebaut wie ein Bienenstock, von dem aus die Drohnen fliegen wie die fleißigen Bienchen."

„Wenn das Wirklichkeit wird, kaufe ich dir einen Kasten Bier!", bekundete Brucati.

Dosske warf ihm einen Seitenblick zu und grinste verschmitzt, dann streckte er ihm die Hand hin. „Gilt!"

Brucati schlug besiegelnd ein.

„Ich komme auf dich zu!", verkündete Dosske.

„Schöne neue Welt", seufzte Stein. „Da hört man dann an Weihnachten nicht mehr die Glöckchen am Schlitten vom Weihnachtsmann, sondern das Dröhnen der Dröhnchen", befürchtete sie.

Dosske setzte noch einen drauf: „Kann man die eigentlich auch UFOs nennen? Ist ja nur ein Buchstabe Unterschied."

Brucati fragte verständnislos: „Was?"

„Na …", erklärte Dosske, „… vom Unbe*kann*ten Flug-Objekt zum Unbe*mann*ten Flug-Objekt ist nur ein Buchstabe Unterschied - *m* statt *k*."

Brucati verdrehte die Augen und plusterte seine Wangen auf.

„Und wenn eine Satellitenverbindung aussetzt oder ein gewaltiger Sonnenwind dazwischenfährt, dann hast du ein RUFO!", unkte Stein.

„Ein RUFO?"

Stein erklärte befürchtungsschwanger: „Na, ein Runtergekommenes Unbemanntes Flug-Objekt!"

Dosske grinste über beide Wangen. „Aber im Gegensatz zur Straße hast du da oben keine plötzlich auftauchenden Hindernisse wie Tiere oder Menschen."

„Höchstens 'ne andere Drohne", beschrie es Stein.

„Deswegen wird sich auch das autonome Fliegen eher durchsetzen als das autonome Fahren", warf Schäfer ein.

„Man kann sich mit den Dingern echt alles vorstellen, vom einfachen Paketdienst bis hin zum schnellen Organtransport", sagte Brucati.

„Ich halte die Sache trotzdem für gefährlich", blieb Stein ihrer Haltung treu. „Was ist, wenn so eine Drohne, die zum Beispiel eigentlich zur Schädlingsbekämpfung auf den Feldern eingesetzt wird …"

„… oder in oder Weinbergen", fuhr Brucati dazwischen.

„… oder in den Weinbergen", wiederholte Stein. „Wenn irgendwo ein Hirni die umrüstet und etwas ganz anderes damit bekämpft. So wie wir es in unseren Fall gerade haben."

„Mit Typen, die kriminelle Energien entwickeln oder einen terroristischen Hintergrund haben, muss man immer rechnen. Und ich gebe dir recht, das ist durchaus eine ernst zu nehmende Gefahr", sah auch Brucati ein. „Aber der Fortschritt lässt sich von so etwas nicht aufhalten."

Die Aussage stand für einen Moment im Raum, bis Schäfer das Gespräch wieder aufnahm. „Da muss man halt für eine Art Drohnenabwehr sorgen."

Brucati nickte versonnen. „Absolut, denn stell dir mal so ein voll besetztes Fußballstadion vor ..."

„Einfach abschießen kannst du so 'ne Drohne nicht, weil sie dann unkontrolliert durch die Gegend saust und abstürzt", befürchtete Stein.

„Da muss man mit Netzen oder Störsendern arbeiten", schlug Dosske vor.

„Ich hab mal gelesen, dass man Raubvögel entsprechend trainieren will", meinte Stein. „Aber das Fiese ist, dass die ganz kleinen Dinger - so wie in unserem Fall - für ein Radar gar nicht zu erkennen sind", sagte sie.

„Die Flugsicherung überwacht sowieso keinen unkontrollierten bodennahen Flug", erklärte Schäfer.

„Das Problem ist, dass du dir einfach so ein Ding im Netz bestellen kannst", überlegte Stein.

Dosske nickte. „Und als *Prime*-Kunde noch kostenlos über Nacht geliefert bekommst."

„So ein Teil kannst du mit ein bisschen Geschick modifizieren", meinte Tüftler Schäfer. „Und da wird es gefährlich!", gab nun auch er zu.

„Wenn Drohnen den Tod tragen", raunte Dosske versonnen.

„Ja, wer etwas Böses mit so einem Ding vorhat, der lacht doch nur über die Regeln der Drohnenverordnung des Bundesministeriums für Digitales und Verkehr", klagte Schäfer gestelzt.

„Da hast du recht", stimmte Brucati zu, „der legt wohl keine darin vorgeschriebene Eignungsprüfung ab."

„Und scheißt auf die EU-Pflichtregistrierung", ergänzte Schäfer.

Dosske machte eine wegwerfende Handbewegung. „Die kriegst du ja noch einfach, brauchst nur zu einem Modellflugverein gehen."

Schäfer nickte. „Aber für die richtig großen brauchst du, glaube ich, eine Aufstiegserlaubnis von den Luftfahrtbundesbehörden."

Brucati war still geworden, daher sprach Stein ihn an. „Alles, über was wir jetzt gesprochen haben, ist im zivilen Alltag angesetzt. Deswegen ist dein Onkel bestimmt nicht extra aus Italien gekommen."

Brucatis Reaktion bestand nur in einem Achselzucken. Aber hinter seiner Stirn arbeitete es offensichtlich.

„Demnächst werden Millionen von den Dingern über unsere Köpfe hinweggrasen", konstatierte Dosske und schob den leeren Salatteller von sich weg.

„Und ich bezweifle, dass jede davon die vorgeschriebene feuerfeste Plakette mit Namen und Adresse des Besitzers tragen wird", meinte Schäfer.

„Weil du vorhin von den Raubvögeln zur Abwehr gesprochen hast ...", dachte Dosske laut nach. „Es gibt doch diese Drohnen mit dem europäischen Kontrollsystem. Ich komme jetzt nicht auf den Namen. Die sollen doch selbstständig anderen Flugkörpern ausweichen. Was machen die bei einem Raubvogel? Weichen die dem auch aus? Und wenn die allem selbstständig ausweichen, wie fängst du sie dann ein? Oder wehrst sie ab?"

„Gar nicht", brummte Schäfer.

„Ich sag's euch ja, die Dinger sind nicht ohne!", sagte Stein. „Lasst uns von etwas anderem sprechen! Ich hab genug von diesen Horrorszenarien!"

Doch Dosske blieb an dem Thema dran. „Ich find ja diese Flyboards gut, also besser als Drohnentaxis. So durch die Luft surfen hat doch was."

„Und du meinst, dass dich so ein Flyboard bei deinem Gewicht tragen kann?", stichelte Brucati.

„Ey, uffbasse!", warnte Dosske in tiefstem Hessisch, was Schäfer gefiel, der darauf breit grinste und Dosske prostend sein Glas entgegenstreckte.

Dosske prostete zurück.

„Kann ich mir gut vorstellen, unseren Daniel schnittig im Anzug auf so einem Board", meinte Schäfer grinsend.

Dosske wandte sich an Brucati. „Siehst du, der Mann hat Ahnung", lobte er seinen Kollegen. „Der kann sich mich als Doppelnull vorstellen."

„Du bist aber weit entfernt von Bond, du hast ja nicht mal die Lizenz zum Töten im nationalen Interesse."

Dosske verzog gequält das Gesicht. „Und im Gegensatz zu mir muss der auch nie Dienstprotokolle schreiben!"

„Der Glückliche!", stimmte Brucati zu.

Trotz all der spaßigen Sprüche vertiefte sich die Nachdenklichkeit auf Brucatis Miene. „Die Frage, die sich hier stellt, ist doch, wie die Politik das nationale Interesse definiert und was sie letztendlich gestattet ... auch einem Geheimdienst."

„Du meinst den Tappert?", hakte Stein nach.

Schäfer ging dazwischen. „Wir brauchen Nachrichtendienste! Aber die müssen einer strengen Kontrolle der Politik unterliegen!" Er bekräftigte seine Aussage mit einem Hieb seiner Faust auf den Tisch.

„Ich bezweifle, dass jeder gewählte Abgeordnete, der vom Bundestag ins Kontrollgremium für die Dienste geschickt wird, über ausreichend Sachverstand verfügt, um das Ticken des Nachrichtendienstes wirklich zu verstehen", befürchtete Dosske.

Brucati warf Dosske daraufhin einen bestätigenden Blick zu - einen Blick, den nur zwei Kumpel sich zuwerfen konnten, die sich schon lange in und auswendig kannten.

Schäfer ergänzte: „Und jede Abgeordnete."

„Ja, das schwache Geschlecht", witzelte Dosske in Richtung seiner Kollegin.

Stein schickte Dosske einen Augenaufschlag, der ihm das Grinsen aus dem Gesicht trieb. „Ach, Daniel, das Rollenbild der Frau ist in letzter Zeit oft nur geprägt von der „Me too"-Bewegung. Das suggeriert doch die armen unterdrückten Häschen."

„Die hoppeln so schön", grinste Dosske.

Steins Blick in Dosskes Augen wurde noch härter. „Weißt du, es gibt viel zu viele runde Gockel auf der Welt, die sich aufführen wie Kampfhähne. Nach dem Rückzug von Merkel fehlen mir die Glucken, die mal sagen: Wir schaffen das schon!" Stein hatte sich geradezu in Rage geredet und sie war noch nicht fertig. „Frauengleichberechtigungsbeauftragte", sagte sie abwertend, „was für ein Wort und was für ein Scheiß! Wir Frauen können selbst unseren Mann stehen, glaub mir, Frauen sind das stärkere Geschlecht! Mann stehen, pah! - was sag ich da, Frau stehen! Es gibt genug Beispiele für listige und starke Frauen."

„So, welche denn?", wollte Dosske wissen.

„Die Sirenen, Amazonen, Suffragetten ...", legte Stein los.

Dosske hob sich ergebend die Hände, schnaubte durch die Nase und grinste. „Komm mal wieder runter! Du bist zu viel mit Pfitz zusammen", mutmaßte er.

Vivian Pfitz war eine von Steins Freundinnen, mit der sie Silvester verbracht hatte. Sie war Journalistin und ihre Berichte vertraten gern mal die Meinung, die Stein eben kundgetan hatte.

„Obwohl" - Dosske rieb sich nachdenklich das Kinn - „vielleicht solltest du mal mit ihr sprechen, vielleicht brauchen wir die Presse noch in unserem aktuellen Fall."

Stein nickte. „Vivian sagt immer, der Journalismus sei die vierte

Gewalt - neben der gesetzgebenden, vollziehenden und Recht sprechenden."

Dosske schnaubte ein weiteres Mal durch die Nase. „Ja, nur dass es zu den Prinzipien unserer Demokratie gehört, dass Legislative, Exekutive und Judikative sich gegenseitig kontrollieren und staatliche Macht begrenzen sollen. Doch wer begrenzt die Presse?"

Schäfer gluckste: „Die Pressefreiheit!"

Brucati war ernst geworden. „Was meinst du, was los ist, wenn in der heimischen Presse das Wort Sarin auftaucht ..."

Dosske murrte: „Dann ist Polen offen!"

„Da kannste gleich mal deine Zwiebeln einsetzen und einen drauf lassen!", sagte Schäfer mit Überzeugung, hob sein Glas und forderte: „Und darauf trinken wir einen!"

Die anderen taten es ihm nach.

Schäfer hatte sein Glas geleert und brüllte zu Freibichler hinüber: „Johnny, noch so eins", dann wandte er sich fragend an Brucati: „Und dein Onkel arbeitet an dem Fall mit?"

„Er ist zumindest da", gab Brucati diplomatisch an.

„Haben wir den von Italien ausgeborgt?", fragte Schäfer.

„Ganz so ist es nicht", raunte Brucati, ließ sich aber nicht weiter dazu aus.

In diesem Moment lachte Dosske ohne erkennbaren Grund auf. „Wisst ihr eigentlich, wie man einen Italiener nennt, der sich ein junges Schaf borgt?"

Schäfer schüttelte den Kopf.

„Na, Lamborghini!"

Schäfer lachte laut und legte Dosske für einen Moment die flache Hand auf die Schulter. „Man muss dich einfach mögen", prustete er.

Dosske setzte einen würdevollen Blick auf. „Wer mich nicht mag, der muss halt noch an sich arbeiten!"

Freibichler trat an den Tisch, brachte Schäfer sein Getränk und nahm die Teller mit.

„Ich bin mal gespannt, was bei dem Fall noch rauskommt!", sagte Schäfer.

„Ich auch", sagte Stein. „Wir haben schon einiges herausgefunden, aber nichts davon bringt uns in der Frage nach Santoros Mörder wirklich weiter", meinte sie unzufrieden.

Brucati blickte Stein an und sagte hoffnungsvoll: „Vielleicht fördert ja das Gespräch mit dem Albrecht morgen etwas zutage."

Stein seufzte. „Schau'n wir mal." Dann richtete sie einen Blick auf den Maileingang ihres Handys. „Ich hoffe außerdem, dass dieser Ablaufplan von dem Schubert bald kommt!"

Freibichler kam an den Tisch zurück. „Wollt ihr einen …", setzte er an.

Doch Dosske fiel ihm ins Wort. „Ich dachte schon, du würdest heute gar nicht mehr fragen!"

„Ja mei, wirst's schon noch erwarten können … Obstler?"

Alle willigten ein. Freibichlers Obstbrand wurde aus den Birnen seiner bayerischen Heimat hergestellt und schmeckte lecker, hatte es aber in sich.

Und so endete der Abend hochprozentig.

Kapitel 28

Mittwoch, 4. Januar, 08:08 Uhr

Brucati und Stein hatten ihren Dienst pünktlich um acht Uhr angetreten, auch wenn es ihnen heute Morgen alles andere als leicht gefallen war, aus den Federn zu kriechen. Der Grund dafür lag klar auf der Hand. Beide waren sich einig, dass der Abend bei Johnny wieder super gewesen, aber eindeutig zu lange gegangen war - darauf deutete zumindest ihre körperliche Verfassung hin. Die rührte vor allem daher, dass Schäfer ein ums andere Mal eine weitere Runde von Freibichlers Obstbrand bestellt hatte.

Brucati rieb sich die schmerzenden Schläfen und murmelte: „Ich brauch erst mal einen starken Kaffee." Kleinlaut schleppte er sich in Richtung Kaffeemaschine.

Dosske kam mit einem fröhlichen „Guten Morgen" ins Zimmer gerauscht. „Ich hab uns Croissants mitgebracht!", sagte er und hielt die entsprechende Tüte in die Höhe.

„Warst du etwa schon beim Bäcker?", fragte Stein.

„Ja, klar!", antwortete Dosske. Als er den schlurfenden Kollegen erblickte, fügte er an: „Nur der frühe Vogel fängt den Wurm!" Dann hieb er Brucati kollegial auf die Schulter.

Brucati, der den Schlag kommen sah, zog das Genick ein, kniff ein Auge zu und musterte den Kollegen kritisch. „Seit wann gehörst du denn zur ‚Morgenstund hat Gold im Mund'-Fraktion?"

Dosske hob die Hand. „Lass mich nachdenken …", sagte er und fuhr sich augenfällig mit der Zunge über die Zähne, dann kniff er ebenfalls ein Auge zu und kam zu dem Schluss: „Gar nicht. Ich gehöre immer noch zur Amalgam-Fraktion."

Brucati schüttelte den Kopf, was er sofort bereute. „Wieso hast du denn so gute Laune?"

„Frag mich mal!", forderte Dosske und knipste die Schreibtischlampe über seinem Tisch an.

Augenblicklich hatte Antonio Brucati das Gefühl, Dosskes bescheidene Schreibtischlampe wäre zu einem riesigen Flakscheinwerfer à la Hollywood mutiert, dessen Licht sich schmerzhaft in seine Augen brannte. Und so schirmte er das ihn blendende Licht mit einer Hand ab und murrte: „Hab ich doch gerade!"

„Bei so einem Wetter muss man doch gute Laune haben!", gab

Daniel Dosske offensichtlich nicht wahrheitsgemäß von sich, denn es schneite schon wieder, war kalt und düster.

„Du leidest definitiv an Geschmacksverirrung", brummte Brucati und stellte zufrieden fest, dass die Kaffeemaschine röchelnd das erste Wasser über das Kaffeepulver im Filter schickte.

Stein hingegen ahnte, worauf Dosskes gute Laune zurückzuführen war. „Hast wohl ein Pläuschchen mit der freundlichen Bäckereiverkäuferin gehalten?"

Dosske grinste nur und schwieg. Es war dieses ‚Der Genießer genießt und schweigt'-Lächeln. Dosske hatte zwar seine Debby, aber er flirtete gern mit dem netten Mädel beim Bäcker, der nur ein paar Schritte von seinem Zuhause entfernt lag. Jetzt öffnete er die Bäckertüte und hielt sie Stein vor die Nase.

„Du bist ein Schatz", sagte sie und bediente sich.

„Das weiß ich", grinste Dosske und hielt Brucati die Tüte hin.

Der hob allerdings abwehrend die Hand.

Dosske blickte zur langsam arbeitenden Kaffeemaschine. „Na, unser Schätzchen braucht noch ein bisschen", seufzte er. „Ich komm gleich wieder", gab er bekannt und wandte sich zur Tür - allerdings nicht, ohne sich eins der mitgebrachten Croissants aus der Tüte zu schnappen und hineinzubeißen, bevor er den Raum verließ.

Stein versuchte erneut, Dr. Schubert zu erreichen, um ihn noch mal um den Ablaufplan der Veranstaltung am 11. Januar zu bitten.

Brucati hörte dem Telefongespräch seiner Kollegin mit einem Ohr zu. Es schien wohl nicht schwierig zu sein, den Plan zu erhalten, für den Dr. Schubert - wie Stein schon vermutet hatte - verantwortlich zeichnete. Wesentlich schwieriger war es wohl, Dr. Schubert als Gesprächspartner wieder loszuwerden. Brucati vernahm, wie Steins Geduld mit jeder weiteren Silbe ins Wanken geriet.

„Aber selbstverständlich, Dr. Schubert! … Natürlich … Sobald sich der Verdacht konkretisiert … Ich wünsche Ihnen noch einen schönen Tag!", sagte sie schließlich und drückte das Gespräch schnell weg, ohne auf eine Abschieds-Plattitüde von Dr. Schubert zu warten. „Boa ey, den Typ hab ich so was von gefressen!", raunte sie und biss entsprechend geladen in ihr Croissant.

Im Einklang mit Steins Seufzer kündigte ein Hinweiston von ihrem PC eine eingehende Mail an. Als Stein sie anschaute, raunte sie: „Aber schnell ist er, das muss man ihm lassen!" Nachdem sie den Anhang der Mail geöffnet und die Zeilen überflogen hatte, gestand sie ein: „Und Ablaufpläne kann er auch."

Brucati kam zu ihr und warf einen Blick auf das Dokument. Der Mann hatte wirklich im Minutentakt vorgegeben, wie die Tage vor dem 11. Januar und die Veranstaltung selbst abzulaufen hatten.

Brucati tippte auf die Uhrzeit 11:00 Uhr am 11. Januar. „Verleihung des Pharma Advanced Analytics Awards. Ich schau mal, was ich über diesen Award im Netz finde."

„Um 11:00 Uhr sind noch alle bei *Pharmatec*", entnahm Stein dem Ablaufplan. „Gegen 11:30 Uhr beginnt der Bustransfer zum Hofgut."

Während Stein sich weiter mit dem Ablaufplan beschäftigte und diesem entnahm, wer wann und wofür zuständig war, konnte Brucati nach dem Google-Studium berichten: „Der Preis wird bereits zum fünften Mal vergeben. Ausgezeichnet werden zukunftsorientierte Analyseverfahren, die den Verantwortlichen von Pharmaunternehmen eine Basis für strategische Entscheidungen bieten. Die Jury besteht aus unabhängigen Experten aus Wissenschaft und Wirtschaft."

„Gehört der Wirtschaftsminister zu den Experten?"

„Kann ich hier nicht sehen", sagte Brucati und las weiter. „Aber wenn man ins Finale kommt, erhält man schon allein dafür eine öffentliche Bestätigung, zu den Besten zu gehören."

„Klappern gehört zum Handwerk!", raunte Stein.

Brucati warf einen Blick auf seine Armbanduhr. „Herr Albrecht kommt bald", meinte er.

„Mal gespannt, was das für ein Typ ist", sagte Stein und tippte auf ihrer Tastatur. „Ich leite dem Chef schon mal den Ablaufplan weiter", gab sie bekannt.

„Vergiss nicht, ihn ins Intranet zu stellen", erinnerte Brucati.

„Nein, mach ich."

Stein und Brucati erhofften sich von dem heute stattfindenden Gespräch mit Herrn Albrecht aussagekräftige Informationen. Doch es wurde neun Uhr und der Mann kam nicht.

Steins anfängliche Vermutung, dass der Mann es mit der Zeit wohl nicht so genau nehme, war spätestens um halb zehn obsolet. Der *Pharmatec*-Mitarbeiter war auch um Viertel vor zehn noch nicht da, entsprechend genervt warteten Stein und Brucati in ihrem Büro auf ihn.

***

Im Büro gegenüber war es nicht ganz so trostlos. Christ hatte Steins Mail mit dem Ablaufplan erhalten und diesen studiert. Währenddessen waren Colonnello Bianchi und tatsächlich auch der verletzte Tappert zu ihm gestoßen. Beide hatten kurz mit Christ gesprochen, sich den Ablaufplan angesehen und waren dann zu Hergert gegangen.

Der SoKo-Chef hatte außerdem schon einen Anruf des Bürgermeisters und des Stadtbrandinspektors erhalten, die sich - gemeinsam am anderen Ende der Leitung sitzend - erkundigten, ob es schon etwas Neues gab.

Christ hatte sie über die Dinge unterrichtet, von denen er meinte, dass der Bürgermeister und der Mann für die Gefahrenabwehr sie erfahren sollten.

Mit einer gewissen Beruhigung hatte der Bürgermeister zur Kenntnis genommen, dass die Drohnen schon mal gefunden waren. Doch das viel schlimmere Übel lag immer noch im Dunkeln. Am Ende des Gesprächs vereinbarten die drei weiterhin Stillschweigen, denn in Neu-Isenburg wartete immer noch ein Sondereinsatzkommando auf den, der da vielleicht noch kommen mochte.

Das Gespräch mit dem Bürgermeister und dem Stadtbrandinspektor hatte Christ einmal mehr vor Augen geführt, dass sie zwar schon ein paar Informationen zusammengetragen hatten, aber wirklich weit hatten sie diese nicht gebracht. Und so hoffte Christ auf das Gespräch, das seine Kollegen heute Morgen mit dem Mann von *Pharmatec* führen wollten, und wartete darauf, dass Brucati oder Stein sich mit einem Durchbruch in den Ermittlungen bei ihm meldeten.

***

Brucati überbrückte die Wartezeit auf Albrecht mit einer weiteren Tasse Kaffee und einem Telefonat mit dem Kellergeschoss der SoKo.

Als er auflegte, fragte Stein: „Und?"

„So wie ich unseren Doc verstanden habe, hat sich das, was vom Sarin an Material noch da war, schon ganz verflüchtigt. Zu dem Toten aus Neu-Isenburg hat er noch nichts herausgefunden - er hat es an die üblichen Kanäle gegeben."

Stein blies die Luft aus dicken Wangen. „Uns läuft die Zeit davon." Sorgenvoll richtete sie ihren Blick auf die Uhr an der Wand.

Auch bei Brucati schien der Zeitpunkt gekommen, wo sich das genervte Warten in ein besorgtes Warten wandelte.

Herr Albrecht war von Dr. Schubert für neun Uhr avisiert worden. Jetzt war es schon nach zehn Uhr. „Der Schubert hat doch gesagt: so gegen neun Uhr", vergewisserte sich Brucati noch mal.

Stein nickte.

Dosske kam zu den beiden ins Zimmer zurück und fragte: „Euer Mann noch nicht da?"

Brucati schüttelte nur den Kopf.

„Wo bleibt der denn?", murrte nun auch Dosske.

„Das werden wir gleich wissen", meinte Stein mit einem schweren Seufzer und nahm erneut Dr. Schuberts Visitenkarte zur Hand.

„Hältst es aber nicht lange ohne deinen neuen Freund aus!", feixte Brucati, der sehr wohl von Steins Antipathie diesem Mann gegenüber wusste. Sie quittierte seine Aussage mit einem ungnädigen Blick.

„Hab ich da etwa etwas verpasst?", hängte sich Dosske natürlich sofort neugierig rein.

„Das ist ganz bestimmt nicht mein Freund", fauchte Stein. „Ich setz der Warterei jetzt nur ein Ende. Schließlich hat der Schubert doch großartig getönt, dass er dafür sorgen wird, dass Albrecht um neun hier ist."

Steins Anruf landete bei Dr. Schuberts Vorzimmerdame, die erklärte, dass Dr. Schubert nicht da sei.

Stein ließ nicht locker. „Vielleicht können Sie uns ja auch weiterhelfen! Herr Albrecht sollte heute Morgen zu uns kommen, Herr Dr. Schubert wollte dafür sorgen … Ja … Der Herr Schmidthuber … ah, okay … ja, bitte, stellen Sie mich durch!"

Da Stein die fragenden Blicke ihrer Kollegen auf sich ruhen sah, klärte sie diese kurz auf. „Den Schmidthuber hat man noch nicht erreicht. Er macht wohl das Ausflugsprogramm seiner Geschäftsreise mit."

„So schön möchte ich es auch mal haben", raunte Dosske, in Gedanken daran, dass Christ seinen freien Tag vor drei Tagen kurzerhand jäh beendet hatte. „Wo ist der eigentlich auf Geschäftsreise?"

„Hat man uns nicht gesagt. Wegen dem Albrecht werde ich jetzt zum Empfang durchgestellt."

„Da bin ich ja mal gespannt", raunte Dosske, schenkte sich Kaffee ein und begab sich zu seinem Platz.

„Ja, Stein, SoKo S", begann sie und erklärte, worum es bei ihrem Anruf ging.

Brucati schenkte sich ebenfalls Kaffee nach und hielt Stein fragend die Kanne entgegen.

Sie verneinte mit schüttelndem Kopf und lauschte in den Hörer. Dann sagte sie: „Ja ... gegen acht ... normalerweise ... mh ... sind Sie da sicher? ... Gestern Abend? ... Hat er gesagt, warum? ... Können Sie mir eine Telefonnummer geben, unter der wir Herrn Albrecht erreichen können? ... vom Handy ... ja, nehme ich gern ..." Stein notierte etwas auf ein Blatt Papier. „Wenn Herr Albrecht noch mal vorbeischaut, erinnern Sie ihn bitte daran, dass er uns dringend besucht oder wenigstens anruft. ... ja." Stein gab nun ihre Telefonnummer durch. Mit einen knappen „Danke" beendete sie das Telefonat.

„Und, was ist mit dem Albrecht?", wollte Dosske wissen.

„Der ist heute Morgen noch nicht bei *Pharmatec* aufgetaucht und ..." - Stein blickte von Dosske zu Brucati - „... er kommt normalerweise immer gegen acht Uhr."

Brucati schaute auf seine Armbanduhr. „Es ist jetzt bald halb elf!"

Stein wählte die Telefonnummer, die man ihr gegeben hatte, und berichtete weiter: „Der Empfangsmensch sagte, dass Albrecht gestern Abend aber noch mal in der Firma war und Herrn Möller gesucht hat, weil er ihn sprechen wollte."

„Herrn Möller?", fragte Dosske nach.

„Ein anderer Mitarbeiter von *Pharmatec*", erklärte Stein.

„Warum wusste der Empfang davon?", fragte Brucati.

„Albrecht hat ihn wohl auf seiner Telefonnummer bei *Pharmatec* nicht erreicht und hat am Empfang nachgefragt, wo er ist. Der Empfang wusste aber auch nicht, wo Möller war, vermutete ihn aber in seinem Büro."

„Vielleicht ist der Albrecht ja im Homeoffice hängen geblieben", meinte Dosske und seufzte genüsslich. „Ach ja, Schlappenoffice, das könnte mir auch gefallen!"

„Wenn dir das so gut gefällt, kannst du ja mal zum Albrecht fahren und bei ihm nachsehen, wie er sich das eingerichtet hat, um dir ein paar Anregungen zu holen."

Dosskes Zeigefinger schoss in die Höhe. „Das ist eine Option."

„Obwohl, was dein Entscheidungsrecht anbelangt, müsstest du ja fast Debby mitnehmen - weil wenn ihr das nachher nicht gefällt ..." Weiter kam Brucati nicht, denn er musste sich vor einem fliegenden Kugelschreiber in Deckung bringen.

„Ey, Leute, nicht schon wieder!", meinte Stein, der absolut nicht nach Scherzen war. Sie legte genervt den Telefonhörer auf. „Meldet sich nicht", sagte sie schwer atmend. „Ich hab ein ungutes Gefühl", klagte sie und sah zu Dosske. „Deine Idee mit dem Homeoffice bezweifle ich, er ist Facility Manager, der wird vor Ort benötigt."

Brucati und Dosske waren wieder ernst geworden und Brucati meinte: „Vielleicht sollten wir wirklich mal zu dem Albrecht nach Hause fahren."

Stein nickte zustimmend.

„Dieser Möller ... den hast du vernommen, als wir bei *Pharmatec* waren. Wer war das noch mal?"

„Das war einer von der IT. Hat kaum was gesprochen, musste ihm jedes Wort aus der Nase ziehen", kramte Stein aus ihren Erinnerungen hervor.

Brucati dachte nach. Dann erhob er sich. „Lass uns zu dem Albrecht fahren", meinte er zu Stein und schaute zu Dosske hinüber. „Setz doch mal diesen Möller ins Glashaus", bat er seinen Kollegen.

„Na, da schau ich doch zuallererst mal ins Gesichtsbuch", sagte Dosske. „Vielleicht finde ich ja da was zu ihm."

Brucati schürzte die Lippen. Facebook hatte schon so manches Mal etwas zu Ermittlungen beitragen können und so hoffte er dies auch für den aktuellen Fall. „Gute Idee", meinte er, und forderte Stein mit einem Kopfnicken in Richtung Tür auf, mit ihm zu kommen.

Kapitel 29

Mittwoch, 4. Januar, 10:58 Uhr

Brucati und Stein hatten Christ informiert, dass Albrecht nicht zu seinem Termin erschienen war, und waren danach zu dessen Adresse gefahren.

Das Mehrfamilienhaus, in dem der Mann wohnte, schien vor Jahrzehnten erbaut worden zu sein und nicht wirklich gepflegt zu werden. Die Buchstaben auf den Klingelschildern waren nur noch schwerlich zu entziffern und von der Haustür blätterte die Farbe ab. Gerade als Brucati klingeln wollte, tat sich die Tür vor den beiden SoKo-Beamten auf. Heraus trat ein mit einer Schneeschaufel bewaffneter Hausbewohner - offensichtlich um den frisch gefallenen Schnee zu beseitigen.

Brucati fragte ihn nach Albrechts Wohnung.

„Dritter Stock!", murrte der Mann ihm zu. Seine Laune schien ob der Arbeit, die auf ihn wartete, nicht die beste zu sein.

Stein und Brucati begaben sich direkt nach oben. Nachdem der Mann außerhalb der Hörweite war, meinte Stein mitleidig: „Ist schon echt blöd, wenn ausgerechnet in deiner Putzwoche so ein Scheißwetter herrscht!"

„Da hast du wohl recht!", stimmte Brucati zu.

Endlich im dritten Stockwerk angekommen, rührte sich nichts auf das Klingeln beim Namensschild Peter Albrecht.

Auch Brucatis energisches Klopfen und Rufen: „Herr Albrecht, hier ist die Polizei" blieb ungehört.

Jemand hatte Brucati aber doch gehört, denn plötzlich war eine Stimme zu vernehmen: „Ich habe einen Schlüssel für die Wohnung, wenn Sie wollen."

Brucati und Stein drehten sich um und erkannten, von wem dieses Hilfsangebot gekommen war. Eine Frau Ende fünfzig stand in Hausschuhen im Türrahmen der Nachbarwohnung.

„Den würden wir gern nehmen", bekundete Brucati und wies sich aus.

Die Frau verschwand in ihrer Wohnung und kehrte kurz darauf mit einem Schlüssel in der Hand zurück.

„Danke ...", sagte Brucati und fügte nach einem kurzen Blick auf das Namensschild an ihrer Tür an: „... Frau Rückert."

Die so Angesprochene widersprach nicht und drückte Brucati den Schlüssel in die Hand.

„Wir kommen später noch mal zu Ihnen", warnte Brucati vor.

Die Frau nickte kurz und verschwand genau so unauffällig wieder in ihrer Wohnung, wie sie gekommen war.

Stein sah Brucati an und runzelte die Stirn. „Hat gar nicht gefragt, was wir vom Albrecht wollen!"

Brucati blickte kurz zur jetzt wieder geschlossenen Tür, dann hob er in einer unbestimmten Geste die linke Hand und schloss mit der anderen die Tür zu Albrechts Wohnung auf.

Jeden Schritt mit Bedacht setzend und auf eine mögliche Gefahr lauernd, rief Brucati in den Flur hinein: „Herr Albrecht?"

Stille.

Brucati bedeutete Stein, vorzugehen. Stein tat zwei weitere Schritte, hielt dann jedoch in ihrer Bewegung inne. Den zusammengezogenen Augenbrauen und dem schief gehaltenen lauschenden Kopf entnahm Brucati, dass seine Kollegin irgendetwas hörte. Auch er konzentrierte sich nun auf ein mögliches Geräusch, nahm aber nichts wahr. Als er Stein dies mitteilen wollte, hielt sie ihn jedoch mit einer ruckartigen Handbewegung vom Sprechen ab.

Brucati blieb augenblicklich still stehen.

Die Kriminalistin führte ihre Hand mit dem ausgestreckten Zeigefinger kurz an ihre Lippen, bevor sie nach ihrer Waffe griff.

Auch Brucati griff nach seiner Waffe und umfasste sie beidhändig.

Stein schloss kurz die Augen, um sich noch besser auf das Gehörte zu konzentrieren. Dann öffneten sich ihre Lider wieder, sie hob den Kopf, schaute Brucati an und wies zur links vor ihnen liegenden Tür. Stein schob sich vorsichtig in Richtung des Raums und dann durch den Türrahmen. Es handelte sich um die Küche.

Brucati folgte seiner Kollegin, auch er nahm nun ein kaum hörbares Geräusch wahr. Eine Art gequältes Zischen, das er aber nicht zuordnen konnte.

Stein hingegen folgte offenbar zielstrebig der Geräuschquelle und fand sie schließlich. Stein lockerte den Doppelgriff, den sie immer noch um ihre Waffe gespannt hatte, und langte nach einer Flasche Cola, die auf der Fensterbank über der Heizung stand. Der in ihr herrschende Überdruck an Gas hatte anscheinend zwischen Flaschenrand und Schraubverschluss eine kleine Lücke gefunden, sodass das Kohlendioxid mit einem gequälten Säuseln entwich.

Die beiden Kriminalisten überlegten, warum sich die Druckverhältnisse im Inneren der Flasche gerade zum jetzigen Zeitpunkt so geändert hatten. Zwei Möglichkeiten lagen auf der Hand: Jemand hatte die Flasche gerade geschüttelt und so im Innern der Flasche die lokalen Druckverhältnisse gestört oder eine markante Temperaturveränderung war die Ursache. Stein tippte auf Letzteres und deutete auf den Heizkörper, über dem die Flasche stand. „Kam wohl von dem."

„Wahrscheinlich", raunte Brucati und schaute sich um.

Die Küche befand sich nicht gerade in einem aufgeräumten Zustand. Dreckiges Geschirr stand im Spülbecken und auch auf dem Tisch, wo zudem eine aufgeschlagene Tageszeitung lag - sie war vom Vortag. Zwischen der Wand mit dem Fenster und dem Kühlschrank waren in der Ecke zwei Kästen mit Bier gestapelt, einer davon war zur Hälfte mit leeren Flaschen gefüllt. Auf einem Regalbrett über dem Kühlschrank standen mehrere Flaschen mit Hochprozentigem, mit unterschiedlichen Füllhöhen.

Brucati nickte wieder in Richtung Flur. Über diesen drang er mit seiner Kollegin in das nächste Zimmer ein. Es handelte sich um das Wohnzimmer, in dessen Ecke vor dem Fenster ein kleines Spielparadies - bestehend aus Schreibtisch mit PC, Gamingstuhl in knalligem Rot und Autolenkrad mit Pedalen unter dem Tisch - eingerichtet war. Der Stuhl - der normalerweise beim Spiel zum Cockpit oder Fahrersitz wurde - hatte jedoch in dieser Funktion ausgedient. Er war nun nur noch ein Totenstuhl, auf dem leblos ein Mann saß, das Gesicht vornübergebeugt auf der Tischplatte liegend.

Brucati kam ein „Scheiße" über die Lippen, das er aber nur leise aussprach. Bei dem Mann musste es sich um den Gesuchten handeln.

Albrecht trug ein langärmliges Sweatshirt, das wahrscheinlich zu seinen Lieblingsstücken zählte, denn der Aufdruck auf dem Rücken war teilweise ausgewaschen und franste an den Rändern aus. Es war die Art von Kleidungsstück, das man sich abends anzog, wenn man es sich zu Hause gemütlich machen wollte.

Brucati steckte seine Waffe zurück ins Holster und fühlte an der Halsschlagader nach dem Puls des Mannes. Dann blickte er Stein an und schüttelte den Kopf.

Nun kam von Stein ein lautes „Scheiße!" Jetzt erst ließ sie ihre Waffe sinken und atmete schwer aus.

Als Brucati dem Mann den Puls gefühlt hatte, war ihm unter dessen Körper halb verdeckt ein Objekt aufgefallen, das ihn brennend interessierte. Er wies Stein darauf hin.

Sie blickte auf die Stelle, auf die Brucatis Zeigefinger wies. Die Ecke eines bedruckten DIN-A4-Papierbogens schaute unter dem Mann hervor. Stein konnte jeweils die letzten Buchstaben der Zeilen lesen.

nn nicht töten,

uld nicht leben!

„Meinst du, das ist ein Abschiedsbrief?", fragte sie ihren Kollegen. Doch der hob nur die Schultern.

Stein kramte in ihrer Jackentasche. „Ich hab dummerweise vergessen, Handschuhe einzustecken. Hast du welche dabei?"

Brucati schüttelte den Kopf.

Brucati und Stein waren erfahrene Tatortermittler und so wussten sie, dass ihnen - als Erste am Tatort - eine entsprechend wichtige Rolle zukam. Sie mussten dafür sorgen, dass der Tatort unverändert blieb, auch wenn es sie noch so reizte, diesen Brief unter dem Mann hervorzuholen. Sie wussten, dass sie keine Spuren zerstören oder gar eigene Spuren legen durften - bis Wenright und Pfeiffer eintrafen, die Brucati jetzt über sein Handy anzufordern gedachte. „Ich sag dem Doc Bescheid, informierst du den Chef?"

Stein nickte und griff ebenfalls zu ihrem Handy.

Nachdem sie ihre Telefonanrufe erledigt hatten, blieb Stein und Brucati bis zum Eintreffen der Herbeigerufenen nur eine Sondierung mit den Augen.

Brucati schaute sich die Einrichtung an und kommentierte das, was er sah, mit „Schwedenstil!"

Stein nickte, auch sie kannte die gängigen Produkte des Möbelriesen, die gern mal mit Vornamen bezeichnet wurden und die Herr Albrecht für seine Einrichtung genutzt hatte. Steins Umschau ließ in ihr die Erkenntnis reifen: „Aber 'ne Frau hat er wohl nicht."

Brucati verstand sofort, was Stein zu diesem Schluss hatte kommen lassen. „Keine Kerzen oder andere Stehrümchen", hatte auch er erkannt.

„Genau", erwiderte Stein, die in der letzten Abteilung des Möbelriesen stets etwas fand, das dann bei ihr zu Hause herumstand, aber nicht unbedingt zum Wohnen nötig war. „Und seinen Wein scheint er auch allein getrunken zu haben", raunte Stein mit Blick auf die Flasche Rotwein und das Weinglas, welche in Griffweite vor dem Toten auf dem Tisch standen. Die Flasche war zur Hälfte geleert, auf dem Boden des Glases war ein Rest getrockneten Weins zu erkennen. „Meinst du, er hat damit …?", fragte Stein ihren Kollegen.

„Du gehst von Gift aus?"

Stein zuckte mit den Schultern, ging vor der Flasche und dem Glas in die Knie und suchte nach einem Bodensatz - wurde aber nicht fündig.

Brucati war auf etwas anderes gestoßen. „Schau mal", forderte er seine Kollegin auf, zu ihm zur Couch zu kommen.

Stein folgte der Aufforderung und sah, wie der Kollege mit seinem Kugelschreiber die Seiten einer Fernsehzeitschrift umschlug. Als Stein herangekommen war, erkannte sie, dass Brucati schon zwei Wochentage weitergeblättert hatte und beim 6. Januar angelangt war. „Was hast du entdeckt?", fragte sie.

„Der Albrecht hat Sendungen markiert."

Stein erspähte die grüne Farbe auf den Seiten und den dazugehörigen Marker, der neben der Fernsehzeitschrift auf dem Beistelltisch lag.

„Welche hat er denn markiert? Fußball, Biathlon, PS Automagazin, Wissenschaftssendungen?", schoss Stein ins Blaue.

Doch Brucati stimmte bei keiner ihrer Vermutungen zu, blätterte noch eine Seite um, dann noch eine. „Weder … noch", sagte er dann.

Jetzt trat Stein noch ein Stück näher heran, um selbst zu lesen, über welchen Anfangszeiten und Titeln die grünen Striche gezeichnet waren. *Russland erleben, Russland und seine Eistrucker, Im Bann der Meeresströmungen,* konnte sie lesen. „Reiseberichte", sagte sie verwundert. Unwillkürlich lief ihr Blick dabei zu dem Mann hinüber, der tot am Schreibtisch saß.

Die Arme hingen leblos an seinem Körper herab. Stein dachte daran, dass sie vor nicht allzu langer Zeit noch nach dem Weinglas gegriffen und aus der Weinflasche eingeschenkt hatten.

Inzwischen hatte Brucati bis zum Sonntag geblättert und raunte: „Ist doch komisch - warum sollte sich jemand die Mühe machen, Sendungen zu markieren, die er - aufgrund dessen, was er zu tun gedenkt - gar nicht mehr sehen wird?"

Steins Augen zogen sich zusammen, als ihr bewusst wurde, worauf Brucati anspielte. „Also kein Selbstmord!"

Brucati zuckte mit den Schultern.

Stein blickte auf eine weitere markierte Stelle: *Wildes Russland.* „Scheint sich hauptsächlich um Russland-Themen zu drehen. Vielleicht wollte er dort Urlaub machen."

Brucati legte den Kopf schief und dachte für sich im Stillen: *Ich persönlich würde Italien vorziehen.*

„Was kann der Albrecht sonst mit Russland zu tun haben?", fragte Stein mehr sich selbst.

In diesem Moment war ein Poltern vom Treppenhaus her zu hören. Doc Wenright und Pfeiffer trafen mit voller Ausrüstung und in ihren Tyvek-Schutzanzügen ein, um Tatortfotos zu schießen und Spuren zu sichern.

Während Brucati die Seiten der Fernsehzeitschrift wieder auf den Stand zurückblätterte, wie er sie vorgefunden hatte, öffnete Stein den Kollegen die Tür.

„Hi!", begrüßte Stein die beiden.

„Hi!", erwiderte Pfeiffer und meinte trocken: „Schon wieder ein Toter! Unsere Anzüge sind noch nicht trocken vom letzten Mal!"

Natürlich entsprach das nicht der Wahrheit, denn die Vollschutzanzüge aus dem Polyethylen-Vliesstoff wurden prinzipiell immer nur einmal bei einer Spurensicherung verwandt. Es war einfach Pfeiffers Art zu sagen, dass sie sonst nicht in so kurzen Abständen zu Tatorten mit Toten ausrückten.

„Hat der Fall hier etwas mit dem Toten aus dem Hengstbach zu tun?", erkundigte sich Wenright.

„Möglich", hielt sich Brucati bedeckt und sagte zu Stein: „Lassen wir die beiden hier mal machen und besuchen in der Zeit drüben Frau Rückert."

Bei der Nachbarin angekommen, überließ Stein ihrem Kollegen die Gesprächsführung.

Von Frau Rückert erfuhren die beiden, dass es gestern Abend laut zugegangen war in Albrechts Wohnung und sie vermutet hatte, dass Brucati und Stein deswegen zu Albrecht wollten, weil sich einer der Nachbarn wegen nächtlicher Ruhestörung über ihn beschwert hatte.

„Wissen Sie, die Wände hier im Haus sind nicht gerade sehr dick", jammerte Frau Rückert. „Und unsere Wohnzimmer, also das von dem Albrecht und unseres, stoßen aneinander." Sie verdrehte die Augen. „Reicht schon, wenn der Albrecht manchmal den Fernseher so tierisch laut aufdreht, aber gestern Abend hat er den Vogel abgeschossen. Die ganze Zeit hat er irgendeine Maschine laufen lassen, also angemacht, ausgemacht, angemacht, ausgemacht …", berichtete Frau Rückert sichtlich noch genervt.

„Wissen Sie, was das für eine Maschine war?"

„Nein. Aber das ging immer: wöööt ... wöööt ... wöööt", versuchte Frau Rückert das, was sie gehört hatte, zu imitieren. „Mal mit kurzem Abstand, mal mit einer längeren Pause dazwischen. Und das ging ewig!" Sie seufzte. „Dachte schon, es hört überhaupt nicht mehr auf!"

„Aber dann hat es aufgehört?"

„Ja!"

„Und wann war das?"

„Hm, Sie stellen Fragen ... also ich bin so um halb zwölf ins Bett - da hab ich das noch mal gehört und deswegen die Schlafzimmertür zugemacht. Dann hab ich nichts mehr gehört."

„Haben Sie mitbekommen, ob Albrecht gestern Besuch hatte?"

„Nee, das hab ich nicht mitbekommen. Also, Stimmen waren schon zu hören, aber ob das vom Fernseher kam oder ob da wirklich jemand da war, das kann ich Ihnen beim besten Willen nicht sagen."

„Ist Ihnen sonst in letzter Zeit etwas Ungewöhnliches aufgefallen?"

„Nee, eigentlich nicht. So wirklich Kontakt hatten wir ja nicht zu dem Albrecht, mit dem sind wir nie so richtig warm geworden. Gesehen hat man den selten, höchstens mal, wenn er schnaufend einen Kasten Bier nach oben getragen hat. Dafür hat man ihn aber öfter gehört", murrte sie wieder.

„Wie lange wohnt Herr Albrecht denn hier?"

„Also wir wohnen jetzt seit einem Jahr hier, da war der Albrecht schon da, aber wie lange der ..." Sie zuckte mit den Schultern.

„Sie sagten ‚wir'?"

„Mein Mann - der ist gerade unten Schnee schaufeln - und ich. Der Albrecht ist bestimmt auf der Arbeit", meinte Frau Rückert und konnte es nicht unterlassen, hinterherzuschieben: „So leise wie das jetzt ist!"

Jetzt hielt Brucati den Moment für gekommen, Frau Rückert über die Tatsache aufzuklären, dass sie nicht wegen Ruhestörung hier waren und Herr Albrecht nie mehr zur Arbeit gehen, geschweige denn ihre Ruhe stören würde.

Nachbarin Rückert wurde sichtlich blass. „Ach heijeh! Ich dachte, Sie wären gekommen, weil sich jemand über gestern Abend ..." Weiter sprach Frau Rückert nicht. Ihr schienen die gehörten Worte bewusst zu werden.

Brucati schüttelte den Kopf.

Frau Rückert fragte wispernd: „Woran ist er denn ...?"

„Das wissen wir noch nicht."

Auf Frau Rückerts Gesicht zeichnete sich ab, was sich hinter ihrer Stirn an möglichen Szenarien abspielte.

Jetzt ergriff Stein das Wort. „Frau Rückert, Sie sagten, Sie hatten keinen Kontakt mit Herrn Albrecht. Wie kommt es, dass er Ihnen dann trotzdem seinen Wohnungsschlüssel anvertraut hat?"

„Ach, den hat *er* uns doch nicht anvertraut. Wir machen hier den Hausmeisterdienst. Mein Mann ist Frührentner und verdient sich so ein bisschen was dazu. Wir haben vom Hauseigentümer Ersatzschlüssel für alle Wohnungen hier im Haus erhalten."

„Wissen Sie jemanden, den wir über Herrn Albrechts Tod informieren könnten oder sollten, irgendwelche Verwandte?"

Frau Rückert schüttelte den Kopf. „Wie gesagt, wir hatten nicht wirklich Kontakt. Aber ich kann meinen Mann fragen, wenn er wieder hochkommt, ob er jemanden weiß."

„Das wäre nett. Wir sind noch einen Moment drüben in der Wohnung, ansonsten können Sie uns hier erreichen", sagte Brucati und überließ Frau Rückert seine Visitenkarte. „Vielen Dank erst einmal", verabschiedete sich Brucati von der Frau.

In Albrechts Wohnung zurückgekehrt, besorgten sich Stein und Brucati erst mal Einmalhandschuhe bei Wenright und erkundigten sich bei ihm nach Albrechts Todeszeitpunkt.

„Wie ihr wisst, ist eine Leichenstarre nach circa acht Stunden voll ausgeprägt - und das ist bei unserem Opfer der Fall", berichtete Wenright sachlich. „Die Angleichung der Körpertemperatur an die Raumtemperatur dauert so etwa neunzehn Stunden. Nach dem, was ich hier gemessen habe, liegt der Todeszeitpunkt etwa bei achtzehn Uhr gestern Abend."

„Nicht später?", hakte Brucati nach.

Wenright schürzte die Lippen. „Eher früher", lautete seine Antwort.

Brucati und Stein wechselten einen kurzen Blick.

„Und woran ...", setzte Brucati an.

Er wurde von Wenright abgewürgt. „Frag mich jetzt bitte nicht schon, woran er gestorben ist. Auf den ersten Blick würde ich sagen, eine Vergiftung. Ich bringe ihn jetzt erst mal zu uns."

Brucati wies auf das beschriebene Blatt, das immer noch unter Albrecht lag. „Kann ich da schon ran?"

Nachdem Wenright den Tatort freigegeben hatte, zog Brucati das

Blatt unter Albrecht hervor. Es war tatsächlich ein Abschiedsbrief und doch waren sich Stein und Brucati einig, dass es sich hier nicht um Selbstmord handelte.

Brucati las vor, was auf dem ausgedruckten Blatt Papier stand: „Es war ein Unfall, ich wollte den Mann nicht töten, es tut mir leid, ich kann mit der Schuld nicht leben!"

Das Blatt hatte aufgefaltet auf dem Tisch gelegen. Man sah ihm jedoch an, dass es irgendwann mal wie ein Brief gefaltet worden war. Die beiden Knicke im Blatt sprachen eine deutliche Sprache.

Stein nahm ihrem Kollegen den Brief aus der Hand. „Komischer Abschiedsbrief", kommentierte sie. „Wieso falte ich ihn zu einem Brief, wenn ich ihn dann glatt vor mich lege und gar nicht in einen Umschlag stecke?", murmelte sie.

„Gewohnheit", meldete sich Pfeiffer aus dem Hintergrund.

„Glaub ich nicht", erwiderte Stein.

Brucati schien das genauso zu sehen. „Mehr als komisch!", sagte er.

Stein drückte ihm den Brief wieder in die Hand und sagte: „Halt mal!" Sie wollte ein Handyfoto des Briefes aufnehmen.

Kaum hatte sie dieses angefertigt, fischte Pfeiffer Brucati den Brief aus der Hand und tütete ihn ein. „Den schauen wir uns mal genauer an", raunte er.

„Lass uns mal weiter umschauen", brummte Brucati und begab sich mit Stein auf die Suche nach relevanten Spuren, die ihre Vermutung unterstützen könnten.

„Da ist ein Drucker." Er stand auf dem Tisch, gegenüber Albrechts Kopf, inmitten von diversen CD-Hüllen, die alle denselben Inhalt hatten: Computerspiele.

Stein trat neben ihn. „Meinst du, den hat die Nachbarin gehört?"

Brucati hob die Schultern und drückte die Taste *Start Copy*, worauf sich ein weißes Blatt Papier aus dem Drucker schob - ohne dass der Vorgang große Geräusche von sich gegeben hätte.

„Der war es nicht", erkannte Brucati.

„Was hat die Rückert bloß bis um halb zwölf gehört?", fragte Stein mit suchenden Blicken.

Brucati ging neben dem Schreibtisch in die Knie und meinte: „Könnte das hier gewesen sein." Er hockte neben einem Papierkorb, auf dem ein transportabler Aktenvernichter saß.

Stein nahm das unbedruckte Blatt Papier aus dem Ausgabefach des Druckers und reichte es Brucati. Der steckte es in den Schacht des

Aktenvernichters und schredderte es. Ein durchaus als laut zu bezeichnendes Schreddern folgte, das Geräusch hatte absolut etwas von Frau Rückerts beschriebenem „wöööööt".

Stein zeigte auf die Wand, vor der sich der Schreibtisch befand. „Auf der anderen Seite wird wohl das Wohnzimmer von Frau Rückert liegen."

Brucati schaltete den Aktenvernichter wieder aus. „Kein Wunder, dass sie dieses Geräusch so gut gehört hat."

Brucati hob das Gerät vom Papierkorb, der bis zum Rand mit länglichen Papierstreifen gefüllt war.

„Da war aber jemand fleißig!", erkannte Stein.

„Du puzzelst doch gern", sagte Brucati. Seine Aussage stimmte zwar, aber die Puzzles, mit denen Stein sich sonst beschäftigte, sahen anders aus.

Steins Blick besagte: *Nicht dein Ernst!* Und aus ihrem Mund kamen die Worte: „Na, was für eine Freude!"

Brucati drehte das Gerät in seinen Händen. „Gute Sache, diese portablen Aktenvernichter. Kannst du überall einsetzen."

Stein warf einen Blick in den Papierkorb und schnappte sich einen der Papierstreifen, bei dem es sich offensichtlich um den Teil eines Kassenbons handelte. „Unglaublich", entfuhr es ihr, „der hat sogar Einkaufsbelege geschreddert."

Brucati schob die Unterlippe vor. „Die Frage ist, ob *er* sie geschreddert hat."

„Du meinst, die Diskrepanz zwischen der Zeitangabe von Frau Rückert und dem Todeszeitpunkt, den uns der Doc genannt hat."

Brucati nickte. „Wenn er um achtzehn Uhr schon tot war …"

„… kann er um kurz vor Mitternacht nicht mehr geschreddert haben", ergänzte Stein.

Brucati schaute wieder zu den Papierschnitzeln. „Du hast doch heute Abend noch nichts vor", stichelte er.

Stein formierte mit ihren Händen ein wolkenartiges Gebilde über ihrem Kopf, worauf Brucati fragte: „Was machst du da?"

„Kannst du das nicht sehen? Das ist eine Sprechblase, darin findest du Symbole wie Blitz, Bombe mit brennender Lunte, geballte Faust und Totenkopf!", scherzte sie.

Brucati schnaubte ein kurzes Lachen durch die Nase. „Ich helfe dir auch dabei."

Stein schaute in den gut gefüllten Papierkorb. „Das wird eine lange

Nacht. Aber lass uns das erst mal hintanstellen."

„Vielleicht finden wir ja auch noch etwas Ungeschreddertes, das uns weiterhelfen kann", hoffte Brucati.

Doc Wenright verbrachte mit Pfeiffer den Toten in den Leichensack und diesen dann mit den Beweismittelbeuteln, die sie bestückt hatten - unter anderem mit der Weinflasche und dem Weinglas vom Tisch - in ihren Van. Sie kamen kurz noch mal nach oben in Albrechts Wohnung, um ihre Kamera sowie sämtliche anderen mitgebrachten Dinge abzubauen, wobei Wenright Brucati fragte: „Könnt ihr den PC abstöpseln und mit in die SoKo bringen?"

„Machen wir."

Da Wenright etwas unsicher schaute, fühlte sich Brucati bemüßigt „Ganz sicher!" nachzuschieben.

Kurz darauf verließen Wenright und Pfeiffer den Tatort.

Stein und Brucati hatten unterdessen unbeirrt weitergegraben, dabei war Brucati ein unverschlossener Briefumschlag aufgefallen, in dem ein Brief von Albrecht steckte. Albrecht hatte ein paar Zeilen an seine Lebensversicherung gerichtet und sich erkundigt, welchen Betrag er bei einer vorzeitigen Ausbezahlung seiner Lebensversicherung zu erwarten hätte. Albrecht hatte den Brief geschrieben, ausgedruckt, gefaltet und in einen Briefumschlag gesteckt, ihn aber noch nicht abgeschickt. Der Brief war weder mit einem Datum versehen noch von Albrecht unterschrieben worden.

Brucati zeigte seiner Kollegin den Brief und fragte: „Was meinst du, von wann der ist?"

„Schwer zu sagen, ohne Datum."

„Dieses Vorhaben würde aber zu den erwähnten Geldsorgen von ihm passen", meinte Brucati.

„Aber warum hat er ihn dann nicht abgeschickt?"

„Wollte er vielleicht noch."

„Oder er ist anderweitig zu Geld gekommen", vermutete Stein. „Wo hast du ihn gefunden?"

„Da in dem Ablagekorb neben dem Drucker."

„Obenauf?"

„Nee, da waren noch ein paar andere Dinge darübergestapelt - Posteingänge, also Rechnungen, Werbung und so weiter."

„Wenn da Werbung dabei war, dann war das vielleicht seine Ablage P", mutmaßte Stein.

„Glaub ich nicht. Wie gesagt waren auch Rechnungen dabei."

„Wie alt?"

Brucati nahm die beiden Rechnungen aus dem Körbchen und verkündete kurz darauf: „Beide vom letzten Monat."

Stein reichte Brucati den Brief zurück und der fertigte ein Handyfoto des Schriftstücks an. Mit Blick auf den Brief meinte er: „Ich werde mal bei der Versicherung nachfragen, ob sie so einen Brief erhalten haben. Vielleicht ist das hier ja nur eine Kopie."

„Glaub ich nicht. Warum sollte der die Kopie in den Umschlag stecken? So etwas heftet man ab", meinte Stein. „Aber gib mir den Brief doch noch mal!" Sie besah sich das Schriftstück und faltete es wieder zusammen, so wie es gefaltet gewesen war. Dann legte sie es auf dem Tisch ab. „Das ist ja interessant", murmelte sie.

„Was meinst du?"

„Na, den Brief." Sie holte ihr Handy hervor und rief das Foto des Abschiedsbriefes auf. Nach einem Blick darauf meinte sie: „Hatte ich doch recht!"

„Womit?"

„Guck dir das doch mal an!", forderte Stein ihren Kollegen auf.

„Was?"

„Na, hier, der Abschiedsbrief ist in Times New Roman geschrieben. Der Brief an seine Versicherung in Arial."

„Ja, und?"

„Meinst du wirklich, dass der Albrecht verschiedene Einstellungen bei seinen Schriftstücken gewählt hätte?"

„Hm."

„Der hat den Standard eingerichtet und das wars."

„Möglich."

„Und dann ist hier noch etwas anderes." Stein nahm den Brief vom Tisch und hielt ihn neben das Foto des Abschiedsbriefes. „Siehst du es?"

„Die unterschiedlichen Schriften?"

„Nein", fauchte Stein. „Schau dir mal an, wie der Brief an die Versicherung gefaltet ist", forderte sie ihren Kollegen auf und verdeutlichte: „Das obere Drittel nach hinten - ist ja klar wegen der Anschrift, die ins Anschriftenfeld passen muss - und das untere Drittel nach innen, sodass es unter dem oberen Drittel liegt."

Brucati fand nichts Ungewöhnliches dabei. Er nahm Stein den Brief aus der Hand und drehte ihn hin und her. „So mache ich das auch!"

„Ja, ich auch", murrte Stein und sprach gleich weiter: „Aber jetzt schau mal, wie der Abschiedsbrief gefaltet wurde", verlangte sie und zeigte auf die Stelle, die sie meinte. „Der obere Teil ist nach hinten geknickt."

Jetzt lief Steins Finger ein Stück nach unten. „Und der untere Teil ..." - sie ließ Brucati den Satz beenden - „... nach außen!"

Brucati schaute auf das Handyfoto. Die Linie, die den Knick des unteren Drittels darstellte, das nicht nach innen geknickt worden war, war klar zu erkennen. „Krass!"

„Ja, krass", wiederholte Stein. „Wie man seine Post faltet, das ist ein Automatismus. Wenn du den einmal drin hast, dann wechselst du das nicht wieder", sagte Stein überzeugt.

Brucati nickte tiefgründig. „Und das wäre ein Beweis dafür, dass Albrecht diesen Abschiedsbrief nicht selbst gefaltet hat, geschweige denn geschrieben."

„Eben!"

„Hammer!"

„Bin schon gespannt, welche Spuren der Doc an dem Brief findet", raunte Stein, packte ihr Handy wieder in die Tasche und wandte sich einem der Regale zu - das im unteren Bereich mit Türen und im oberen Drittel mit Glastüren zu einem Schrank umgewandelt worden war. Ein Blick in den Schrank hinter die Glastür ließ sie stutzig werden und die Glastür öffnen, hinter der auf drei Einlegeböden Gläser standen: sechs Sektkelche auf dem obersten Regal, sechs Weißweingläser auf dem mittleren und fünf Rotweingläser auf dem untersten. Stein holte tief Luft und stieß diese mit einem „Hmm" aus.

Brucati sah zu seiner Kollegin hinüber. Sie hatte ihr „Da stimmt was nicht"-Gesicht aufgesetzt und entwickelte jetzt eine suchende Hektik mit einem Rundumblick, der Brucati fragen ließ: „Was ist?"

Steins Blick war wieder im Schrank gelandet. „Schau dir mal die Gläser hier an."

Brucati wuchtete sich aus seiner hockenden Stellung nach oben und kam neben Stein zum Stehen. „Gläser, ja und?", fragte er, weil er im ersten Moment nichts Auffälliges sehen konnte.

„Diese Gläser sind schon lange nicht mehr benutzt worden."

Man konnte sehen, dass die Gläser eine leichte Trübung aufwiesen und schon seit vielen Tagen nicht mehr benutzt oder gespült worden waren. Sie standen auf gläsernen Einlegeböden, die von einer feinen Staubschicht überzogen waren.

„Die Rückert hat doch gesagt, sie habe Albrecht immer Bierkästen schleppen sehen. Und wir haben Bierkästen und Schnapsflaschen in der Küche gesehen. Beides trinkt man nun mal nicht unbedingt aus Sekt- oder Weingläsern, da ist es doch kein Wunder, dass die lange nicht benutzt wurden", konstatierte Brucati.

„Ich bin durchaus mit dir einig, dass der Albrecht normalerweise kein Weintrinker war", raunte Stein. Sie heftete ihren Blick auf das Regalbrett, auf dem die fünf Rotweingläser standen, und ließ ein unausgesprochenes *Aber* im Raum stehen.

Brucati folgte ihrem Blick. „Worauf willst du hinaus?"

„Jetzt sind sie zwar nicht mehr da, weil der Doc sie mitgenommen hat, aber vorhin standen doch auf dem Tisch eine Flasche Rotwein und ein leeres Rotweinglas."

Brucati erinnerte sich an die Auffindesituation des Toten. „Du hast recht, gestern hat er wohl Wein getrunken."

„Warum sollte Albrecht einen Wein aufmachen, wenn er Wein gar nicht mag - wahrscheinlich nicht mal eine Flasche im Haus hat?", vermutete Stein. „Das machst du doch nur, wenn jemand kommt, der einen Wein mitbringt und mit dir ein Glas davon trinken möchte."

Das leuchtete Brucati ein. „Ja, aber dann müssten da wenigstens zwei Weingläser gestanden haben. Ich kann mich nur an eins erinnern."

„Da stand auch nur eins."

Brucati blickte in Richtung Küche. „Und ich kann mich nicht erinnern, irgendwo sonst noch ein Rotweinglas gesehen zu haben. Aber wenn ich an die Berge von dreckigem Geschirr in der Küche denke, dann hat der Albrecht gestern bestimmt nichts mehr gespült."

Stein nickte. „Aber hier im Schrank steht ein frisch gespültes Glas. Und das ist das fehlende Glas." Stein wies mit dem Finger auf die staubunbedeckte Stelle, an der wohl das fehlende Weinglas - das Doc Wenright inzwischen mitgenommen hatte - gestanden hatte. „Da hat das Glas vom Albrecht gestanden." Dann zeigte Stein auf das Glas, das wohl den Weg in den Schrank zurückgefunden hatte, aber nicht mehr genau da stand, wo es vorher gestanden hatte, dafür aber vor Sauberkeit blitzte. „Siehst du, das steht nicht mehr genau in dem Staubkreis, wo es vorher stand."

„Und es ist sauber", dämmerte Brucati allmählich, was Stein in dem Schrank aufgefallen war.

„Blitzsauber!"

Warum jemand das gemacht hatte, schien klar auf der Hand zu

liegen. Derjenige wollte, dass man davon ausging, dass Albrecht allein getrunken hatte. Das Glas hatte er gespült, damit man keine Fingerabdrücke oder gar DNA-Spuren sichern konnte.

„Aber wenn wir davon ausgehen, dass er oder sie die Weinflasche mitgebracht hat, dann könnten doch auch an ihr Spuren vom Täter sein", sagte Brucati hoffnungsvoll.

„Falls das dieser Fuchs gewesen sein sollte …", begann Stein und schaute ihrem Kollegen in die Augen. „Wenn der wirklich so listig ist wie berichtet, wird er Handschuhe getragen haben - und das kann er Albrecht damit verkauft haben, dass wir ja Winter haben. Und wenn er die Flasche übergeben hat, dann war sie von dem Zeitpunkt an nur noch in Albrechts Händen und wer sie mitgebracht hat, konnte die Handschuhe ausziehen."

„Und danach hat er oder sie die Handschuhe wieder angezogen und seine Spuren beseitigt", stimmte Brucati mit ein.

Stein nickte. „Das Glas gespült."

Brucatis Augenmerk richtete sich nun auf das blitzsaubere Glas. „Das nehmen wir dem Doc auf jeden Fall trotzdem mit", sagte er und wollte in den Schrank greifen.

„Warte!", sagte Stein, holte ihr Handy aus der Hosentasche und trat ein Stück näher an den Regalboden mit den fünf Weingläsern heran. „Ich mach mal ein Foto davon, bin mir nicht sicher, ob Pfeiffer das aufgenommen hat."

Nachdem Stein das Beweisfoto geschossen hatte, fragte Brucati: „Hast du noch einen Beweismittelbeutel?"

Den hatte Stein und sie verbrachten das Glas darin.

„Na, da bin ich doch mal gespannt, ob der Doc noch etwas daran findet", raunte Brucati, als er den Zipper am Beutel zuzog.

„Ich auch!"

„Dann ist vielleicht dieser Möller gar nicht der Letzte, der Albrecht gesprochen oder ihn lebend gesehen hat", meinte Brucati.

„Vielleicht aber auch der Erste, der ihn tot gesehen hat", meinte Stein, wobei es für sie mehr als nur eine Ahnung zu sein schien.

Brucati fragte sich allerdings, woher Stein ihre Sicherheit bezog, und wandte sich zu ihr um. „Schießt du dich etwa auf ihn ein?", wollte er wissen.

Stein hob in einer nicht gerade unsicheren Geste beide Hände.

Intuition, mutmaßte Brucati.

„Dieser Möller ist mir bei der Befragung schon aufgefallen", erinnerte sich Stein. „Irgendwie hatte der etwas …" Stein brachte nicht über die Lippen, was er hatte.

„Für Intuition ist eigentlich unser Schweiger zuständig! Hast du dich etwa bei ihm infiziert?", meinte Brucati flapsig.

Stein ging nicht darauf ein. „Vielleicht kannte der Albrecht den Möller ja näher, also ich meine auch außerhalb des Unternehmens."

„Was hat denn der Mensch vom Empfang der *Pharmatec* vorhin zu dir gesagt wegen gestern Abend?"

„Nur dass der Albrecht den Möller gesucht hat, weil er ihn sprechen wollte - aber nicht, warum."

Brucati nahm sein Handy. Er wollte sich bei Dosske informieren, was dieser inzwischen über Möller in Erfahrung gebracht hatte, und stellte sein Mobiltelefon auf laut, damit Stein mithören konnte.

Kaum stand die Verbindung, da legte Daniel Dosske auch schon los. „Wenn ich mir so die Fotos ansehe, die der Möller gepostet hat, schmeißt der ganz schön mit Geld um sich", war das Erste, was er berichtete. „Der Möller ist Referent für Unternehmenskommunikation und nimmt sowohl Aufgaben der internen als auch der externen Kommunikation wahr. Intern hat er wohl Kommunikationsstrategien entwickelt und die Kollegen auf allen Hierarchieebenen zur Planung und Umsetzung von internen Kommunikationsmaßnahmen beraten."

„Das heißt, er hatte so ziemlich mit allen Kontakt."

„Das weiß ich nicht, aber er muss auch ganz gut sein, zumindest lobt er sich selbst. Doch ich hab da einen Kommentar gesehen, dass er wohl nicht die Anerkennung erhält, die er eigentlich verdient hat - also seiner Meinung nach. Finanziell scheint es sich für ihn aber zu lohnen", meinte Dosske: „In den letzten Monaten vier Mal Italien, einmal Island, einmal die Cayman Islands und ein neuer Mercedes!"

„Nicht schlecht", erkannte Brucati an. „Was verdient man denn so im Bereich der Unternehmenskommunikation?"

Auch das schien Dosske recherchiert zu haben, denn er antwortete: „Das Anfangsgehalt liegt bei etwa 50.000 Euro. Wie weit das nach oben geht, weiß ich nicht, aber durchschnittlich sind 75.000 drin."

„Bei dem Gehalt ist das alles, was du aufgezählt hast, aber kaum machbar."

„Er muss noch eine andere Quelle haben", meine Dosske.

„Wir sollten uns mal sein Konto ansehen", sagte Stein brennend interessiert.

„Ich sag dem Chef Bescheid", bekundete Dosske.

„Mach das", sagte Brucati. „Wir sind noch einen Moment in Herrn Albrechts Wohnung, hier gibt's ein Puzzle zu lösen", raunte er, wobei sein Blick zum Papierkorb lief.

Als Dosske kurz nach dem Telefonat ins Büro des SoKo-Chefs platzte, saß da auch Tappert, der sich nach dem neuesten Stand erkundigte. Und dazu hatte Dosske einiges beizutragen.

„Ich kann mich um das Konto kümmern", bot Tappert an, als Dosske geendet hatte.

Christ nickte zustimmend. „Und ich will mit diesem Herrn Möller sprechen", sagte er zu Dosske.

„Darum kümmere ich mich gleich", bestätigte dieser.

Kapitel 30

Donnerstag, 5. Januar, 08:04 Uhr

Als der Donnerstag anbrach, war auch Colonnello Bianchi zur Runde der Morgenbesprechung in der fünften Etage der SoKo-Zentrale aufgetaucht. Christ hatte ihn und auch Tappert darum gebeten, am Vormittag dabei zu sein.

Während Christ und der Colonnello sich bereits unterhielten, betrat Tappert zeitgleich mit Wenright und Pfeiffer den Besprechungsraum, wobei Doc Wenright in der einen Hand eine Einsteckhülle mit sich führte, in der anderen eine gefährlich aussehende Petrischale, die er vorsichtig vor sich auf der Tischplatte absetzte.

Dosske verfolgte Doc Wenrights Tun mit Unbehagen. Petrischalen bedeuteten für ihn selten etwas Gutes. Auch Hergert und Kuhnert schien diese Schale suspekt, zumindest drücke ihr starrer Blick auf die flache, runde, durchsichtige Schale mit dem übergreifenden Deckel dies aus.

Doch Samira Stein interessierte etwas anderes und so wandte sie sich sogleich fragend an die beiden Kollegen der forensischen Abteilung. „Habt ihr Fingerabdrücke auf den Gläsern und der Weinflasche sichern können?" Stein und Brucati hatten - nachdem sie ein paar Blätter aus Albrechts Papierkorb rekonstruiert und schnell gemerkt hatten, dass diese Papierschnipsel nichts Wichtiges betrafen - ihre Tatortbesichtigung am Abend beendet, das blitzsaubere Glas aus Albrechts Wohnung Doc Wenright gebracht und kurz darauf Herrn Albrechts PC zu Kuhnert.

„Ja", antwortete Wenright, „aber nur die von Albrecht - auf dem Glas vom Tisch und auf der Weinflasche. Auf dem Glas, das ihr mitgebracht habt, waren keinerlei Fingerabdrücke."

Stein sah sich bestätigt. „Irgendwelche undefinierbaren Spuren an der Flasche?", hakte sie nach.

„Was meinst du?", fragte Wenright.

„Ich habe da so eine Theorie. Kannst du Abdrücke von Handschuhen nachweisen?"

„Danach hab ich jetzt nicht speziell gesucht - aber möglich wäre es. Warum?"

Stein griff zu dem Foto, das sie mitgebracht hatte, und pinnte es an das Whiteboard. Es zeigte das Regalbrett aus Albrechts Schrank mit den fünf Weingläsern. Stein erklärte anhand des Fotos ihre Vermutung und fuhr fort: „Wenn wir davon ausgehen, dass jemand diese Weinflasche mitgebracht hat und Albrecht mit deren Inhalt vergiftet wurde ..."

Brucati unterbrach seine Kollegin. „Steht inzwischen fest, womit?", wollte er wissen.

„Komme ich gleich dazu", vertröstete der Rechtsmediziner.

Stein nahm den Faden wieder auf: „Also, wenn Albrecht das Gift unwissentlich zu sich genommen hat, dann hat sein Mörder diesen präparierten Wein mitgebracht. Seine Fingerabdrücke sind nicht auf der Flasche, weil er Handschuhe trug, was in der Winterzeit nicht komisch wirkt. Dann hat Albrecht zwei Gläser aus dem Schrank geholt und sich und seinem Mörder eingeschenkt, wobei der Mörder nur so getan hat, als würde er trinken. Und damit keine Fingerabdrücke oder DNA von ihm vorhanden sind, hat er das Glas danach fein säuberlich gespült und wieder in den Schrank gestellt."

Dosske murrte: „Du meinst, er wollte es nach Selbstmord aussehen lassen, hat den Abschiedsbrief deponiert ..."

Stein nickte. „Und so weiter."

„Fingerabdrücke auf dem Abschiedsbrief?", wollte Christ wissen.

„Ja, von Albrecht", sagte Wenright.

Pfeiffer pinnte Albrechts Brief mit dem Wortlaut *Es war ein Unfall, ich wollte den Mann nicht töten, es tut mir leid, ich kann mit der Schuld nicht leben!* an die Wand.

„Aber jetzt wird's interessant", meinte Doc Wenright. „Die Fingerabdrücke waren nämlich an unpassenden Stellen." Alle blickten ihn gespannt an. „Wenn du einen Abschiedsbrief schreibst - was übrigens immer noch oft mit der Hand geschieht und nicht wie in diesem Fall mit dem PC -, dann nimmst du das Blatt aus dem Drucker und legst es vor dich. Ich zeig euch mal, wie ich das meine." Zur Verdeutlichung zog Doc Wenright die von ihm mitgebrachte Einsteckhülle unter der Petrischale hervor. „Das ist jetzt mal der Abschiedsbrief. Wenn ich das Blatt nehme, dann sind meine Fingerabdrücke wo?", fragte er in die Runde.

Dosske antwortete: „Daumen vorn, andere Finger hinten."

„Genau! Bei Albrechts Brief waren die Fingerabdrücke aber nur auf der Vorderseite, und zwar alle - also Daumenabdruck und die der anderen Finger. Wie soll Albrecht so das Blatt angefasst haben? Alle Finger vorn, so kannst du kein Blatt halten!"

Ein zustimmendes Nicken ging durch den Raum.

Doc Wenright schaute zu Stein. „Das bestätigt durchaus deine Vermutung einer weiteren Person mit Handschuhen", meinte er. „Und den …" - er wedelte mit der zum imaginären Brief umgewandelten Einsteckhülle in seiner Hand - „… hat diese Person auf den Tisch gelegt." Doc Wenright schob die Petrischale in Richtung Tischmitte, um vor sich Platz für den imaginären Brief zu schaffen. „Und dann hat er Albrechts Hände so auf das Papier gedrückt, um Fingerabdrücke zu erzeugen." Er führte mit seinen eigenen Händen vor, was er meinte.

„Er hat gedacht, wir merken das nicht", erkannte Dosske.

Pfeiffer grinste. „Tja, da hat er uns unterschätzt!"

„Sonst noch Fingerabdrücke?", wollte Christ wissen.

„Ja, ein paar konnten wir sichern. Alle von Albrecht und einer weiteren Person."

Christ hakte nach: „DNA-Spuren?"

Wenright nickte und Pfeiffer erklärte: „Wir sind gerade damit fertig geworden, das DNA-Muster sichtbar zu machen."

„Ganz klar lassen sich die Spuren zuordnen, die von Albrecht selbst stammen und von unseren beiden Hübschen hier." Wenright deutete in Richtung Stein und Brucati. „Wir haben aber auch noch zwei weitere Spuren gesichert. Eine davon von einer Frau."

„Da war unser Kellergeschoss doch mal wieder fix", meinte Dosske anerkennend und hieb Pfeiffer kollegial auf die Schulter.

„Ja, die Nacht war kurz."

„Die Nacht nicht, nur der Schlaf", verbesserte Wenright gutmütig.

„Wie gesagt, wir sind gerade mit dem Muster fertig geworden, haben diese Spuren aber noch nicht mit dem Datenbestand der DAD abgleichen können, weil wir noch so vieles andere zu tun haben - wie an dieser Besprechung hier teilzunehmen", teilte Wenright mit Blick auf den SoKo-Chef mit.

Christ hob beschwichtigend die Hand und sprach den BND-Mann an: „Tappert! Können Sie dafür sorgen, dass …"

Tappert fiel ihm ins Wort. „Ich kümmere mich darum." Er würde auf die erkennungsdienstlichen Datenbanken des BKA zugreifen, wo behördlich erhobene Fingerabdrücke, Lichtbilder und DNA-Profile von Personen sowie Daten von Tatortspuren für einen Abgleich zur Verfügung standen.

„Doc Wenright versorgt Sie mit allem, was Sie benötigen."

Der Rechtsmediziner nickte.

Dann wandte sich Christ an den Mann aus Italien.

„Colonnello Bianchi! Können Sie die italienischen Datenbanken im Rahmen des Prüm-Beschlusses ..." Auch diesmal konnte der SoKo-Chef seinen Satz nicht beenden, denn Bianchi tat es Tappert gleich.

„Ich kümmere mich darum."

Der EU-Prüm-Beschluss regelte den internationalen Austausch von DNA-, Fingerabdruck- und Fahrzeugregisterdaten, um Straftaten mit internationalen Bezügen zu erkennen und grenzübergreifend agierende Straftäter zu identifizieren.

Dosske wandte sich nun interessiert an Tappert. „Wissen Sie, wie viele Personen das BKA so in seiner DNA-Analyse-Datei hat?"

„Neben über 380.000 offenen, also nicht identifizierten Spurendatensätzen sind in der DAD circa 840.000 DNA-Muster identifizierter Tatverdächtiger gespeichert."

„Na, da hoffen wir mal, dass unsere Personen darunter sind", raunte Dosske hoffnungsvoll. Mit etwas Glück würde ihnen ein Mausklick vielleicht bald einen Namen und ein Gesicht zu den gesicherten Daten liefern können. Sofern das sichergestellte genetische Profil in der Datenbank gespeichert war, spuckte der Computer innerhalb weniger Sekunden einen Treffer aus, der im Idealfall direkt zu Herrn Albrechts Mörder führte.

Tappert verkündete: „Ich werde auch gleich noch mal nachhaken, was mit den Kontoauszügen von diesem Möller ist, und schauen, ob ich etwas Aktuelles über den Verbleib vom Fuchs herausbekomme."

Christ nickte zustimmend, blickte dann wieder zu Wenright. „Jetzt aber zurück zum Albrecht."

Der Rechtsmediziner fischte zwei Fotos aus der Einsteckhülle - die jetzt wieder ihrem ursprünglichen Zweck diente. Auf dem einen sah man den toten Albrecht mit dem Kopf auf dem Tisch in seiner Wohnung sitzen, auf dem anderen in Großaufnahme Albrechts Gesicht - wohl aufgenommen auf dem Seziertisch im Kellergeschoss der SoKo.

Pfeiffer pinnte beide Fotos an die Wand.

„Also, was nun den Albrecht anbelangt ...", setzte Wenright an.

Doch Kuhnert schnellte von seinem Sitzplatz hoch. Er trat an die beiden Fotos heran, sah dann zu Bianchi, dessen Augen ebenfalls gebannt an den Fotos hingen. „Den kennen wir doch!", sagte Kuhnert in Bianchis Richtung.

„Ich ...", stammelte Bianchi, „ich glaube ja!"

Kuhnert lief zur Tür. „Ich hole Santoros Laptop, bin gleich wieder

252

da!", sagte er sichtlich aufgeregt.

„Also, was ist jetzt mit dem Albrecht?", forderte Christ den Doc trotz der aufgekommenen Hektik auf, mit seinen Ausführungen fortzufahren.

„Er wurde vergiftet, und zwar mit einem Mix aus verschiedenen giftigen Substanzen, die den stärksten Bullen umgehauen hätten. Es wird also ziemlich schnell gegangen sein."

„Hauptbestandteil dieses Giftcocktails war Atropin", ergänzte Fynn Pfeiffer.

„Dieser Cocktail war im Wein?", wollte Stein wissen.

„Ja", bestätigte Wenright.

„Ganz schön fies!", murrte Stein.

Dosske raunte ihr zu: „Du weißt schon, dass Gift hauptsächlich von Frauen benutzt wird."

Stein sah ihn mit hochgezogenen Augenbrauen an. „Und du weißt schon, dass das ein Klischee ist! Niemand kann wirklich eine sichere Aussage über das Geschlechterverhältnis bei Giftmördern treffen, allein schon wegen der Dunkelziffer. Fest steht aber sicher, dass auch Männer zu dieser weichen Methode greifen!"

Dosske spielte den Verwunderten. „Ach, interessant."

Wenright unterbrach das Geplänkel der beiden. „Ja, und ich hab hier noch etwas Interessantes", sagte er, reichte ein weiteres Foto an Pfeiffer weiter, das der ebenfalls am Whiteboard anbrachte.

Kuhnert war zurück, nahm neben Bianchi Platz, klappte Santoros Laptop auf und hantierte damit.

Währenddessen sprach Wenright weiter. „Das ist eine Aufnahme von Albrechts Hand", erklärte er. Auf dem neuesten Foto konnte man die perfekt manikürten Fingernägel des Mannes sehen.

„Und jetzt …", sagte Wenright und reichte Pfeiffer ein weiteres Foto „… ein Ausschnitt seines Daumennagels."

Pfeiffer pinnte eine Vergrößerung des Daumennagels an die Wand, wies auf die Mitte des Nagels und fragte in die Runde: „Könnt ihr es sehen?"

Ein unscheinbarer Schatten zeichnete sich dort ab.

„Ein Fleck", meinte Dosske.

„Das ist kein Fleck", sagte Wenright und griff jetzt zu der Petrischale. Er hob den Deckel ab und reichte den Unterbau samt Inhalt an Christ weiter. „Sondern das hier."

„Was ist das?" Christ nahm die Glasschale vorsichtig in die Hände.

„Das", sagte Wenright, „ist ein Mikropunkt."

„Ein Mikropunkt?", fragte Bianchi und streckte seine Hand gierig nach der Schale aus.

Christ reichte sie ihm.

„Ein Mikropunkt, der zwischen Albrechts Daumennagel und einem darübergelegten künstlichen Acrylnagel eingebettet war."

„Sprechen wir hier von einem Mikrofilm?", wollte Tappert wissen, dessen Augenbrauen in Richtung Haaransatz gewandert waren.

Wenright nickte bestätigend.

„War da was drauf?", fragte Christ gespannt.

„Und ob!" Wenright entnahm der vor ihm liegenden Einsteckhülle mehrere Seiten, die mit einer Aktenklammer zusammengehalten wurden, und schickte diese Blätter ebenfalls in Umlauf.

Christ blätterte als Erster darin, während Wenright berichtete: „Albrecht hat sämtliche Daten zu dem, was da am 11. Januar vorgestellt werden soll, fein säuberlich gesammelt. Die ganze Entwicklung des neuen Medikaments, dessen chemische Wirkstoffe, die wirkneutralen Hilfsstoffe, genaue Mengenangaben, Wirksamkeitsstudien, einfach alles."

Pfeiffer wies auf die Blätter. „Und das ist für Interessierte bestimmt sehr viel wert, denn wenn man das hat, kann man einige Stationen der Medikamentenentwicklung überspringen. Das spart Zeit und Geld, viel Geld", wusste er.

„Allerdings!" stimmte Wenright zu. „Oft liegen viele Jahre zwischen der ersten Idee und der Zulassung."

„Genau", bestätigte Pfeiffer. „Die ganzen klinischen Studien, die vielen einzelnen Phasen, das Gewinnen der Informationen zu Risiken, Wirksamkeit, und so weiter - da sind zehn Jahre nichts!"

„Heutzutage ist man bemüht, in einem systematischen, mehrstufigen und interaktiven Prozess neue Stoffe als Leitstrukturen zu identifizieren, die dann zu Wirkstoffkandidaten weiterentwickelt und optimiert werden. Früher waren die Ansätze für ein innovatives Arzneimittel oft vom Zufall geprägt", erzählte Wenright.

„Viagra", warf Dosske ein.

Die Petrischale sowie die ausgedruckten Blätter mit dem Inhalt des Mikropunkts wurden weitergereicht. Doc Wenright deutete darauf und sagte: „Wenn man das alles auf einem silbernen Tablett geliefert bekommt, ohne dass man da Geld reinstecken muss - also bis auf das, was man dem Überbringer vielleicht dafür zahlt ..."

„Das lohnt sich!", meinte Pfeiffer.

Stein blickte zu der Blättersammlung in Bianchis Hand, dann auf die Petrischale in ihrer Hand. „Das alles, diese ganzen Seiten, auf dem kleinen Ding?", fragte sie.

„Ja", bestätigte Pfeiffer.

Stein schüttelte ungläubig den Kopf.

Das veranlasste Wenright, weiter auszuholen. „Du musst dir das so vorstellen: Der Verkleinerungsprozess erfolgt mittels fotografischer Abbildung. Zuerst wird die Quelle - hier das auf dem PC-Bildschirm aufgerufene Dokument - mit einer Präzisionskamera abfotografiert und verkleinert. Danach wird das entwickelte Negativ durch die Optik eines Mikroskops auf einer Fotoplatte aus dünnem Glas abgebildet, welche sich in der Position des Objektträgers befindet. Nach dem Entwickeln wird diese Glasplatte mit einer Kollodiumschicht überzogen. Der Punkt wird mit einer Injektionsnadel herausgestochen und ist damit fertig für seinen unauffälligen Transport. In unserem Fall mittels eines Fingernagels."

„Aber das ist doch eigentlich alte Schule", raunte Dosske.

„Hinterlässt aber keine digitalen oder elektronischen Spuren", hob Hergert die Vorteile hervor.

Dosske schob sein Kinn vor. „Aber macht man so etwas denn heute noch?"

„Mikropunkte werden immer noch eingesetzt", wusste Wenright. „Vielleicht nicht mehr unbedingt, um Schriften zu übermitteln, was im zweiten Weltkrieg gang und gäbe war. Heute kennzeichnet man eher unauffällig Gegenstände damit, der Schwerpunkt: Identifikation von Diebesgut. Der Punkt enthält dann eine Kennnummer, mit der man in einer Datenbank den registrierten Besitzer identifizieren kann."

Der SoKo-Chef nickte. „Früher war der Transport von Informationen ungleich schwieriger. Heute laden Spione gleich alles runter, was sie finden."

„Aber heutzutage auf so eine Idee zukommen, einen Mikropunkt unter einem Fingernagel zu transportieren …!", meinte Dosske.

Inzwischen war der Ausdruck des Mikropunktinhalts bei Tappert gelandet und er sichtete die Blätter. „Also haben wir es im Fall von Albrecht mit Werksspionage zu tun", sagte er und atmete tief aus.

„Das war wahrscheinlich das, wovon Roberto meinte, er wäre noch auf etwas ganz anderes gestoßen", kombinierte Bianchi. „Das erklärt auch, warum er einen manikürten Daumennagel hatte", sagte Bianchi.

„Er war dieser Sache auf der Spur!"

„Sie meinen, er hat Nagelstudios aufgesucht, um ..."

Bianchi fiel Christ mit einem „Si!" ins Wort.

Dosske hob enthusiastisch die Hand. „Dann sollten wir das auch tun!"

„Weißt du, wie viele Nagelstudios es gibt?", fragte Stein bange. „Wo sollen wir da anfangen? Das ist wie bei der Stecknadel im Heuhaufen."

Kuhnert hatte seit seiner Rückkehr schweigend an Santoros Laptop hantiert. Jetzt drehte er den Laptop so, dass alle den Bildschirm sehen konnten, und sagte: „Ich habe den Elefanten, der uns den Heuhaufen gewaltig verkleinert."

Alle schauten ihn gespannt an.

Er wies auf das Whiteboard und fuhr fort: „Als ich das Foto vom Albrecht gesehen habe, ist mir eingefallen, dass ich dieses Gesicht schon mal gesehen habe, nämlich hier!" Sein Finger zeigte auf den Bildschirm seines Laptops. Ein wohl von Santoro aufgenommenes Bild zeigte Albrecht beim Betreten eines Ladengeschäfts. Die Leuchtschrift über der Tür lautete *Beauty Nails & Co.*

„Ach nee!", entfuhr es Dosske.

Und Stein gab zu: „Das verkleinert den Heuhaufen allerdings."

„Eigentlich eine gute Tarnung", überlegte Brucati. „Spielhallen hat man im Visier, aber Verschönerungstempel ..."

„Ein unverdächtiger Ort, zum Austausch von brisanten Informationen", stimmte Dosske zu.

Tappert schüttelte den Kopf. „Aber auf Mikropunkten?"

„Was hätten Sie denn sonst erwartet?", fragte Dosske und antwortete selbst: „Nagellackfarben als geheime Botschaft?"

„Zum Beispiel."

Dosske schüttelte den Kopf. „Quatsch!"

„Aber schon möglich", raunte Kuhnert.

„In solchen Läden wird immer sehr viel gequatscht ...", überlegte Hergert.

Kuhnert ergänzte: „Wobei es mir unverständlich ist, warum die Leute eigentlich meinen, ihrem Friseur oder ihrer ‚Nagelfeile' alles erzählen zu müssen."

Tappert gab ein zustimmendes Grunzen von sich.

Christ wandte sich an Kuhnert. „Haben Sie noch andere Bilder von Albrecht vor anderen Nagelstudios gesehen?"

„Nein, nur dieses eine Foto", sagte Kuhnert, wandte sich dann aber an Bianchi: „Oder?"

Der schüttelte mit nach unten gezogenen Mundwinkeln den Kopf.

„Stein, suchen Sie die Adresse raus", wies Christ sie an.

Stein setzte sich vor den PC.

Während ihre Finger über die Tastatur sausten, wandte sich Christ wieder an Kuhnert. „Hatten Sie schon Zeit, sich Albrechts PC zu widmen?"

„Ja, aber nur kurz. Wir haben ja auch noch Santoros Laptop in Arbeit."

„Was haben Sie bisher von Albrecht?"

„Albrecht war ein Zocker. Viele Spiele sind auf seinem PC. Und wenn ich sage viele, dann meine ich sehr viele. Aber wie gesagt, das war nur ein erstes schnelles Drüberschauen. Dateien für so etwas ..." - er wies mit der Hand auf den Ausdruck des Mikropunktes - „... habe ich bis jetzt nicht gefunden." In diesem Moment kam die Petrischale bei Kuhnert an. Er schaute darauf und murmelte: „Da kann man mal sehen, was aus den Anfängen der geheimen Datenübermittlung werden kann."

„Ganz früher", meinte Wenright, „hat man für so was Zitronensaft oder unsichtbare Tinte benutzt, wo die Nachricht erst durch Erwärmung zum Vorschein kam."

„Die Spartaner hatten doch auch so 'ne ganz ausgefuchste Idee. Die wickelten Lederstreifen spiralförmig um Stöcke und beschrifteten diese. Abgewickelt ergab das den reinsten Buchstabensalat. Nur wer die exakte Dicke des Stockes kannte, konnte beim Wiederaufrollen den Text entziffern", gab Pfeiffer zum Besten.

Auch Kuhnert konnte etwas dazu beitragen. „Ich hab mal gelesen, dass man Soldaten die Schädel kahl schor, um geheime Botschaften oder Karten mit Henna aufzubringen. Wenn das Haar nachgewachsen war, begab sich der Soldat zum Einsatzort, um dort - wieder vom Haar befreit - die Info preiszugeben."

„Da musste man aber Zeit einrechnen!", raunte Dosske.

„Wie macht das denn der COFS?", fragte Tappert.

Doch Bianchi zuckte nur mit den Schultern.

Tappert grinste. „Ich weiß schon, wenn Sie mir das beantworten, müssen Sie mich danach töten."

„Ach, wissen Sie, wir sind doch bei Weitem nicht so wie andere Behörden, die sich gern mit drei Buchstaben abkürzen, MI6, CIA,

FSB oder BND", meinte Bianchi gelassen.

„Gibt aber auch welche mit mehr als drei Buchstaben", schaltete sich Dosske ein und zählte auf: DGSE, Mossad."

„Die alle auch mehr Mitarbeiter haben als wir", bedauerte Bianchi.

Tappert kniff die Augen zusammen. „Ich glaube, mich erinnern zu können, dass die CIA etwa zweiundzwanzigtausend Mitarbeiter haben soll - geschätzt natürlich.

Stein blickte vom Bildschirm hoch und fragte: „Wusstet ihr eigentlich, dass der Schriftsteller Ian Fleming ein Ex-Geheimdienstler, ein Spitzenspion, war?"

„Der vom Bond, James Bond?", fragte Dosske.

„Ja", bestätigte Stein. „Damit kannst du davon ausgehen, dass die Figur James Bond nicht nur der Fantasie ihres Erfinders entsprungen ist, sondern vielmehr ein Stück weit Autobiografie ist."

Dosskes Augen wurden groß. „Ach, interessant, das wusste ich nicht."

„Diese Figur hat die Vorstellung über die Arbeit von Geheimagenten in der Öffentlichkeit geprägt", meinte Tappert. „Sein Bond-Typ ist eigentlich mehr Killer als Spion, stets unterwegs in gefährlichem Auftrag."

„Unterstützt durch hypermodernes Equipment", ergänzte Dosske. Seinem bewundernden Ton nach zu urteilen, hätte er gegen ein solches auch nichts einzuwenden.

Tappert brachte ihn jedoch auf den Boden der Tatsachen zurück. „Bond und sein Equipment oder das, was Q ihm da zur Verfügung stellt, haben allerdings kaum etwas mit der Realität zu tun."

„Trotzdem kann man da echt neidisch werden", seufzte Wenright.

Und auch Pfeiffer stieß einen sehnsüchtigen Ton aus. „Wie lange wollen wir schon das neue Quadrupol-Massenspektrometer haben?"

„Ach!" Wenright verwarf die Möglichkeit, dieses je zu bekommen, mit einer Handbewegung, erlaubte sich aber einen keck fordernden Blick in Richtung Christ.

Der SoKo-Chef war bekanntermaßen ein unermüdlicher Forderer, was die Ausstattung seiner SoKo anbelangte. Es ging ihm um die Effektivität polizeilichen Handelns vor dem Hintergrund des rasanten technischen Fortschritts. Schon viele Male hatte er seinen direkten Draht zum Innenminister - dem obersten Dienstherrn der Polizei - genutzt, um ihn unmittelbar mit seinen Forderungen zu drangsalieren. Und wo ein anderer schon längst aufgegeben hätte, gelang es Christ mit seiner listigen Diplomatie das ein oder andere Mal, aus einer eigentlich vollkommen ausgedrückten Zitrone noch etwas Saft herauszupressen. Meistens brachte jedoch das ihm zur Verfügung gestellte Budget seine Truppe wieder auf den Boden der Tatsachen zurück.

Dies wusste auch Brucati und so brachte er es auf den Punkt: „Ja, wir arbeiten halt in der Realität."

Tappert holte tief Luft und sagte: „In der Erfolge schweigend übergangen werden und Fehlschläge - sofern sie überhaupt öffentlich werden - einen kurzen Blick auf eine verborgene Welt freigeben."

Christ nickte. „Eine Welt, die aufkeimende Furcht vor nicht zu fassenden, aber ungeheuer mächtigen Organisationen schürt."

Tappert stimmte zu. „Und manch ein Whistleblower schürt noch - zum Beispiel mit dem Aufdecken der Überwachung der sozialen Netzwerke durch die NSA - das Unbehagen über das Agieren der Geheimdienste!"

„Na ja", murrte Dosske, „aber wenn die NSA doch dadurch Vorbereitungen zu Anschlägen aufdecken konnte ..."

Kuhnert lachte auf. „Jeder, der heute das Internet benutzt, hinterlässt in der digitalen Welt Spuren, und das permanent. Dieser Ort fast grenzenloser persönlicher Freiheit ist im Endeffekt das größte Überwachungsinstrument in der Geschichte der Menschheit - darüber muss sich doch jeder im Klaren sein!"

„Und, wer hat's erfunden?", fragte Dosske mit schweizerdeutschem Zungenschlag.

„Das US-Verteidigungsministerium", antwortete Tappert.

„Bei diesem ganzen Geschäft sind Gut und Böse nicht so einfach voneinander abzugrenzen", erklärte Bianchi.

Tappert nickte. „In den diffusen Grauzonen wird ein Spiel betrieben, in dem sich vortrefflich bespitzeln lässt ..."

„... und manche Bürgerrechte missachten!", fuhr Pfeiffer dazwischen.

Dosske entgegnete: „Ach, weißt du, ich lasse mich gern etwas bespitzeln, wenn dafür der Mord an unschuldigen Menschen verhindert wird."

Wenright wiegte seinen Kopf abschätzend hin und her. „Nun, der Zweck heiligt nicht immer die Mittel", raunte er.

Einen Moment lang hing jeder seinen Gedanken nach.

„Ich will über den ganzen Kram kein moralisches Urteil fällen müssen", brummte Wenright schließlich.

„Vielleicht heiligt der Zweck doch die Mittel", brummte Dosske.

Brucati widersprach. „Kann man das wirklich so sehen? Immerhin bleibt ein Rechtsbruch ein Rechtsbruch."

„Eins steht auf jeden Fall fest. Dieses ..." - Wenright malte mit seinen Zeige- und Mittelfingern imaginäre Anführungszeichen in die Luft - „... *Geschäft* gibt es schon seit Tausenden von Jahren und wird es immer weiter geben."

Dosske blickte zu Wenright. „Soviel ich weiß", sagte er, „gab's den ersten organisierten Geheimdienst doch in deinem Heimatland. Den hat doch dieser Sir Francis Walsingham aufgebaut. Der war - glaube ich mich zu erinnern - Staatssekretär bei der Lisbeth."

„Elisabeth der Ersten von England", verbesserte ihn Wenright.

„Von dem Walsingham hab ich mal gelesen, dass er immer schwarz gekleidet und mit einer Aura des Geheimnisvollen umgeben war", trug Stein zu dem Thema bei. „Muss ein faszinierender Mann gewesen sein!"

Wenright ging auf Steins Schwärmerei ein. „Passt auf eure Kollegin auf, sonst ist die fort!", unkte er in Richtung Brucati und Dosske.

„Oh je", tat Dosske ab, „da kommt sie aber rund 450 Jahre zu spät! Da muss sie sich eher an den Bond halten."

„Ja, der ist doch schnuckelig", grinste Stein, wurde dann aber wieder ernst. „Mit seiner Figur hat Fleming ganz schön den Mythos um den MI6 befeuert."

Dosske fragte Tappert: „Wie viele Mitarbeiter hat eigentlich der BND?"

Tappert schürzte kurz die Lippen. „Schätzungsweise um die siebentausend."

„Was ist unsere SoKo doch so klein", seufzte Dosske. „Und mit welch einfachem Equipment müssen wir uns begnügen", maulte er.

„Du hast doch gerade gehört, dass es nicht immer auf die Ausstattung ankommt, sondern auch aufs Köpfchen", meinte Stein. „Früher reichten schon ein paar verhältnismäßig simple Tricks, um eine Nachricht zu verschlüsseln. Wie ein Wort durch ein Symbol ersetzen oder Buchstaben durch Zeichen und so weiter."

Kuhnert schnaubte durch die Nase. „Heute lacht jeder Computer darüber."

„Ja, die gute alte Zeit", entfuhr es Wenright sehnsüchtig.

In dem Moment machte aber etwas aus der neuen Zeit auf sich aufmerksam. Von den Handys der SoKo-Truppe hörte man das *Ping* einer eingehenden Nachricht. Stein sagte dazu: „Die Adressen der Nagelstudios. Es gibt zwei Filialen von *Beauty Nails & Co.* hier in Dreieich."

„Dann lassen Sie uns ins Hier und Jetzt zurückkommen!", sagte Christ, fischte sein Handy aus der Jackentasche und öffnete die Nachricht. „Gut, bei der ersten Adresse in der Frankfurter Straße schauen Brucati und Stein vorbei. Die andere übernehmen Sie, Dosske. Und nehmen Sie Frau Diepolder mit."

Dosske blickte seinen Chef überrascht an. Christs Sekretärin Anke Diepolder war eigentlich nie im Außeneinsatz.

„Für den Fall, dass Sie als Mann vielleicht irgendwo nicht reindürfen."

Dosske nickte.

„Schauen Sie sich um, wer dort sonst noch Interessantes ein- und ausgeht! Klopfen Sie den Hintergrund der Betreiber ab!"

„Ich wollte mir schon immer mal die Nägel manikuren lassen", ließ Dosske verlauten.

Zu den anderen im Raum sagte Christ: „Wir bleiben an der Suche nach dem Sarin dran. Ich glaube nicht, dass das hier" - er wies auf die ausgedruckten Blätter auf dem Tisch - „etwas damit zu tun hat."

Bianchi stimmte ihm zu. „Das war Robertos ‚Beifang'."

„Beifang!", wiederholte Dosske lächelnd. „Schön gesagt."

Christ meinte: „Lassen Sie uns den dicken Fisch an Land ziehen!"

„Dick und gefährlich - ein Raubfisch!", schnaubte Dosske.

„Der untergetaucht ist", murrte Brucati.

Tappert war anzusehen, dass sein Hauptinteresse diesem Raubfisch und dem Sarin galt und er wenig Begeisterung über den kleinen Ermittlungserfolg bezüglich Herrn Albrechts Werksspionage verspürte. Er atmete schwer aus und ließ seinen Gefühlen freien Lauf: „Ach, ist das eine Scheiße!"

Kapitel 31

Donnerstag, 5. Januar, 12:21 Uhr

Die SoKo-Teams Stein und Brucati sowie Diepolder und Dosske hatten sich aufgemacht, um den in den Focus geratenen Nagelstudios einen Besuch abzustatten. Zunächst hatten sich beide Teams eine Zeit lang vor den Ladengeschäften in ihren Autos eingerichtet und beobachtet, was hinter den großen Glasfenstern so vor sich ging, dann wurden sie aktiv.

Dosskes und Diepolders Auftrag betraf die kleinere der beiden Filialen von *Beauty Nails & Co.*, die von außen gut einsehbar war. Nur zwei Angestellte huschten hier zwischen den Kunden umher. Es gab drei Sitzplätze. Schließlich ließ Diepolder ihrem Kollegen den Vortritt, da sich ihre Nägel in einem tadellosen Zustand befanden. Während sie im Auto wartete und weiterhin die Gegend sondierte, betrat Dosske das Geschäft. Und er ergatterte doch tatsächlich direkt einen Termin, währenddessen er belanglos plauderte und sich die Nägel schön machen ließ.

Nach einer halben Stunde des als Small Talk getarnten Ausfragens war ihm klar, dass hier alles mit rechten Dingen zuging. Und als Dosske zum Schluss Fotos von Albrecht und Santoro zeigte, erkannte niemand die Männer. Auch wenn es keine Ergebnisse gab, die den Fall voranbringen konnten - Dosske hatte wenigstens perfekt geformte Nägel.

Brucati und Stein hatten die größere Filiale erwischt, die im vorderen Bereich Platz für fünf Nagelbehandlungen gleichzeitig bot. Im hinteren Bereich schlossen sich drei Behandlungskabinen an, die wohl für das *& Co.* genutzt wurden. Die Türen zu diesen Bereichen waren geschlossen.

Brucati und Stein gingen anders vor, als Diepolder und Dosske es getan hatten - sie befragten direkt. Vier der Damen, die Nägel feilten und sie mit Lack bestrichen, hatten Brucati und Stein schon ergebnislos befragt. Doch bei der fünften Dame, deren Namensschild sie als Tanja auswies, schien sich das Blatt zu wenden. Als Brucati ein weiteres Mal seinen Satz aufgesagt und Santoros Foto gezeigt hatte, sagte Tanja nach kurzem Zögern: „Ja, doch, ich kann mich an den Mann erinnern. Der war bei mir", kramte die junge Frau aus ihren Erinnerungen hervor. Sie war Anfang zwanzig und hatte viel Make-up und Farbe im Gesicht.

„Wissen Sie noch, wann er hier war?", wollte Stein wissen.

„Ja, der Herr kam im letzten Jahr, kurz vor Weihnachten. Aber wie er hieß, kann ich Ihnen nicht sagen."

„Sie haben doch eine ganze Menge Kunden. Warum erinnern Sie sich gerade an ihn?", hakte Stein nach.

„Na ja, er war nicht gerade ein typischer Kunde für unser Haus. Seine Nägel sahen aus, als hätten sie noch nie eine richtige Maniküre erhalten", erzählte Tanja ungeniert. „Er hatte ja auch keinen Termin. Ich konnte ihn nur drannehmen, weil mir eine Kundin abgesagt hatte." Tanja zuckte kurz mit den Schultern. „Und er ist mir auch in Erinnerung geblieben, weil er so ungemein wissbegierig war."

„Wie meinen Sie das?", hakte Brucati nach.

„Na ja, normalerweise wird uns immer viel erzählt - über das Wetter, den Urlaub und so weiter -, aber hier war es gerade umgekehrt. Er hat eigentlich, wenn ich so darüber nachdenke, gar nichts erzählt. Nicht mal die üblichen Wetterfloskeln. Stattdessen hat er viele Fragen gestellt."

„Worüber?"

„Über unser Geschäft, wie lange es das schon gibt, wie viele Mitarbeiter wir haben, woher die stammen. Das war irgendwie komisch, weil er das so genau wissen wollte. Und …" - Tanja stieß ein ungläubiges Lachen aus - „… er hat sich vor allem auch dafür interessiert, aus welchem Material Kunstnägel sind und wie sie angebracht werden." Immer noch verwundert darüber, schüttelte Tanja ungläubig den Kopf.

„Wieso war das komisch?", wollte Stein wissen.

„Na ja, er war so gar nicht der Typ, den so etwas wirklich interessiert", bekundete Tanja, wobei ihr Blick ins Leere ging. „Wenn ich so darüber nachdenke, hat er sich besonders nach der Chefin erkundigt." Vor den Augen der Frau schien ein Film abzulaufen und sie erzählte: „Die war aber gerade mit einem Kunden in der Eins." Ihr Blick glitt zur geschlossenen Tür einer Behandlungskabine, auf der eine goldfarbene *1* prangte. „Und für die hat sich der Mann auch interessiert. Ich weiß noch, als die Chefin wieder aus der Eins raus und ihr Kunde gegangen war, da wollte dieser Herr auf unsere Toilette und dabei ist er in die Eins abgebogen, obwohl es doch ziemlich eindeutig ist, wo sich unsere Toilette befindet!", meinte Tanja und wies mit der Hand auf die Tür mit der Aufschrift *Toilette*. „Das war alles irgendwie …

komisch!"

Brucati sah Tanja forschend an. „Wissen Sie noch, wann genau das war?"

„Ich kann mal nachschauen", bot Tanja an.

„Bitte!", forderte Brucati.

Stein und Brucati folgten Tanja zum Empfangstresen. Dort lag ein ausladendes, in weißes Leder gebundenes Buch. Tanja blätterte die großen Seiten des Auftragsbuchs zurück. Brucati erhaschte einen Blick auf gut gefüllte Seiten - hinter jeder Uhrzeit stand ein Name.

„Frau Hildenschmitt kommt immer dienstags", murmelte Tanja vor sich hin. „Es muss also ein Dienstag gewesen sein ..." Tanja blätterte eine weitere Seite um, dann klopfte ihr Finger auf die Zeilen. „Ja, hier. Es war der 20. Dezember!" Ein stolzes Lächeln umspielte ihre Mundwinkel.

Doch Brucati fragte nur: „Wie heißt Ihre Chefin?"

„Frau Orlow!"

Beim Klang des Namens wechselten Brucati und Stein einen schnellen Blick. Er erinnerte beide an eine Spur, die sie bisher in ihren Ermittlungsansätzen ganz außen vor gelassen hatten.

„Und wie hieß der Kunde Ihrer Chefin an diesem Tag?"

Da musste Tanja erst gar nicht nach einem Namen schauen. „Na, das war der Herr Albrecht."

Brucatis linke Augenbraue schoss nach oben. „Albrecht?", fragte er nach.

„Ja, ein Stammkunde. Kommt alle vierzehn Tage, immer dienstags um dieselbe Uhrzeit."

„Regelmäßig?"

Tanjas Augen begannen zu funkeln. „Ja. Der kennt unsere Chefin gut!", sagte sie, lehnte sich zu Brucati und flüsterte leise: „Ich glaube sogar, die haben was miteinander."

„Sie kennen nicht zufällig seinen Vornamen?"

„Die Chefin sagt immer Sascha zu ihm."

Jetzt rief Brucati Albrechts Foto auf seinem Handy auf und zeigte es der Frau.

„Ja, klar, das ist Herr Albrecht." Jetzt schien Tanja zu bemerken, dass Albrechts Augen auf dem Foto geschlossen waren, und sie blickte verstört zu Brucati auf. „Was ist mit ihm?"

Brucati ging nicht auf die Frage ein. „Können wir Ihre Chefin kurz sprechen?"

„Sie ist gerade in einer Behandlung, aber ich schaue, was ich für Sie tun kann. Nehmen Sie doch bitte einen Moment Platz!"

„Machen wir", entgegnete Brucati freundlich. Und während Tanja auf die Behandlungskabine mit der Nummer *1* zusteuerte, sagte er zu Stein: „Orlow könnte ein russischer Name sein."

„Da hab ich auch gleich dran gedacht", stimmte Stein zu. „Vielleicht hat ja auch sie die Sendungen in der Fernsehzeitschrift angemarkert."

Brucati blickte in die Richtung, in die Tanja verschwunden war. „In der russischen Sprache ist Sascha eine Koseform von Alexander", wusste er.

„Aber unser Albrecht hieß doch Peter, oder?"

„Das haben wir gleich." Brucati griff nach seinem Handy.

Keine Minute später nickte er seiner Kollegin zu. „Du hast recht", sagte er, „aber ...", er drehte Stein das Handydisplay zu.

Neben dem Foto auf Albrechts Personalausweis stand: Albrecht, Peter Alexander.

Stein grinste.

Tanja kam zurück. „Frau Orlow kommt nach der Behandlung gleich zu Ihnen, dauert nicht mehr lange", sagte sie mit Unbehagen und entfernte sich.

Brucati nickte und bedankte sich.

Es dauerte wirklich nur ein paar Minuten, bis der Kunde aus dem hinteren Zimmer nach vorn in den Kassenbereich kam und dort darauf wartete, abkassiert zu werden. Doch hatte er wie auch die beiden SoKo-Beamten vermutet, dass Frau Orlow gleich nachkäme, so wurden sie enttäuscht.

Der Kunde wartete zusehends ungeduldig.

Stein blickte zu ihrem Kollegen, der näher an der jetzt wieder geschlossenen Tür mit der *1* saß als sie. Brucatis Augenbrauen zogen sich zusammen, seine Stirn runzelte sich. Im nächsten Augenblick wusste Stein, was seine Aufmerksamkeit erregte. Auch sie hörte aus Richtung des Hinterzimmers, wie ein Automotor aufheulte und ein Fahrzeug mit anfänglich durchdrehenden Reifen losfuhr.

Brucati und Stein sprangen auf. Brucati rannte zu dem Zimmer, in dem Frau Orlow sich befinden sollte, riss die Tür auf und fand einen leeren Raum vor. Er hechtete durch das weit geöffnete Fenster auf den Parkplatz hinter dem Haus.

Stein hatte unterdessen die Eingangstür genutzt, um nach draußen zu gelangen. Hier konnte sie beobachten, wie ein schwarzes Fahrzeug aus der zum Ladengeschäft gehörenden Hofeinfahrt herausschoss und schliddernd auf die Straße einbog - unter der Geräuschkulisse abrupt zum Stehen gebrachter und gequält quietschender Reifen anderer Fahrzeuge. Dem Quietschen folgte ein mehrstimmiges Hupkonzert der teilweise quer stehenden Fahrzeuge. Da überraschenderweise ein Zusammenstoß ausgeblieben war, setzte das schwarze Fahrzeug seinen Weg unbeirrt fort. Für einen Moment auf der falschen Straßenseite fahrend, gab die Fahrerin Gas und sauste auf der Frankfurter Straße Richtung Süden davon.

Brucati kam aus der Hofeinfahrt gestürmt. Gemeinsam mit seiner Kollegin rannte er zu seinem Dienstfahrzeug.

„War ein Mercedes, oder?"

„Ja", bestätigte Stein.

„Hast du das Kennzeichen?" fragte Brucati, als er in sein Fahrzeug sprang.

„Nein, das war von anderen Fahrzeugen verdeckt. Hast du was?"

„Nein", antwortete er und startete seinen Wagen.

Samira Stein legte ihren Sicherheitsgurt an und eine wilde Hatz die Frankfurter Straße entlang begann.

„Da schmeißen wir doch besser mal unsere Lichtorgel an", raunte Brucati, legte einen Schalter um und das Martinshorn nahm seinen Dienst auf.

Stein ließ ihr Fenster herunter, um das bereits blinkende Blaulicht mit dem Saugfuß auf das Autodach zu pappen. Dann richtete sie den Blick nach vorn, wo sie den flüchtenden Wagen entdeckte, der mit gewagten Überholmanövern davonstob und viel zu schnell in die Eisenbahnstraße einscherte.

Auch Brucati bewegte seinen Peugeot weit über der erlaubten Geschwindigkeit die Straße entlang und folgte dem Auto Richtung Buchschlag.

„Die will zur Autobahn", mutmaßte Stein.

Mit Blick auf das etwa zehn Autolängen vor ihnen rasende Fahrzeug flogen sie die Straße entlang und holten langsam auf. Doch auf Höhe der Poststraße bog ein Sattelschlepper in aller Seelenruhe vor dem SoKo-Wagen in die Eisenbahnstraße ein und zwang Brucati zu einer Vollbremsung.

„Scheiße!"

„Das darf doch nicht wahr sein!", fauchte Stein, während Brucati seine Hand auf die Hupe schlug.

Stein ließ das Beifahrerfenster herunter und lehnte sich nach draußen, um eine bessere Sicht auf das Fluchtfahrzeug zu erhaschen, doch es blieb nur die Erkenntnis: „Ich seh sie nicht mehr."

Endlich konnte der SoKo-Wagen an dem großen Lastwagen vorbeiziehen. Antonio Brucati schaltete hektisch einen Gang hoch. An der St. Laurentius-Kirche beschleunigte er weiter. Von hier konnten sie von der Eisenbahnstraße bis weit in die Buchschlager Allee blicken. Aufgrund der Urlaubs- und der Tageszeit war nicht viel los auf der Straße.

„Ey", stieß Brucati genervt hervor, „wo ist die?"

Die SoKo-Beamten warfen einen Blick in jede Seitenstraße, in jede Hofeinfahrt, an denen sie vorbeisausten, fanden jedoch nichts Verdächtiges.

„Das gibt's doch gar nicht!" Murrend fuhr Brucati an einem Hotel vorbei, das linker Hand seine Einfahrt hatte. „Wenn die hier weitergefahren wäre, müssten wir sie doch ...!"

„Stopp!", rief Stein. „Umdrehen, fahr zurück zum Hotel!"

Brucati wendete seinen Peugeot 307 CC per Handbremse und bog kurz darauf auf den Parkplatz des Hotels ein. Mit wieder ausgeschaltetem Martinshorn fuhren sie langsam die parkenden Autos entlang. Mehrere dunkle Mercedes standen hier.

„Lass uns aussteigen." Stein konnte es kaum erwarten, dass Brucati den Wagen zum Stehen brachte.

Brucati blieb mitten auf dem Fahrweg stehen, stieg aus und schritt mit Stein die Reihen ab - bis Stein ihn am Arm berührte und aufhielt.

„Das ist er", formten ihre Lippen, wobei ihr Kopf in Richtung des Mercedes rechts von ihr deutete.

Brucati blickte auf das Auto. Es war durchaus hilfreich, dass es geschneit hatte, so konnte man einen Teil der Fahrzeuge ausschließen, denn auf dem Fluchtfahrzeug lag bestimmt kein Schnee mehr. Allerdings gab es mehrere dunkle Mercedes, die keine Schneedecke übergestülpt hatten. Warum Stein sich so sicher war, dass es genau dieses Fahrzeug sein musste, war Brucati nicht gleich klar, daher beugte er sich zu Stein herüber und flüsterte: „Wieso meinst du?"

Seine Kollegin wies auf die Vertiefung hinter dem Türgriff der Fahrertür und antwortete leise: „Diese Kratzer sind typisch für die langen künstlichen Fingernägel, die unsere Verdächtige wahrscheinlich zieren."

„Aha", hauchte Brucati, der sich mit den Feinheiten von langen künstlichen Fingernägeln nicht auskannte.

„Alle anderen Autos, an denen wir vorbeigelaufen sind, hatten diese Spuren nicht. Und die dort drüben haben alle Schnee auf dem Dach!" Stein schob sich noch einen Schritt näher an die Fahrertür heran und blickte kurz und schnell ins Innere des Fahrzeugs. Dann nickte sie ihrem Kollegen zufrieden grinsend zu und bedeutete ihm, dass jemand über dem Fahrer- und Beifahrersitz lag.

Brucati zückte seine Waffe und sicherte seine Kollegin. Stein riss die Wagentür auf.

Eine Frau lag zusammengekauert über den beiden Vordersitzen, trotz der Kälte ohne Jacke.

„Kommen Sie heraus", forderte Samira Stein in einem Befehlston, der keinen Widerspruch duldete.

Die Frau krabbelte umständlich aus ihrem Auto.

„Frau Orlow?", fragte Brucati.

Die Angesprochene nickte und sagte kleinlaut. „Ja."

„Warum haben Sie es denn so eilig?"

Frau Orlow starrte auf die Waffe, die sie im Visier hatte, sagte aber nichts.

„Nun?", hakte Brucati nach.

Doch Frau Orlow schwieg weiterhin.

„Na, das können Sie uns ja in unserer Zentrale erklären!", sagte Brucati bestimmt und wies Frau Orlow den Weg zu seinem Dienstwagen.

Kapitel 32

Donnerstag, 5. Januar, 14:42 Uhr

Man hatte Frau Orlow ins Vernehmungszimmer der SoKo-Zentrale gebracht, wo Stein mit ihr auf Christ wartete.

Dann betrat der SoKo-Chef die Bildfläche, nahm neben Stein und gegenüber von Frau Orlow Platz. Er legte bedächtig ein paar Blätter vor sich auf den Tisch und blickte Frau Orlow durchdringend an. Erst als er das Unbehagen für erreicht hielt, das er bei seinem wartenden Gegenüber erzeugen wollte, richtete er das Wort an sie.

„Frau Orlow, haben Sie etwas dagegen, wenn ich unser Gespräch aufnehme?"

„Nein", sagte Frau Orlow betont lässig und schlug die Beine übereinander. Sie wirkte bei Weitem nicht mehr so kleinlaut wie zu dem Zeitpunkt, als Brucati und Stein sie aus dem Auto geholt hatten. Anscheinend hatte sie sich von der wilden Verfolgungsjagd und vom Schrecken, dass sie in die SoKo gebracht worden war, erholt.

„Gut", sagte Christ.

Obwohl Frau Orlow bereits Anfang sechzig war, versprühte sie immer noch die quirlige Energie einer lebenslustigen Frau in jungen Jahren. In Verbindung mit ihrem fein geschnittenen Gesicht, den langen braunen Haaren und der großen Oberweite war sie ein ansehnliches Exemplar Frau, deren Wirkung man durchaus verfallen konnte.

Frau Orlow umfasste beide Stuhllehnen des Stuhles, auf dem sie saß, mit den Händen und änderte ihre Sitzposition. Offensichtlich fühlte sie sich auf diesem Stuhl nicht wohl. „Ich weiß gar nicht, was ich hier soll! Ich habe gar nichts gemacht!", sagte sie, um Lässigkeit bemüht.

„Nun, die Kollegen haben berichtet, dass Sie zum Verlassen ihres Ladengeschäfts nicht die Tür benutzten, sondern das Fenster und dass Sie dies fluchtartig taten. Da möchten wir schon wissen, weshalb!" Wieder setzte Christ eine Kunstpause, bevor er fortfuhr: „Wenn Sie doch nichts getan haben!"

Frau Orlow musterte den SoKo-Chef für einen Moment, dann fuhr sie ihn an: „Worum geht es hier eigentlich?"

Christ klärte die Frau auf. „Wie unsere Ermittlungen ergaben, haben Sie, Frau Orlow, Herrn Albrecht geholfen, Informationen - via von Ihnen angefertigten, künstlichen Fingernägeln - aus seiner Firma zu schmuggeln." Zum Beweis legte er das von Doc Wenright angefertigte Foto von Albrechts Daumennagel auf den Tisch vor die Frau.

Frau Orlow runzelte die Stirn. Es war offensichtlich, dass sie sich fragte, wie die Polizei zu dieser Aufnahme gekommen war.

„Was sagt Sascha zu diesen Vorwürfen?"

„Er sagt gar nichts dazu - besser gesagt, er kann nichts mehr dazu sagen", antwortete Christ bedächtig. Jetzt kam der Moment, wo er feststellte, ob Frau Orlow vielleicht etwas mit dem Tod des Mannes zu tun hatte. Ihre auf seine nächsten Worte folgende Reaktion würde es ihm zeigen.

Als Christ zu dem Punkt kam, an dem er Frau Orlow von Albrechts Tod informierte, bröckelte ihre Fassade und von der gespielten Lässigkeit war nichts mehr zu sehen. „Sascha ist tot?", stammelte sie und starrte Christ ungläubig an.

Christ zog daraufhin eines der Tatortfotos aus der Akte und zeigte es ihr.

Frau Orlows Hände krallten sich in die Armlehnen des Stuhls. „Nein", hauchte sie und schloss die Augen. Sie tastete nach dem Foto, drehte die Bildseite nach unten und schob es mit geschlossenen Augen wieder zu Christ zurück. Dann hob sie die Augenlider, sah den Mann an, der ihr die so schreckliche Nachricht überbracht hatte, und sagte mit zitternder Stimme: „Sascha hat vorgestern versucht, mich anzurufen, zwei Mal. Ich konnte das Gespräch nicht annehmen, weil ich gerade eine Kundin hatte. Und als ich ihn zurückrief, hab ich ihn nicht erreicht. Das hat mich schon gewundert, aber ich dachte, er hat viel um die Ohren wegen der bevorstehenden Preisverleihung."

Christ schwieg, schaute ihr nur stoisch ins Gesicht.

„Wir ... wir wollten doch nur …" Ihr verträumter Blick verwandelte sich in Entsetzen und sie begann zu schluchzen.

Stein reichte der Frau ein Papiertaschentuch.

Nachdem Frau Orlow sich wieder etwas beruhigt hatte, saß sie schweigend da, den Blick auf das umgedrehte Foto geheftet.

„Frau Orlow, Sie sagten: Wir wollten doch nur - was wollten Sie?", fragte Christ.

Doch die Befragte antwortete nicht. Ihr Körper war in sich zusammengesackt, sie wirkte wie paralysiert. Die Businessfrau war verschwunden, an ihrer Stelle saß ein Häuflein Elend.

Stein reichte der Frau ein weiteres Taschentuch.

Sie fuhr sich damit über die geröteten Augen und schnäuzte sich.

Dann blickte sie starr auf die beiden Taschentücher in ihren Händen, die ihre Finger kneteten. Sie schluckte hart, rang nach Luft.

Christ lockte sie: „Glauben Sie mir, Frau Orlow, dieses Gefühl, dass Sie gerade spüren, das Ihnen die Kehle zuschnürt, das wird nicht vergehen, bis Sie Ihr Gewissen erleichtert haben!"

Die Befragte schluckte erneut schwer an dem Kloß in ihrem Hals. „Warum ist Sascha tot, was ist mit ihm passiert?", fragte sie mit großen Augen.

Christ reichte ihr eine Kopie des Abschiedsbriefs, den sie mit einer Hand nahm. Mit der anderen trocknete Frau Orlow wieder die Tränen, schnäuzte sich und stierte auf das Blatt Papier. Nachdem sie die Zeilen überflogen hatte, rief sie: „Das ist vollkommen unmöglich! Der ist nicht von Sascha!" Sie ließ das Blatt auf den Tisch fallen, als hätte sie sich die Finger daran verbrannt. „Niemals!", schrie sie.

Christ nickte. „Da sind wir uns einig", sagte er und es schlich sich fast so etwas wie Mitleid in seine Stimme ein, als er fortfuhr: „Frau Orlow, es tut mir leid, Ihnen mitteilen zu müssen, dass Herr Albrecht ermordet wurde."

Frau Orlows Mund öffnete sich und sie bekam ihn nur kurz wieder zu, als sie erneut zu schlucken versuchte. Schließlich kam ihr stotternd über die Lippen: „Er... ermordet!" Verzweifelt und fragend schaute sie ihrem Gegenüber in die Augen.

Christ nickte. „Es könnte sein, dass Herr Albrecht in Zusammenhang mit einem anderen Mord steht."

Frau Orlow war offenbar unfähig, etwas dazu zu sagen, aber in ihren Augen lag Zweifel.

„Und vielleicht auch Sie", zog Christ ein weiteres Register.

Jetzt kam Energie in Frau Orlow zurück. „Was?", fauchte sie.

Christ schob ein weiteres Foto über den Tisch, diesmal das von Santoro. „Kennen Sie diesen Mann?"

Frau Orlow warf einen Blick auf das Foto. „Nein!", sagte sie ohne zu zögern.

„Dieser Mann war aber in Ihrem Geschäft! Das haben Zeugen bestätigt! Und kurz darauf wurde er ermordet."

Jetzt erhob die Frau - sichtlich außer sich - die Stimme. „Moment mal, Moment mal! Wir haben doch nichts mit einem Mord zu tun!"

Christ schwieg, blickte die Frau aber fordernd an.

„Wir wollten unseren Lebensabend aufbessern und Sascha hatte da eine Idee. Aber wir sind doch keine Mörder!"

„Was war das für eine Idee?"

Frau Orlow druckste herum, die Worte wollten ihr nicht recht über die rot bemalten Lippen kommen. Schließlich sagte sie: „Es geht um Forschungsergebnisse aus seiner Firma ..."

Christ tippte auf Santoros Foto. „Dieser Mann hat wohl herausgefunden, dass Herr Albrecht Werksspionage betrieb!"

„Aber nein! Das hat niemand mitbekommen!", wehrte sie energisch ab. „Kann ja nicht, er hat ja auch noch nicht ... wir haben nur darüber nachgedacht! Wir wollten doch nur ..." Weiter kam sie nicht, weil Tränen wieder ihre Stimme erstickten.

„Frau Orlow ...", setzte Christ wieder an.

Doch die hob abrupt die Hand. „Ich sage jetzt nichts mehr! Ich will einen Anwalt!", forderte sie mit sich überschlagender Stimme.

„Das ist ihr gutes Recht. Haben Sie einen Anwalt, mit dem Sie Kontakt aufnehmen wollen?"

Frau Orlow überlegte einen Moment. „Ja. Aber ich, ich habe mein Handy nicht dabei."

Das war wohl ihrer überhasteten Flucht zum Opfer gefallen.

Christ forderte Stein mit einem kurzen Kopfnicken auf, dafür zu sorgen, dass Frau Orlow ungestört mit ihrem Anwalt telefonieren konnte, worauf Stein sich erhob. An Frau Orlow gewandt sagte Christ: „Die Befragung ist noch nicht beendet! Wäre gut, wenn Ihr Beistand bald herkommen könnte."

Stein hob einladend die Hand. „Frau Orlow, ich bringe Sie nach nebenan, dort können Sie telefonieren und dann bringe ich Sie in einen Raum, wo Sie auf Ihren Anwalt warten können."

Frau Orlow folgte Stein schweigend.

Christ begab sich zurück in sein Büro, von wo aus er sich telefonisch mit Tappert in Verbindung setzte, der in der Forensik am PC saß und sich um die besprochenen Recherchen kümmerte.

„Ich hatte Einblick in die Kontobewegungen von Möller", legte Tappert sofort los. „Sie werden es nicht glauben, von wem Überweisungen auf sein Konto gegangen sind. Von der MI Compagnia Farmaceutica", berichtete er aufgeregt.

Doch Christ konnte mit dieser Nennung nichts anfangen. „Was ist diese MI ...?"

„Nicht das Was ist hier entscheidend, Herr Christ, sondern das Wer", meinte Tappert geheimnisvoll.

„Und wer steckt hinter dem Wer?", fragte Christ genervt.

„Der Fuchs! Das ist eine seiner Scheinfirmen."

„Da schau an!"

„Die MI CF ist eine Firma in Italien, über die bekanntermaßen Geld gewaschen wird. Und von ihr wurden mehrfach stolze Sümmchen auf Möllers Konto einbezahlt. Immer schön unter 10.000 Euro - wegen der Meldepflicht -, aber es hat sich geläppert!"

Auch wenn Tappert ihn in diesem Moment nicht sehen konnte, nickte Christ versonnen. *Typische Geldwäsche.*

„Der Fuchs ist bekannt dafür, die Herkunft und Existenz von Geldern aus illegalen Geschäften in finanziellen Transaktionen zu verstecken, um sie dann wieder in den regulären Wirtschaftskreislauf einfließen zu lassen. Er ist ein Verschleierungskünstler. In unserem Fall hat Möller mit der MI einen Beratervertrag abgeschlossen und sich seine Beratungsdienstleistung - die natürlich nie stattfand - gut bezahlen lassen."

„Von welcher Summe sprechen wir da?"

„Hab's mal schnell zusammengerechnet - bis jetzt sind es schon über 150.000 Euro."

Christ schnaubte durch die Nase. „Und die hat der Möller mit vollen Händen ausgegeben!" Christ erinnerte sich an Dosskes Worte, wonach Möller mehrere teure Urlaube gemacht und sich ein teures Auto gekauft hatte.

Tapperts Bericht bestätigte dies: „Überweisungen an reelle Reise-unternehmer, an ein Autohaus und so weiter belegen dies."

„Seit wann besteht denn diese *Beratertätigkeit?*"

„Seit ein paar Monaten."

„Hm."

„Ich glaube, wir sind uns einig darin, dass diese *Beratertätigkeit* darin besteht, die benötigten Bestandteile für das Sarin aus der Firma abzuzweigen und für den Lagerraum in Neu-Isenburg zu sorgen", vermutete Tappert.

„Das nehme ich auch an", bekräftigte Christ. „Die Frage ist nur, wie wir ihm das nachweisen können."

Es klopfte an Christs Tür und Bianchi lugte herein.

„Colonnello, kommen Sie herein!", forderte Christ ihn auf.

Tappert hatte Christs Einladung offenbar gehört, denn er sagte: „Ich bin noch am Spurenabgleich mit dem Datenbestand der DAD dran und melde mich, wenn sich etwas ergibt. Außerdem muss ich noch mal mit Colonnello Bianchi sprechen - wegen dieser Scheinfirma vom

Fuchs."

„Ich richte es ihm aus", sagte Christ, legte auf und bot Bianchi mit einer Handbewegung einen Sitzplatz an.

Bianchi kam gleich zur Sache. „Ich habe gehört, Sie haben eine Verdächtige festgenommen?"

„Ja, wir haben die Freundin von Herrn Albrecht in Gewahrsam."

„Hat sie schon etwas gesagt zu …?"

„Frau Orlow hat nach einem Anwalt verlangt. Wenn dieser da ist, fahre ich mit dem Verhör fort."

Bianchis Mund entkam ein ungeduldiges Murren.

„Herr Tappert möchte übrigens noch mal mit Ihnen sprechen - wegen einer Scheinfirma von …"

„La Volpe. Ja, ich weiß, er hat mich schon informiert. Wir möchten zukünftigen Transaktionen von dieser Quelle gemeinsam einen Riegel vorschieben!"

Bianchi sagte dies nicht ohne eine gewisse Euphorie in der Stimme. Der Grund seines Deutschlandbesuchs - die Assistenza - schien zu klappen. Doch dann legte sich Bitternis in seine Stimme. „Sagen Sie, diese Frau Orlow, hat sie etwas mit Robertos Tod zu tun?"

„Ich glaube nicht, aber ausschließen können wir es noch nicht."

„Wenn Sie die Frau verhören, kann ich dabei sein?"

Christ sah Bianchi an. Dann entschied er: „Sie können gern das Verhör vom Nebenzimmer aus verfolgen. Ich werde Ihrem Neffen sagen, dass er sie hinbringt", ließ Christ wissen und griff zum Telefonhörer.

In dem Moment schaute Stein herein und teilte mit: „Der Anwalt ist da!"

„Das ging aber schnell!", meinte Christ.

„Er war gerade auf dem Rückweg von einem Termin nicht weit von hier. Soll ich Frau Orlow und ihn ins Vernehmungszimmer bringen?"

Christ nickte, fragte aber noch: „Was ist mit Möller, weiß man schon, wo er ist?"

„Dosske hat man gesagt, dass er wohl bei einem Kundengespräch außer Haus sei, aber bald zurückerwartet wird."

„Sagen Sie Dosske, er soll Möller abholen und herbringen! Aber er soll jemanden mitnehmen und nicht allein fahren!"

Stein bestätigte und machte sich auf den Weg.

Christ wählte Brucatis Nummer und informierte ihn über das Verhör mit Frau Orlow. „Colonnello Bianchi ist hier, bei mir im Büro", ließ er Brucati noch wissen und legte auf. Er begab sich mit Bianchi auf den Flur, wo Brucati seinen Onkel abholte.

Als Christ wieder ins Vernehmungszimmer trat, war der Stuhl, auf dem Stein vorhin gesessen hatte, auf die andere Seite des Tisches gewandert. Darauf saß - an Frau Orlows Seite - ein kleiner, untersetzter Mann, der außer Atem schien.

Christ nahm Platz und Stein stellte sich in die Ecke seitlich neben den Einwegspiegel, hinter dem auf der anderen Seite Brucati und sein Onkel standen.

Man stellte sich kurz vor. Dann fragte der Anwalt, was seiner Mandantin zur Last gelegt werde. Christ weihte ihn ein.

Frau Orlow rutschte während Christs Ausführungen auf ihrem Stuhl hin und her. Immer wieder griff sie sich an den Hals, wo sich Stressflecken in einer unguten roten Farbe abzeichneten.

Nach Christs Ausführungen beugte sich der Anwalt zu seiner Mandantin und sie flüsterten einen kurzen Moment miteinander. Schließlich sagte der Anwalt: „Meine Mandantin möchte aussagen."

Frau Orlow berichtete, dass sie und Albrecht darüber nachgedacht hätten, wie sie sich einen schönen Lebensabend in ihrer Heimat Russland finanzieren könnten. So wie Frau Orlow es erzählte, hörte es sich an, als hätten sie und ihr Freund nur überlegt, ein Kavaliersdelikt zu begehen.

SoKo-Chef Christ war inzwischen zu der Überzeugung gelangt, dass sie mit dieser Frau - unabhängig von der Sarinsache - einen guten Fang gemacht hatten, und setzte nun darauf, die Frau dingfest zu machen. „Frau Orlow, nennen wir es doch beim Namen. Das, was Sie und Ihr Freund betrieben haben, ist Werksspionage, die Sie in Russland versilbern wollten."

Frau Orlow öffnete den Mund, schloss ihn aber wieder, ohne etwas zu sagen.

Die Motive derer, die sich als Informationsbeschaffer anheuern ließen, kreisten meist um Überzeugung, Liebe oder schlichtweg - wie Christ in diesem Fall vermutete - Geld. Daher fragte er herausfordernd: „Wie viel haben Sie denn bisher dafür bekommen?"

„Natürlich nichts!", empörte sich Frau Orlow.

Vom Nebenzimmer aus beobachteten Brucati und der Colonnello die Befragung.

„Und ob du was bekommen hast", murmelte Brucati.

Bianchi verzog das Gesicht. „Es gab mal einen Agenten, der hat das wunderbar formuliert: *Sine pecunia nihil possumus*.“

Brucati nickte. „Ohne Geld können wir nichts.“

Bianchi fragte seinen Neffen: „Meinst du, dass diese Frau den Nerv zu einem Anschlag mit Sarin hätte?“

„Hättest du Albrecht den Werksspion angesehen?“

Bianchi zuckte mit den Schultern. „Das ist es ja gerade, was einen guten Spion ausmacht.“

„Hm. Der Spion ist vielleicht gut, aber sein Ruf meistens nicht“, sinnierte Brucati.

„Ach, weißt du, jedes Land geht unterschiedlich mit seinen Spionen oder Agenten um. Die Briten zum Beispiel, die schauen mit Respekt auf ihren Gemeindienst.“

Brucati meinte schmunzelnd: „Ist ja kein Wunder, wenn da so - wie würde Samira sagen - schnuckelige Typen wie der Bond ihren Dienst tun.“

„007 lässt grüßen“, warf Bianchi ein und fuhr emotionslos fort: „In Frankreich meint man, es sei das Spiel der wahren Gentlemen.“

„Und der Alte Fritz meinte, das seien Existenzen, die man braucht, aber nicht schätzt.“

Bianchi nickte versonnen. „Schmuddelkinder der Diplomatie.“

„Ja. Heute betrachten die Nachfahren vom Alten Fritz den ganzen Apparat, zum Beispiel um den BND, eher mit Skepsis.“

„Weil es diesen Beigeschmack von ungesetzlich und durchaus auch antidemokratisch hat.“

Brucati schnaubte durch die Nase. „Sind wir mal ehrlich, Spionage gehört zum Leben dazu. Ein Staat, egal ob er demokratisch, monarchisch oder diktatorisch ist, klein oder groß, braucht Informationen, im Krieg wie im Frieden!“

Bianchi stimmte zu. „Selbst so ein Land wie die Schweiz hat einen Auslandsgeheimdienst.“

„Genauso wie das kleine Luxemburg nicht auf einen Nachrichtendienst verzichten kann.“

„Wer etwas anderes denkt, hat eine rosarote Brille auf!“, meinte Bianchi abgeklärt.

„Die hab ich schon vor langer Zeit abgenommen“, raunte Brucati und schenkte seine Aufmerksamkeit wieder den Worten, die auf der anderen Seite des Spiegels fielen.

Christ hatte Frau Orlow ihre rosarote Brille von den Augen gerissen und sie auf den Boden der Tatsachen geholt. Unter Christs Druck hatte sie alles gesagt, was sie zu sagen hatte. Sie endete mit den Worten: „Ich wusste nicht, wann Sascha die Ergebnisse mitbringen würde. ‚Wenn es passt‘, hat er gesagt. Aber Sie müssen mir glauben“, flehte sie, „wir haben nichts mit dem Tod von diesem Mann zu tun!“

Christ glaubte der Frau und doch veranlasste er alles Nötige, um sie dem Haftrichter zuzuführen. Auch wenn Frau Orlow wahrscheinlich dachte, es sei schon genug Strafe für sie, dass man ihr den Freund genommen hatte, so blieb Christ gar keine andere Wahl, als sie dem Haftrichter zu überlassen. Schließlich hatte sie Beihilfe zu einer Straftat begangen, es bestand Fluchtgefahr und die Sicherung des Strafverfahrens musste gewährleistet sein.

Es war nicht Christs Problem, sondern das des Haftrichters, zu entscheiden, ob Frau Orlow in Untersuchungshaft musste oder die Untersuchungshaft gegen entsprechende Auflagen außer Vollzug gesetzt werden konnte.

***

Als Christ wieder an seinem Schreibtisch Platz genommen hatte, resümierte er für sich, dass Frau Orlow weder etwas mit der Sarinsache zu tun hatte noch mit dem Mord an Albrecht. Und Christ war sich sicher, dass Albrecht nicht den Freitod gewählt hatte, denn wenn er dies getan hätte, dann hätte er Frau Orlow in seinem Abschiedsbrief mit ein paar Worten bedacht. Offensichtlich hatten die beiden sich geliebt und Liebende nahmen Abschied voneinander. So wie Peter Alexander Albrechts Abschiedsbrief abgefasst war, passte er nicht ins Bild.

Die Spur Orlow brachte die Ermittlungen im Hinblick auf das Sarin nicht weiter. Doch dass Albrecht da irgendwie mit drinhing, war für den SoKo-Chef noch nicht vom Tisch. Die Gefahr, dass jemand Sarin freisetzte, bestand weiterhin. Und Christs Verlangen, endlich Herrn Möller an der Stelle sitzen zu sehen, an der Frau Orlow noch vor ein paar Minuten gesessen hatte, steigerte sich immens.

Kapitel 33

Donnerstag, 5. Januar, 17:15 Uhr

Uhrzeittechnisch war der Feierabend in der SoKo-Zentrale bereits eingeläutet, aber so wirklich zu spüren war davon noch nichts. In fast allen Büros brannte Licht, denn die Ermittler des SoKo-Teams harrten aus, um im Fall Hengstbach diesem oder jenem Ermittlungsansatz doch noch eine wertvolle Information zu entlocken.

Tappert hatte sich mit Colonnello Bianchi im Besprechungsraum der fünften Etage verschanzt, um einen Schlachtplan auszuarbeiten, wie sie in Sachen von La Volpes Scheinfirma vorgehen wollten. Am Ende - da waren sich beide sehr einig - sollte die Zerschlagung der MI Compagnia Farmaceutica stehen und so steckten der Mann vom BND und der Mann vom COFS lang ihre Köpfe zusammen.

SoKo-Chef Christ saß nicht weit von den beiden entfernt an seinem Schreibtisch, als ihn die Nachricht erreichte, dass Frau Orlow bis zu ihrem Verfahren in der Justizvollzugsanstalt Weiterstadt verbleiben würde.

Es ging schon auf 19:00 Uhr zu, als endlich der Anruf kam, auf den Christ so lange hatte warten müssen. Möller war von Dosske und dem Kollegen Färber bei *Pharmatec* einkassiert worden.

„Endlich!", reagierte Christ auf Dosskes Anruf.

„Ist uns direkt in die Arme gelaufen."

„Bringen Sie ihn in den Vernehmungsraum und heizen Sie gut ein!", ordnete der SoKo-Chef an.

***

Nachdem Dosske die Anordnung des SoKo-Chefs ausgeführt hatte, wartete er auf seinem Platz gegenüber dem sichtlich missvergnügten Möller schweigend auf Christ.

Auch zu Antonio Brucati war die Nachricht von Möllers Eintreffen vorgedrungen. Für den SoKo-Mann waren Verhöre stets interessant, denn er las gern im Mienenspiel der Verhörten. Manche seiner Kollegen behaupteten, Brucati lese dort wie in einem offenen Buch. Und so hatte er sich - zum ‚Schmökern' bereit - im Nebenzimmer hinter dem Einwegspiegel aufgebaut. Beide Beine fest auf dem Boden verankert, die Arme vor der Brust verschränkt, lauerte Brucati auf die

Geschehnisse nebenan.

Samira Stein hatte ihren Kollegen begleitet, denn sie liebte es wiederum, Brucati zu beobachten, wenn er die Gestik und Mimik der Menschen, die von Christ in die Mangel genommen wurden, studierte. Die Aura, die den SoKo-Mann dabei umgab, machte ihn noch ein ganzes Stück faszinierender, und - wie sie fand - seit seinem Profiler-Lehrgang auch ein ganzes Stück geheimnisvoller, als er es eh schon war.

Der Mann, der verhört werden sollte, schien unter Zeitdruck zu stehen, denn sein Blick wanderte fahrig zur Uhr an seinem Handgelenk. Dann stand er ruckartig von seinem Sitzplatz auf und begann eine unruhige Wanderung. Nachdem er den kleinen Raum zweimal durchschritten hatte, fauchte er Dosske an: „Sagen Sie mal, wie lange soll ich denn hier noch warten!"

Obwohl noch nicht mal fünf Minuten vergangen waren, seit Möller ins Vernehmungszimmer gebracht worden war, schien ihm das Warten gehörig zuzusetzen.

Dosske reagierte eher gelangweilt auf Möllers aufbrausendes Gehabe. „Ich bin mir sicher, dass Herr Christ jeden Moment kommen wird", beruhigte er.

Doch Möller ließ sich nicht beruhigen. Er tigerte weiter hin und her. Unzählige Male fuhr er sich dabei mit der Hand durch das in einem jugendlichen Haarschnitt getrimmte Haar - ein klares Zeichen für die Unsicherheit, vielleicht sogar Angst, die ihn ergriffen hatte.

Brucati beobachtete den Tanz, den der Mann aufführte, und kam zu dem Entschluss, dass Möller wesentlich älter und gerissener war, als er es durch sein äußeres Erscheinungsbild vermuten lassen wollte.

Unerwartet ließ Möller sich wieder auf den für ihn hingestellten Stuhl plumpsen und saß vollkommen bewegungslos da, das Kinn überheblich vorgestreckt.

„Genau so ist der Möller", kommentierte Stein. „Du wirst sehen, das ist ein ganz seltsamer Typ", meinte sie.

„Wieso seltsam?", hakte Brucati nach.

„Na ja …" Stein überlegte, wie sie dem Kollegen mit wenigen Worten erklären konnte, was sie damals beim Verhör empfunden hatte. „So sprunghaft, unberechenbar."

Nebenan entstand Bewegung. Christ kam voller Elan ins Zimmer geflogen und nahm dem Delinquenten gegenüber Platz. Er begrüßte Möller kurz, stellte sich vor und spulte seine Eingangsworte ab.

Brucati meinte zu vernehmen, dass Christ dies etwas flotter tat als normalerweise. Christs Miene blieb dabei vollkommen unbewegt.

Möllers Miene hingegen drückte Herablassung aus.

Brucatis Blick heftete sich an Möllers Gesicht, wobei er sich nachdenklich das Kinn rieb. „Ich kenn den von irgendwoher!", sagte er schließlich mehr zu sich selbst.

„Du wirst ihn bei *Pharmatec* gesehen haben", vermutete Stein.

„Nein, da hab ich ihn nicht gesehen!", war sich Brucati sicher. Dennoch hatte er das untrügliche Gefühl, dass er diese stechenden Augen und diesen harten Mund von irgendwoher kannte. Aber jetzt widmete er sich wieder den Worten, die nebenan gesprochen wurden.

Möller erteilte Christ eine Abfuhr, als dieser fragte, ob er das Gespräch aufnehmen könne. So legte Christ ohne Aufnahme mit ein paar Fragen zu Möllers Personalien los. Doch Möller beantwortet diese nicht verbal, sondern griff in seine Sakkoinnentasche, holte sein Portemonnaie heraus und daraus seinen Personalausweis hervor. Mit einer lässigen Handbewegung feuerte er ihn in Christs Richtung über den Tisch. „Da steht alles drauf, den können Sie sich gern kopieren", gab Möller anmaßend zum Besten und legte dabei eine vollkommen unangebrachte Überheblichkeit an den Tag. Er lehnte sich, einen Arm lässig auf der Armlehne, zurück und forderte: „Fangen Sie doch einfach mit Ihrer Befragung an, ich habe schließlich nicht den ganzen Tag Zeit!"

Christ reagierte jedoch auf keine von Möllers Provokationen, sondern übertrug in aller Seelenruhe per Hand die Daten des Ausweises auf seinen Vernehmungsbogen. Er setzte gezielt auf dieses nicht gerade zeitgemäße Vorgehen. Als er Möllers Adresse notierte, stutzte er im Stillen kurz, ließ sich aber nichts von seiner Überraschung anmerken.

Demonstrativ schaute Möller erneut auf seine Uhr und atmete geräuschvoll aus. Er wischte sich mit der Hand von innen nach außen über das Gesicht, auf das er einen neutralen Gesichtsausdruck aufzusetzen versuchte.

Christ hatte seinen Schreibkram beendet und wandte sich an den Mann. „Nun, Herr Möller, Sie werden sicher schon gehört haben, warum wir Sie befragen wollen."

Möller lachte kurz auf. „Was soll ich mit dem Tod von Albrecht zu tun haben? Der war ein Spinner, aber deswegen vergifte ich ihn doch nicht!"

Christs Augenbrauen schossen aufmerksam in die Höhe. „Wieso meinen Sie, dass er vergiftet wurde?"

„Das haben Sie doch gesagt!", fauchte Möller.

Der SoKo-Chef sah seinem Gegenüber sofort an, dass er selbst seinen kapitalen Fehler bemerkt hatte. Christ kostete diesen Moment aus und sagte vollkommen ruhig: „Ich habe das bestimmt nicht gesagt!" Er schickte einen fragenden Blick zu seinem Kollegen.

Auch Dosske ließ sich Zeit mit seiner Antwort. „Ich auch nicht."

„Klar haben Sie das!", wehrte sich Möller.

„Ich habe Ihnen nur gesagt, dass wir Herrn Albrecht tot aufgefunden haben", erklärte Dosske.

„Aber nicht, wie Herr Albrecht zu Tode kam", ergänzte Christ und schob beschlagen hinterher: „Das kann nur eine ganz bestimmte Person wissen!"

Möller tat, als fände er Christs Ansinnen erheiternd, und vollführte eine wegwerfende Handbewegung. „Das ist absolut lächerlich!"

Doch der SoKo-Chef durchschaute Möllers arrogante Fassade. „So, meinen Sie?", fragte er kühl.

„Ja", antwortete Möller und lächelte vermeintlich selbstsicher, faltete dann aber seine Hände über dem Mund, als wollte er vermeiden, dass ihm noch mal ein solcher Fehler unterlief.

Brucati wusste diese Geste zu deuten, insbesondere die Signale auf Möllers Gesicht und die Bewegungen seiner Hände sprachen Bände. Seine Lippen verzogen sich zu einem Lächeln.

Da war sie wieder, diese Aura, die Samira Stein so unter die Haut ging, wenn sich ihr Kollege der Körpersprache von Verdächtigen hingab. Wenn Antonio Brucati in dieser konzentrierten Ruhe aufging, hatte er geradezu etwas Magisches.

Der SoKo-Chef zog eine seiner geschickten Karten: „Sie sind hier, Herr Möller, weil Herr Albrecht handschriftlich eine Nachricht hinterlassen hat, einen Abschiedsbrief, der Sie mit ihm in Verbindung bringt."

Sein Gegenüber merkte auf. Möllers Hände verließen seinen Mund, auf dem sich ein Grinsen abzuzeichnen begann. „Der Albrecht hat *handschriftlich* einen Abschiedsbrief hinterlassen?", wiederholte er ungläubig.

Christ hatte seine Worte wohl gewählt. Dass diese Aussage nicht der Wahrheit entsprach, konnte eigentlich nur einer wissen - der Schreiber des Briefes und damit der Mörder.

Doch Möller fing sich schnell wieder. „Was hat er denn geschrieben?", wollte er wissen. Seine mitleidige Stimme triefte nur so von Heuchlerei.

Christ hielt sich bedeckt. „Sinngemäß hat er sich entschuldigt."

Ein abwertender Grunzlaut entrang sich Möllers Kehle. „Wundert mich nicht und es passt zu Albrecht. Der hat immer alles schriftlich festgehalten", behauptete Möller und rieb sich die Nase.

Im Nebenraum blies Brucati verächtlich die Luft aus und bekundete damit, dass er ein typisches Verhalten bei dem Verdächtigen entdeckt hatte.

Stein sah ihn fragend an.

Doch Brucati ließ den Mann nebenan nicht aus den Augen.

„Was ist?", fragte Stein daher nach.

„Pinocchio-Griff", murmelte Brucati.

„Pinocchio?"

„Der Griff an die Nase erleichtert es Möller, Christs Blick auszuweichen, und ist zugleich ein sicheres Anzeichen dafür, dass er dem Chef gerade ein Märchen auftischt."

Stein sah wieder auf den Verhörten. „Weil er sich an die Nase greift?", fragte sie zweifelnd.

Brucati nickte langsam. „Wenn ein Mensch lügt, steigt normalerweise sein Blutdruck. Dadurch zirkuliert das Blut in der Nasenspitze stärker, was wiederum bewirkt, dass die Nerven dort stimuliert werden."

„Echt?"

„Echt", bestätigte Brucati, schenkte Stein nun doch einen kurzen Blick und verdeutlichte: „Er fühlt, dass seine Nase juckt."

„Weil er lügt?" Stein schüttelte ungläubig den Kopf. „Ach, komm!"

„Doch, das ist so! Das ist wissenschaftlich belegt."

Beide sahen wieder dem Spiel hinter der Scheibe zu.

Möller griff sich an den Kragen seines Hemdes und lockerte die Krawatte, er schwitzte.

Es war ein bewährter Trick des SoKo-Chefs, dass er die Temperatur im Verhörraum gern mal ein paar Grad höher als angenehm stellen ließ, und Dosske hatte - wie von Christ gewünscht - gut eingeheizt.

Stein trat einen Schritt näher an den Einwegspiegel heran und fragte ihren Kollegen: „Du hältst ihn für den Täter?"

Sein Augenmerk fest auf Möller gerichtet, antwortete Brucati: „Zumindest hat er Dreck am Stecken, das ist so sicher wie das Amen in der Kirche!"

Stein war dieser Mann zwar ebenfalls suspekt, aber die Sicherheit, die Brucati verspürte, konnte sie für sich noch nicht ganz reklamieren.

Einmal mehr dachte Brucati, dass er dieses Gesicht dort drinnen von irgendwo her kannte. Es wurmte ihn, dass er nicht darauf kam, woher.

Auf der anderen Seite des Einwegspiegels fragte Christ: „Wo waren Sie in der Zeit vor Weihnachten? Also am 22. und 23. Dezember?"

„Ich war krankgeschrieben, hatte mir 'ne dicke Grippe eingefangen und lag im Bett."

Jetzt fiel Brucati ein, wo er das Gesicht schon mal gesehen hatte. Sein ganzer Körper straffte sich. Er schlug sich mit der flachen Hand vor die Stirn - der Groschen war gefallen. Vor seinem inneren Auge baumelten zwei überdimensionale Nikolaussocken von einem Kaminsims und dazwischen erblickte er das Gesicht des Mannes, der jetzt im Verhörraum saß.

Stein war Brucatis Reaktion nicht entgangen. „Was hast du?"

„Ich weiß jetzt, wo ich den Möller schon mal gesehen habe."

„Wo?"

Jetzt blickte Brucati seiner Kollegin in die Augen, wobei er eine gewisse Aufregung nicht verbergen konnte. „Am Neujahrsmorgen habe ich am Hengstbach eine Frau Seifert befragt. Bei ihr auf dem Kaminsims stand ein Hochzeitsfoto von ihr und ihrem Mann. Und ihr Mann sitzt jetzt dort drüben!" Er blickte wieder zu Möller. „Das ist der Ehemann von Frau Seifert. „Auf dem Foto war der Möller zwar wesentlich jünger, aber er ist es!", war sich Brucati sicher.

Stein hatte ihren Blick ebenfalls wieder auf den Mann nebenan gerichtet. „Aber wieso heißt er nicht Seifert, sondern Möller?"

„Keine Ahnung!"

Brucatis Arme deuteten auf Möller. „Was hat er gleich gesagt, wo er wohnt?", zischte Brucati, um sich dann selbst zu antworten: „Ach, hat er ja gar nicht."

„Nee", bestätigte Stein. „Hat nur seinen Ausweis über den Tisch gefeuert."

Brucati verspürte diesen Druck, sich vergewissern zu müssen, ob seine Annahme stimmte. „Ich brauch die Adresse", ließ er wissen und brachte sein Handy in Aktion. „Telefonauskunft", brummte er hektisch. Kurz darauf hörte Stein ein genervtes „Der steht nicht drin!"

Brucatis Blick ging hinüber zu Möllers Personalausweis, der noch immer auf dem Tisch lag.

Stein konnte Brucatis Ungeduld verstehen, warnte ihn aber: „Wenn du jetzt da reingehst und Christs Verhör störst, killt er dich! Außerdem hat der Chef die Adresse vom Ausweis abgelesen und notiert. Und er ist nicht blöd. Dem ist dabei bestimmt ein Licht aufgegangen!" *Auch wenn er dabei mal wieder keine Miene verzogen hat.*

„Das wird so sein", stieß Brucati hervor. *Er ist und bleibt ein geschickter Taktiker!*

Steins Zeigefinger schoss in die Höhe und ihr Kopf ruckte zu Brucati. „Aber warte mal, der Tappert hat doch die Kontoauszüge vom Möller gecheckt, vielleicht ... ich bin gleich wieder da!"

Als Stein kurz darauf zurückkehrte, hielt sie Brucati einen Zettel entgegen und vermeldete: „Auestraße!"

Brucati schaute auf die Hausnummer, dann wieder seiner Kollegin in die Augen. Ein breites Grinsen legte sich auf sein Gesicht. „Wusste ich's doch! Er wohnt in der Nähe der Einhausung, wo man Santoro gefunden hat."

Stein nickte bestätigend.

Dann verfolgten sie weiter das Verhör.

Möller ergoss gerade einen Redeschwall über Christ. Er berichtete von Albrechts unmöglicher Arbeitsweise, von seiner Alkoholabhängigkeit, seiner Spielsucht, dass er sich verschuldet hatte und so weiter. Es schien, als wollte Möller dem SoKo-Chef Albrechts ganze unschöne Lebensgeschichte auftischen, und der ließ ihn gewähren.

„Als ich ihn befragt habe, war er nicht so gesprächig", berichtete Stein verärgert.

Brucati beschäftigte etwas ganz anderes. „Seine Frau hat mir erzählt, dass er viel in seinem Keller bastelt."

„Bastelt", wiederholte Stein beunruhigt. Sie räusperte sich. „Denkst du das, was ich denke?"

„Ich denke schon!"

Stein und Brucati waren sich inzwischen sicher, dass dort drüben Santoros Mörder saß. Und nicht nur Santoros, sondern auch Albrechts. Der Mann hatte sich schon zwei Mal verplappert. Er wohnte in der Nähe des Ortes, wo man Santoro gefunden hatte. Er gab viel Geld aus, viel mehr, als er verdiente. Er arbeitete in genau dem Pharmaunternehmen, das in den Ermittlungsfokus geraten war, und hatte damit Zugang zu diversen Ingredienzien, aus denen man so manches basteln konnte. Alles passte - und dies könnte auch Santoro erkannt haben.

„Aber wir brauchen Beweise", seufzte Stein.

Brucati atmete hörbar ein und aus. „Die könnten in seinem Bastelkeller sein!"

Die Tür ging auf und Tappert und Bianchi traten zu Brucati und Stein. Durch Steins vorheriges Hereinrauschen und ihre aufgeregte Frage nach Möllers Adresse aufmerksam geworden, wollten sich die beiden selbst ein Bild von der Lage machen.

Nachdem Tappert einen Blick nach nebenan geworfen hatte, stammelte er: „Mom... Moment mal, das ist dieser Möller?"

„Ja." Verwundert über dessen Tonfall, starrte Brucati den BND-Mann an.

Tappert sagte: „Ich komme gleich wieder" und verschwand.

„Was hat er denn?", fragte Brucati seinen Onkel.

Der zuckte unwissend mit den Schultern, sagte dann aber: „Vielleicht ist ihm als Super Recogniser etwas aufgefallen?"

„Ist er das?", fragte Stein überrascht.

„Hat er mir vorhin erzählt, dass er ein überdurchschnittlicher Gesichtserkenner ist", bestätigte Bianchi. „Das war ganz spannend für mich, da das COFS sich auch schon mit dieser Fähigkeit beschäftigt hat. Man geht davon aus, dass nur etwa ein bis zwei Prozent der Weltbevölkerung überhaupt über die Fähigkeiten eines echten Super Recognisers verfügt. Diese Menschen können schon nach einer flüchtigen Begegnung, noch Jahre später Personen wiedererkennen, auch wenn diese sich äußerlich stark verändert haben. In diesem Punkt sind Super Recogniser der technischen Gesichtserkennung weit voraus!"

„Du meinst also, er hat den Möller schon mal irgendwo gesehen?"

Colonnello Bianchi zuckte mit den Schultern. „Möglich."

Steins Blick verfing sich in dem Brucatis und schien zu sagen: *Du hast ihn auch wiedererkannt, bist wohl auch ein Super Recogniser.*

Brucati schüttelte mit bedeutungsvoll lächelnden Augen verneinend den Kopf, bevor er sich wieder dem von Christ geführten Verhör zuwandte.

Auch Stein und der Colonnello lauschten dem SoKo-Chef, der jetzt Möllers Redefluss unterbrach. „Herr Möller, das Leben von Herrn Albrecht finde ich gar nicht so interessant wie anscheinend Sie. Ich würde gern ein bisschen mehr von Ihrer Lebensgeschichte hören. Sie scheinen ja in Saus und Braus zu leben. Verdienen Sie so gut bei *Pharmatec* oder haben Sie noch Nebeneinkünfte?"

Möller gab sich vollkommen gelassen. Süffisant grinsend schwieg er zu den Vorwürfen. „Tja, wer kann, der kann!"

„Ganz schön arrogant", murrte Bianchi.

Doch seine Aufmerksamkeit wurde jäh unterbrochen, als die Tür aufgerissen wurde. Tappert kam mit dem Ausdruck eines Fotos zu den dreien zurück. Er hielt ihn so, dass alle ihn sehen konnten, zeigte mit dem Finger auf eine Person und fragte an Bianchi gewandt: „Das hier ist …?"

„Enrico Russo - La Volpe."

Tapperts Kopf ging einmal auf und ab. „Der Fuchs", bestätigte er. Jetzt wanderte sein Finger auf die Person auf dem Foto, die gerade mit Russo sprach. „Und das hier ist …?"

„Möller!", kam es fast zeitgleich aus Steins, Brucatis und Bianchis Mund.

„Das ist am Flughafen aufgenommen worden, als Russo hier ankam", berichtete Tappert.

Brucatis Blick flog ins Vernehmungszimmer. „Das sollte der Chef unbedingt wissen", sagte er, und fischte Tappert das Blatt aus der Hand. „Ich sag's ihm!", tat er kund und setze sich mit entschlossenen Schritten in Bewegung.

Christs anfängliche Entrüstung über Brucatis Störung löste sich sogleich in Wohlgefallen auf, als Brucati ihm draußen auf dem Flur Tapperts Foto zeigte und ihm erzählte, was sie sonst noch in den letzten Minuten an die Oberfläche gespült hatten.

„Ich hab's mir schon gedacht, als ich seine Adresse notiert habe", bekundete Christ. Er ordnete an: „Sie besorgen einen Durchsuchungsbeschluss für Möllers Haus! Der Keller und die Gegend werden sofort abgesichert! Sprechen Sie sich mit dem Stadtbrandinspektor ab, informieren Sie die GEKA!" Die Gesellschaft zur Entsorgung von chemischen Kampfstoffen und Rüstungsaltlasten war eine bundeseigene Gesellschaft im Geschäftsbereich des Bundesministeriums der Verteidigung und hatte die Aufgabe genau solche Dinge zu entsorgen, mit denen sie es hier vielleicht in Möllers Keller zu tun bekämen.

„Nehmen Sie Tappert dazu, der soll sich um die GEKA kümmern!"

Brucati nickte. Wenn die Männer sich die Aufgaben teilten, würde es schneller gehen.

„Sie rufen mich sofort an, wenn das Sarin dort ist. Und ich werde versuchen, den Vogel da drin zum Zwitschern zu bringen", sagte der SoKo-Chef kalt und wandte sich wieder dem Verhörraum zu.

Möller hatte von alledem nichts mitbekommen. Während er Christ arrogant anlächelte, als dieser zurückkam, spurtete Brucati mit dem BND-Mann los. Beide mit schnellen Schritten und ihren Handys an Ohr und Mund.

Stein war mit Bianchi zurückgeblieben. Die beiden beobachteten, wie Christ sich wieder auf seinem Stuhl niederließ.

„Herr Möller, kennen Sie diesen Mann hier?"

Der Fotoausdruck flog über den Tisch, genauso wie Möller vor ein paar Minuten seinen Ausweis über den Tisch hatte segeln lassen - diesmal nur in die andere Richtung. Christs Zeigefinger stach auf den Fuchs.

Mit dem Foto konfrontiert, entglitten Möller für einen Moment die Gesichtszüge. Zuerst offenbarte sich dort Überraschung und dann all der Hass, der in ihm steckte. Doch er spielte den Unwissenden. „Wer soll das sein?"

„Aber Herr Möller", sagte Christ im Tonfall eines Lehrers, der einem Schüler im Unterricht Unterstützung gibt, weil er sich sicher ist, dass das Kind die Lösung doch eigentlich parat hat, wenn es nur richtig nachdenkt. „Sie kennen ihn doch!"

Möller schwieg.

„Ich helfe Ihnen gern auf die Sprünge", ließ Christ großzügig verlauten. „Der Mann heißt Enrico Russo, für seine *Freunde* …" - Christ unterstrich das Wort mit einer auf Möller weisenden Hand - „… La Volpe!"

Dosske - der ja noch nichts von den neuen Erkenntnissen wusste - versuchte, sich seine Überraschung nicht anmerken zu lassen, es gelang ihm aber nur kläglich.

„Und Sie wissen sicher auch noch, wo das ist. Sie haben ja dort mit ihm gesprochen."

Möllers Finger fuhren ein weiteres Mal in seinen Kragen, um ihn zu lockern. „Ja, und? Was soll das beweisen? Vielleicht hat der Mann mich nach dem Weg gefragt."

„Was haben Sie denn an dem Tag am Flughafen gemacht?"

„Das weiß ich doch jetzt nicht mehr!", brummte Möller.

„Aber an den Tag scheinen Sie sich erinnern zu können", hakte Christ ein. Immerhin hatte Möller nicht gefragt, wann das Foto aufgenommen worden war.

Möller schwieg wieder.

Christ zog die Mundwinkel nach unten. „Hm. Das ist doch sehr seltsam, wenn man bedenkt, wie gut Sie sich an alles erinnern, was mit Herrn Albrecht zu tun hat!" Christ setzte eine Pause. „Und von sich selbst wissen Sie nichts?"

Möller rümpfte die Nase, schüttelte den Kopf und gab sich gelangweilt.

„Herr Möller, versuchen Sie sich zu erinnern, immerhin haben Sie ja einen Beratervertrag mit diesem Mann!", forderte Christ.

„Ich hatte schon viele Beraterverträge!", tat Möller - sehr von sich überzeugt - kund. „Ich kann mich doch nicht an jeden einzelnen erinnern!"

„Aber an den doch sicherlich", kam Christ wieder in Lehrermanier über die Lippen. „Denn den haben Sie aktuell noch und laut Ihrem Konto ist der Beratervertrag mit der MI CF sehr lukrativ! So etwas weiß man doch!", kitzelte er.

Jetzt geriet Möllers aufgesetzte Selbstsicherheit ins Stocken. Mit offenem Mund starrte er Christ an.

„Haben Sie die MI CF nur beraten oder vielleicht auch beliefert?", fragte Christ mit gefährlichem Unterton.

Wieder blieb Möller stumm.

Doch Christ sah, wie es hinter der Stirn des Mannes arbeitete. Er beugte sich zu ihm vor. „Ich darf Sie darüber unterrichten, dass meine Leute in diesem Moment auf dem Weg zu Ihrem Wohnhaus sind. Und sie werden sich Ihren Keller ansehen. Was meinen Sie, was sie dort finden werden?"

Der Ansatz eines arroganten Lächelns kehrte auf Möllers Gesicht zurück. „Was sollen die da schon finden", gab er sich lässig.

Christ merkte sofort, dass sich sein Gegenüber nicht nur lässig gab, sondern wirklich lässig war. Hatte er sich etwa vergaloppiert? *Das Sarin ist nicht in Möllers Haus.*

Mit einer wegwerfenden Handgeste ließ sich Möller auf seinem Stuhl nach hinten fallen, stützte sich mit einer Hand auf der Armlehne ab und drückte die Brust heraus. „Es ist ja wirklich unglaublich, was Sie mir da alles andichten wollen und vorwerfen."

Christ blickte Möller tief in die Augen. „Wir werfen es Ihnen nicht nur vor, wir werden es Ihnen auch nachweisen!", sagte er mit Nachdruck.

Möller erwiderte Christs Blick hasserfüllt. „Wissen Sie, ich sage jetzt gar nichts mehr! Für mich ist das Gespräch hier beendet! Ich gehe jetzt!", fauchte Möller und erhob sich.

Christ blieb sitzen. „Daraus wird nichts!", sagte er scharf und bedeutete Möller, sich wieder zu setzen.

Möller blieb jedoch stehen. „Ich habe noch einen wichtigen Termin", insistierte er.

„Sie können gern anrufen und diesen Termin absagen", bot Christ an. Er beobachtete Möller, dessen Stirn sich jetzt in Falten legte, und fragte sich, ob er bereits wusste, dass man die Drohnen in Neu-Isenburg gefunden hatte. Oder sollte sein wichtiger Termin vielleicht dort stattfinden? Christ war klar, dass er diesen Mann auf keinen Fall mehr aus seinen Fängen lassen durfte.

Auch Möller schien dies begriffen zu haben, denn er forderte jetzt mit fester Stimme: „Ich möchte meinen Anwalt sprechen!"

„Das steht Ihnen jederzeit frei!", sagte Christ großzügig, wandte sich kurz an Dosske, dann wieder Möller zu. „Wenn Ihr Anwalt eingetroffen ist, setzen wir das *Gespräch* fort." So ätzend wie der SoKo-Chef das Wort ,*Gespräch*' gesagt hatte, ließ er klar erkennen, dass das, was er mit Möller zu führen gedachte, alles andere wäre als ein lockeres Gespräch.

Kapitel 34

Donnerstag, 5. Januar, 19:14 Uhr

Dosske hatte den sich nicht gerade in bester Laune befindlichen Möller nach dessen Telefonat mit dem Anwalt im Vernehmungsraum gelassen. Dort wurde Möller ein Kollege zur Seite gestellt, der ihn im Auge behielt.

Christ war von Dosske unterrichtet worden, dass Möllers Anwalt beim Anruf seines Mandanten zu Hause gewesen sei, und da er im Taunus wohne, frühestens in einer Stunde in der SoKo eintreffen würde. Der SoKo-Chef hatte diese Nachricht ausnahmsweise gelassen hingenommen, denn er erhoffte sich, dass ihm diese Zeitverzögerung in die Hände spielte, sprich: Brucati und Tappert vor dem Eintreffen des Anwalts etwas zu berichten hatten.

Doch als sich Brucati kurz vor zwanzig Uhr meldete, konnten sie keine Ergebnisse vermelden.

Christ wollte es nicht wahrhaben - obwohl die Lässigkeit, mit der Möller auf die Ansage der Hausdurchsuchung reagiert hatte, ihn schon hatte ahnen lassen, dass sie nichts finden würden. Trotzdem fragte er noch einmal nach: „Sie haben alles durchsucht?"

„Was man auf die Schnelle durchsuchen kann. Im Keller haben wir angefangen. Die Aussage von Möllers Ehefrau mit dem Basteln war übrigens erst gemeint", murrte Brucati. „Möller bastelt an Modellflugzeugen. Und die sind wesentlich größer als diese *Stubenfliegen.*"

Brucati war bewusst, dass das, wonach sie suchten, nicht unbedingt gleich zu erkennen sein musste, deswegen ließ er nun wissen: „Wir schauen aber noch mal alles durch. Die GEKA ist mit den entsprechenden Gerätschaften vor Ort."

Christ war klar, dass sie jetzt dranbleiben mussten, es stand zu viel auf dem Spiel. Die Unruhe, mit der Möller immer wieder auf seine Armbanduhr geschaut hatte, sagte dem SoKo-Chef ganz klar, dass heute noch irgendetwas passieren würde. Und so kam er zu dem Entschluss: „Brucati, überlassen Sie Tappert und der GEKA das Feld in der Auestraße! Sie fahren noch mal zu *Pharmatec.* Ich schicke Ihnen Stein. Der Möller hat doch Büroräumlichkeiten. Wenn das Sarin nicht in Neu-Isenburg und nicht in Möllers Haus ist, dann ist es vielleicht dort!"

„Einen Versuch ist es auf jeden Fall wert", stimme Brucati zu.

Als Brucati bei *Pharmatec* eintraf, war Stein bereits vor Ort und hatte sich mit dem Wachdienst auseinandergesetzt, der - zu Steins ‚Freude' - Dr. Schubert herbeigerufen hatte.

Erst als Dr. Schubert anwesend war, erlaubte der Wachdienst den Zutritt ins Gebäude und damit zu Möllers Büroräumlichkeiten.

Dr. Schubert begleitete die beiden SoKo-Beamten via Lift nach oben. Seine schleimige zuvorkommende Art war - nachdem Brucati ihm für den Grund des erneuten Auftauchens das Stichwort Sarin genannt hatte - allerdings in ein ängstliches Duckmäusern umgeschlagen. Als sie Möllers Büro erreichten und Brucati ihn darum bat, an der Tür stehen zu bleiben, gehorchte Dr. Schubert ohne Widerrede. Und als der Vorstand beobachtete, wie die beiden SoKo-Beamten ihre Hände mit Latex schützten, bevor sie den ersten Gegenstand in die Hand nahmen, kräuselten sich ihm die Nackenhaare.

Möllers Büro war zweckmäßig eingerichtet und doch wirkte es protzig. Das Schreibtischset - bestehend aus einer Kombination von edlem Mahagoniholz und Leder, in dessen Stiftablage ein goldener Füllfederhalter mit dazu passendem Kugelschreiber ruhte - war nur eines der Dinge, die diese Wirkung hervorriefen.

Von dem ihm zugewiesenen Platz aus beobachtete Dr. Schubert, wie Stein und Brucati sich durch das Büro des Mitarbeiters arbeiteten, Schubladen und Schränke öffneten, offenbar auf der Suche nach etwas ganz Bestimmtem - und wahrscheinlich mächtig Gefährlichem.

Unter diesem Aspekt hier zu suchen, bereitete auch Stein Unbehagen. Samira spürte, wie sie in den Latexhandschuhen zu schwitzen begann.

Schließlich gelangte Stein bei einem Sideboard an, auf dem - neben diversen Fotos, die Möller mit dem offensichtlich neuesten Modell eines Mercedes sowie urlaubsgebräunt an verschiedenen Stränden zeigte - der Drucker seinen Platz hatte. Steins Augenmerk richtete sich auf den Pack Papier, der aufgerissen neben dem Drucker lag.

Anscheinend hatte man den Pack aufgerissen und ihm ein paar Blätter entnommen, um den Drucker zu füttern. Die Verpackung war nicht vollständig entfernt worden, aber so weit aufgerissen, dass man die Blätter leicht entnehmen konnte.

Stein bemerkte, dass der Pack einen Schlag abbekommen hatte. Nicht nur die Verpackung, auch alle Blätter wiesen an einem bestimmten Punkt eine Druckstelle auf. Die SoKo-Frau hielt inne, ging in die Knie und nahm den Pack aufs Korn, wobei sich auf ihrem zarten Gesicht eine Ahnung abzeichnete. Sie schloss kurz die Augen, um sich ein Bild aus der Vergangenheit in Erinnerung zu rufen. Als ihre Augen wieder offen waren, stemmte sie sich in die Höhe und holte in einer fließenden Bewegung etwas aus ihrer Jackentasche.

Brucati hatte über die Zeitschriften auf Möllers Schreibtisch geschaut, die Berichte beinhalteten wie „Unternehmenskommunikation heute" oder „Schnelle Planung und Umsetzung Interner Kommunikationsmaßnahmen", und sich danach Möllers letzte Schreibtischschublade vorgenommen. Er zog sie auf, hob vorsichtig alles an, was darin lag, und holte es schließlich heraus. Die von ihm erhoffte Phiole fand er allerdings nicht.

In diesem Moment sagte seine Kollegin: „Toni" und forderte ihn mit einer Handbewegung auf, zu ihr zu kommen. Die Schnelligkeit, mit der sie dabei ihre Finger bewegte, zeigte ihm, dass sie es eilig hatte. Als er bei ihr war, wies Stein auf einen Pack Papier. „Guck dir mal diese Einbuchtungen an!"

Brucati tat, wie ihm geheißen. „Ja, passiert schnell mal, wenn so etwas runterfällt."

Stein bestätigte dies nickend, allerdings schien es ihr um etwas anderes zu gehen. „Aber hier ist nicht nur die Ecke eingedrückt." Seine Kollegin ging wieder in die Hocke und winkte Brucati zu sich herunter. „Schau, hier, da ist noch eine Delle."

Jetzt sah er es auch: Etwa in der Mitte der Blätter zeigte sich eine Einbuchtung, die offensichtlich anders zustande gekommen war als die der Ecke. Es war mehr ein runder Abdruck, während die Ecke zwei schwache Faltlinien aufwies.

Stein wies auf die leichte Druckstelle. „Das hier war ein Schlag", meinte sie. „Und das hier" - sie zeigte auf die Eckkante der Blätter - „meiner Meinung nach ein Sturz."

Brucati konnte nachvollziehen, was Stein meinte. „Ja, das wird wohl so gewesen sein. Und?"

„Genau dieses Muster weisen nicht nur diese Blätter auf", meinte sie und holte einen der weißen Bogen aus dem Pack.

Brucati zog die Augenbrauen zusammen. „Wo hast du es noch gesehen?"

„Auf einem unserer Beweismittel!"

Brucatis Augen wurden groß.

Stein hielt Brucati ihr Handy vor die Nase. „Auf dem hier!"

Brucati konnte Albrechts Abschiedsbrief erkennen. Seine Augen wurden wieder klein, als er die Stelle des Fotos fokussierte, auf die Steins Zeigefinger deutete.

„Da ist das Eselsohr …", führte sie aus. Dann lief ihr Finger ein Stück weiter. „Und da ist die Delle!"

Brucati war den Ausführungen der Kollegin mit hochgezogenen Augenbrauen gefolgt, sagte aber nichts.

„Die stimmen doch genau überein!", drängte Stein, als die erwartete Reaktion von ihrem Kollegen ausblieb. „So ein Pack kann mal runterfallen, meistens auf die Kante, und dann hast du da ein unschönes Eselsohr. Aber hier haben wir das Eselsohr und da oben noch mal die leichte Delle. Dass diese Abdrücke - genauso - zwei Mal unabhängig voneinander entstehen, das ist doch sehr unwahrscheinlich!"

„Du meinst also, der Möller hat den Abschiedsbrief für Albrecht verfasst?"

„Und hier ausgedruckt. Mit Papier von dem Pack!" Stein war sich sicher. „Kannst du dich erinnern, ich hatte dir doch in Albrechts Wohnung das eine Probeblatt aus seinem Drucker zum Schreddern gegeben. Das war einwandfrei, da waren keine Dellen oder Beschädigungen zu sehen!"

Brucati nickte bedächtig.

„Das erklärt auch die Brieffaltung. Möller wird den Brief hier geschrieben, gedruckt und dann so gefaltet haben, dass er sich ihn in die Jackentasche stecken konnte."

Brucati stieß mit viel Luft ein „Ha!" aus. „Das ist ja …"

„… ein Puzzleteil, das an die richtige Stelle fällt!"

Auf Brucatis Gesicht zeichnete sich ein Lächeln ab. „Das ist ein Beweis dafür, dass nicht Albrecht den Abschiedsbrief geschrieben hat, sondern Möller!" Brucati sah Möller vor sich, wie er den Raum hier verließ, in der einen Hand den Brief, in der anderen den Giftcocktail. Für den SoKo-Mann wurde immer klarer, dass sie mit Möller den Täter hatten.

Samira Steins Gedanken gingen in dieselbe Richtung. Sie legte den Zeigefinger ans Kinn und entwickelte ein mögliches Szenario. „Als der Mensch vom Empfang Albrecht zu Möller durchgestellt hat, wird der dem Albrecht gesagt haben, er hätte gerade eine Besprechung und werde sich später mit ihm in Verbindung setzen. Und dann hat Möller ihn später nicht angerufen, sondern ist direkt bei Albrecht zu Hause aufgetaucht."

Brucati nickte. „Der gute Kollege, der unterrichtet, was los ist, und seinem Kollegen rät, was er tun sollte."

„Genau! Albrecht wird gedacht haben, dass man ihm auf der Spur ist, was seinen Ergebnisschmuggel anbelangt. Kannst du dich an Frau Orlows Aussage erinnern? *Ich wusste nicht, wann Sascha die Ergebnisse mitbringen würde. ,Wenn es passt', hat er gesagt.* Wahrscheinlich sah er sich jetzt unter Zeitdruck, jetzt musste es passen. Er wird die Daten gezogen, den Mikropunkt produziert und sich nach Hause aufgemacht haben. Vielleicht wäre er sogar noch in dieser Nacht mit Frau Orlow geflohen."

„Die hat ja berichtet, dass er versucht hatte, sie anzurufen", erinnerte sich Brucati.

„Er hat sie aber nicht erreicht, weil sie gerade eine Behandlung durchführte."

Die Puzzlesteine schienen für Stein und Brucati weiter an die richtigen Stellen zu fallen. Sie konnten zwar erklären, was passiert war, aber sie ließen keine Deutung zu, weshalb Möller zum Mörder geworden war.

„Aber warum hat er ihn …"

„Das ist die Frage", brummte Brucati.

Stein blickte sich im Raum um. „Lass uns nach einem Brief von Möller schauen!"

„Du meinst, nach einem Vergleichsobjekt zwecks der Faltung."

„Ja."

Aber so sehr Stein und Brucati auch suchten - sie fanden keinerlei Korrespondenz, die Möller gefaltet hatte.

Als Brucati wieder in den Sinn kam, dass sie ja eigentlich aus einem anderen ganz Grund hergekommen waren, wandte er sich an den Mann, der noch immer im Türrahmen stand. „Dr. Schubert! Wo könnte Herr Möller hier bei Ihnen im Haus Sarin versteckt haben?", platzte er heraus.

Dr. Schubert hob ratlos beide Hände, holte tief Luft und atmete diese schwer wieder aus. „Da bin ich wirklich überfragt", sagte er mit einer allumfassenden Geste und schüttelte dabei den Kopf.

Die beiden SoKo-Beamten ließen den Blick durch Möllers Büro schweifen. Dabei ließ Brucati Dr. Schubert nicht aus seinen Fängen. „Überlegen Sie doch mal!", forderte er mit Nachdruck. „Gibt's hier irgendwelche geheimen Verstecke … einen Tresor oder so etwas?"

„Nein", gab Dr. Schubert an. Dann schien ihm doch etwas in den

Sinn zu kommen. „Aber warten Sie mal!", stammelte er, wobei sich eine gewisse Aufregung in seine Stimme einzuschleichen schien. „Ich habe den Möller vorgestern im Keller gesehen." Dr. Schuberts Stirn faltete sich.

„Ist das etwas Besonderes, dass Herr Möller im Keller ist?", fragte Brucati nach.

„Na ja, sein Auto hat einen Parkplatz auf dem Gelände, nicht in der Tiefgarage. Eigentlich hat er gar keine Zugangskarte für da unten - und er war allein, als ich ihn traf."

„Was hat er denn gesagt, warum er da unten war?"

„Wir haben da einen Kellerraum, in dem wir Material lagern. Also Büromaterial, aber auch Aufbauten für Messen und Präsentationen. Ich dachte, er wäre vielleicht wegen der Präsentation vom Elften da und würde nach einem Rednerpult oder so schauen."

„Warum waren Sie im Keller?"

„Ich habe meinen Parkplatz in der Tiefgarage und von dem führt der Weg zum Aufzug am Materiallager vorbei. Ich hatte gehört, dass da jemand drin war und dachte, es wäre der Herr Albrecht - der hat ja da unten Zugang. Ich wollte ihm sagen, dass das Einfahrtstor zur Tiefgarage nicht ganz hochgefahren ist und er sich darum kümmern soll, deswegen habe ich die Tür aufgeschoben."

„Und was hat Möller gesagt, warum er da unten war?"

Schubert verzog das Gesicht. „Wenn ich so darüber nachdenke … das war schon irgendwie komisch." Er überlegte einen Moment. „Der Möller gab an, einen Pack Papier holen zu wollen", sagte Dr. Schubert und hob die Schultern." Aber eigentlich sind in jedem Stockwerk Schränke, in denen Papier gelagert wird. Der Albrecht füllt die Bestände immer auf."

„Und der Möller hat sich unten einen Pack geholt?"

„Nachdem er das gesagt hatte, hat er sich einen Pack von der Palette genommen." Dr. Schubert wies mit der Hand auf den Pack mit den Beschädigungen. „Den da!"

„Wieso sind Sie sich so sicher, dass es der war? Da sieht doch einer aus wie der andere", meinte Stein.

„Das stimmt, aber wir haben einen neuen Lieferanten." Sein Finger wies auf den Pack. „Das ist seine Hausmarke. Vorgestern haben wir das erste Mal eine Lieferung von ihm erhalten - auf einer Europalette, und die stand noch vollkommen unberührt im Keller. Der Möller musste die Folie, die um die Palette und die Packen gewickelt war, erst auftrennen, um überhaupt einen Pack herausnehmen zu können."

„Der Pack kann also nur in den letzten zwei Tagen hier hochgekommen sein. Ich habe mir da nichts weiter dabei gedacht, aber jetzt ..."

„Zeigen Sie uns das Materiallager!", forderte Brucati.

Kapitel 35

Donnerstag, 5. Januar, 20:39 Uhr

Um halb neun war Möllers Anwalt in der SoKo eingetroffen. Er wollte sich kurz allein mit seinem Mandanten besprechen, was ihm natürlich nicht verwehrt werden konnte.

Währenddessen rief Stein bei Christ an und unterrichtete ihn über ihre Beobachtung rund um den Abschiedsbrief und darüber, dass sie sich nun in die Kellerräume der *Pharmatec* begeben würden, um dort nach dem Kampfstoff zu suchen.

Mit diesen Informationen im Gepäck begab sich Christ wieder ins Vernehmungszimmer, wo Möller mit seinem Anwalt am Tisch saß und Dosske neben dem Einwegspiegel an der Wand lehnte.

Bei Christs Erscheinen setzte Möller ein zynisches Grinsen auf. „Und?", fragte er siegessicher, „haben Sie das, was Sie suchen, bei mir zu Hause gefunden?"

„Wir sind noch dabei", war alles, was Christ dazu sagte. Er nahm gelassen gegenüber Möller und dessen Anwalt Platz.

Möllers Grinsen blieb.

„Aber etwas anderes", begann Christ lapidar. „Wir haben einen Abschiedsbrief von Herrn Albrecht."

„Das sagten Sie bereits!", ließ Möller genervt wissen.

Christ fuhr unbeirrt fort: „Und wie wir festgestellt haben, wurde dieser auf ein Blatt Papier gedruckt, das definitiv aus einem Pack Papier aus Ihrem Büro bei *Pharmatec* stammt."

Möller benötigte offenbar einen Moment, um sich auf diese neue Information einzustellen, dann entgegnete er: „Ja, dann wird Albrecht den bei mir ausgedruckt haben."

Christ taxierte sein Gegenüber einen Moment, dann sagte er ruhig: „Das kann nicht sein! Herr Albrecht war vorgestern nicht in Ihrem Büro."

„Dann hat er es eben an einem anderen Tag getan!"

Christ schüttelte langsam den Kopf. „Unmöglich! Das Papier ist erst vorgestern geliefert worden. Sie, Herr Möller, haben den Pack höchstpersönlich aus dem Untergeschoss geholt und nach oben gebracht." Christ ließ seine Worte wirken. Dann sagte er: „Sie erinnern sich sicher!"

Möller schaute mit leerem Blick vor sich hin und reagierte nicht.

Offenbar war er in Erinnerungen versunken. Ein Räuspern seines Anwalts brachte ihn in die Gegenwart zurück. „Woher soll ich wissen, wann Albrecht den Brief ausgedruckt hat?"

„Wie gesagt, wir gehen davon aus, dass er selbst den Brief gar nicht ausgedruckt hat", sagte Christ beißend.

„Wer soll es sonst gewesen sein?"

„Da bleiben nur Sie, Herr Möller!", gab Christ ruhig an.

Wieder schaute Möller beunruhigt auf seine Uhr. Definitiv hatte er heute noch einen Termin.

Christ reagierte auf dessen Nervosität: „Herr Möller, halten wir Sie von irgendetwas ab?"

Möller schwieg.

„Aber kommen wir auf Ihren Bekannten zurück." Der SoKo-Chef legte Möller wieder das Foto vom Flughafen vor. „Wir wissen, dass dieser Mann für die Drohnen gesorgt hat, die zu Ihrem Deal gehören und die wir übrigens inzwischen gefunden und auch beschlagnahmt haben!"

Jetzt fiel Möller das hämische Grinsen aus dem Gesicht. Sichtlich ratterte es hinter seiner Stirn. Schließlich fragte er scheinbar gelangweilt: „Welche Drohnen?"

„Wir gehen davon aus, dass in Neu-Isenburg - Sie wissen ja, wo … die Drohnen befüllt werden sollten. Und Sie sollten das Füllmaterial dazu liefern." Christ nahm den Ablaufplan der Veranstaltung zur Hand. „Und hierbei hätte das Ganze zum Einsatz kommen sollen." Er zeigte Möller kurz das Papier in seiner Hand. „Wenn ich mir den Ablaufplan so anschaue, stelle ich fest, dass Sie gar nicht dabei sein werden, wenn es zur Preisübergabe kommt", sagte Christ. Er blätterte in den ausgedruckten Seiten. „Möller, zehn Uhr Hofgut Neuhof, sehe ich da."

Christ blickte sein Gegenüber gespannt an und sagte mit gespielter Empörung: „Man hat Sie nicht teilhaben lassen an den Feierlichkeiten im Haus?"

Das Flackern in Möllers Augen zeigte Christ in diesem Moment, worum es hier wahrscheinlich ging. Und er stach in die offene Wunde. „Man hat *Sie* weggeschickt?", sagte Christ verächtlich. „Wie kann das sein, Herr Möller? Sie haben doch maßgeblich an der Vermarktung des neuen Produktes gearbeitet und dürfen nicht die Lorbeeren in Empfang nehmen?"

Möller schwieg, aber sein Körper nicht. Der Stachel saß.

„Ich kann gut verstehen, dass Sie das verärgert hat", gab sich Christ verständnisvoll.

Man sah Möllers Augen - die sich in weiter Ferne verloren - an, dass er erneut für einen Moment ganz woanders war.

„Das ist schon sehr ungerecht", stichelte Christ nun.

Möller sah Christ zwar an, schaute aber durch ihn hindurch.

So sprach Christ weiter. „Auf der anderen Seite bietet Ihnen dieser Zeitplan natürlich die Gelegenheit, all diejenigen zu bestrafen, die Sie so schändlich ausgebootet haben. Und die sind ja alle um elf Uhr in der *Pharmatec* bei der Preisübergabe, mit viel Tamtam und Presse ..."

Möller verzog das Gesicht, reagierte aber nicht weiter.

Christ setzte nach: „Während Sie im Neuhof nach den Häppchen schauen müssen." Er beobachtete, wie sich Möllers Nasenflügel blähten.

Möllers Anwalt fragte: „Haben Sie irgendwelche Beweise für Ihre Vorwürfe?"

„Was die Sache mit Albrechts Abschiedsbrief anbelangt, reichlich", antwortete Christ. „Die ..." Sein Handy klingelte. Tappert. Das konnte wichtig sein. Vielleicht hatte er das Sarin! Für Christ stand außer Frage, dass er seine Befragung unterbrechen musste. Mit Blick zu Dosske sagte er: „Bin gleich zurück!"

Nachdem Christ die Tür hinter sich geschlossen hatte, nahm er das Telefongespräch an: „Tappert, was gibt's?"

„Das SEK hat La Volpe!", drang euphorisch an sein Ohr.

Christs Kinnlade klappte hinunter. Diese Nachricht ließ selbst den sonst so ruhigen SoKo-Chef in Aufruhr geraten. „Was?"

„Wir haben Russo!", triumphierte Tappert. „Ich habe gerade den Anruf erhalten."

„Wie? Wo?"

„Er kam um zwanzig Uhr mit zwei Mann zur Lagerhalle in Neu-Isenburg, wo das SEK immer noch wartete. Damit hatte er anscheinend überhaupt nicht gerechnet, denn man hat ihn und seine Begleitung ohne große Schwierigkeiten übertölpelt."

„Perfekt!", kam Christ über die Lippen.

„Ich habe veranlasst, dass man ihn und die beiden anderen erst einmal zu Ihnen in die SoKo bringt, bis entschieden wird, wie weiter mit ihm verfahren wird."

„Das ist in Ordnung."

„Hat Möller schon was zum Verbleib des Sarins gesagt?"

„Nein. Bin noch dran, ist ziemlich zäh."

Tappert schlug vor: „Vielleicht bringt es etwas, wenn man eine direkte Konfrontation von La Volpe und Möller organisiert."

„Das wäre eine Möglichkeit."

„Also hier in Möllers Haus ist definitiv nichts von dem Zeug!"

„Ist die GEKA noch vor Ort?"

„Ja."

„Schicken Sie die zur *Pharmatec*! Setzen Sie sich mit Brucati in Verbindung. Der wird Ihnen alles erklären."

„Okay, ich komme dann zurück in die SoKo."

„Bis gleich", antwortete Christ, dem nun klar war, warum Möller die ganze Zeit seine Uhr im Blick gehalten hatte. Er hatte um zwanzig Uhr eine Verabredung mit Russo gehabt, und die brannte ihm unter den Nägeln.

Christ kehrte ins Vernehmungszimmer zurück. „Tja, Herr Möller, aus Ihrer Verabredung heute Abend wird wohl nichts mehr werden."

Möller schaute Christ verständnislos an.

„Ihr Geschäftspartner …" Christ nahm in aller Ruhe Platz, bevor er weitersprach: „… ist verhindert."

„Welcher Geschäftspartner?", fragte Möller schnippisch.

Christ tippte auf das Foto auf dem Tisch. „Man hat mir eben mitgeteilt, dass man Ihren Geschäftspartner festgesetzt hat. Und raten Sie mal, wo?"

Möller antwortete nicht.

Christ fuhr fort: „Das heißt, Sie brauchen nicht raten, Sie wissen ja, dass Sie sich mit ihm in Neu-Isenburg treffen wollten!"

Möllers Adamsapfel bewegte sich, als er schwer schluckte.

„Er wird übrigens jetzt hierhergebracht", bekundete Christ lapidar. Dann verschärfte sich allerdings seine Stimme. „Sie sollten jetzt genau überlegen, ob Sie mit uns kooperieren wollen, Herr Möller!"

Erneut ließ Christ seine Worte wirken und warf einen kurzen Blick zu Dosske, der ein breites Grinsen auf dem Gesicht hatte.

Der Anwalt beugte sich zu Möller und flüsterte etwas.

Unbeeindruckt davon fuhr der SoKo-Chef fort: „Herr Möller, Sie kennen doch die Bezeichnung, unter der Russo bekannt ist. Man nennt ihn den Fuchs. Ein Fuchs ist schlau! Er wird sicher wissen, wie er den besten Deal für sich herausholen kann." Er kam ein Stück auf Möller zu und lockte: „Meinen Sie, der Schwarze Peter steht Ihnen gut?"

Dass man Russo herbringen würde, schien Möller wenig zu stören.

Deswegen zog Christ noch eine andere Karte. „Aber ich denke, wir sollten auch Herrn Dr. Schubert zu uns bitten. Er wird uns vielleicht mehr über Ihre Beweggründe erzählen können."

Das war das rote Tuch, auf das Möller nun endlich ansprang. „Der Schubert, dieser armselige Schnösel, wollte *mich* zum Neuhof schicken! *Mich!*", platzte es aus Möller heraus, wobei er sich auf die Brust schlug. „Ich sollte nicht bei der Übergabe des Awards dabei sein! Dabei ist der *mein* Verdienst! *Meiner!*" Wieder folgte die Geste des An-die-Brust-Schlagens, die Möller wirken ließ wie einen Gorilla, der sich auf die Brust trommelt. „Hätte ich mich nicht darum bemüht und alles eingereicht, hätten wir den doch gar nicht zugesprochen bekommen!" Möllers Worte purzelten nur so aus seinem Mund, er redete sich zusehends in Rage, wobei sich die Lautstärke seiner Stimme stetig steigerte. „Aber der Schubert hat wieder mal die Lorbeeren eingesteckt. Das ist eine solche Ungerechtigkeit!", klagte er. „Und alle wussten das, keiner hat von denen sein Maul aufgemacht! Die ..."

Möllers Anwalt legte seine Hand einbremsend auf dessen Unterarm.

Möller hielt in seinem Redefluss inne. Offenbar wurde ihm jetzt klar, dass eben der Gaul mit ihm durchgegangen war. Die Wut auf den Mann, der es geschafft hatte, ihn aus der Reserve zu locken, spiegelte sich in dem eisigen Blick wider, den er zu Christ hinüberschickte.

Der SoKo-Chef sah Möller in die Augen und fragte mit fester Stimme: „Herr Möller, wo ist das Sarin?"

Schweigen.

„Herr Möller, der Ihnen als Russo bekannte Mann ist ein lange beobachteter Terrorist!"

Möller runzelte die Stirn.

Christ lockte: „Wenn Sie uns helfen, ihm etwas nachzuweisen, kann Ihnen das zum Vorteil gereichen!"

Möllers Miene versteinerte.

„Russo hat Sie nur als Spielball benutzt."

Möllers Augen bewegten sich unruhig, Christs Worte arbeiteten sichtlich an seiner Gemütslage.

„Und glauben Sie mir, er hat viele Bälle wie Sie im Spiel!" Christ schaute auffordernd zu Möllers Anwalt.

Daraufhin beugte sich der Anwalt zu Möller hin und wechselte ein paar eindringliche Worte mit ihm.

Christ wartete geduldig ab und beobachtete nur. Er hatte den Keim des Zweifels gesät, nun musste seine Saat nur noch aufgehen. Und das tat sie mit Erfolg, als der Anwalt sprach: „Mein Mandant sichert Ihnen seine volle Kooperation zu."

Christ nickte nur kurz und fragte: „Können wir das, was Sie uns mitzuteilen haben, aufzeichnen?"

Möller bejahte.

Nachdem die Aufzeichnung lief, rückte Möller damit heraus, Herr Albrecht habe ihn darauf aufmerksam gemacht, dass ein gewisser Luigi komische Fragen stellte. Albrecht hatte Möller diesen Luigi gezeigt. Als Möller den Mann dann abends zufällig vor seinem Haus in der Auestraße beim Durchsuchen seines Autos entdeckte, habe er ihn offen auf sein Tun angesprochen. In dem darauf folgenden Gespräch war es zu Handgreiflichkeiten gekommen und da Luigi da schon Kontakt mit dem Sarin gehabt habe - durch das unvorsichtige Öffnen und Riechen an einer Probedose in Möllers Auto - sei er benommen gewesen, auf dem Eis ausgerutscht und über das Geländer ins Bachbett des Hengstbaches gestürzt. Dabei habe er sich den Kopf eingeschlagen. Möller habe dann in seiner Not einen Seitenschneider von zu Hause besorgt, das Vorhängeschloss am Gitter der Einhausung aufgeschnitten und Luigi in die Einhausung verbracht.

Christ beobachtete Möller bei seiner Aussage. Dass es nicht ganz so gewesen sein konnte, war ihm durch Wenrights Autopsiebericht klar. Und jetzt, da er Möller vor sich sitzen hatte, konnte Christ sich gut vorstellen, mit welch brutaler Gewalt dieser Mann seinem Opfer Schnee in Mund und Rachen gedrückt hatte, um in seinem Wahn zu verhindern, dass irgendetwas von Möllers Vorhaben über diese Lippen käme. Aber das würde man in der Gerichtsverhandlung klären.

Nach ein paar weiteren Worten gab Möller im Endeffekt zu, der Meinung gewesen zu sein, dass Santoro über die Drohnen in Neu-Isenburg Bescheid gewusst hatte und auf Möller gekommen war, da er einen Schlüssel für das Gebäude hatte.

Außerdem gab er zu, dass er Santoros Geldbörse und was er sonst noch in seinen Taschen gefunden hatte, im Brennofen der *Pharmatec* entsorgt hatte, um dessen Identität zu verschleiern.

Letztendlich gestand Möller, dass die Komponenten des Sarins im Keller der *Pharmatec* lagerten, und zwar in der Klappe des Rednerpults im Materiallager.

Christ blickte zu Dosske und der stieß sich von der Wand ab, um sich sofort mit Brucati und Stein in Verbindung zu setzen.

Möller erklärte unterdessen, dass die Verärgerung darüber, dass man ihn ein weiteres Mal übergangen und bei der Awardvergabe ausgeschlossen hatte, ihn zu der Sache mit dem Sarinanschlag gebracht hatte. Aber es sei nicht seine Idee gewesen, sondern der Fuchs hätte ihm das eingeredet. Er sei nur dessen Werkzeug in dieser Sache gewesen. Dass hier vor allem das „Beraterhonorar", das Möller kassiert hatte und noch hätte kassieren sollen, im Vordergrund stand, spielte Möller in den Hintergrund.

Offenbar hatte er Russo ein paar Monate zuvor am Rande eines Pharmakongresses kennengelernt. Möller hatte frustriert an der Bar gesessen und sich darüber geärgert, dass Dr. Schubert in der Öffentlichkeit stets die Lorbeeren kassierte und Möller leer ausging. Russo hatte sich auf Möllers Seite gestellt und ihn in seinem Unrechtsempfinden bestärkt. So war ein Bündnis gegen Typen wie Dr. Schubert zwischen den beiden entstanden und Russo hatte Möller verdeutlicht, dass man es solchen Leuten einmal zeigen musste.

Den wahren Kern seines Charakters zeigte Möller, als er Albrecht als schwächlichen Versager darstellte, der keine Lebensberechtigung gehabt habe. Er habe ihn einfach aus dem Weg räumen müssen, zum Wohle der Gesellschaft. Möller berichtete seine Sicht der Dinge und eine andere gab es für ihn nicht. Er verfuhr nach dem Grundsatz: Was ihm im Weg stand, wurde weggeräumt.

Möller hatte sich in der Firma Albrechts Vertrauen erschlichen, um an seine Chipkarte zu gelangen, mit der er bei Bedarf problemlos ins Kellergeschoss, ins Lager und in die Laborräume kam. Als er dann von den Befragungen durch die SoKo-Beamten bei *Pharmatec* erfahren hatte, befürchtete er, Albrecht könnte ihm mit seiner Aussage gefährlich werden. Also hatte er Albrecht an diesem bestimmten Tag abends unter dem Vorwand aufgesucht, ihn über die Geschehnisse in der Firma zu unterrichten. Und als guter Freund hatte er ein Fläschchen Wein mitgebracht. Was dann gefolgt war, hatten die SoKo-Kollegen richtig rekonstruiert. Mit dem Abschiedsbrief gedachte er zwei Fliegen mit einer Klappe zu schlagen - den Verdacht von sich abzulenken und den unliebsamen Zeugen loszuwerden.

Was sein Handeln anbelangte, waren Möller Unrechtgedanken völlig fremd, die ließ er nur für andere gelten. Am meisten schien es Möller zu stören, dass man ihm - dem genialen Kopf - auf die Schliche gekommen war. Von Schuld oder gar Reue keine Spur.

***

Gegen Mitternacht hatte sich Möller endlich vollständig ausgekotzt und Christ beendete das Verhör.

So hart gesotten Thomas Christ auch war, am Ende dieses Tages fühlte sich der SoKo-Chef ausgelaugt und auf unangenehme Art und Weise berührt davon, wozu Menschen fähig und bereit waren. Fünfzig Menschen elendig sterben zu lassen, nur weil man in seinem Stolz gekränkt war, das wollte ihm nicht in den Kopf gehen.

Als Christ den Verhörraum verließ, traten Tappert und Colonnello Bianchi gerade aus dem Nebenzimmer heraus.

Während sich auf dem Gesicht des BND-Mannes pure Freude abzeichnete, kämpfte diese Freude um Colonnello Bianchis Augen mit Erschöpfung und Trauer.

Christ nahm an, dass der Colonnello Möllers Verhör verfolgt hatte und somit auch der Erzählung gefolgt war, wie Santoro zu Tode gekommen war - und das war sicher nicht einfach zu ertragen gewesen.

Torsten Tappert hingegen ließ seiner Freude vollen Lauf. Mit zufrieden nach oben gezogenen Mundwinkeln meinte er: „Ich kann's nicht fassen, wie das jetzt auf einmal alles gekommen ist! Was für ein perfekter Zugriff!"

Der Colonnello nickte versonnen. „Es war eine lange Zeit, in der La Volpe agieren konnte", murmelte er.

„Und jetzt haben wir ihn!", verkündete Tappert triumphal.

Christ wusste Bianchis müde Augen zu deuten. *Aber um welchen Preis*, las er dort. Der SoKo-Chef wusste, welches Gespräch Bianchi bald führen würde. „Sie können Santoros Familie nun den Mörder benennen", sagte er mit all der Empathie, die ihm möglich war.

Bianchi nickte, atmete schwer und schaute zu Boden.

„Wie geht es jetzt mit Russo weiter?", fragte Christ.

„Wir sind übereingekommen, dass er nach Italien verbracht wird. Dort wird ihm dann der Prozess gemacht. Wir bleiben aber mit dem Colonnello in Kontakt", erklärte Tappert.

Bianchi ergänzte: „Auch mit Ihnen, Herr Christ, würde ich gern in Kontakt bleiben!"

Der SoKo-Chef schürzte die Lippen. „Ich denke, es spricht nichts dagegen, auf dem aufzubauen, was wir während unserer Zusammenarbeit in diesem Fall erreicht haben", meinte er.

Christ schaute dem Colonnello in die Augen. Er erinnerte sich an sein erstes Zusammentreffen mit dem Mann, der ihm damals Amtshilfe angeboten hatte, und sagte nun seinerseits: „Assistenza!"

Über Bianchis müdes Gesicht huschte ein Lächeln. Er stimmte dem SoKo-Chef mit genau dem zufriedenen Nicken zu, das nur ein fähiger Mann einem anderen fähigen Mann erweisen konnte, und verabschiedete sich mit einem besiegelnden Händedruck.

Kapitel 36

Freitag, 6. Januar, 00:19 Uhr

Maria Brucati hatte Francesco schon vor Stunden angerufen und sich erkundigt, wann er denn endlich käme. So war Bianchi auch nicht verwundert, als er gemeinsam mit Brucati nach Mitternacht das Esszimmer betrat. Dort saßen seine Schwester Maria mit Luciano, Lucia und ihr Ehemann Roberto sowie Giovanna.

Hatte Maria Brucati ein paar Tage zuvor dem Onkel aus Italien noch berichtet, dass ihre jüngste Tochter Giovanna gerade wasserstoffblond, aber wenigstens ohne eine bunte Strähne sei, musste sie diese Aussage schon wieder revidieren, denn auf Giovannas Kopf hatte sich im Blond eine pinke Strähne breitgemacht. Und - Wildfang, der sie war, fiel auch Giovannas Begrüßung entsprechend temperamentvoll aus. Nur Bruno konnte einen noch größeren Freudentanz aufführen als die quirlige Frau. Während der stürmischen Umarmung seiner Nichte fing Francesco Bianchis Blick die rollenden Augen seiner Schwester auf, die alles darüber aussagten, was sie von der neuerlichen Haarveränderung ihrer Tochter hielt.

Nachdem Giovanna ihren Onkel wieder aus ihren Fängen gelassen und auch Lucia und Roberto die Möglichkeit gehabt hatten, ihn zu begrüßen, sagte Mamma Maria zu ihrem Bruder und ihrem Sohn: „Ich hab das Essen für euch warmgehalten."

„Das ist lieb von dir", ließ Bianchi wissen, obwohl sich sein Appetit nach diesem Tag in Grenzen hielt. Doch als das Ossobuco auf dem Tisch stand, langte er doch zu - denn das traditionelle Schmorgericht aus der italienischen Küche bereitete Maria genauso zu, wie ihrer beiden Mutter es früher getan hatte. Auch sie schmorte die Beinscheiben des Kalbes nach dem Anbraten schön langsam in Tomaten, Zwiebeln, reichlich Knoblauch und einem Schuss Wein. Abgerundet wurde das Ossobuco durch ein Risotto alla milanese, das - da waren alle sich einig - niemand so gut zubereiten konnte wie Mamma Maria. Auch wenn Luciano es mit einem Murren hinnehmen musste, dass Maria sich zum Ablöschen des Risottos gern mal an seinem Weinregal mit den besten Weinen vergriff.

Das ausgelassene Beisammensein ließ Colonnello Bianchi für den Moment vergessen, dass ihm am nächsten Tag in Rom ein schweres Gespräch mit der Familie seines Freundes Roberto über die Aufklärung des Falles bevorstand.

Aufgrund der fortgeschrittenen Stunde saß die Familie allerdings nicht mehr allzu lang zusammen. Nur noch Antonio Brucati, Mamma Maria, Vater Luciano und Onkel Francesco bildeten schließlich den harten Kern, der am Tisch verblieben war und Wein trank. Als auch Maria sich verabschiedet hatte, ermöglichte das der Herrenrunde, sich ungeniert über den Fall, der das SoKo-Team und Colonnello Bianchi in den letzten Tagen in Atem gehalten hatte, zu sprechen. Alles kam noch mal auf den Tisch, angefangen bei den spielenden Jungen - wovon einer diesen Tag sicher nie vergessen würde - bis hin zu den Umständen des Mordes an Roberto Santoro, dem Schicksal des Facility Managers Albrecht, den seelischen Abgründen eines Möllers und eines Fuchses, der bald in einem Bau säße, der nicht nach seinem Geschmack sein dürfte. Und der Gefahr, die von ein paar *Stubenfliegen* und dem, was sie hätten an Bord haben sollen, gedroht hatte.

„Es ist schon verrückt, was so ein Fass manchmal zum Überlaufen bringt", meinte Antonio Brucati abschließend über Möller.

„Hm", kam von Luciano Brucati.

Bianchi holte tief Luft, um sie geräuschvoll wieder auszustoßen, sagte aber nichts.

Luciano Brucati drehte sein Weinglas in der Hand und stierte in das Rubinrot der Flüssigkeit. „Wenn du überlegst, da ist einer durchgeknallt und so viele Menschen wurden eigentlich wegen nix in Mitleidenschaft gezogen."

Bianchi nickte versonnen. „Und es hätten noch sehr viel mehr sein können."

Auch Antonio Brucatis Nicken war nachdenklich. „Ich mache mir Gedanken um den Jungen - Elias. Für ein Kind ist so etwas doch immer noch etwas schwieriger zu verkraften."

Luciano Brucati, der bisher auf seinem Stuhl gelümmelt hatte, richtete sich auf. „Seien wir froh, dass wir aus dem Alter raus sind", meinte er, erhob sein Glas und trank den letzten Schluck aus.

Auch Antonio und Francesco leerten ihre Gläser, denn es ging schon auf drei Uhr zu und es war an der Zeit, sich loszureißen, um noch ein bisschen Schlaf zu finden, bevor der nächste Tag anbrach.

Als Antonio Brucati sich von Colonnello Bianchi verabschiedete, tat er dies in der Hoffnung, dass vielleicht nicht wieder so viel Zeit vergehen würde, bis er seinen Onkel wiedersah. Und dass dies unter erfreulicheren Umständen geschähe.